# 畫舞聲詩

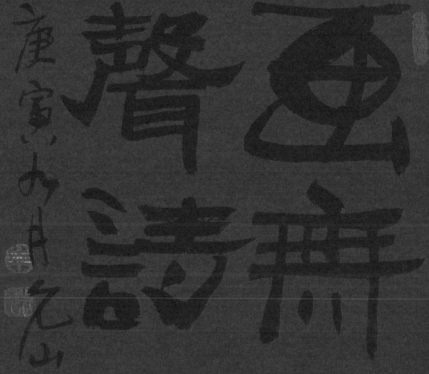

庚寅如月 元山

까세 IV

# 까세 육필 시화집

최석로 편

서문당

## 까세 육필시화집 제4집을 내면서__

그동안 안녕하시지요?

이번 기획을 성원해 주시고 참가해 주신 모든 분께 인사드립니다.

올해는 까세 제1집을 출간한지 9년만이며, 제가 창업한 서문당이 52주년이 되는 해이기도 합니다.

저는 오랫동안 본업에 종사하면서 늘 선인들의 유묵의 감상과 수집에 많은 관심을 가져왔으며, 그로해서 입수된 귀한 유묵들을 함께 편집하여 조금은 새롭게 편집하여 보았습니다.

까세(Cachet)란 프랑스어로 소인(消印)을 뜻하는 말이며, 우리나라에서도 우편물의 우표 등에 찍는 일부인(日附印)과 같은 것입니다. 옛날 유럽에서 편지를 보낼 때 봉투를 봉한 뒤 집안의 심불을 찍어 보낸 데서 유래되었다고 하며, 또한 판화업계에서도 작가의 유족에 의한 '대행서명'이라는 뜻으로 서명한 것을 까세라고도 했습니다. 그러나 이 책에서는 일부인의 의미로 사용하였습니다.

그리고 이번 기획에도 크게 도움을 주신 전규태 교수님, 최금녀 시인, 김가배 시인, 김선주 시인, 김석기 화백님 등 모든 분들께 감사의 말씀을 드립니다.

2019년 1월 30일

펴낸이 최석로

# Contents

한국 유명 시인 화가 182인의
까세 육필 시화집

# 가 람 시 인

가람(이진숙) 시인 작곡가 대금연주가 : 아호 죽현당.
시집 <혼자된 시간의 자유>, <시나무와 담배꽃>, <담배>, 영시집 <Poem Tree & Cigar Flower> 등.
수상 한국현대시인협회 작품상, 매월당 문학상 등.
현재 한국문인협회, 한국현대시인협회, 국제펜클럽, 세계여행작가협회 회원.

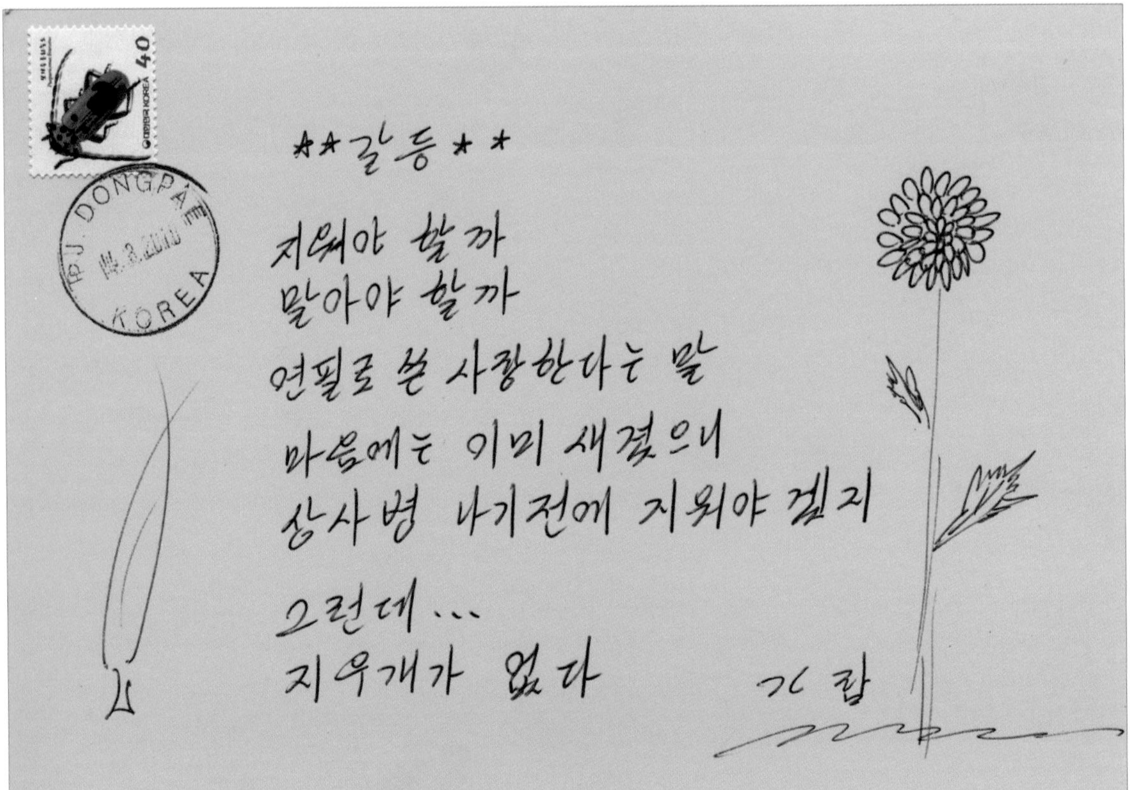
KOREA 40
P.J. DONGPAE
KOREA
★★갈등★★
지워야 할까
말아야 할까
연필로 쓴 사랑한다는 말
마음에는 이미 새겼으니
상사병 나기전에 지워야 겠지
그런데...
지우개가 없다
가람

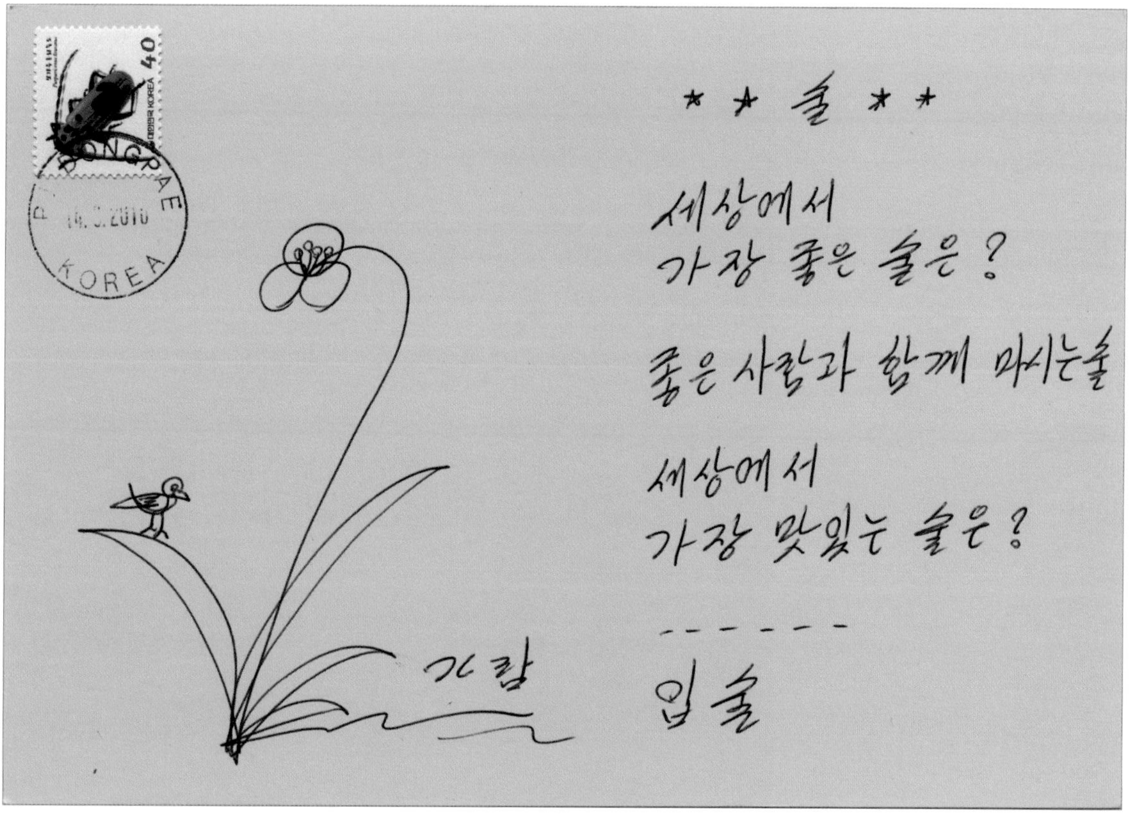
DONGRAE
14. 5. 2010
KOREA
* * 술 * *
세상에서
가장 좋은 술은?
좋은 사람과 함께 마시는 술
세상에서
가장 맛있는 술은?
------
입술
가람

# 강소이 시인

강소이(姜笑耳) 시인 : 본명 강미경(姜美京) 서울 출생. 이화여자대학교 국어국문학과 졸업. 동대학 교육대학원 국어교육 전공. 월간 <시문학>으로 등단.
수상 : 현대시인협회 작품상(10회). 호국특별상 수상.
시집으로 <별의 계단> <철묘와 꽃양산> <새를 낳는 사람들> 등

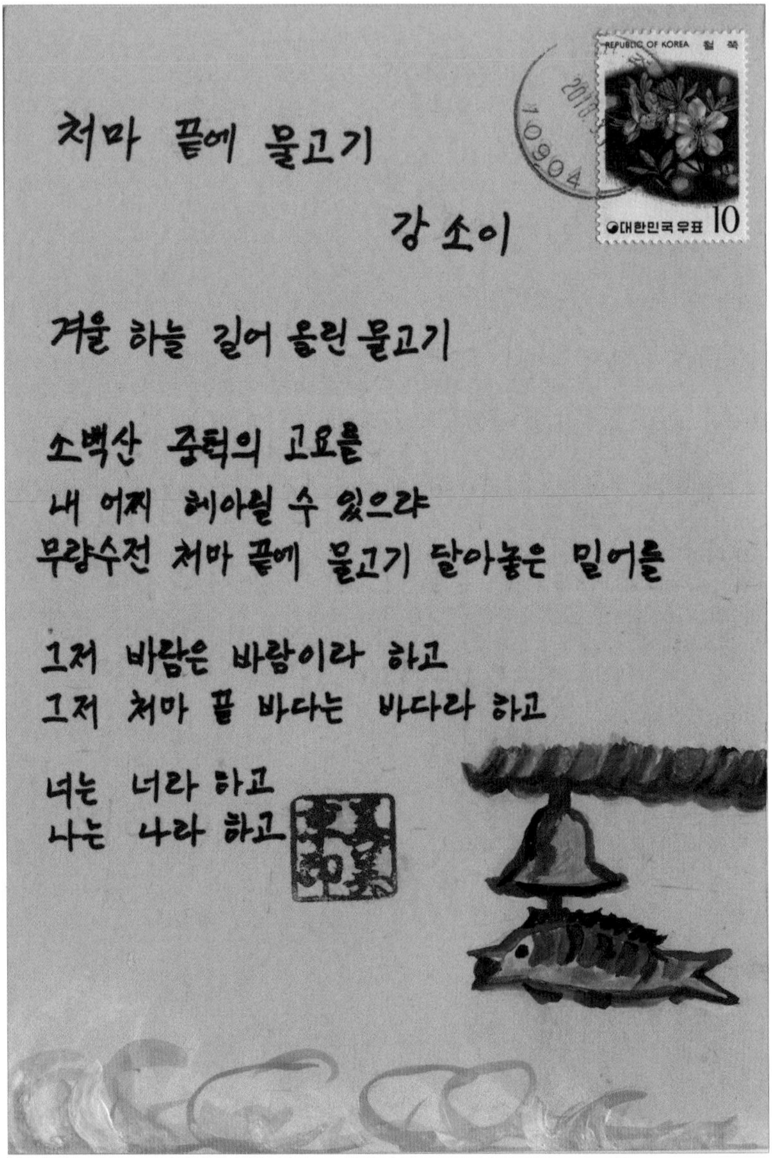
REPUBLIC OF KOREA
대한민국 우표 10
처마 끝에 물고기
강소이
겨울 하늘 길어 올린 물고기
소백산 중력의 고요를
내 어찌 헤아릴 수 있으랴
무량수전 처마 끝에 물고기 달아놓은 밀어를
그저 바람은 바람이라 하고
그저 처마 끝 바다는 바다라 하고
너는 너라 하고
나는 나라 하고

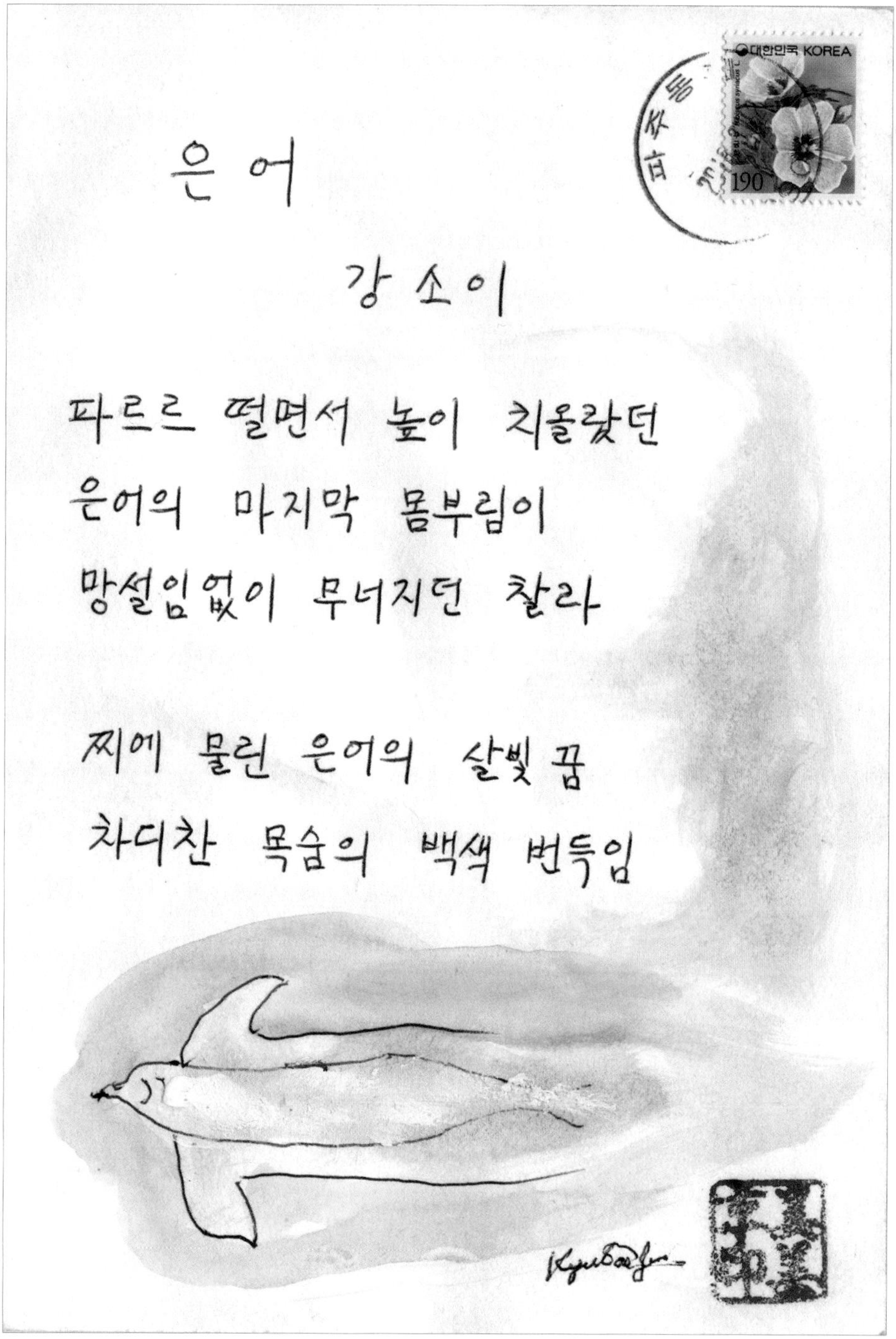
은어

강소이

파르르 떨면서 높이 치올랐던
은어의 마지막 몸부림이
망설임없이 무너지던 찰라

찌에 물린 은어의 살빛 꿈
차디찬 목숨의 백색 번득임

# 강정혜 화가

**강정혜**(호:滋林) 화가 : 충남대학교를 졸업하고 목원대학교에서 동양화를 수학하였다. 그가 그려내는 한국적 수묵화 속에는 한국의 전통성과 한국인의 정신세계가 있다. 수묵회화의 전통성을 계승함으로써 올바른 한국인의 정신세계를 만들어 갈 수 있다는 그의 생각은 그의 회화세계가 돋보이는 이유 중에 하나다.

그는 대한민국 여성미술대전에서 입상하였으며, 2017년과 2018년에는 프랑스 루브르박물관 까루젤관에서 이루어진 아트샵핑에 참여하였다.

현재 동양수묵연구원 회원과 Pine Art Club Member로 활동 중이다.

해오라기
Nycticorax nycticorax
KOREA
20

# 강찬모 화 가

**강찬모** 화가 : 1949년 충남 논산 출생. 중앙대학교 예술대학 회화과 졸업, 일본 미술학교 수학(채색화 연구), 일본 츠쿠바대학 수학(채색화 연구).
2013년 프랑스 보가드성 박물관 살롱전 금상. 히말라야 설산에서 '빛이 가득하니 사랑이 끝이 없어라-' 는 주제로 하늘의 별을 그리는 화가로 국내외 초대전 개인전 등 왕성한 활동을 하고 있다. 서문당에서 아르 코스모스 <강찬모> 화집 발행(2017)

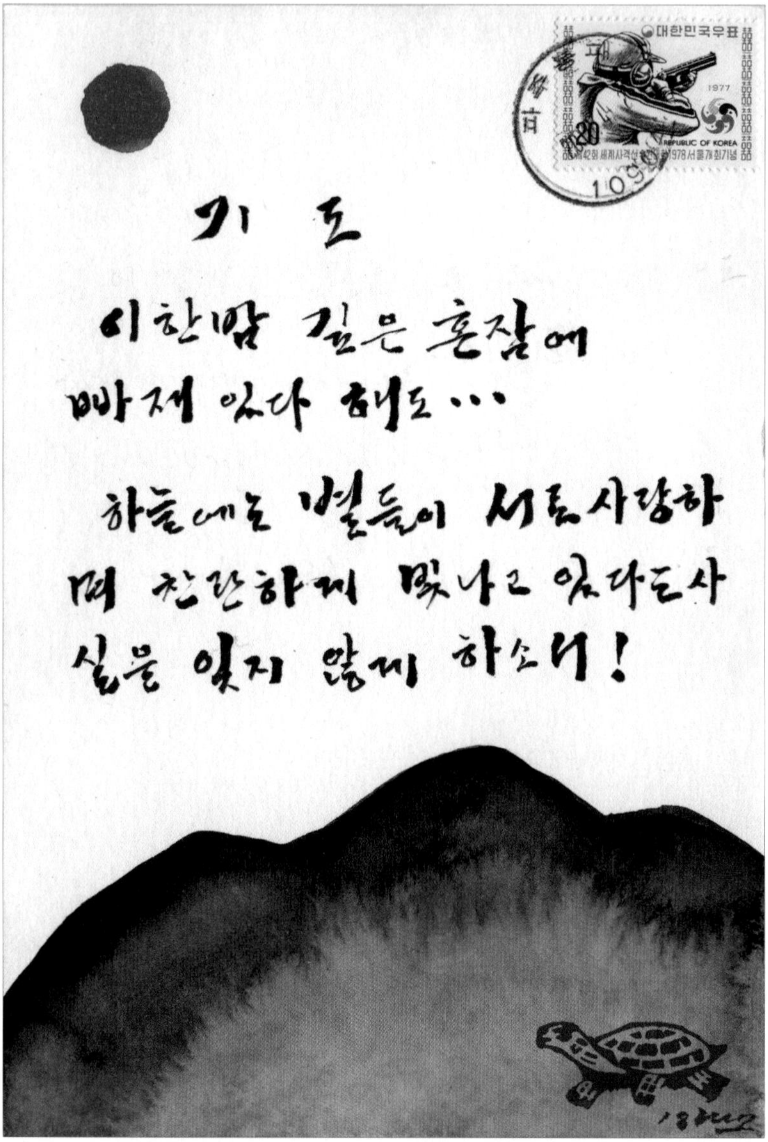
대한민국우표
1977
REPUBLIC OF KOREA
기 도
이 한밤 깊은 혼잠에
빠져 있다 해도…
하늘에는 별들이 서로 사랑하
며 찬란하게 빛나고 있다는 사
실을 잊지 않게 하소서!

대한민국 우표
REPUBLIC OF KOREA
20
1979
미국대통령 방한기념

# 강행원 화가

**강행원**(姜幸遠) 화가 : 1947년 무안에서 태어나, 1982년 동국대학교 대학원 미술과를 나와 화가로 데뷔하였다. 1985년 국립현대미술관 초대작가가 되어 미술대전 운영위원 및 심사위원장을 역임했다. 성균관대학교, 경희대 교육대학원, 단국대 및 동대학원 등에서 강의를 했고 민족미술협회 대표, 참여연대 자문위원, 가야미술관 관장을 지냈다. 1993년 권일송 선생 천료로 문단에 나와 시집 <금바라꽃 그 고향>, <그림자 여로> 등을 냈으며, 저서에 <문인화론의 미학>(서문당)이 있다.

禪客
(선 객)
시. 강행원
댓잎 소슬대는
바람 소리에
이치를 기울이는
웃음 꽃는 나그네.
이천십이년
울산 아우르다
산유

# 고 훈 시인

고훈 시인 : <문학과 의식>지에 시로 등단.
광나루 문학상 수상, 성호문학상 수상.
국제PEN클럽 회원.
풀러신학대학원 목회학 박사.
세계성신클럽 회장, 해양의료선교회 위원장, 안산제일복지재단 이사장.

대한민국 우표
REPUBLIC OF KOREA
20
1979
그날같은 하루를
고훈
너희중에 죄 없는 자가 돌을 던지라는
말씀으로 생명 건지시고
가서 다시는 죄를 범치 말라는 말씀으로
간음하다 현장에서 잡힌
창녀같은 여자 성녀로 변화시킨
그날같은 하루를 날마다 살고 싶다
Ko Hoon

봄 그리고 정원

고 훈

살기 위해 걸어야 한다
걷기 위해도 살아야 한다
겨우 살이 살아낸 아픔
울컥 울컥 토해 내고
속살 찢고 나올 생명을 위해
정원은 산실을 준비하고
이제는
춥지 않아도 된다
울지않아도 된다

Ko Hoon

# 공광규 시인

**공광규** 시인 : 1986년 월간 <동서문학> 인인문학상으로 등단. 시집 <소주병>, <담장을 허물다>, <파주에게> 등. 시창작론 <이야기가 있는 시창작 수업> 등.

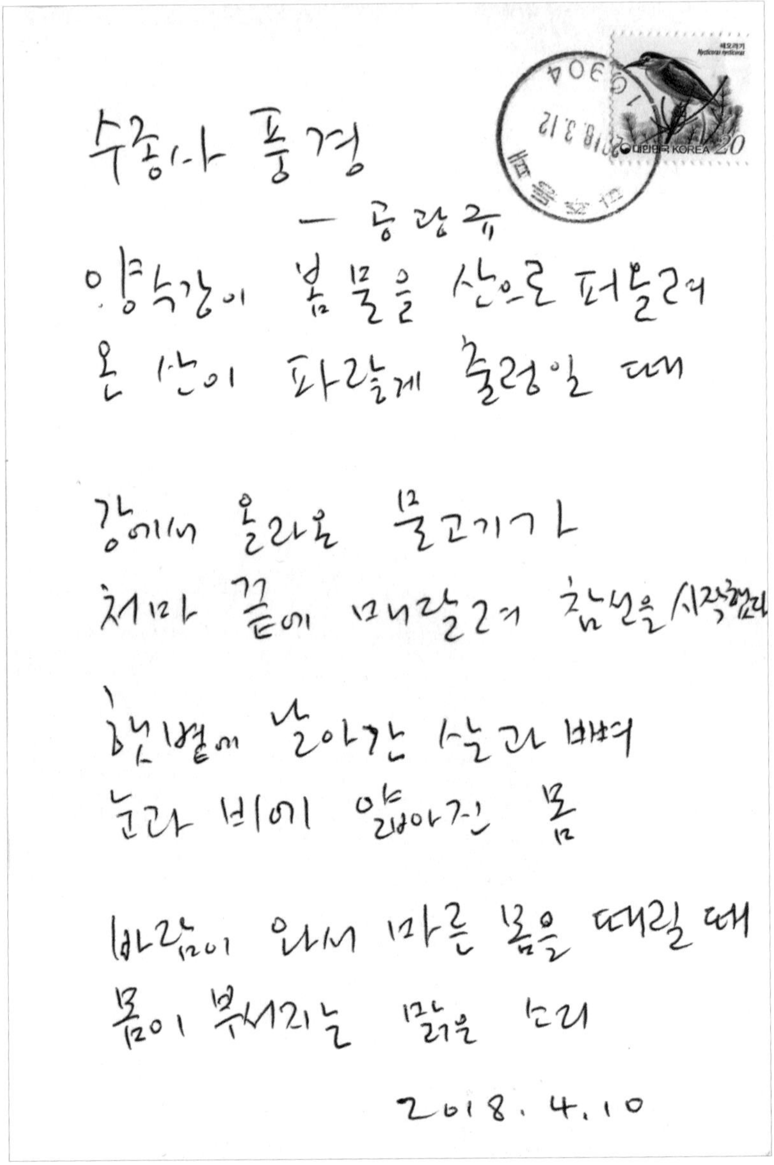

수종사 풍경

— 공광규

양수강이 봄물을 산으로 퍼올려
온 산이 파랗게 출렁일 때

강에서 올라온 물고기가
처마 끝에 매달려 참선을 시작했다

햇볕에 날아간 살과 뼈
눈과 비에 얇아진 몸

바람이 와서 마른 몸을 때릴 때
몸이 부서지는 맑은 소리

2018. 4. 10

소주병

-공광규

술병은 잔에다
자기를 계속 따라주면서
속을 비워 간다

빈 병은 아무렇게나 버려져
길거리나
쓰레기장에서 굴러다닌다

바람이 세게 불던 밤 나는
문 밖에서
아버지가 흐느끼는 소리를 들었다

나가 보니
마루 끝에 쪼그려 앉은
빈 소주병이었다

2018.4.10

# 권순자 시 인

**권순자** 시인 : 경북 경주 출생. 1986년 <포항문학>에 시 사루비아 외 2편으로 등단,
2003년 <심상> 신인상 수상. 시집으로 <우목 횟집>, <검은 늪>, <낭만적인 악수>, <붉은 꽃에 대한 명상>, <순례자>, <천개의 눈물>, <Mother's Dawn>(영역시집)이 있음.

구두

권순자

고통의 쓸모에 대해 생각한다
꿈틀거리는 맨발의 눈물을 기억한다

고통의 쓸모에 대해 생각한다
찡그리는 흉터는 거짓말할 필요가 없다
저릿한 기억을 떠올리지 않아도
찢긴 자국은 보는 이의 어깨를 서늘하게
한다

-시 '구두' 부분-

2018년 6월
권순자

# 이상한 귀

나의 귀는 당신에게만 열려있네
당신의 미세한 음성까지도 듣는 귀라네

뜨거운 여름의 입김도 스쳐지나가는 귀
솟구치는 새소리를 놓칠지언정
바람소리보다 여린 당신의 음성은
귀를 타고 실핏줄을 타고
내 심장에 닿아
전신을 휘돌아 나를 환하게 물들이네

-시 '이상한 귀' 부분-

2018년 6월

권 순 자

# 권옥연 화가

**권옥연**(權玉淵) 화가 : (1923~2011) 함경남도 함흥 출신으로 호는 무의자(無衣子). 1942년 일본 도쿄미술학교 졸업. 1960년에 파리아카데미를 졸업. 50년대 이후 한국의 대표적인 추상화가로 활약했다. 보관문화 훈장, 대한민국 예술원 회원, 금곡미술관 관장을 지냈다.

空山無人
水流花開

# 권현수 시 인

권현수 시인 : 2003년<불교문예> 신인상으로 등단.
시집으로 <칼라차크라>, <고비사막 은하수> 등.
현재 <계간 불교문예> 편집위원.

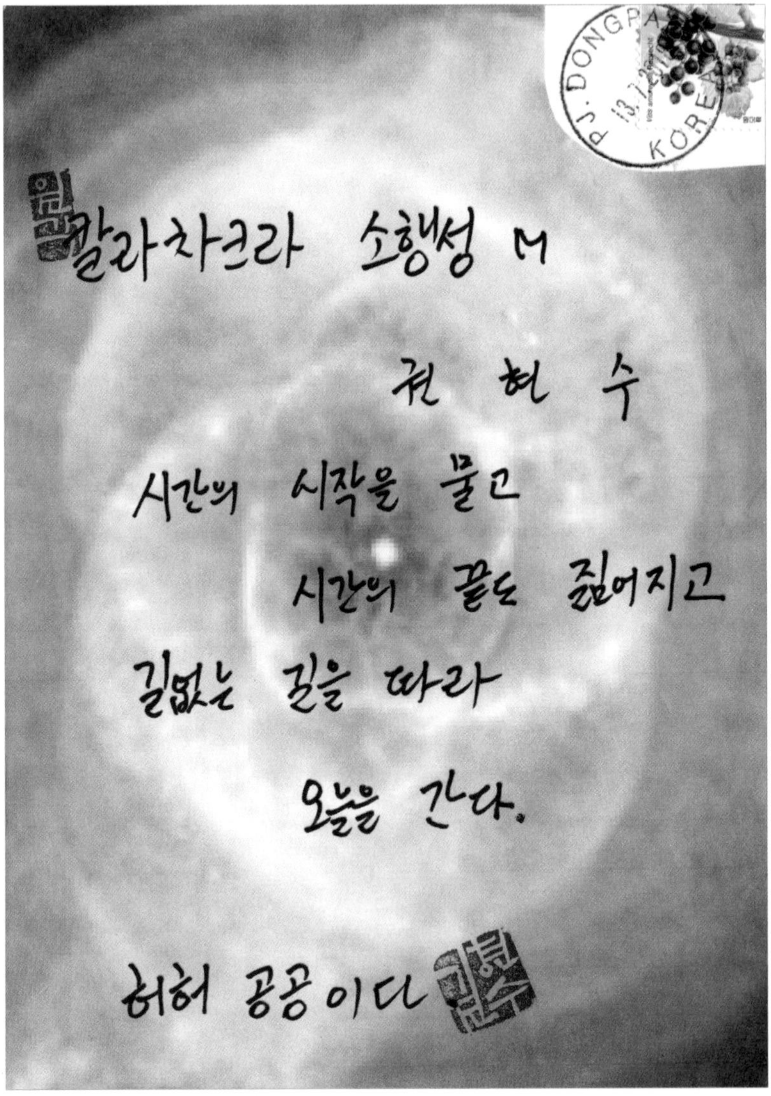
DONGPA
KOREA
칼라차크라 소행성 M
권 현 수
시간의 시작을 물고
시간의 끝도 짊어지고
길없는 길을 따라
오늘을 간다.
허허 공공이다

달리는 말을 세우고
미처 따라오지 못한
영혼을 기다리는 인디안 처럼

세도나에서 나도 그렇게
내 영혼을 기다려 본 적이 있다

헉헉거리며 따라오는
영혼을 기다려본 적이 있다.

권혁수 詩
—세도나에서는 그렇게 中에서—

# 금태동 시인

금태동(琴台楝 三軒) 시인 수필가; 1991년 '현대시조', '농민문학'을 통해 등단하여 여러 잡지사와 문예지 등에서 편집장으로 일했으며, 현재 한국기독교문화 예술연합회 사무총장으로 활동 중이고, 맑은차네트워크 <보이객잔(普珥客棧)>의 운영자로 차와 건강에 관련한 강연과 기고를 하며 문학과 차에 심취하여 지낸다.

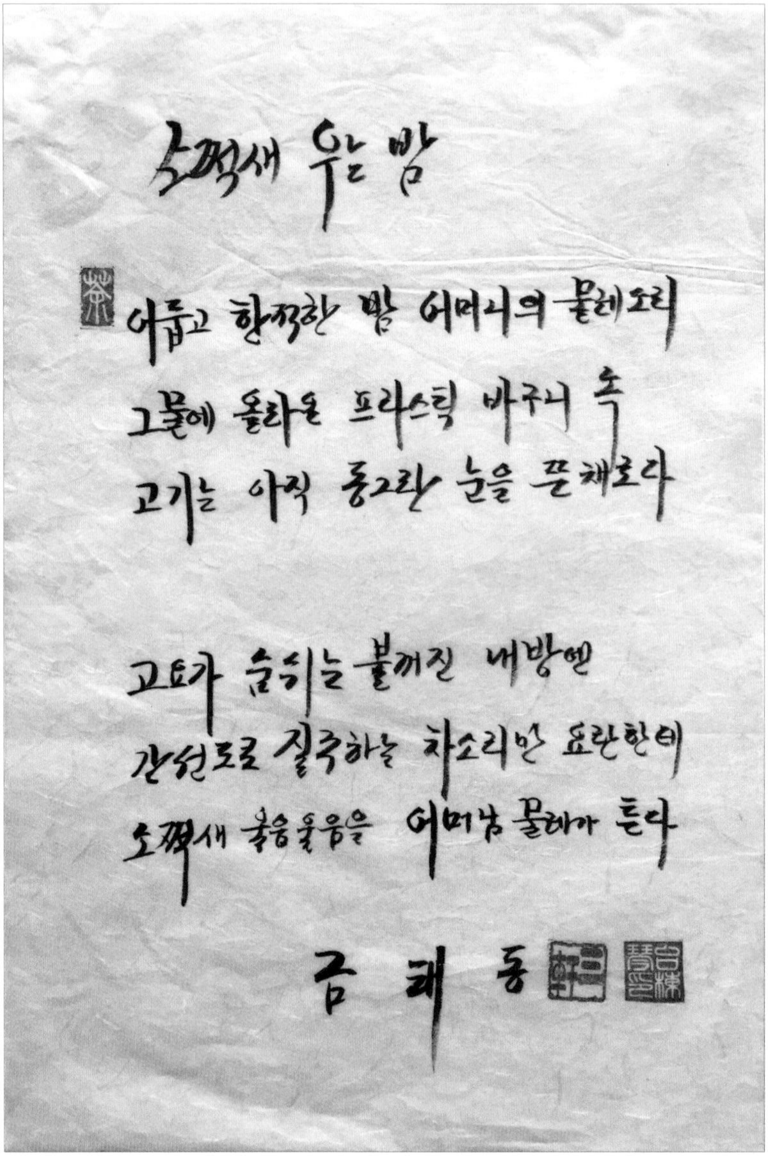

# 길용숙 시인

길용숙(吉勇淑) 시인 : 이화여대를 졸업하였고 1990년 계간 <문학과 의식>으로 등단. 시집으로는 <술잔에 세상을 빠뜨리고>가 있으며 현재 '솔바람 복지센터 어린이 글쓰기 교실' 강사로 활동 중이다.

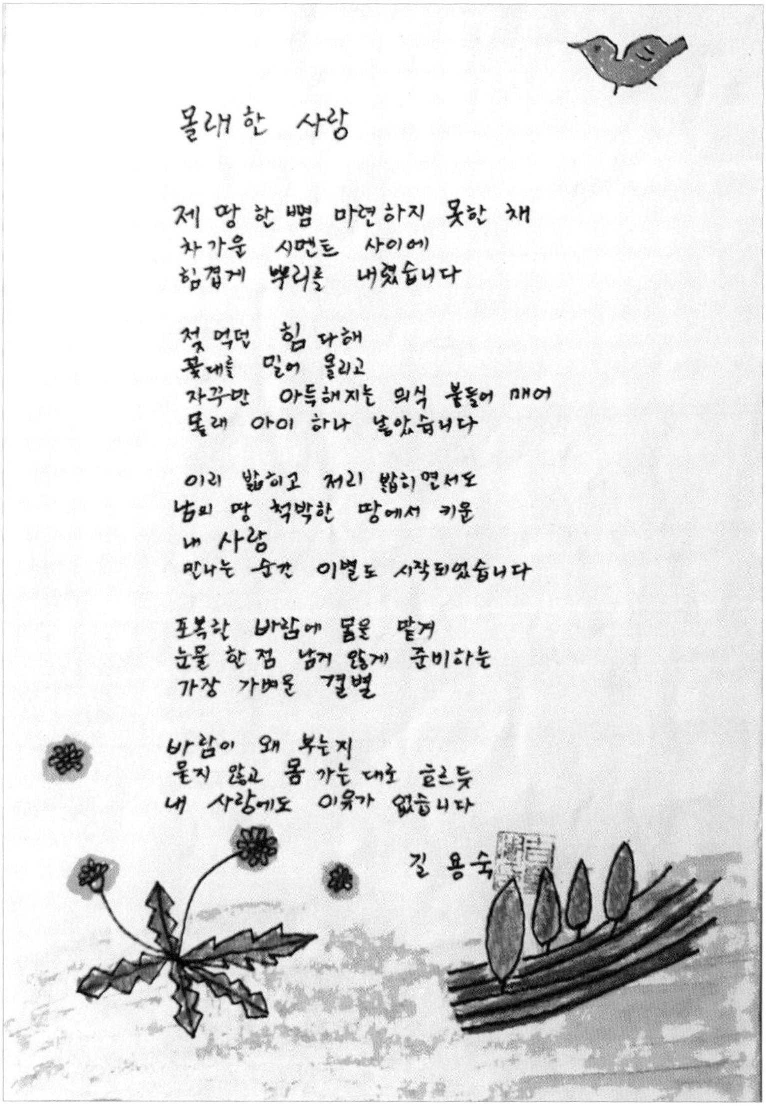

몰래한 사랑

제 땅 한 뼘 마련하지 못한 채
차가운 시멘트 사이에
힘겹게 뿌리를 내렸습니다

젖 먹던 힘 다해
꽃대를 밀어 올리고
자꾸만 아득해지는 의식 붙들어 매어
몰래 아이 하나 놓았습니다

이리 밟히고 저리 밟히면서도
남의 땅 척박한 땅에서 키운
내 사랑
만나는 순간 이별도 시작되었습니다

포복한 바람에 몸을 맡겨
눈물 한 점 남기지 않게 준비하는
가장 가뿐한 결별

바람이 왜 부는지
묻지 않고 몸 가는 대로 흐르듯
내 사랑에도 이유가 없습니다

길용숙

# 김가배 시인

**김가배**(金可培) 시인 : 충남 공주에서 출생하였으며, <문예사조>를 통해 시인으로 등단했다.
시집으로 <바람의 書>, <나의 미학2>, <섬에서의 통신>, <풍경속의 풍경> 외 5권. 한국현대시인협회 이사, 수주문학제 운영위원, 부천신인문학상 운영위원, '소나무 푸른 도서관' 관장으로 재직 중이며, 문예사조 문학상, 세계시인상 본상, <오늘의 신문> 문화부문상을 수상했다.

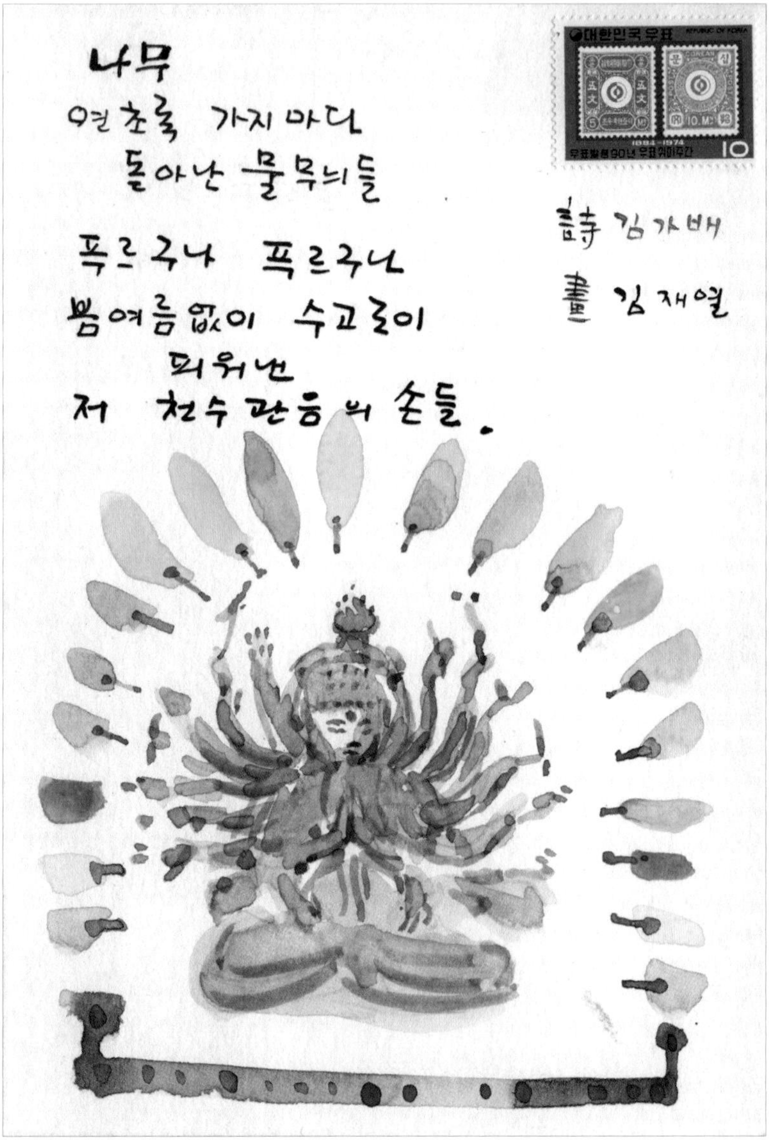
대한민국 우표
10
나무
연초록 가지마다
돋아난 물무늬들
푸르구나 푸르구나
봄여름없이 수고로이
피워낸
저 천수관음의 손들.
詩 김가배
畫 김재열

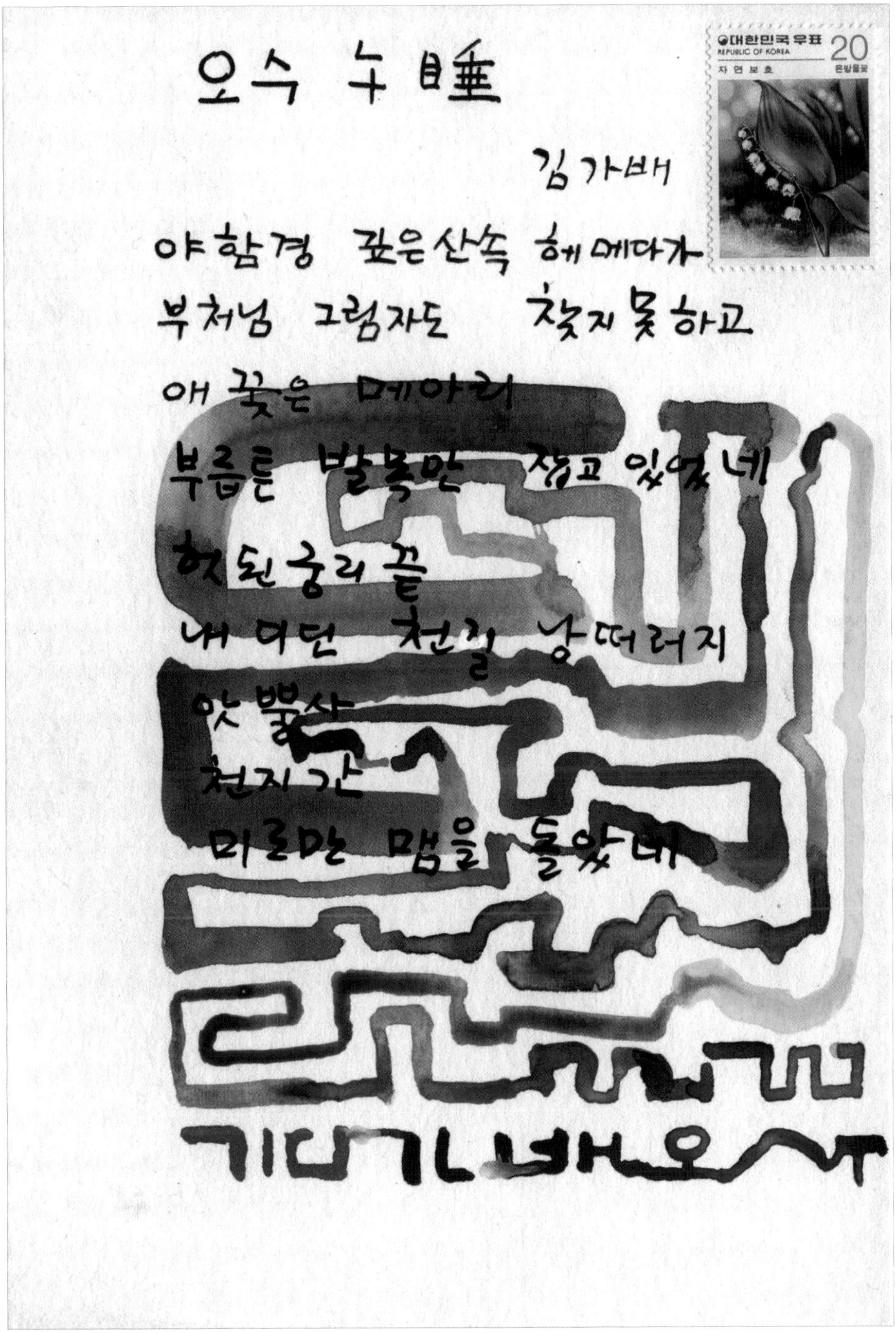
대한민국 우표
REPUBLIC OF KOREA
20
자연보호
은방울꽃
오수 누睡
김가배
야함경 깊은산속 헤메다가
부처님 그림자도 찾지못하고
애 꽃은 메아리
부릅든 발목만 잡고 있었네
헛된궁리끝
내 디딘 천길 낭떠러지
앗 뿔사
천지간
미로만 맴을 돌았네

# 김구림 화가

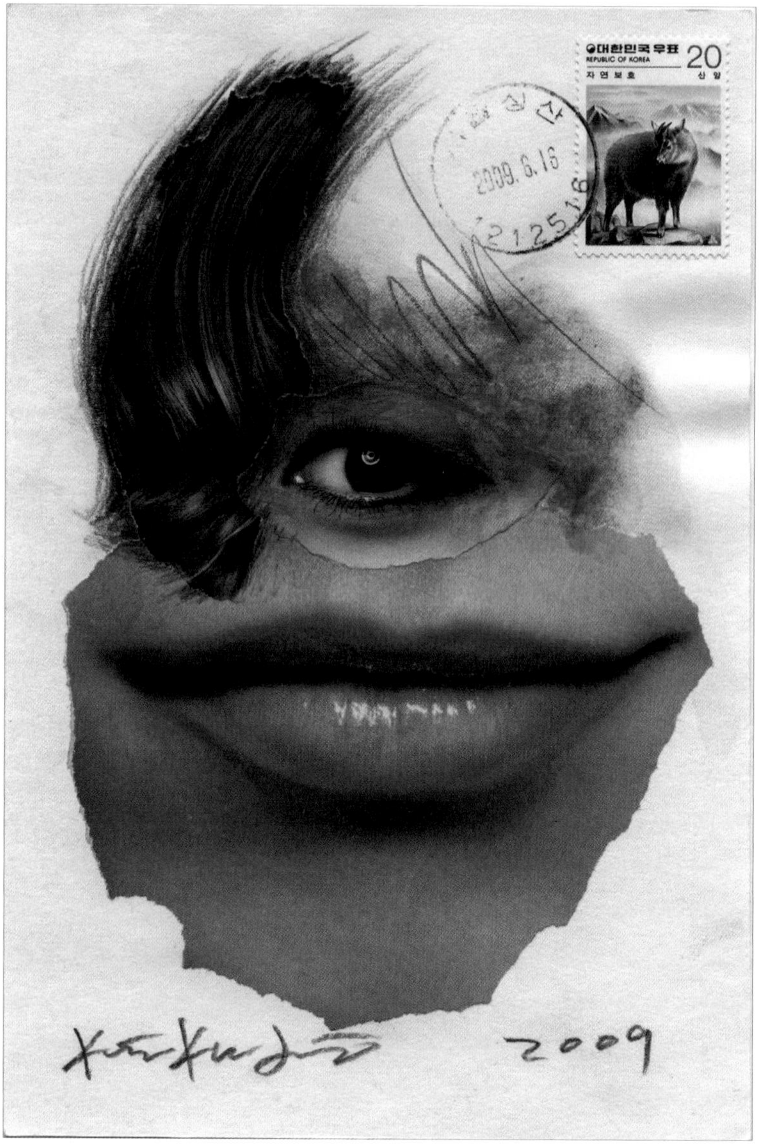


**김구림**(金丘林) 화가: 1936년 대구에서 출생. 1958년부터 최근까지 국내외를 넘나들며 40여 회의 개인전을 가졌다. 주요 기획전으로는 백남준아트센터 개관전과 독일 뮌헨을 시작으로 나폴리, 상파울로를 거쳐 파리에서 순회전을 연 'Performing the City. Kunst Aktionismus im Stadt Raum der 1960er~1970er jahre'가 있으며, 국립현대미술관에서의 '한국의 행위미술', 덕수궁미술관에서의 '드로잉의 새로운 지평', 미국 찰리위쳐치 갤러리에서의 '김구림 백남준 2인전, 일본 시즈오카 현립미술관에서의 '친묵의 대화 서구와 일본의 정물화', 미국 아트센터 뉴저지에서의 '오늘의 6인' 등에 초대되었다. 2006년 이인성 미술상을 수상했으며, 저서로는 화집 <김구림>(서문당, 2000)과 <판화 컬렉션>(서문당, 2007)이 있다.

2009. 6. 23
REPUBLIC OF KOREA 20
2009

# 김규진 서화가

**김규진**(金圭鎭 1868~1933) 서화가 : 한국근대 서화가로 호는 해강(海岡) 백운거사(白雲居士) 만이천봉주인(萬二千峰主人) 등 10여개나 되었으며, 전서(篆書) 예서(隸書) 해서(楷書) 행서(行書) 초서(草書) 등에 묘경을 이루었고 산수와 화조를 잘 그렸으며, 안중식 조석진과 함께 서화 협회를 창설 서화전을 개최하는 등 후진 양성과 서화예술의 계몽에 진력하였다.

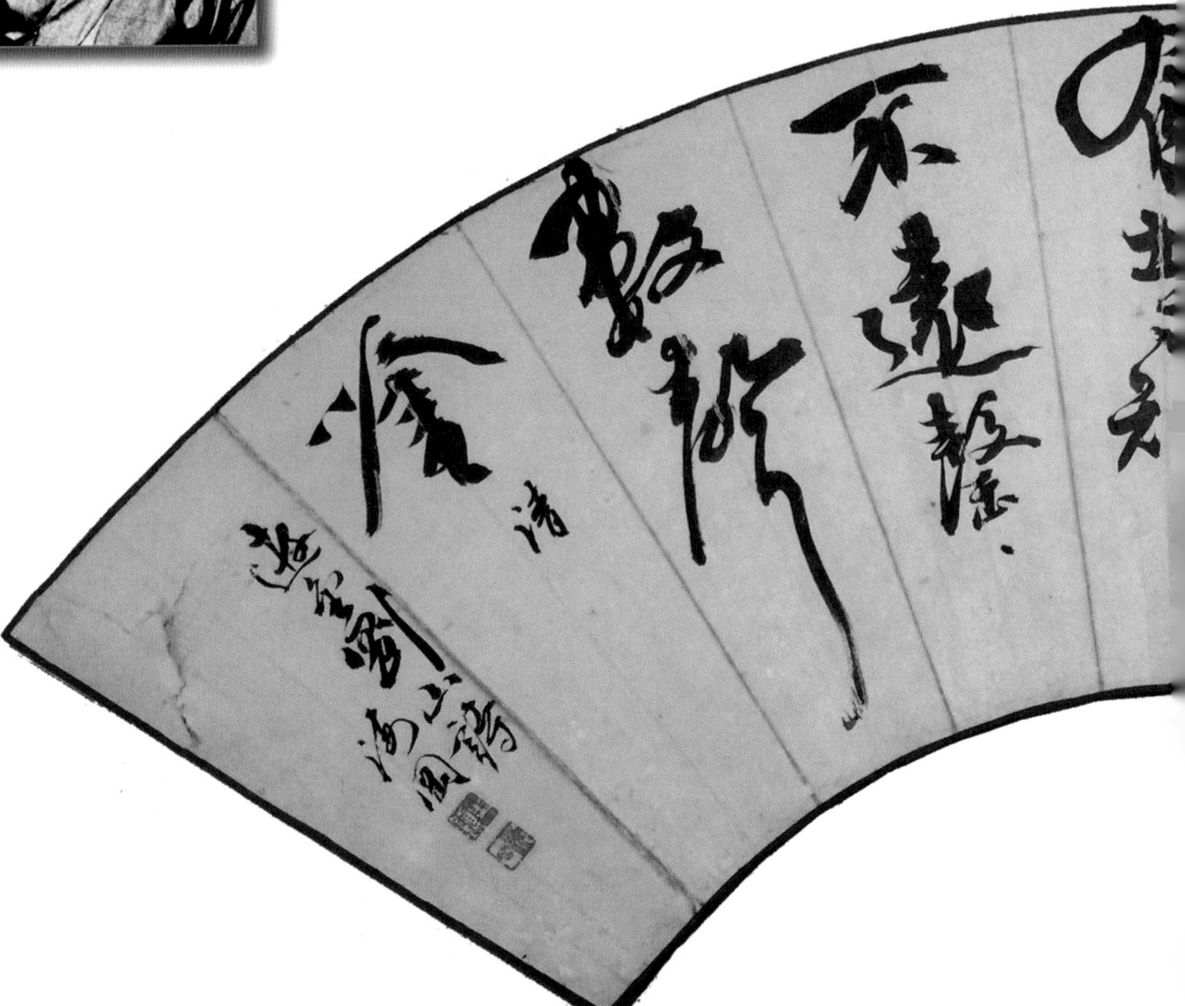

# 김금용 시인

**김금용** 시인 : 1997년 <현대문학>으로 등단.
시집 <광화문쟈곱>, <넘치는 그늘>, <핏줄은 따스하다, 아프다>
중·한 번역 시집 <문혁이 낳은 중국 현대시>한국시 중역 시집 <나의 시에게> 김남조 중역 시전집 <오늘 그리고 내일>
수상 : 펜번역 문학상, 동국문학상, 산림문학상 한국번역원 지원금 수혜(2013), 세종우수도서(2014) 선정.

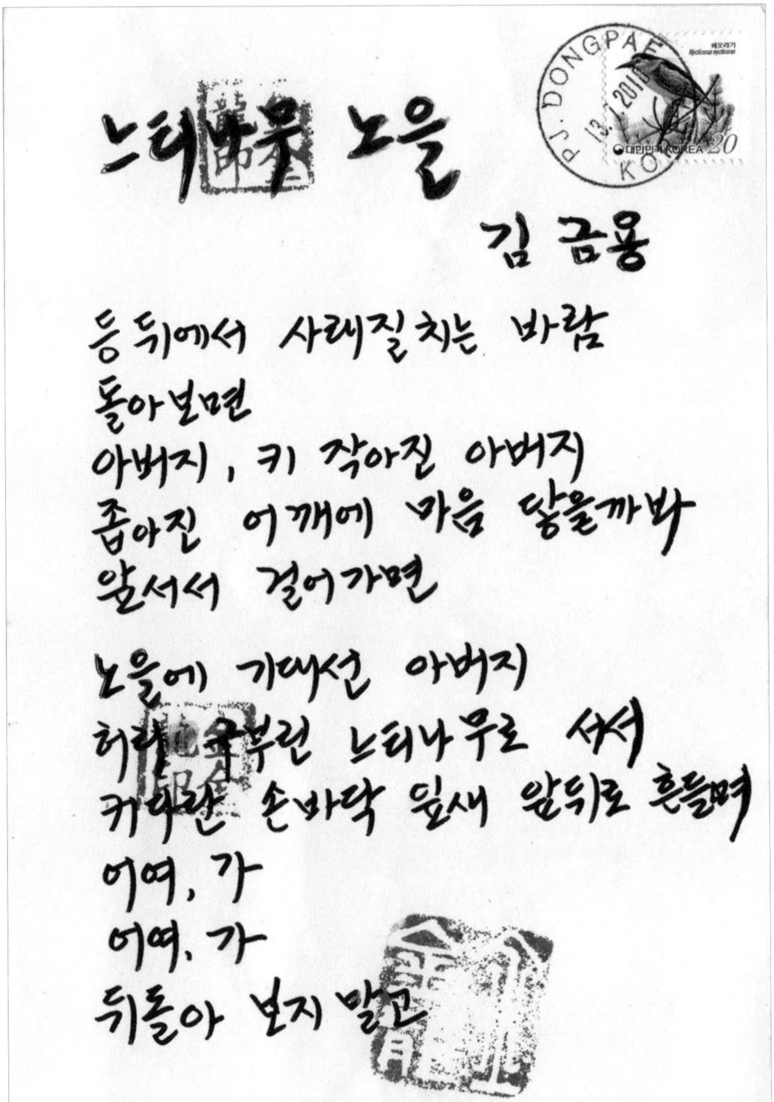

느티나무 노을

김금용

등 뒤에서 사래질치는 바람
돌아보면
아버지, 키 작아진 아버지
좁아진 어깨에 마음 닿을까봐
앞서서 걸어가면

노을에 기대선 아버지
허리 구부린 느티나무로 서서
커다란 손바닥 잎새 앞뒤로 흔들며
어여, 가
어여, 가
뒤돌아 보지 말고

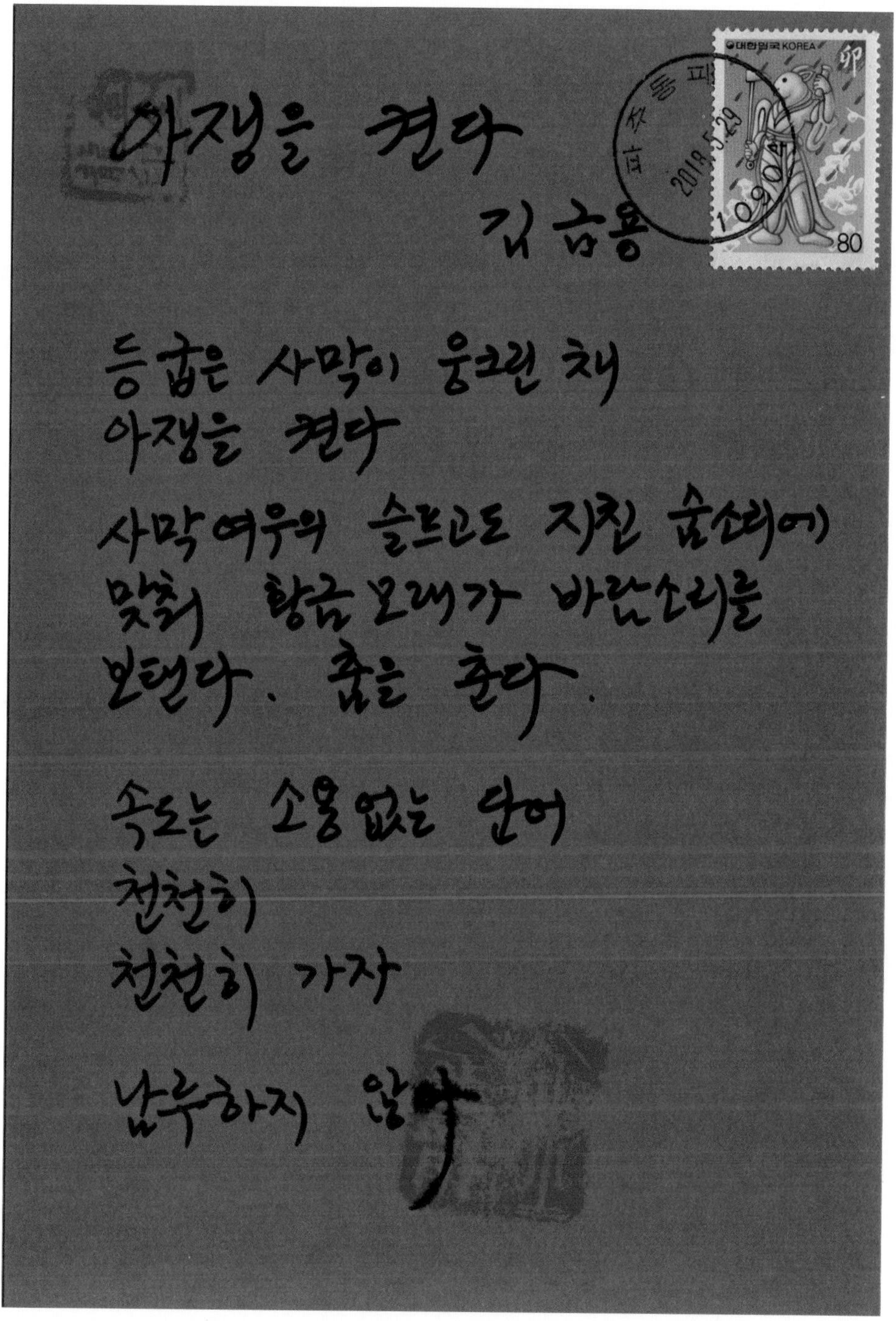

# 아쟁을 켠다

김금용

등 굽은 사막이 웅크린 채
아쟁을 켠다
사막여우의 슬프고도 지친 숨소리에
맞춰 황금모래가 바람소리를
보탠다. 춤을 춘다.

속도는 소용없는 단어
천천히
천천히 가자

남루하지 않다

# 김남조 시 인

**김남조**(金南祚) 시인 : 1927년 경북 대구에서 출생. 1951년 서울대학교 사범대학 국문과를 졸업하고 고교 교사, 대학 강사 등을 거쳐 숙명여자대학교 교수(1955~93년) 역임, 현재 명예교수. <연합신문>, <서울대 시보> 등에 작품을 발표했으며, 1953년 시집 <목숨>을 간행. 이후 16권의 시집과 <김남조 시전집>(서문당), 그리고 <여럿이서 혼자서>(서문당) 등 12권의 수상집 및 콩트집 <아름다운 사람들> 과 <윤동주 연구> 등 몇 편의 논문과 편저가 있음.
한국시인협회, 한국여성문학인회 회장을 지냈으며, 1990년 예술원 회원, 1991년 서강대학교에서 명예문학박사 학위를 받음. 한국시인협회상, 서울시문화상, 대한민국문화예술상, 12차 서울세계시인대회 계관시인, 3·1문화상. 예술원상, 일본지구문학상, 영랑문학상, 만해대상, 등을 수상했으며, 국민훈장 모란장과 은관문화훈장을 받음.

삼라 만상의
오묘무궁함을 바라보는
눈의 행복이
내 생애의 최고 광영이어니
지금도
온누리 빛의 목욕 중이라
이것이면 족하다

나의 눈 행복하다
나도 행복하다

김남조
이천구년

바람이 좋아
바람끼리 훠이훠이
가는 게 좋아
헤어져도
먼저 가 기다리는 게
제일 좋아
바람불며 바람따라 나도갈래
바람 가는 데 멀리멀리 가서
바람의 색시나 될래

김남조 · 2009

# 김동기 수필가

김동기(金東基) 수필가 : 한서고교 국어교사, 강서문단 편집위원장, 강서 어린이청소년 글짓기대회 심사위원장, 길꽃 어린이도서관 운영위원, 서울 교원문학회 편집위원, 한국크리스천문학가협회 회원, 한국교육과정평가원 학업성취도평가 채점위원, 15기 민주 평회통일 자문위원, 21환경교육중앙회 교육위원.

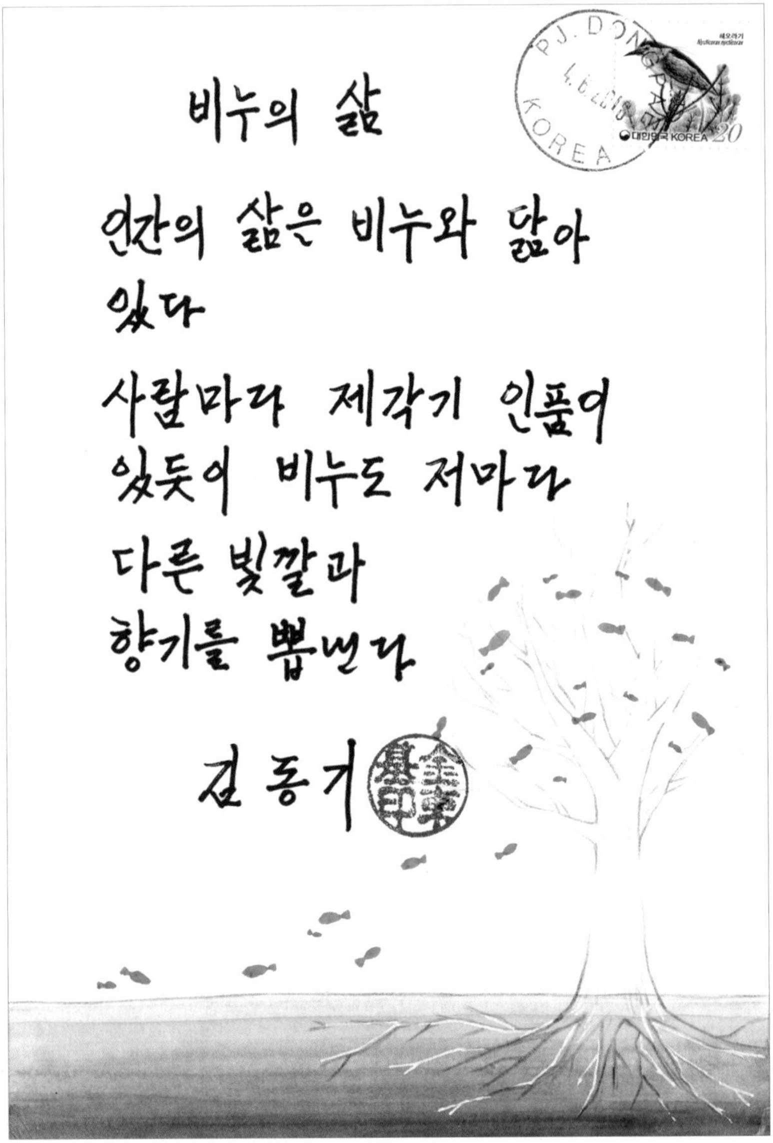
대한민국 KOREA 20
비누의 삶
인간의 삶은 비누와 닮아
있다
사람마다 제각기 인품이
있듯이 비누도 저마다
다른 빛깔과
향기를 뿜낸다
김동기

# 꿈

때로는 달을 보며
때로는 별을 보며

돌아가는 하굣길
둥근 달을 가득 품어
내 품에 안긴다

김동기 金東基印

# 김 령 화 가

**김령**(金鈴) 화가 : 1947년 서울 출생. 1969년 홍익대학교 미술학부 서양학과 졸업 제30회 국전 특선. 25회의 개인전, 국내외 초대전 등 다수.
저서로 <시가 있는 누드화집> 지하철문고, <김령 드로잉 100선> 열화당, <아르 코스모스 김령> 화집 서문당. 등

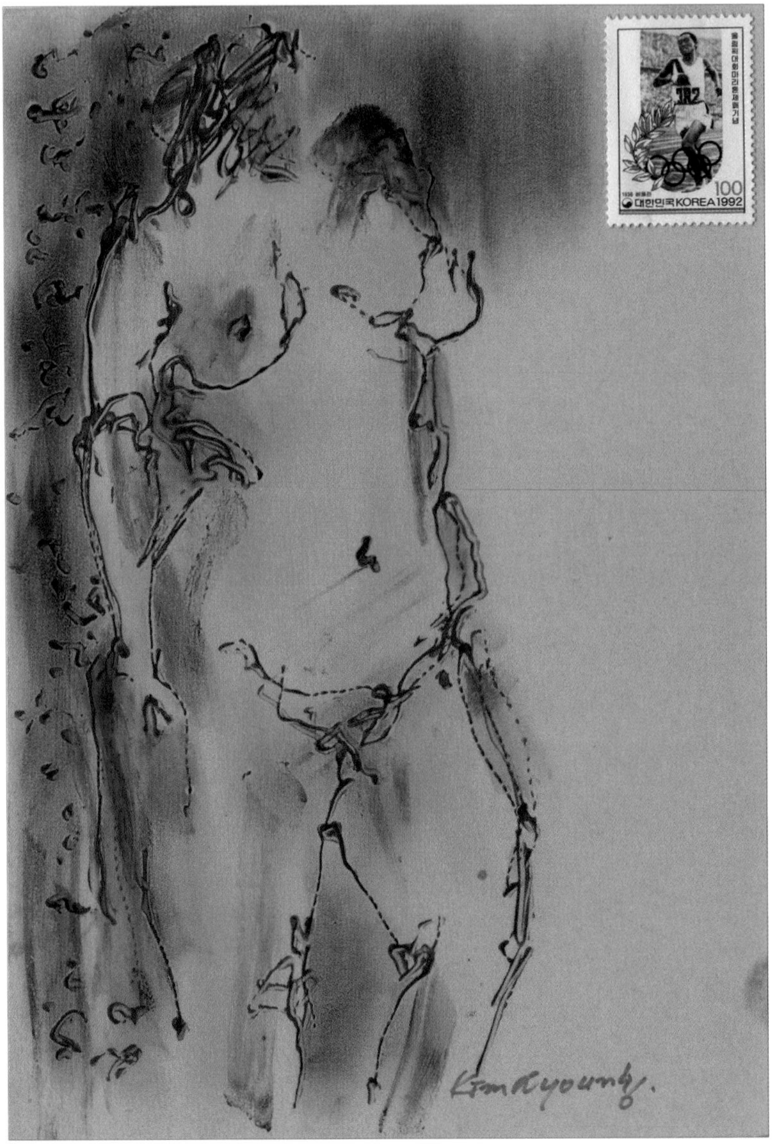

1993
110
대한민국 KOREA
제14대 대통령 취임 기념

# 김명상 화가·시인

**김명상** 화가 시인 : 호는 경림. 프랑스 Academie de la Grand Chaumiere에서 회화 연수를 하였다. 제1회 개인전을 G.S 갤러리에서 갖은 바 있고, 프랑스 루브르 아트샵핑 등에 참여하였다. 2001년부터 2004년까지 4회 연속 대전광역시 미술대전에서 입선하였으며, 형상전, 대한민국여성미술대전, 보문미술대전 등의 공모전에서도 입상, 그는 현재 화가와 시인으로 활동하고 있다.

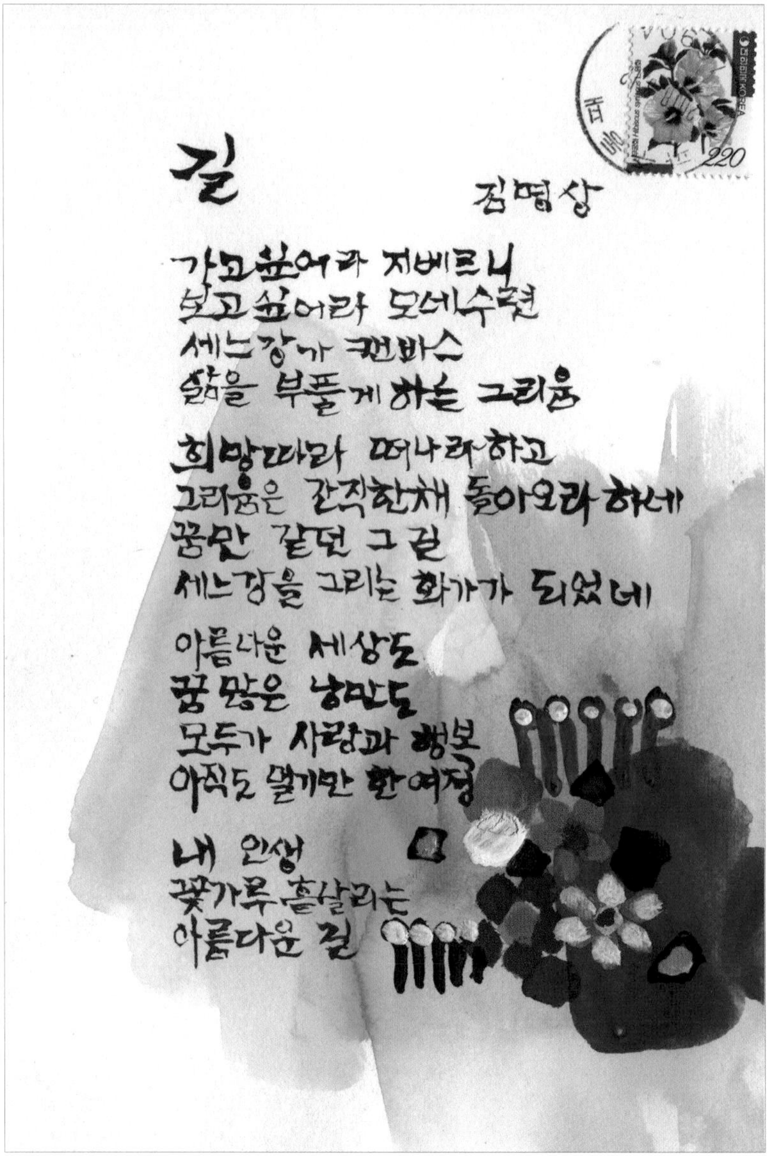
KOREA
220
길
김명상
가고싶어라 지베르니
보고싶어라 모네수련
세느강가 캔버스
삶을 부풀게 하는 그리움
희망따라 떠나라 하고
그리움은 간직한채 돌아오라 하네
꿈만 같던 그 길
세느강을 그리는 화가가 되었네
아름다운 세상도
꿈 많은 낭만도
모두가 사랑과 행복
아직도 멀기만 한 여정
내 인생
꽃가루 흩날리는
아름다운 길

KOREA
220
2018. 3. 12
명상 2018

# 김부희 시 인

**김부희**(金富姬) 시인 : <문학과 의식>으로 등단. 한국문인협회 회원이며, 한국 기독교 문화예술 총연합회 사무국장을 역임했다. 현재 기독교 여성문인회 편집위원, 새흐름, 재창조 동인으로 활동 중이다. 시집으로는 <열린 문 저편> 등이 있다.

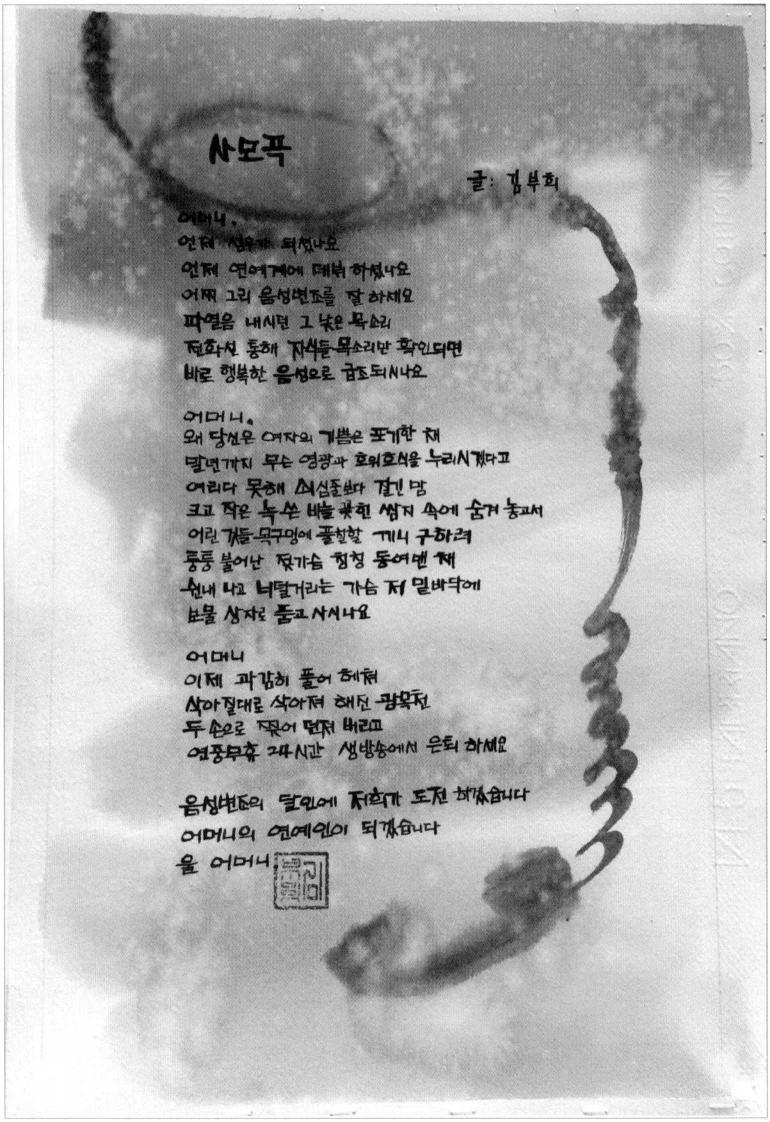

# 김양식 시인

**김양식**(金良植) 시인 : 1931년 서울에서 출생했다. 이화여대 영문학과를 거쳐 동국대 대학원 인도철학과를 수료했다. 현재 韓印문화연구원 원장이며 저서로는 시집 <정읍후사> 등 10여 권이 있다. 한국현대시인상, 세계시인대회상, 펜문학상, 세계뮤즈상, 인도 파트다 슈쥐문화 훈장 등을 수상했다.

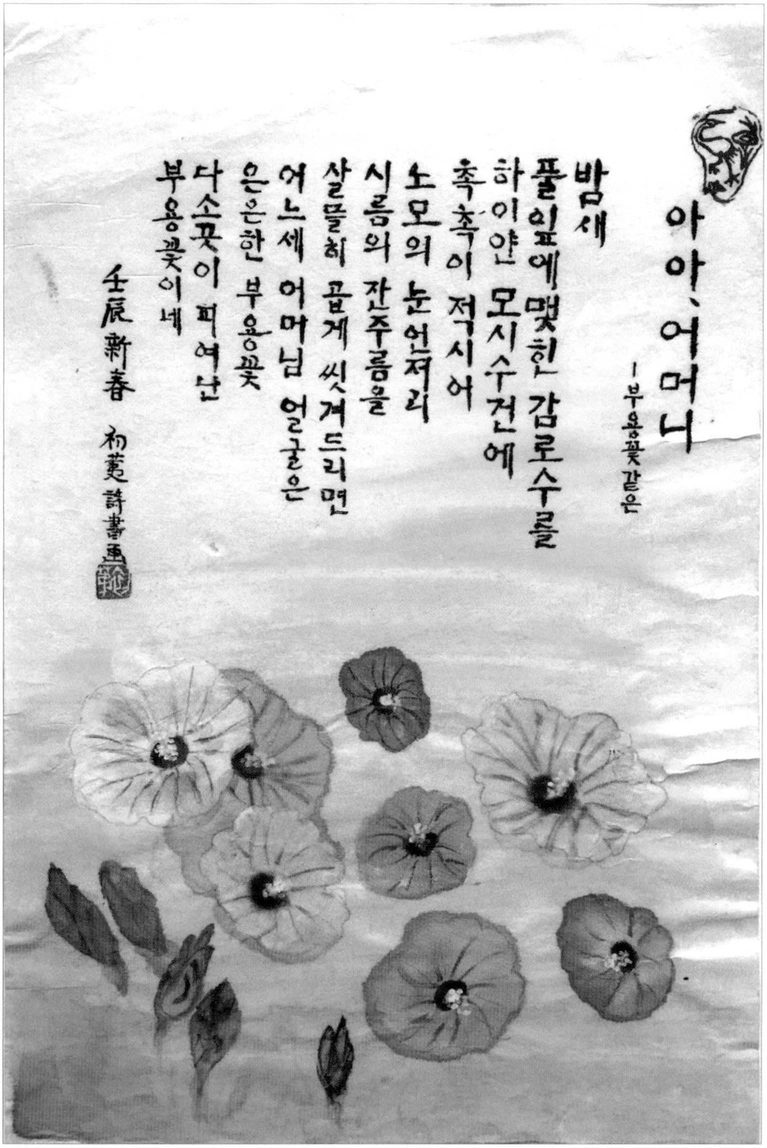
아아, 어머니
- 부용꽃 같은
밤새
풀잎에 맺힌 감로수를
하이얀 모시수건에
촉촉이 적시어
노모의 눈언저리
시름의 잔주름을
살뜰히 곱게 씻겨드리면
어느새 어머님 얼굴은
은은한 부용꽃
다소곳이 피어난
부용꽃이네
壬辰新春 初蓮 詩書畫

# 김사철 시 인

**김사철**(金思轍) 시인 : 경북대학교 문리과대학 사회학과 졸업, 서강대학 언론대학원 언론학과 석사. <창조 문예>지를 통해 시인으로 등단. 침례교 전국장로 연합회 회장, 한국교회 평신도지도자협회 초대회장, 한국문인협회 회원.
시집으로 <아름다운 출발> 외 5권. 도서출판 바울서신사 대표, 성진문화사 대표

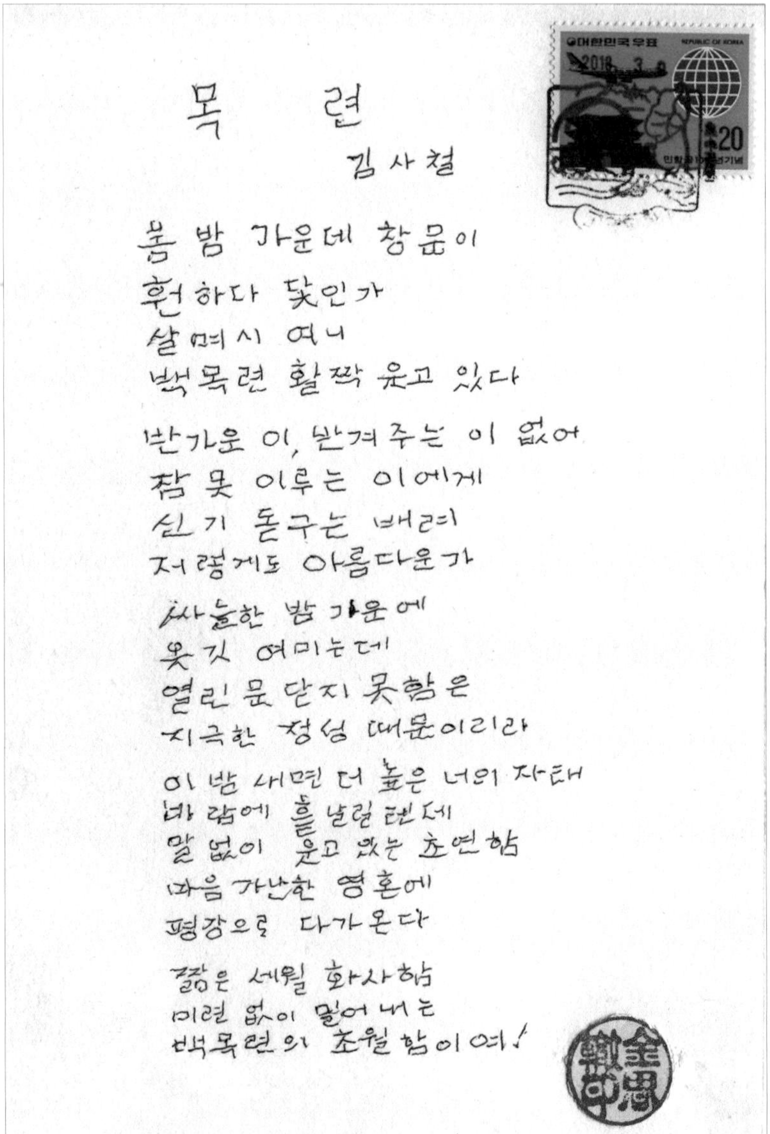

목련

김사철

봄 밤 가운데 창문이
훤하다 달인가
살며시 여니
백목련 활짝 웃고 있다

반가운 이, 반겨주는 이 없어
잠 못 이루는 이에게
신기 돋구는 배려
저렇게도 아름다운가

싸늘한 밤 가운데
옷깃 여미는데
열린 문 닫지 못함은
지극한 정성 때문이리라

이 밤 새면 더 높은 너의 자태
바람에 흩날릴텐데
말없이 웃고 있는 초연함
마음 가난한 영혼에
평강으로 다가온다

젊은 세월 화사함
미련 없이 밀어내는
백목련의 초월함이여!

대한민국 우표
REPUBLIC OF KOREA
20
자연보호
풍란
2018.
망초꽃
검 사철
멀리 있어
그리운 사람아
목이 긴 망초
그 꽃으로 내게 다가와서
진한 향기로 솜털 세우게 하고
파아란 하늘에서
구름처럼 유희하게 했습니다
그리운 한 짐
내려놓지 못한 채
무거운 마음으로
찬 하늘 바라보면
거기 고즈넉한 햇살이
나뭇가지 사이로
진한 서러움 싣고 옵니다
멀리 있어
그리운 사람아

# 김석기 화 가

**김석기**(金奭基) 화가 : 호는 우송(雨松). 경희대학교 미술대학과 대학원에서 한국화를 전공하였고, 개인전 40회, 국제전 40회, 국내전 500회 등 왕성한 활동을 하고 있는 작가.
최근 8년 동안 프랑스 파리를 중심으로 활동, 매년 파리에서 개인전과 프랑스 국립살롱전 등에 참여하고 있으며, 2016년에는 프랑스 몽테송아트살롱전의 초대작가로 개인전을 초대받은 바 있다.

2018. 3. 12
10904
200

2018. 3. 12
10904
90
Parus major

# 김선주 시인

김선주(金善珠) 시인 평론가 : 서울 출생. 1996년 월간 <행복 찾기>에 콩트를 쓰면서 작품 활동, 이후 계간<문학과 의식>에서 평론상을 받으면서 문학평론에 치중.
현재 건국대학교 교양학부 겸임교수, 계간<문학과 의식> 편집주간, 월간 <내 마음의 편지> 편집주간, 최근 수년간 각종 문예지에 백여 편의 평론 시 수필 수록 활동 중.

대한민국 KOREA 30
KOREA
푸른 눈을 가진 쓰레기
버려진 저녁을 훔치고 있다
바람이 불 때마다
어둠이 출렁이며
하루는
어둠과 어둠으로 이루어진 세계라는 듯
오래된 음시가 계단을
비스듬히 오르고 있다
—<야행>中
김선주

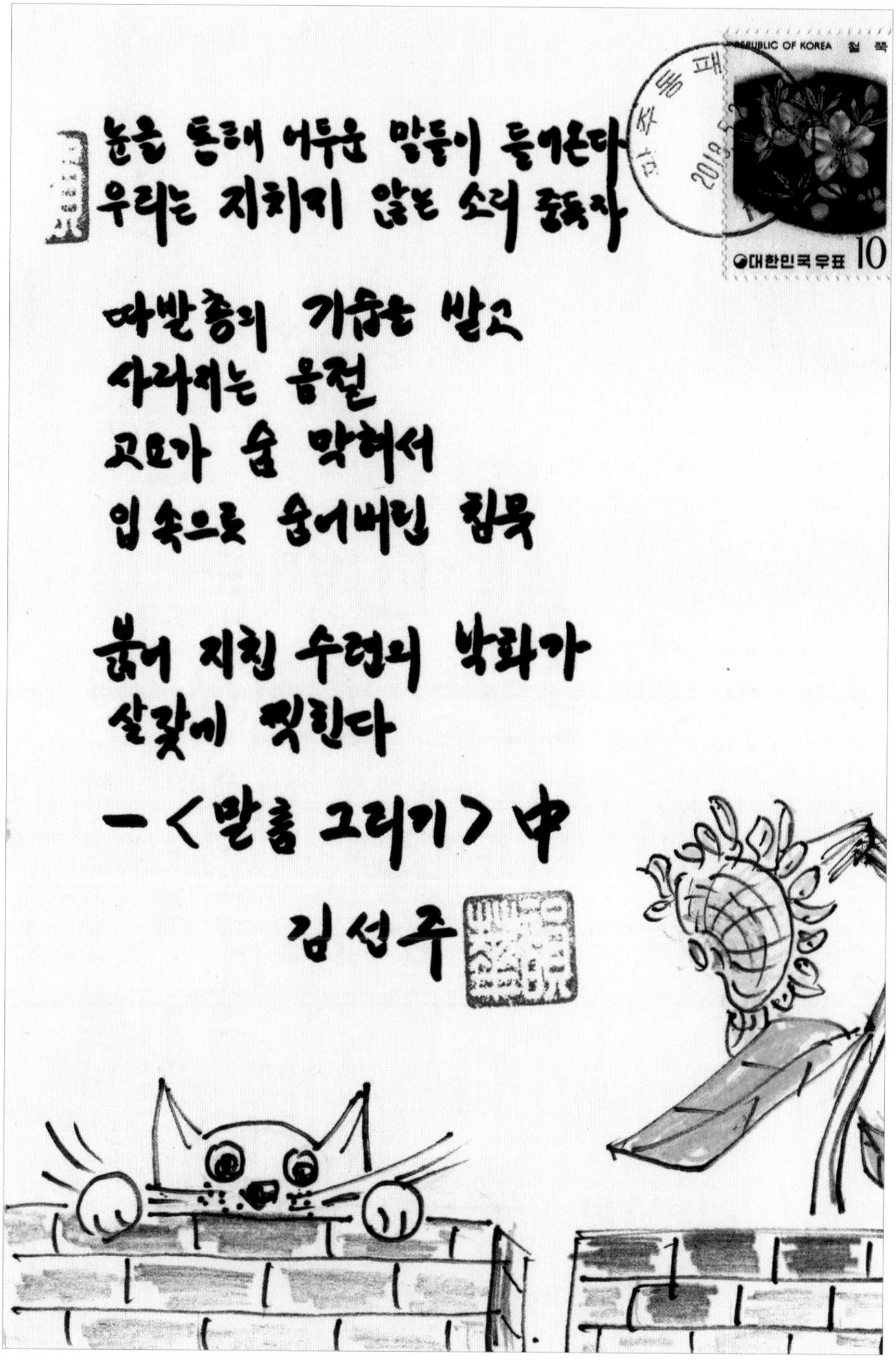
눈을 통해 어두운 말들이 들어온다
우리는 지치지 않는 소리 중독자

떠받층의 기슭을 밟고
사라지는 음절
고요가 숨 막혀서
입 속으로 숨어버린 침묵

붉어 지친 수련의 박화가
살갗에 찍힌다

— <말춤 그리기> 中

김선주

# 김선희 시인

**김선희** 시인 : 영남대학교 미술대학 졸업.
<문예운동>지를 통해 시인으로 등단.
월간 <리빙 센스> 작가로 활동.

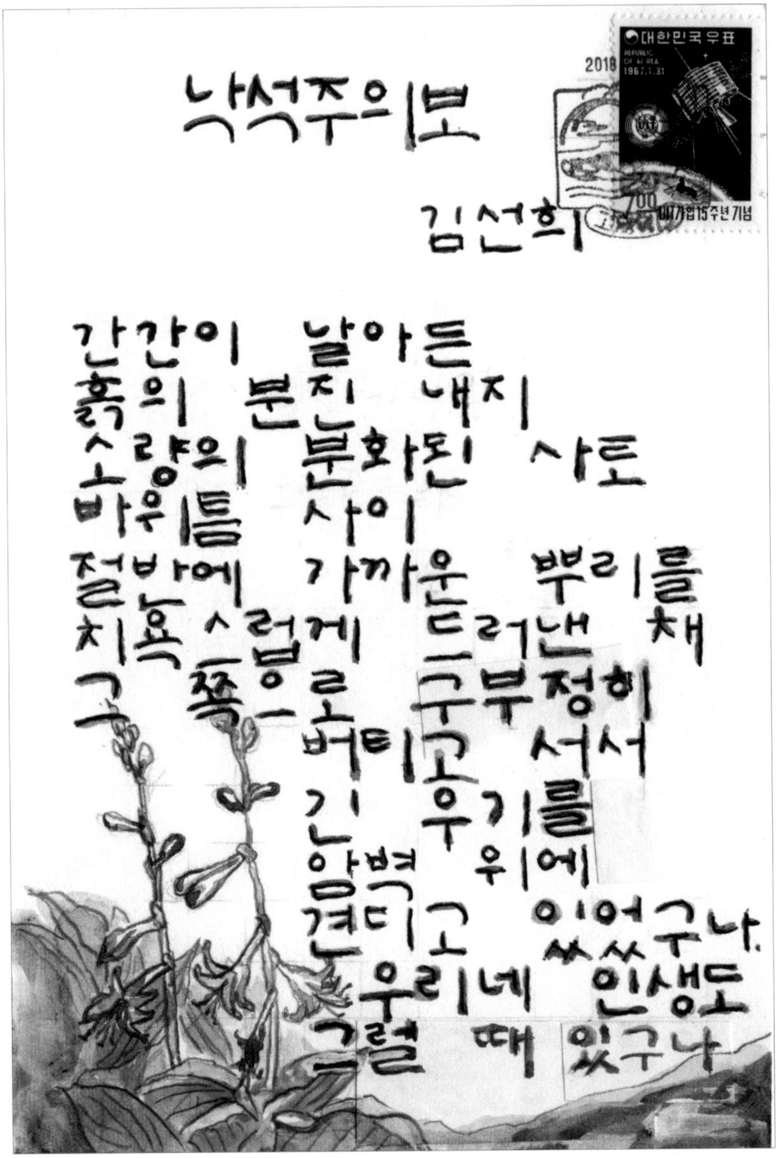
대한민국우표
REPUBLIC OF KOREA
1967.1.31
700
낙석주의보
김선희
간간이 날아든
흙의 분진 내지
소량의 분화된 사토
바위틈 사이
절반에 가까운 뿌리를
치욕스럽게 드러낸 채
그 쪽으로 구부정히
버티고 서서
긴 우기를
암벽 위에
견디고 있었구나.
우리네 인생도
그럴 때 있구나

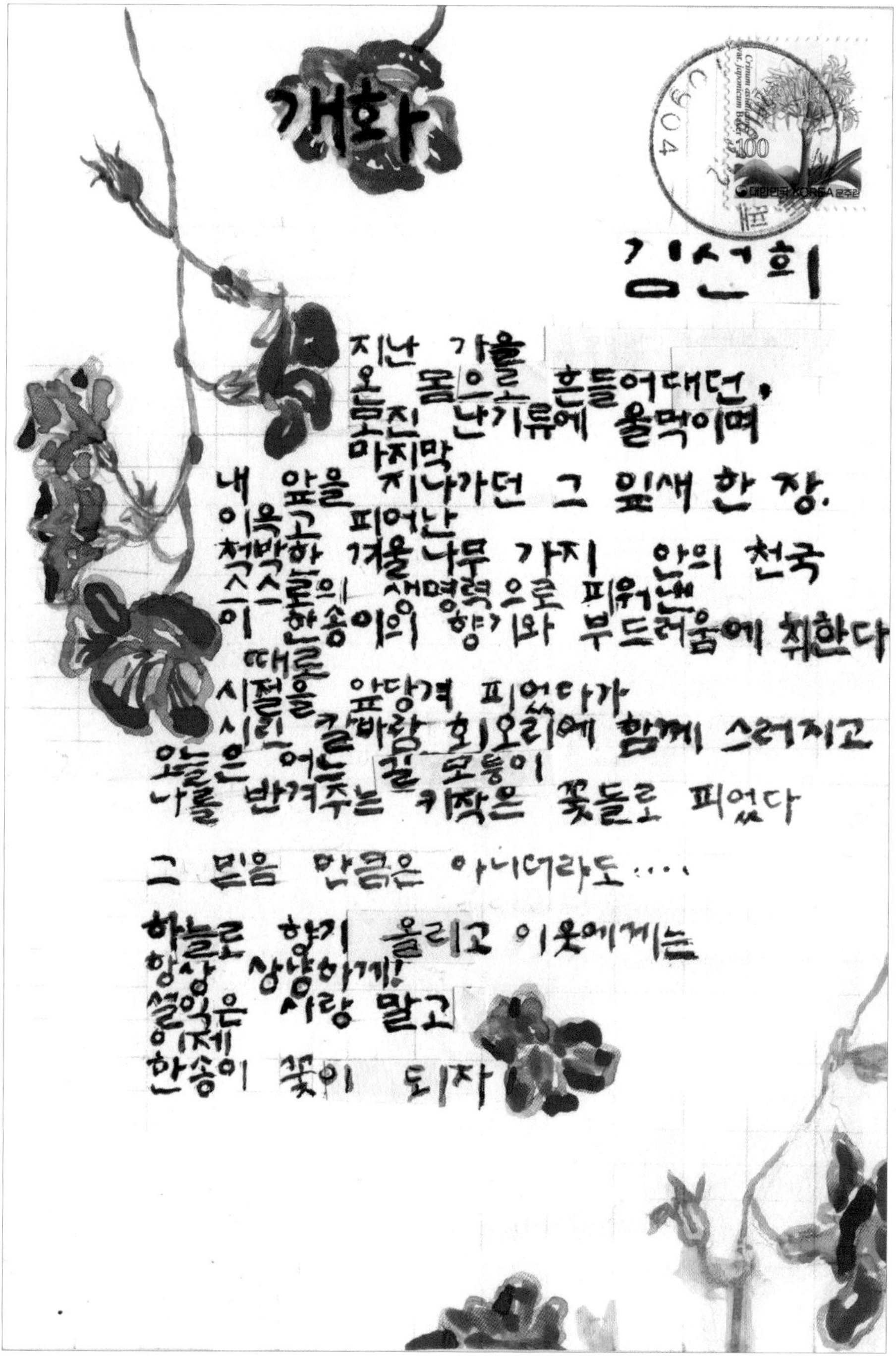

개화

김선희

지난 가을
온 몸으로 흔들어대던,
모진 난기류에 울먹이며
마지막
내 앞을 지나가던 그 잎새 한 장.
이울고 피어난
척박한 겨울나무 가지 안의 천국
스스로의 생명력으로 피워낸
이 한송이의 향기와 부드러움에 취한다
때로
시절을 앞당겨 피었다가
시린 갈바람 회오리에 함께 스러지고
오늘은 어느 길 모퉁이
나를 반겨주는 키작은 꽃들로 피었다

그 믿음 만큼은 아니더라도....

하늘로 향기 올리고 이웃에게는
항상 상냥하게!
설익은 사랑 말고
이제
한송이 꽃이 되자

# 김소엽 시인

**김소엽**(金小葉) 시인 : 이화여대 문리대 영어영문학과를 거쳐 연세대학교 연합신학 대학원을 졸업하고, 보성여고 교사, 호서대학교 교수 역임. 현재 대전대학교 석좌교수. 1978년 <한국문학>에 '밤', '방황' 등이 미당 서정주 선생, 박재삼 선생의 심사로 당선되어 문단 등단.
시집으로는 <그대는 별로 뜨고>, <지난날 그리움을 황혼처럼 풀어놓고>, <어느 날의 고백>, <마음속에 뜬 별>, <지금 우리는 사랑에 서툴지만>, <하나님의 편지>, <사막에서 길을 찾네> 등 다수. 수상집으로는 <사랑 하나 별이 되어>, <초록빛 생명> 등이 있으며 기독교문화대상. 윤동주문학상 본상 등을 수상하였다.

2018.3.
50
대한민국 KOREA
그리움
김소엽
당신이
너무나도
그리웁다
가슴은
노을빛
몸에선
낙엽타는
냄새
당신이
너무나도
보고싶다
Kyutae Jeon

# 봄이 오면

김소엽

꽃이 피는
봄이 오면
나는 어쩌나
봄이 오는 소리에
가슴 저리고
꽃소식만 들어도
눈물 핑 도는

봄이 오면
나는 어쩌나
꽃만 피고
님은 오시잖아
나는 어쩌나

# 김수영 시인

**김수영** 시인 아동문학가 : 2008년 월간 <아동문학> 동시, 동화 부문 신인상 수상. 2009년 한국아동문학 대상 수상, 2010년 한국 크리스찬문학작가상 수상, 2017년 대한민국 크리스찬문학 작가대상 수상. 한국문인협회 회원. 활천문학회 사무국장, 한국문인선교회 총무간사. 저서 : 동화 <청국장 파티>, <춤추는 마을버스>, <순교자 문준경> 등.

천사의 섬에 핀 꽃
김수영
돛단배에 몸을 싣고 섬들을 다니며
사랑을 실천하신 사랑의 어머니
천사의 섬에 꽃이 되셨읍니다
아홉켤레 고무신 다 닳도록
복음을 전파하신 믿음의 어머니
순교의 피로 생명이 되셨습니다
순교자 문준경 전도사의 노래

# 엘베강에서 부르는 노래

김수영

500년을 쉼없이 흐르는 엘베강
세월의 강도 쉼없이 흐르고 있다
그 날의 타올랐던 복음의 열기 이제 서서히 식어가고
환하게 비치든 그리스도의 태양 빛
엘베강 언덕 땅거미처럼 다시금 가물거린다

오직 성경으로 (Sola Scriptura
오직 그리스도로 (Solus Christus)
오직 은혜로 (Sola Gratia)
오직 믿음으로 (Sola Fida )
오직 주의 영광을 위하여 (Soli Deo Gloria)

우리 오늘 여기에 모여 피 끓는 회개로 목놓아 울며
500년 전 그 날의 감격과 열정을 되새기는 노래를 부르자
이제 우리 모두 새로워져서
그리스도께서 부어주시는 성령 충만함 받아
"만민에게 복음 전하라"는
주님의 명령 따라 땅 끝까지 복음들고 나아가야 하리라
십자가 승리의 노래 부르며 나아가리라

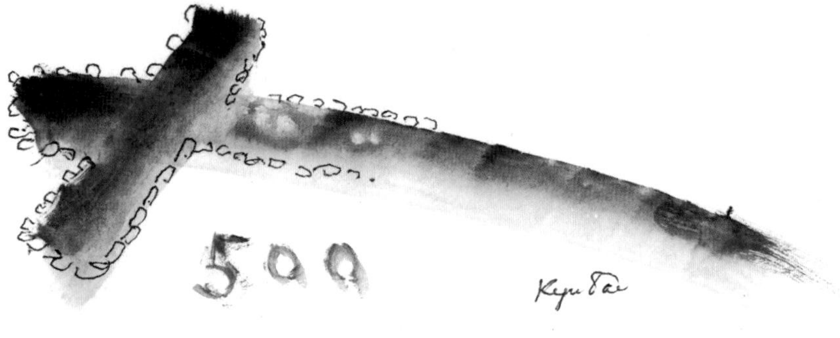

# 김시림 시 인

**김시림**(金詩林) 시인 : 동국대학교 대학원 문예창작과 졸업.
1991년 <한국문학예술> 시부문 등단.
한국문인협회, 해남문인협회, 동국문학인회 회원.
한국문학사 편찬위원.
시집 <쑥냄새 나는 내 이름의 꿀덕개 바닷가>, <그리움으로 자전거 타는 여자>, <부끄럼 타는 해당화> 등.

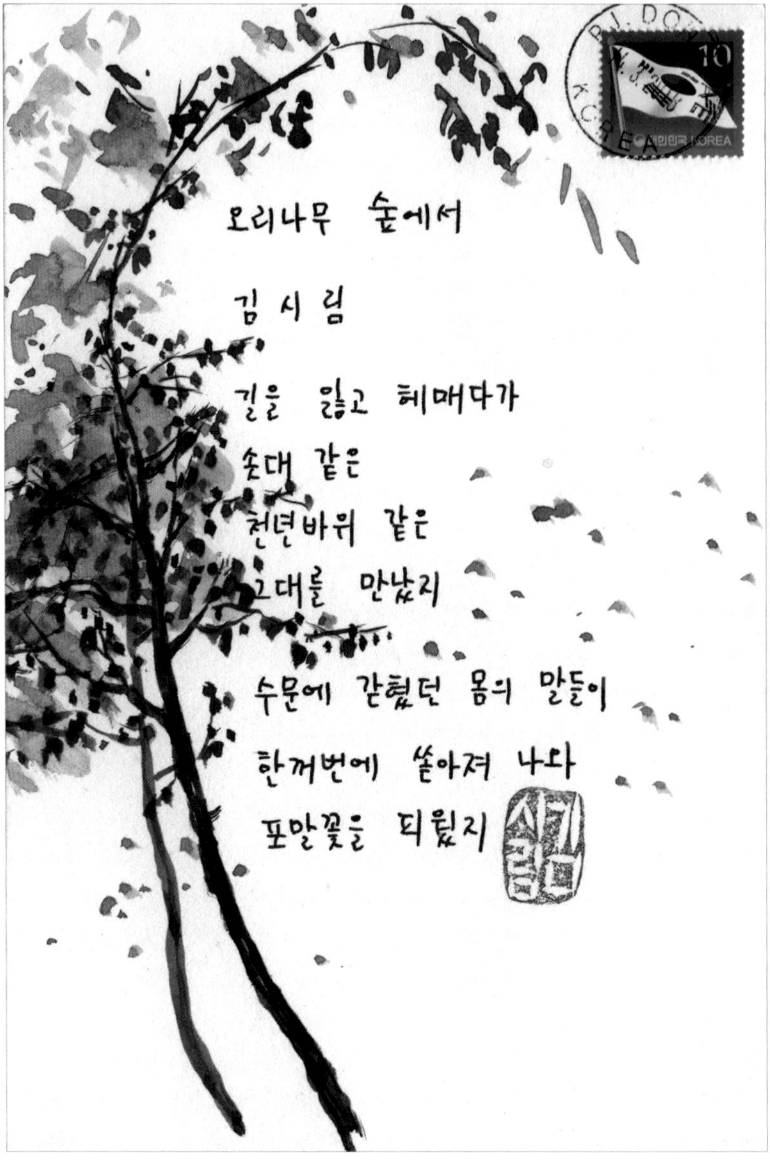
오리나무 숲에서
김 시 림
길을 잃고 헤매다가
솟대 같은
천년바위 같은
그대를 만났지
수문에 갇혔던 몸의 말들이
한꺼번에 쏟아져 나와
포말꽃을 피웠지
KOREA

하늘
땅
사람

너 그리고 나의 무늬가 모두 같다면
세상은 어떤 빛깔이 될까

서로 다른 것들이 만나
굴러가는
우주의 톱니바퀴를 생각한다

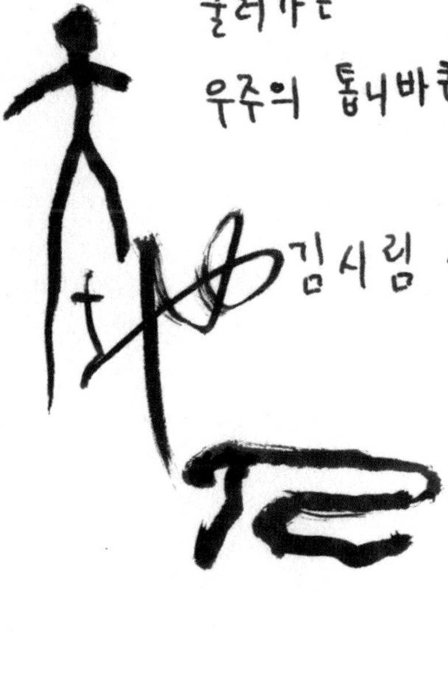

김시림 <무늬> 中에서

# 김양숙 시인

김양숙(金良淑) 시인 : 제주도에서 1952년에 출생했으며, 1990년 <문학과 의식>으로 등단하였다. 방송통신대를 마쳤고, 제2회 서울시인상을 수상했다.
시집으로 <지금 뼈를 세우는 중이다>가 있으며, 한국문인협회, 현대시인협회 회원으로 활동 중이다.

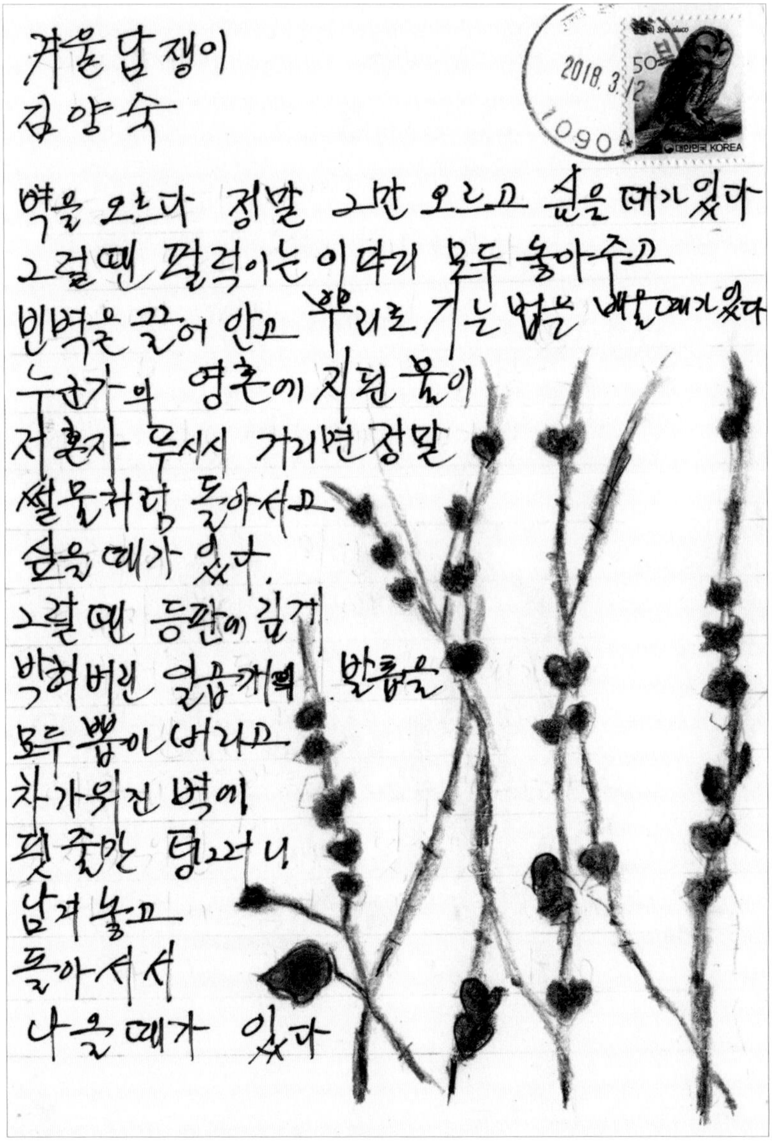

겨울담쟁이
김양숙

벽을 오르다 정말 그만 오르고 싶을 때가 있다
그럴땐 펄럭이는 이파리 모두 놓아주고
빈벽을 끌어 안고 뿌리로 가는 법을 배울때가 있다
누군가의 영혼이 지린 물이
저혼자 무시시 거리면 정말
썰물처럼 돌아서고
싶을 때가 있다.
그럴땐 등판에 깊게
박혀버린 일곱개의 발톱을
모두 뽑아 버리고
차가워진 벽에
핏줄만 덩그러니
남겨놓고
돌아서서
나올때가 있다

타클라 마칸 사막
김 양숙

한번 들어가면 영원히 나올수 없는 사막이라지요
모래는 제 몸을 갈아 다시 모래를 만들고
바람은 허공을 흔들어 또 다른 바람을 낳는다지요
어쩌다 흘려 상처가 되는 말조차 하늘에 박혀
별이 되는 타클라 마칸 사막에선
첫 이름을 불러준이와 영원히 하나가 된다지요
살아있는 심장을 태워 지표아래로 흘려 보내면
뜨거워진 마그마는 또 하나의 심장을 만든다지요
타클라마칸 사막은

태어나는 사구마다 미로를 만들어
그 끝에 오아시스를 숨겨 놓았다지요
그곳에 가면 내 심장에 첫 심장을 얹어준
당신을 지킬 수 있을것 같아
모래 바람 부는 가슴 한켠에서
낙타 한 마리를 키우지요

# 김여정 시인

**김여정**(金汝貞) 시인 : 경남 진주 출생. 성균관대 국문과, 경희대 대학원 국문과 졸업. 1968년에 <현대문학>으로 등단하였고, 저서로는 시집 <화음>, <바다에 내린 햇살>, <겨울새>, <날으는 잠>, <어린 神에게>, <해연사>, <사과들이 사는 집>, <봉인 이후>, <내안의 꽃길>, <초록 묵시록>, <눈부셔라, 달빛> 등 12권, 시선집으로 <레몬의 바다>, <그대 꿈꾸는 동안>, <흐르는 섬> 등, 시해설집 <현대시의 이해와 감상>, <별을 쳐다보며> 등.
시전집 <김여정 시전집>, 수필집 <고독이 불탈 때>, <너와 나의 약속을 위하여>, <오늘은 언제나 미완성> 등.
대한민국문학상, 월탄문학상, 한국시협상, 공초문학상, 남명문학상, 동포문학상, 성균문학상, 정문문학상, 시인들이 뽑은 시인상 등을 수상했다. 국제펜클럽 한국본부 이사, 한국시인협회 자문위원, 한국여성문학인회 자문위원, 한국문인협회 회원, 한국가톨릭문인회 고문, <청미(靑眉)> 동인, <시정신> 동인.

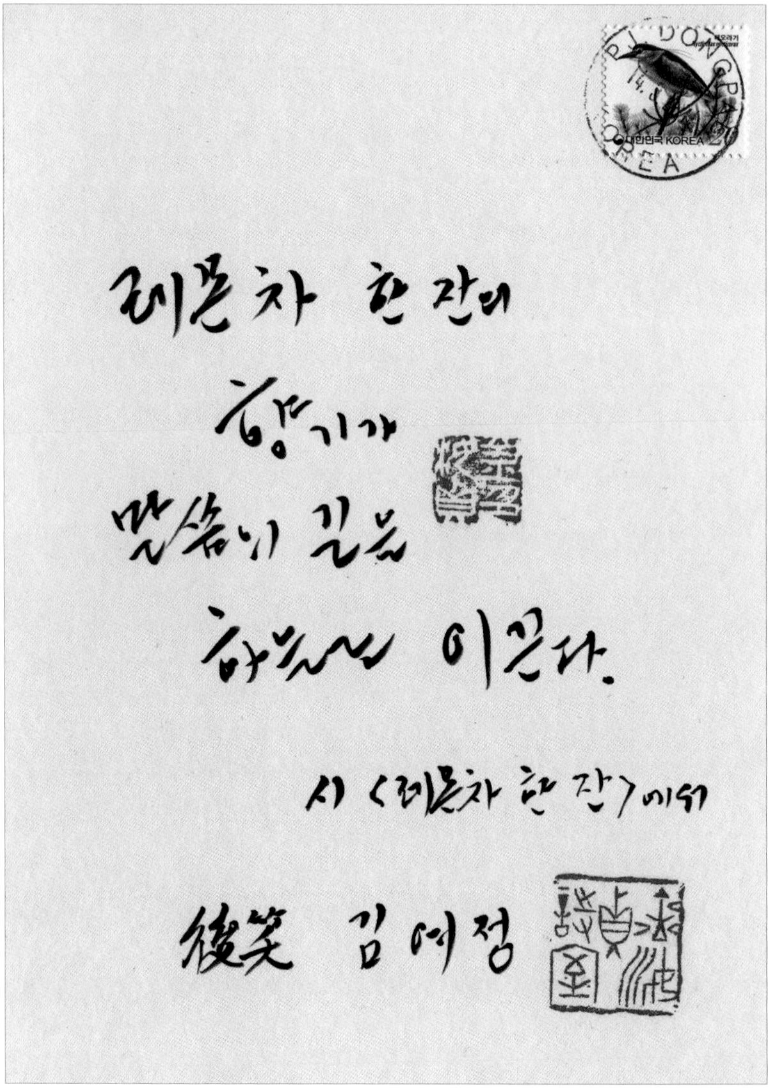
레몬차 한 잔에
향기가
시 <레몬차 한 잔>에서
김여정

黃金寺院

여름날 한낮의 솔숲은
황금사원이다.

빛의 폭우 속 풀밭에 누우면
나도 황금와불이 된다.

여름 한낮은 成佛의
시간이다.

시 <황금사원>에서
김여정

# 김영자 화 가

**김영자**(金英子) 화가 : 홍익대학교 서양화과 졸업. 개인전 아트앤컴퍼니 기획초대전(신한아트홀, 2009) 외 23회, 단체전 홍익여성작가회전(2006), 한일 국제회화교류전(일본, 고베, 2006), 제7,8회 상해 국제아트페어(2004,2005), 한국여류화가회 30주년 기념전(예술의 전당, 2002), 여류화가회전(1994), 한러초대작가 교류전(러시아), 서울국제현대미술제(국립현대미술관,1993), 한민족 여성문화 교류전(중국,1992) 현대작가 초대전 출품(조선일보사 주최, 국립현대미술관, 서울 ,1963)외 다수.
한국여류화가회 회장, 홍익여성작가회 회장, 한국미술협회 서양화 제2분과 위원장 역임, 현재 한국미술협회 자문의원, 홍익여성작가회 고문, 한국 여류화가회, 상형전 회원.

# 김옥엽 시인

김옥엽(金玉葉) 시인 : 1949년 부산 출생으로 수원신대, 총회신학교 신학과 졸업, 중앙대 예술대학원 문예창작과정을 수료하였으며 88년 <동양문학> 당선. <시조문학> 추천으로 문단에 나온 후 한국문협과 국제펜클럽, 여성문학인회, 크리스천 시인협회 등의 회원으로 또 순수문학인협회 상임이사로 활동하고 있다. <여백> <갈채> 시 동인이며 저서로 <파아란 울음의 부피> 외 20여 권의 공저가 있다. 제5회 영랑문학상과 제11회 크리스천 문학상을 수상하였다.

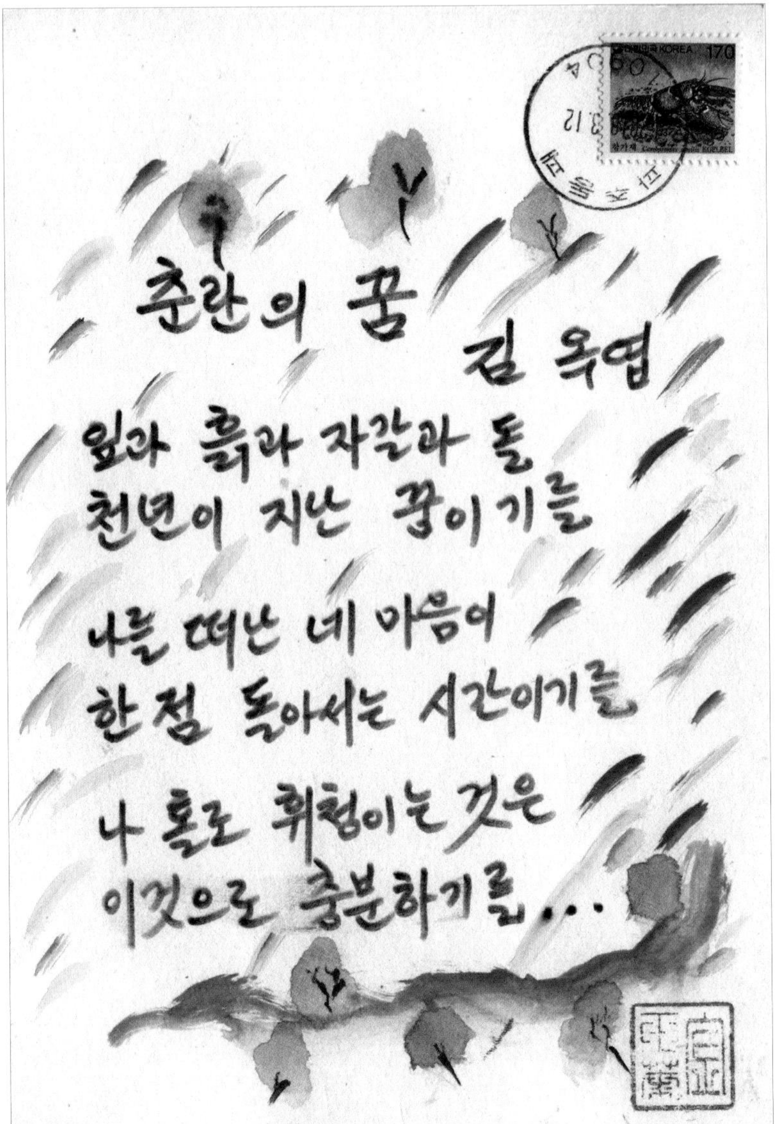
KOREA 170
춘란의 꿈
김 옥엽
잎과 흙과 자갈과 돌
천년이 지난 꿈이기를
나를 떠난 네 마음에
한 점 돌아서는 시간이기를
나 홀로 휘청이는 것은
이것으로 충분하기를...

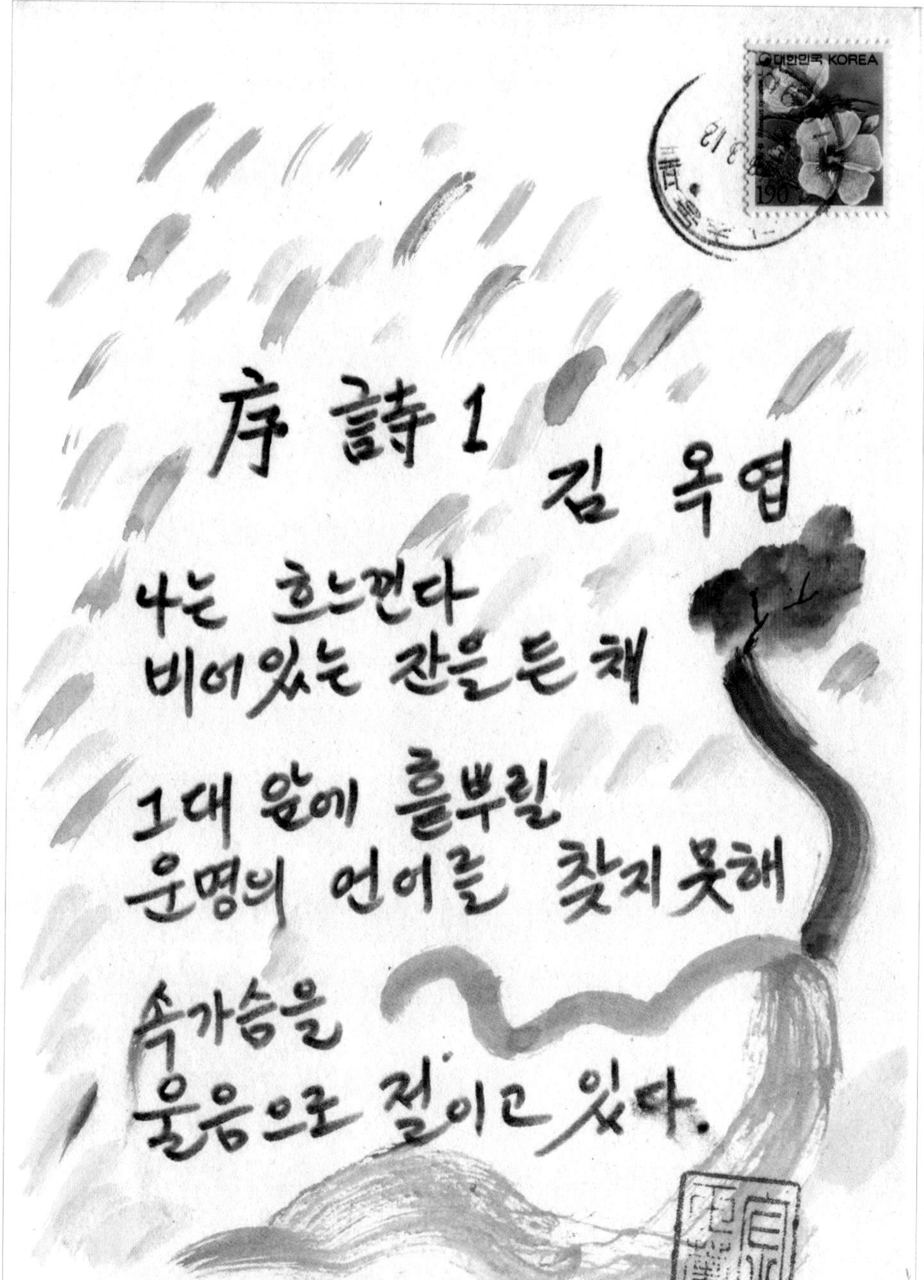
대한민국 KOREA
190
序詩 1
김옥엽
나는 흐느낀다
비어있는 잔을 든 채
그대 앞에 흩뿌릴
운명의 언어를 찾지 못해
속가슴을
울음으로 절이고 있다.

# 김용언 시인

김용언(金勇彦) 시인 : 동국대학교 국어국문학과 졸업, 국민대학교 대학원 국어국문학과 졸업. 월간 <시문학>으로 등단. 시문학상, 평화문학상, 영랑문학상 포스트문학대상 수상.
국민대, 서울여대, 대전대, 문창과에서 강의.
시집으로 <소리 사냥> 외 8권. 한국시문학 회장, 한국현대시인협회 24대 회장, 국제PEN한국본부 이사, 한국문학포럼 대표

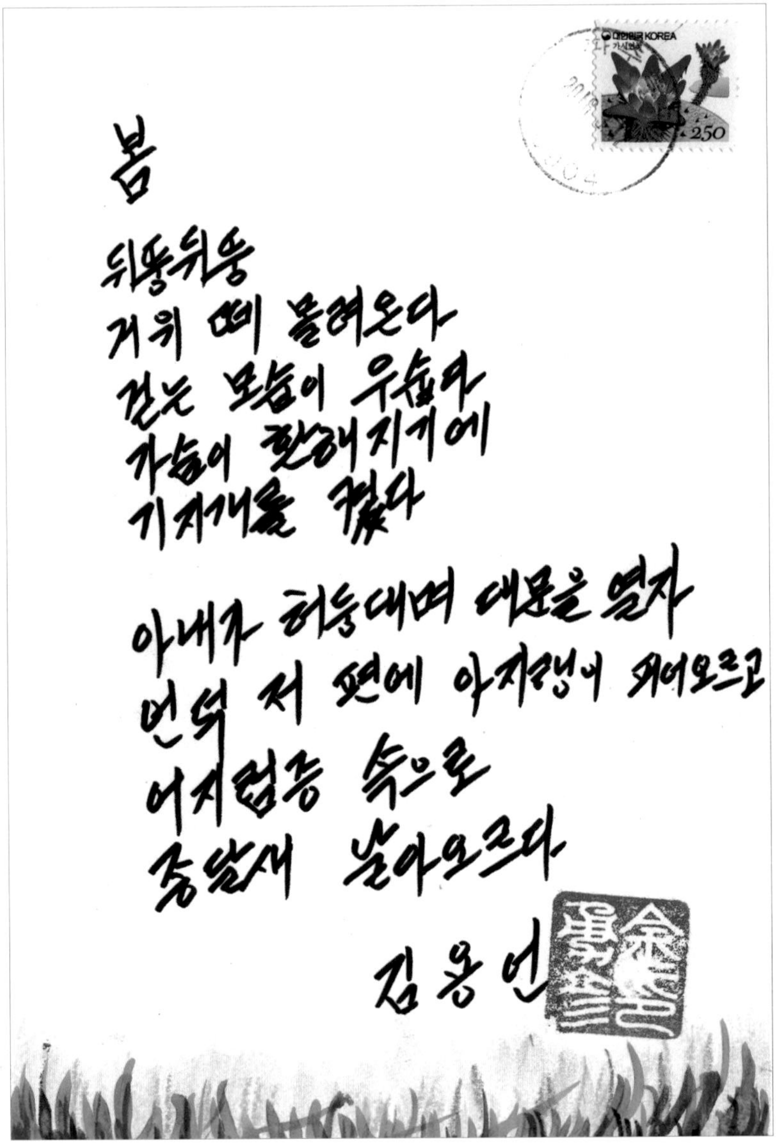

봄

뒤뚱뒤뚱
거위 떼 몰려온다
걷는 모습이 우습다
가슴이 환해지기에
기지개를 켰다

아내가 허둥대며 대문을 열자
언덕 저 편에 아지랑이 피어오르고
어지럼증 속으로
종달새 날아오르다

김용언

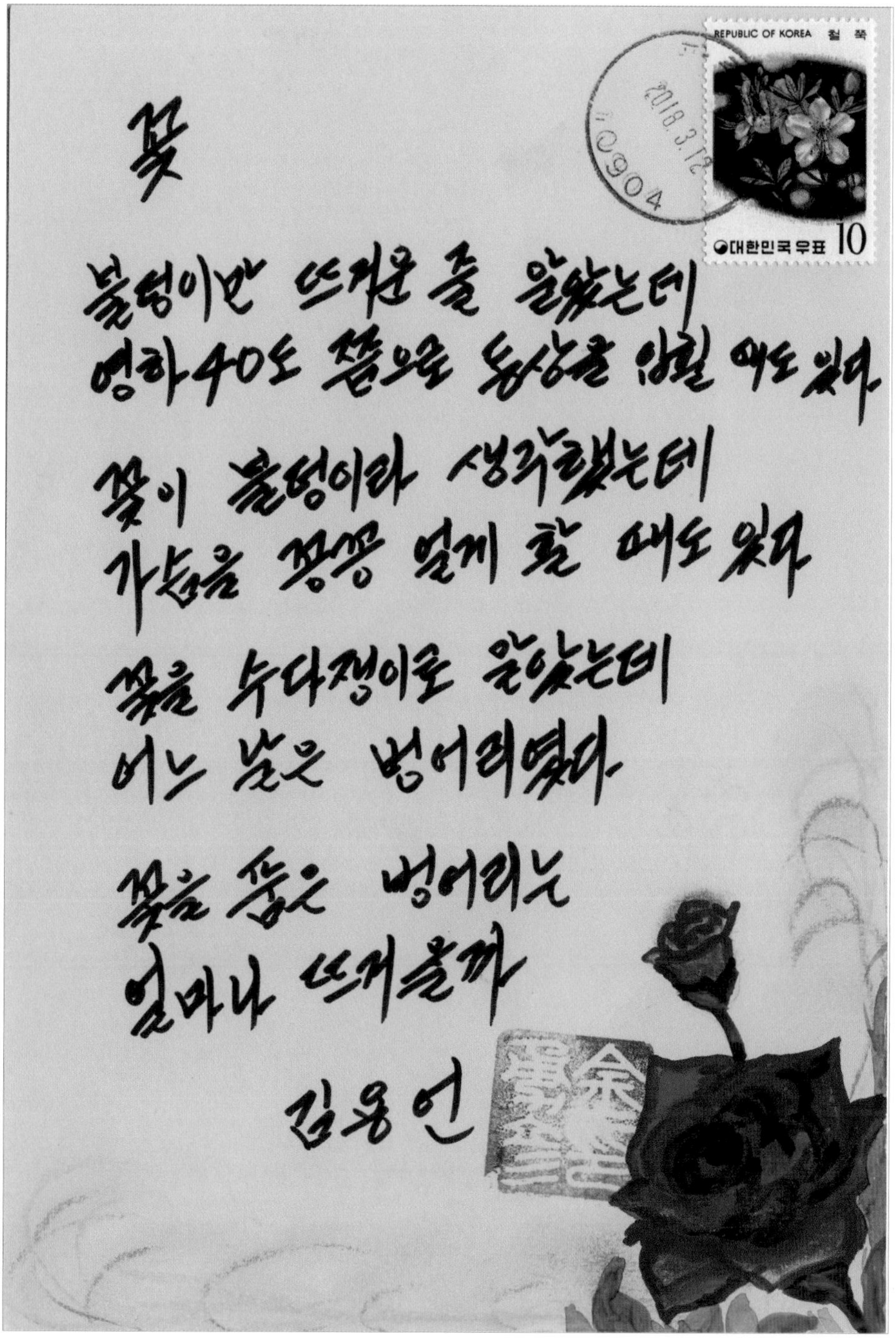

REPUBLIC OF KOREA 철 쭉
대한민국 우표 10
2018. 3. 12

꽃

불덩이만 뜨거운 줄 알았는데
영하 40도 쯤으로 동상을 입힐 때도 있다

꽃이 불덩이라 생각했는데
가슴을 꽁꽁 얼게 할 때도 있다

꽃을 수다쟁이로 알았는데
어느 날은 벙어리였다

꽃을 품은 벙어리는
얼마나 뜨거울까

김용언

# 김용희 시인

**김용희** 시인 수필가 : 전 성균관대학교 겸임교수. 현재 서울사이버대학교 자유전공 교수. 시집으로 <도시의 달>, 수필집으로 <빗장 인문학>이 있다.

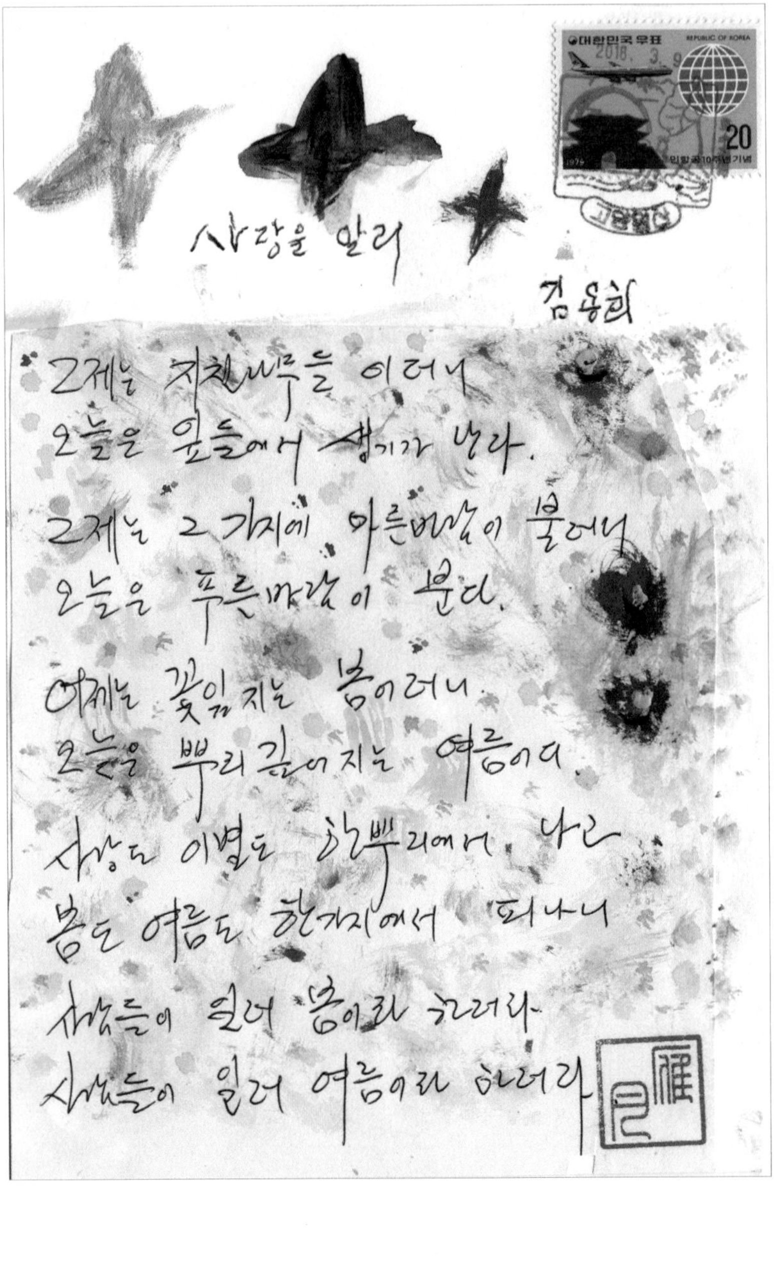
사랑을 알리
김용희
그제는 지친 나무들 이러니
오늘은 잎들에서 생기가 난다.
그제는 그 가지에 마른바람이 불더니
오늘은 푸른바람이 분다.
어제는 꽃잎 지는 봄이더니
오늘은 뿌리 깊어지는 여름이다.
사랑도 이별도 한뿌리에서 나고
봄도 여름도 한가지에서 피나니
사람들이 일러 봄이라 하더라
사람들이 일러 여름이라 하더라

아침의 소리
김용희
도시는 강으로 숨을 쉰다
강과 하늘이 맞 닿을 때
그 생명줄에 뜬 돛단배 하나
매듭을 밀어내며 호롱 밝혔다
부심한 도시의 물빛들
그 강 건너 애기들이
도시의 젖줄 붙들고 홀로 불 밝혔다
석양으로 흩어지던
물결위로 번지던
물결 위로 번지던
기억들 너머로 도시의 젖줄 붙들고
홀로 불 밝혔다
2018. 3. 9
대한민국 우표
REPUBLIC OF KOREA
20
1979
민항공10주년기념

# 김 원 화 가

**김원**(金垣 1931~2002) 화가 : 호는 남강(南江) 경북 의성 출생. 서라벌 예술대학 졸업, 한양대학교 대학원 졸업. 소정 변관식 선생의 수제자로, 대한민국 미술대전 운영위원(98), 한국 미술협회 고문 등을 역임했으며 1986년부터 1998년까지 대구대학 미술대 교수로 재직했다. 그리고 그의 유작 50여점은 대구대학에 기증되어 매년 후학들을 위해 전시되고 있다.

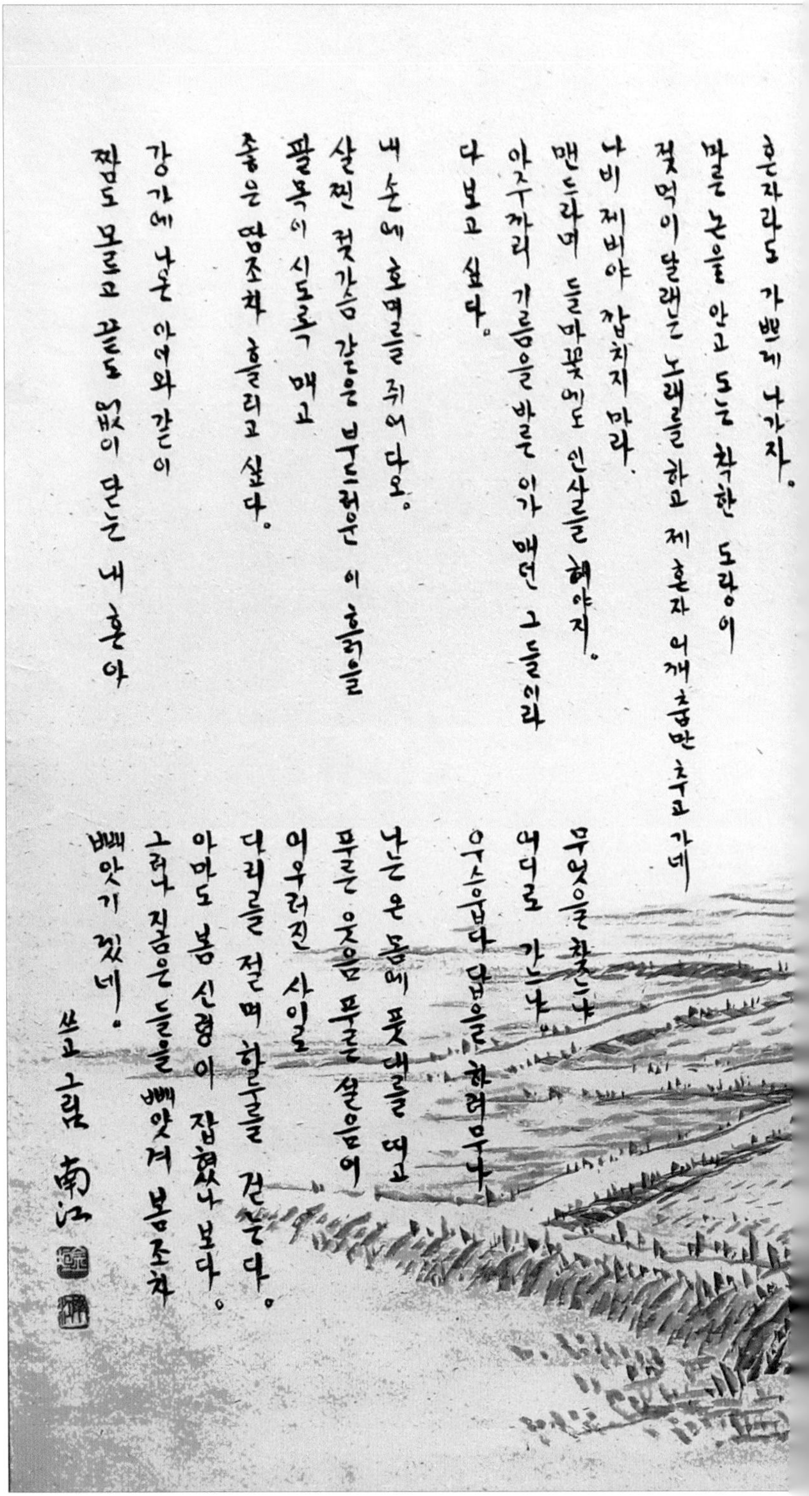
혼자라도 가쁘게 나가자.
말은 논을 안고 도는 착한 도랑이
젖먹이 달래는 노래를 하고 제 혼자 어깨춤만 추고 가네
나비 제비야 잡치지 마라.
맨드라미 들마꽃에도 인사를 해야지.
아주까리 기름을 바른 이가 매던 그들이라
다 보고 싶다.
내 손에 호미를 쥐어 다오.
살진 젖가슴 같은 부드러운 이 흙을
팔목이 시도록 매고
좋은 땀조차 흘리고 싶다.
강가에 나온 아이와 같이
짬도 모르고 끝도 없이 닫는 내 혼아
무엇을 찾느냐
어디로 가느냐.
우스웁다 답을 하려무나.
나는 온 몸에 풋내를 띠고
푸른 웃음 푸른 설음이
어우러진 사이로
다리를 절며 하루를 걷는다.
아마도 봄 신령이 잡혔나 보다.
그러나 지금은 들을 빼앗겨 봄조차
빼앗기겠네.
쓰고 그림 南江

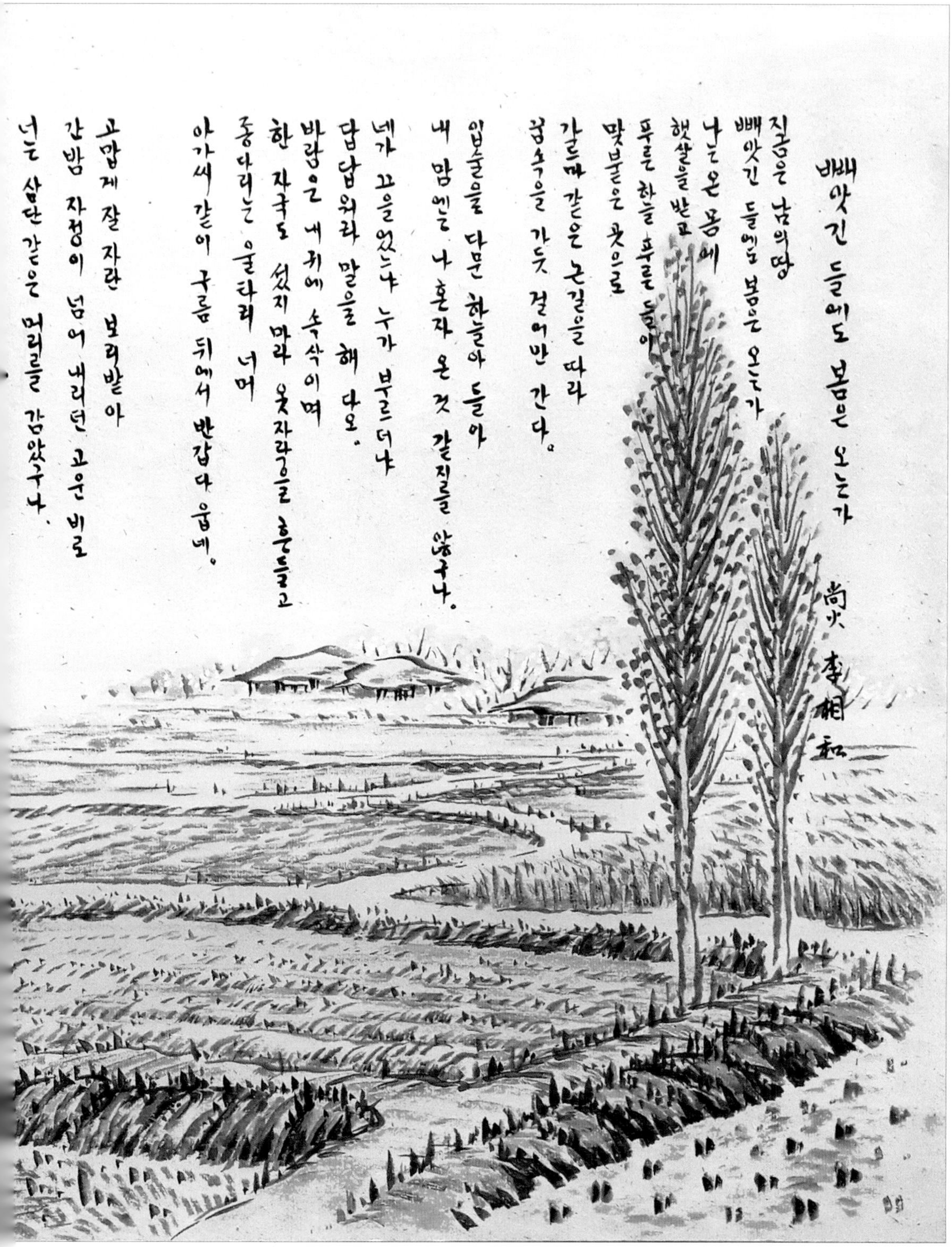
빼앗긴 들에도 봄은 오는가
尙火 李相和
지금은 남의 땅
빼앗긴 들에도 봄은 오는가
나는 온 몸에
햇살을 받고
푸른 하늘 푸른 들이
맞붙은 곳으로
가르마 같은 논길을 따라
꿈속을 가듯 걸어만 간다。
입술을 다문 하늘아 들아
내 맘엔 나 혼자 온 것 같지를 않구나。
네가 끄을었느냐 누가 부르더냐
답답워라 말을 해 다오。
바람은 내 귀에 속삭이며
한 자국도 섰지 마라 옷자락을 흔들고
종다리는 울타리 너머
아가씨 같이 구름 뒤에서 반갑다 웃네。
고맙게 잘 자란 보리밭아
간밤 자정이 넘어 내리던 고운 비로
너는 삼단 같은 머리를 감았구나.

# 김 원 시인

김원(金源) 시인 : 강원도 원주 출생. <창조문예>지로 등단. 한국문인선교회 부회장, 경의선 문학 감사, 한빛문학 자문위원, 중원상사, 아세아의료기 대표 역임.
시집 <물방울 꽃들은 바다로 흐른다> 외 다수. 시전집 <빛과 사랑과 영혼의 노래> (시 1,000편 수록)

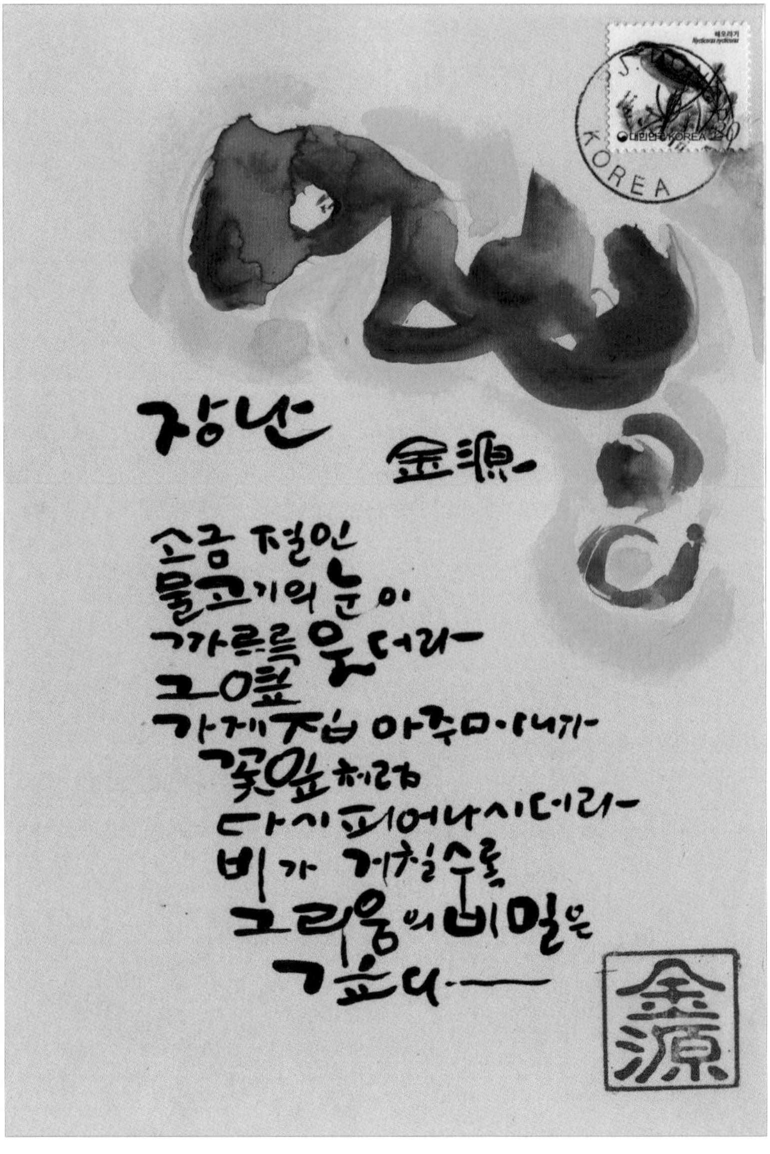
KOREA
장난
金源
소금 절인
물고기의 눈이
까르륵 웃더라
그 옆
가게집 아주머니가
꽃잎처럼
다시 피어나시더라
비가 거칠수록
그리움의 비밀은
깊다
金源

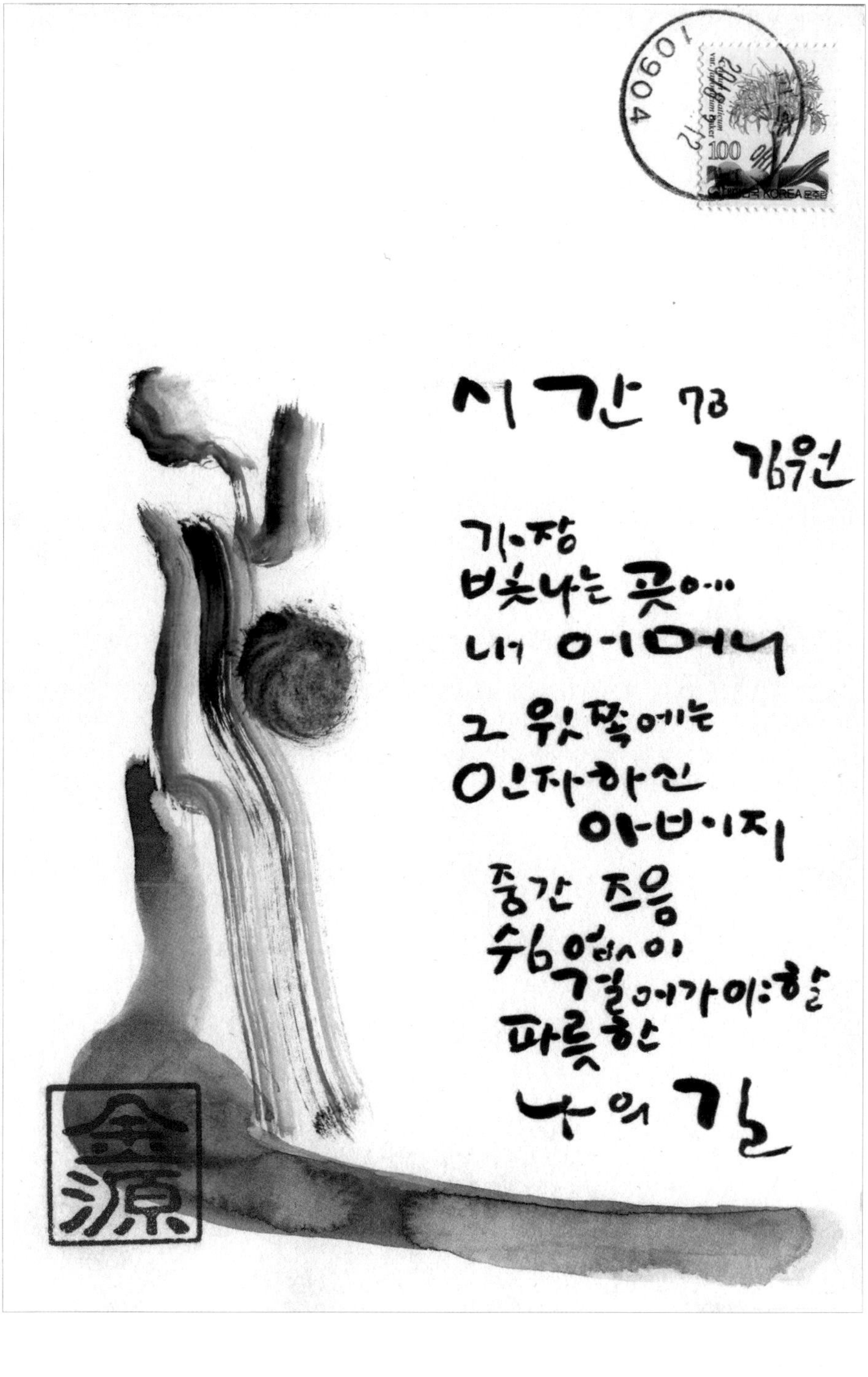
시간 73
김원
가장
빛나는 곳에…
내 어머니
그 윗쪽에는
인자하신
아버지
중간 즈음
쉼없이
걸어가야할
파릇한
나의 길
金源

# 김유조 소설가

**김유조** 소설가 평론가 문학박사 : 건국대학교 명예교수(부총장 역임).
학술원 우수도서 상, 헤밍웨이 문학상, 문학마을 문학대상, 서초문인협회 소설대상 등 수상.
저서로 소설 3권, 평론집 1권, 학술 및 번역서 등 다수.
현재 미국 소설학회 고문(회장 역임), 문학의식-세계한인 작가연합 공동 대표, 한국문협 PEN클럽 한국소설가협회 윤리위원 회원, 세계여행작가협회 부회장.

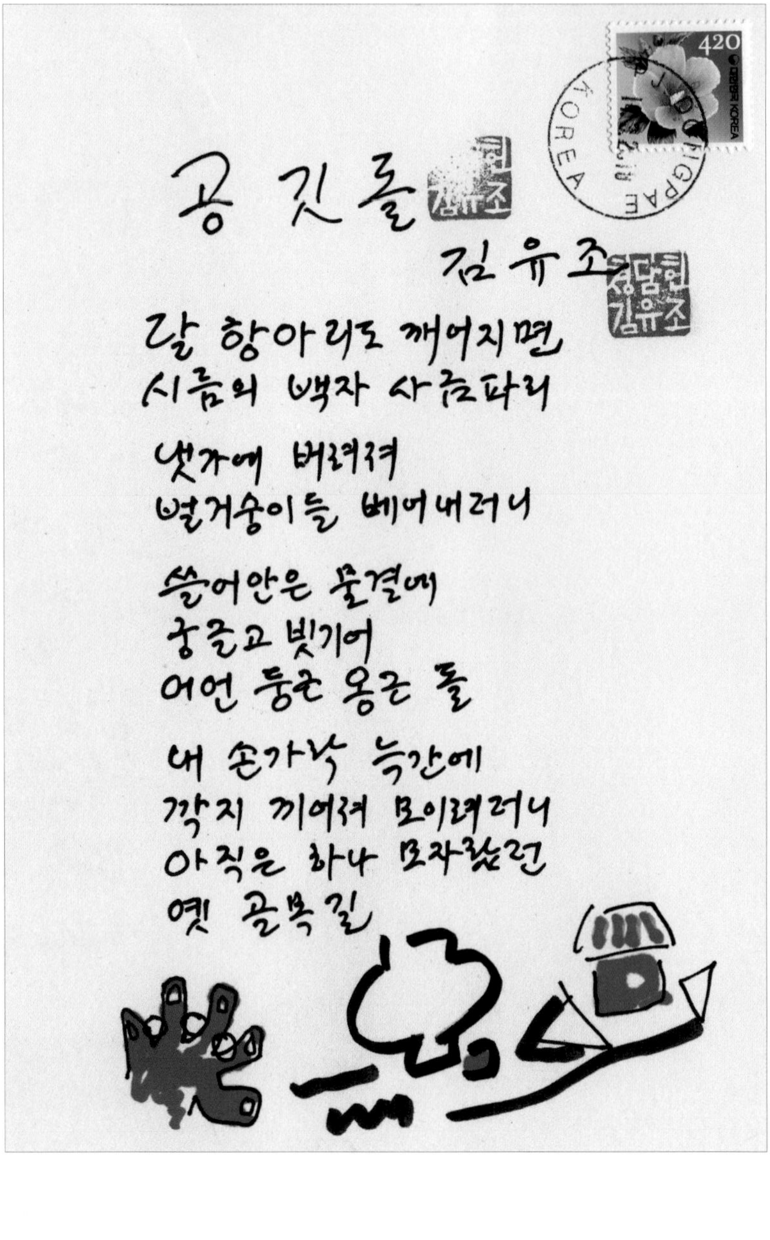

공깃돌
김유조
달 항아리도 깨어지면
시름의 백자 사금파리
냇가에 버려져
벌거숭이들 베어내려니
쓸어안은 물결에
궁글고 빗기어
어언 둥근 옹근 돌
내 손가락 늑간에
깍지 끼어져 모이려려니
아직은 하나 모자랐던
옛 골목길

답답하던 시대의 달흔적

김유조

떴다 떴다 남산 위에 핏빛 달
35년 만에 뜬다는 슈퍼블루 블루문
겨울 올림픽 축하 풍선으론 갈잖고
길상과 불길을 표상으로 만월과 개기식에
두루잡이로 끌어안음은
우리 슬픈 설화의 숙명

아, 35년은 커녕 35일 후도
내다 보기 힘든 강토의
슈퍼블루 블러드 문 뜨던 저녁 답
답답하던 목멱산 아래 동네

해 땅 달
땅
달
천지간의 힘든 배열
블러드 문의 조화
하필이면 블러디 노우즈 코피작전
소문 풍성하던 날의 저녁 답에 잡혔나.
은유의 달빛로 답답하던
그날 핏빛 저녁 답

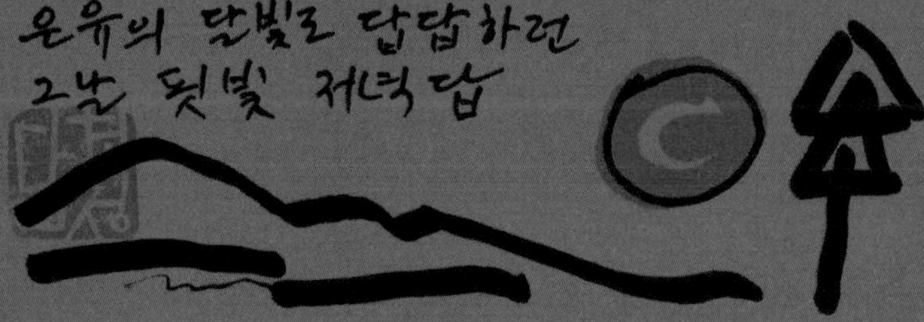

# 김윤식 화가

김윤식(金潤湜) 화가: (1933~2008년) 평남 강동군 출생. 1962년 홍익대학교 미술대학 회화과 졸업. 개인전 11회. 강남대학 강사, 한국기독교미술인협회 회장 역임. <서문문고 322번 한국의 정물화 저자>.

이육사의 시 "청포도"

김윤식 화백 그림에 -
내 고장 칠월은
청포도가 익어가는 시절
이 마을 전설이
주절이 주절이 열리고

# 김은이 화가

김은이(金銀耳) 화가 : Art GB Agency 기획 작가.
예술가의 창, 산맥회 회원.
개인전 '바다, 삶 그리고' (서울 국회의사당)전 등 7회.
기타 초대, 단체전 등 다수 참가.

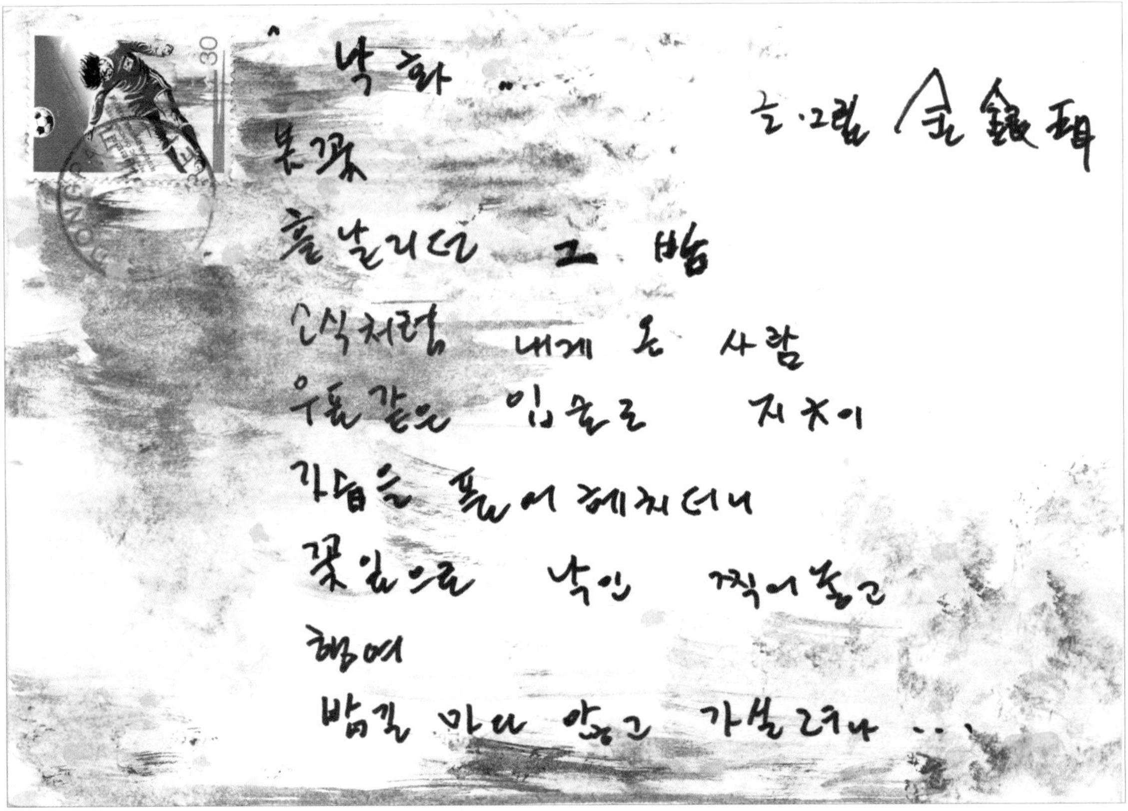

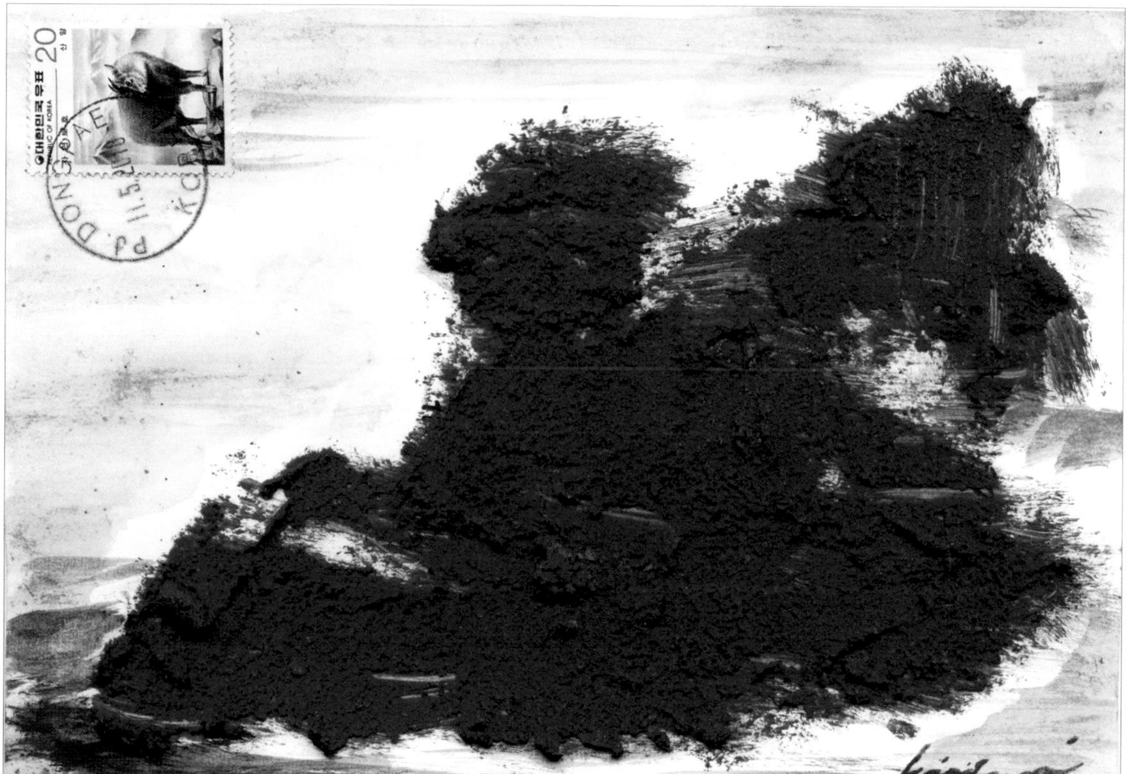
대한민국우표
20

# 김이안 시인

김이안 시인 : 한국방송통신대학교 국어국문학과 졸업, 중앙대학교 예술대학원 문예창작 전문가 과정 수료, 2011년 계간 <시평>으로 등단. <12 더하기 시인 동인>.

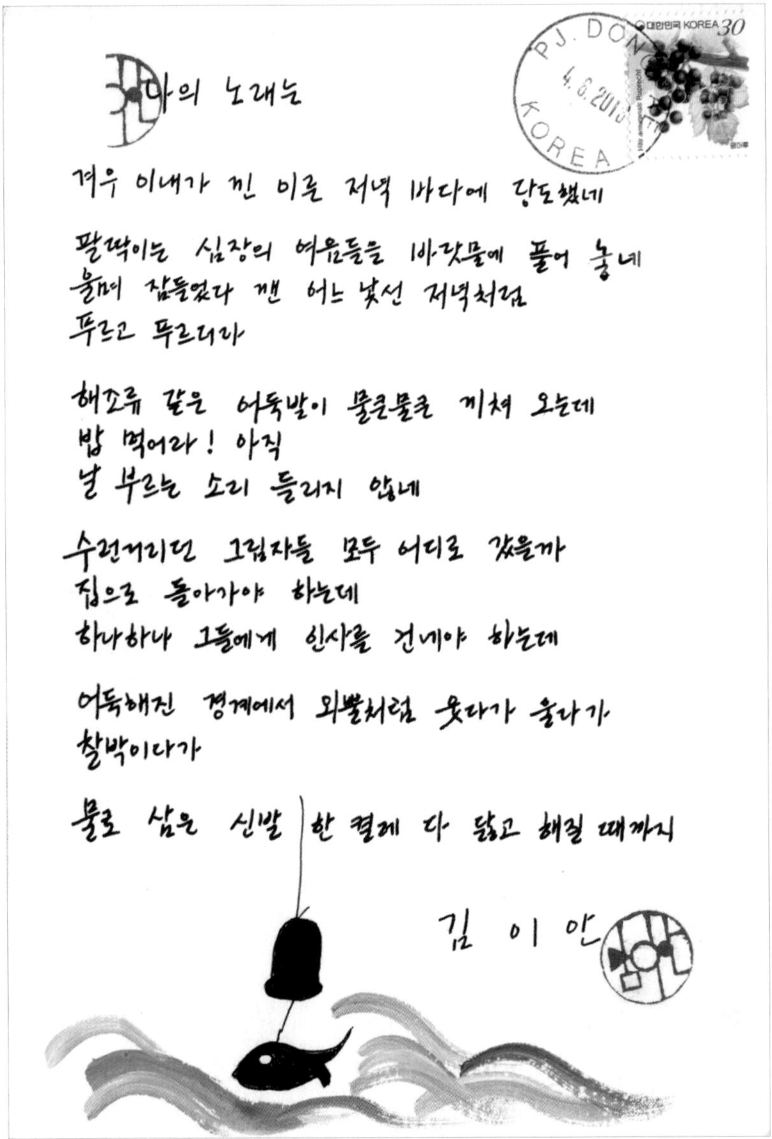

나의 노래는

겨우 이내가 낀 이른 저녁 바다에 당도했네

팔딱이는 심장의 여음들을 바닷물에 풀어 놓네
울며 잠들었다 깬 어느 낯선 저녁처럼
푸르고 푸르더라

해조류 같은 어둑발이 물큰물큰 끼쳐 오는데
밥 먹어라! 아직
날 부르는 소리 들리지 않네

수런거리던 그림자들 모두 어디로 갔을까
집으로 돌아가야 하는데
하나하나 그들에게 인사를 건네야 하는데

어둑해진 경계에서 외뿔처럼 웃다가 울다가
찰박이다가

물로 삼은 신발 한 켤레 다 닳고 해질 때까지

김 이 안

breathe

비가 내렸다

당신의 전화번호를 들고
전화할 수 없었다

흠흠하고 가지런한 빗소리가
적요를 점묘처럼 흩어 놓는다

주름치마의 호주머니 속,
마른 꽃잎의 출처를 알 수 없었다

허파로, 아가미로 숨을 쉬며
나는 공중대초원의 풀잎으로 눕는다

황막한 주소를 짐작하기 어려웠으므로
내 거친 숨결을 방목한다, 해도
당신은 나무라지 않을 것이다

나의 가느다란 숨이
커다란 숲이 되기를 바란다

발바닥이 흰,

비가 내리고 있었다

김 이 안

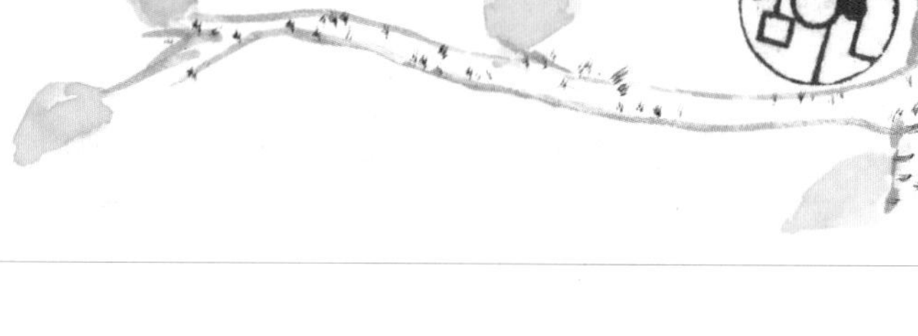

# 김재열 화가

**김재열** 화가 : 홍익대학교 산업 미술대학원 교수 역임. 개인전 16회. 대한민국 미술대전 심사위원장 및 운영위원 역임, 한국 수채화 공모전 심사회원 및 운영위원장 역임, 한국미술협회 인천광역시 지회장 역임, 인천광역시 초대작가회 이사장 역임.
한국미술협회 고문. 남인천 방송 인천여행 스케치 23회 방영.

여행스케치
팔미도 등대
2018. 6.
JaeyoulKim

# 김종섭 시인

김종섭(金鍾燮) 시인: 1946년 경북 포항 출생, 중앙대학 및 영남대 대학원 졸업. <월간문학> 신인상으로 등단. 시집으로는 <환상조>, <다시 깨어나기>, <그리운 기적> 등 10권과 산문집 <동백과 산수유> 등이 있다. 윤동주문학상, 조연현문학상, 경상북도문화상 등을 수상했고, 경주 문협 회장, 경북문협 회장 등을 역임했으며 현재 한국문협 부이사장 역임.

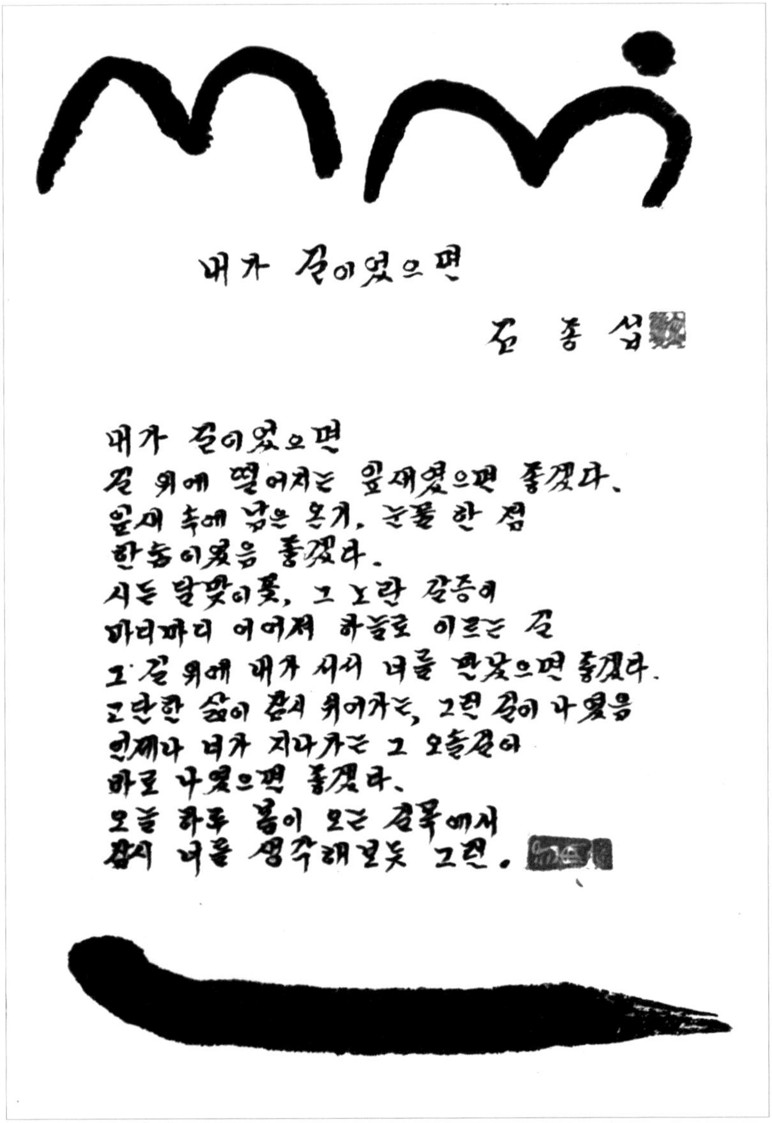
내가 길이었으면
김종섭
내가 길이었으면
길 위에 떨어지는 잎새였으면 좋겠다.
잎새 속에 남은 온기, 눈물 한 점
한숨이었음 좋겠다.
시든 달맞이꽃, 그 노란 갈증이
마디마디 이어져 하늘로 이르는 길
그 길 위에 내가 서서 너를 만났으면 좋겠다.
고단한 삶이 잠시 쉬어가는, 그런 길이 나였음
언제나 네가 지나가는 그 오솔길이
바로 나였으면 좋겠다.
오늘 하루 봄이 오는 길목에서
잠시 너를 생각해보듯 그런.

# 김지원 시인

**김지원**(金知元) 시인 : <현대시학> 추천. 1967년 광주일보에 '촛불' 발표.
시집으로 <다시 시작하는 나라>, <열하루동안의 부재>, <시내 산에서 갈보리 산까지> 등. 창조문예문학상, 한국크리스천문학상, 기독교문화예술대상 수상.
한국시인협회, 한국문인협회, 펜클럽 회원, 현재 서울중앙교회 목사.

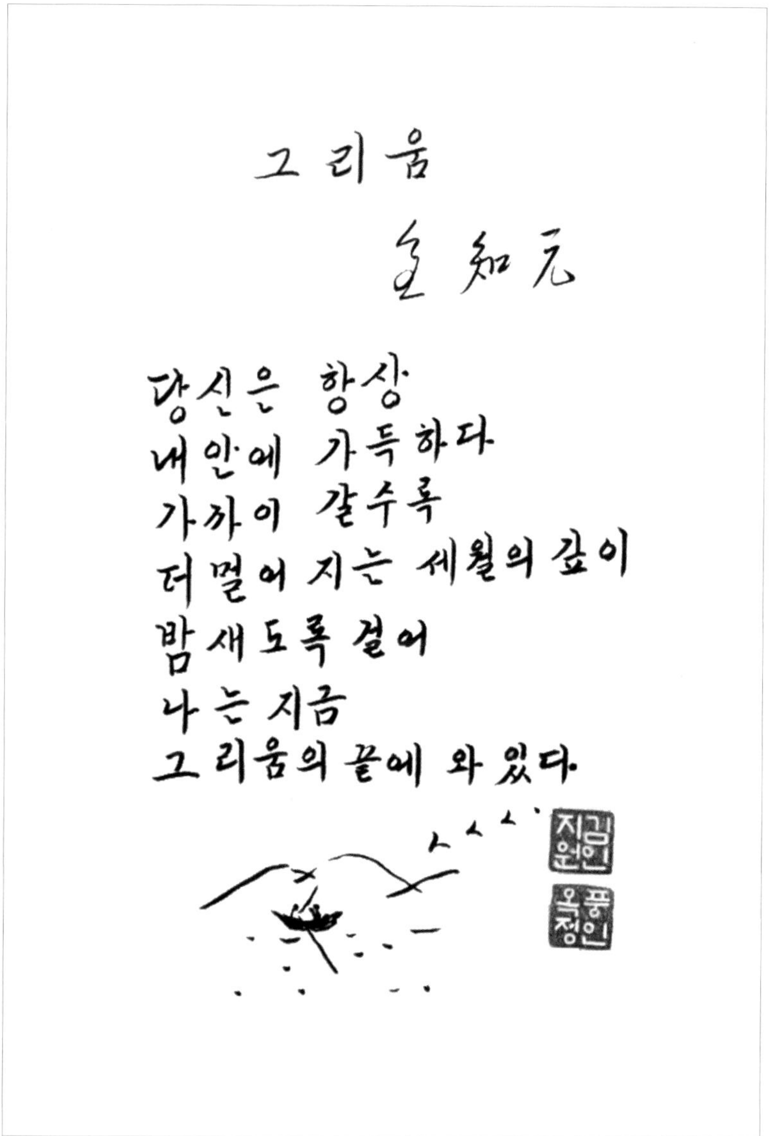
그리움
金知元
당신은 항상
내 안에 가득하다
가까이 갈수록
더 멀어지는 세월의 깊이
밤새도록 걸어
나는 지금
그리움의 끝에 와 있다.

# 김종필 국무총리 역임

**김종필** 전 국무총리 : (1926~2018) 국회의원, 공화당 총재, 자유민주연합 총재 역임. JP 칼럼(서문당 발행 1971), 새역사의 고동(서문당 발행 1987), JP 화첩(서문당 발행 1987).

해운대에서
김종필
70. 8. 5.

# 김지향 시인

**김지향**(金芝鄉) 시인 : 경남 양산에서 성장했으며, 홍익대 국문과와 단국대 대학원 문학박사를 거쳐 서울여자대학 대학원에서 문학박사 학위를 받았다. 한양여자대학 문예창작과 교수, 한국여성문학인회 회장, 한국크리스천문학가협회 회장 등을 역임했다. 1954년 <태극신보>에 '시인 R에게' 와 '조락의 계절' 등을 발표하고 1956년 첫 시집 <병실>을 발간했으며 1957년 시 '산장에서'를 <문예신보>에 시 '별'을 <세계일보> 등에 발표하면서 활동을 시작했다. 첫 시집 <병실> 등 24권의 창작시집이 있으며 기타 <김지향 시전집(20권 합본)>, 대역시집으로 <A Hut in a Grove(숲속의 오두막집)>와 에세이 집 <내가 떠나보낸 것들은 모두 아름답다> 등 6권과 시론집 <한국현대여성 시인연구> 등이 있다. 제1회 시문학상, 대한민국 문학상, 한국크리스천문학상, 세계시인상, 제1회 박인환문학상, 윤동주문학상 등 문학상을 수상. 국제펜클럽 한국본부 자문위원, 한국시인협회 자문위원 역임, 계간 <한국크리스천문학> 발행인 겸 주간 등 역임.

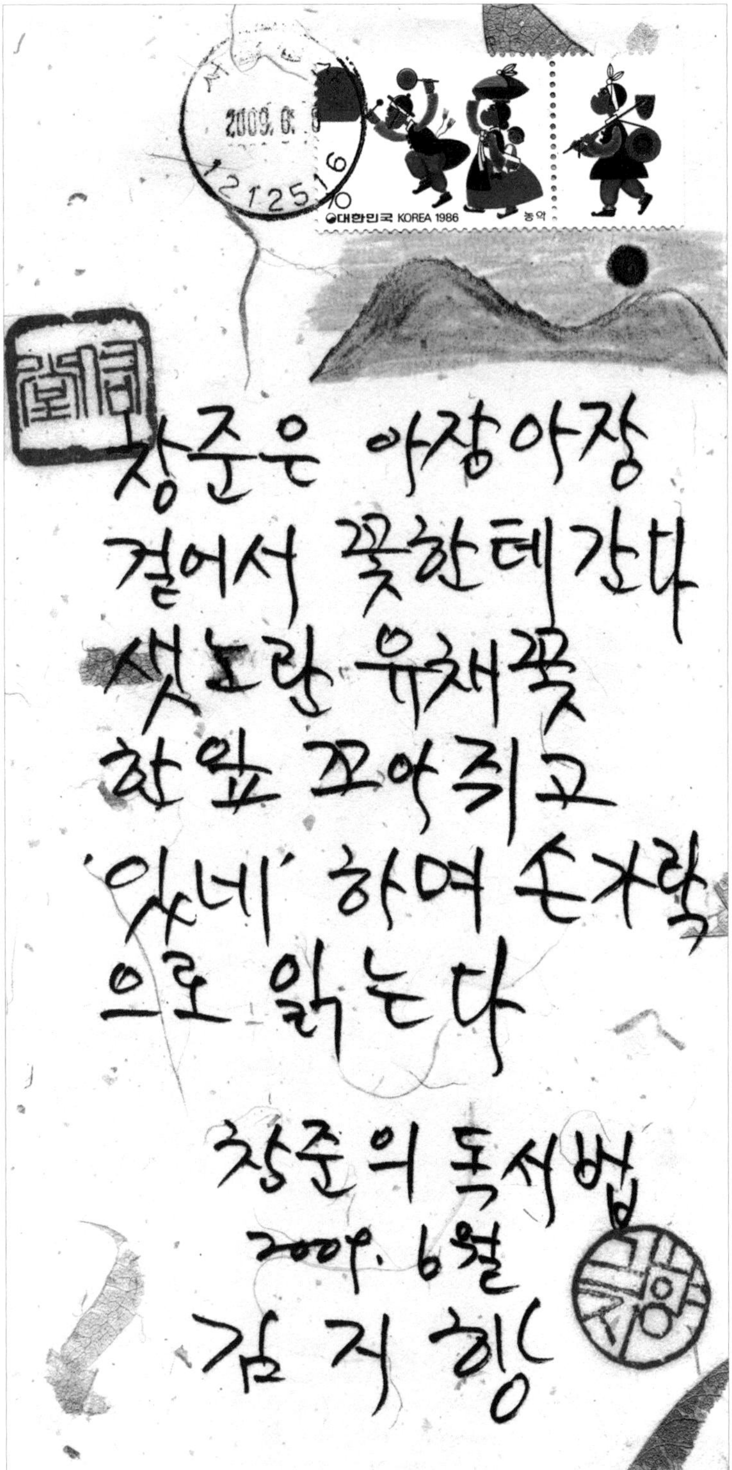

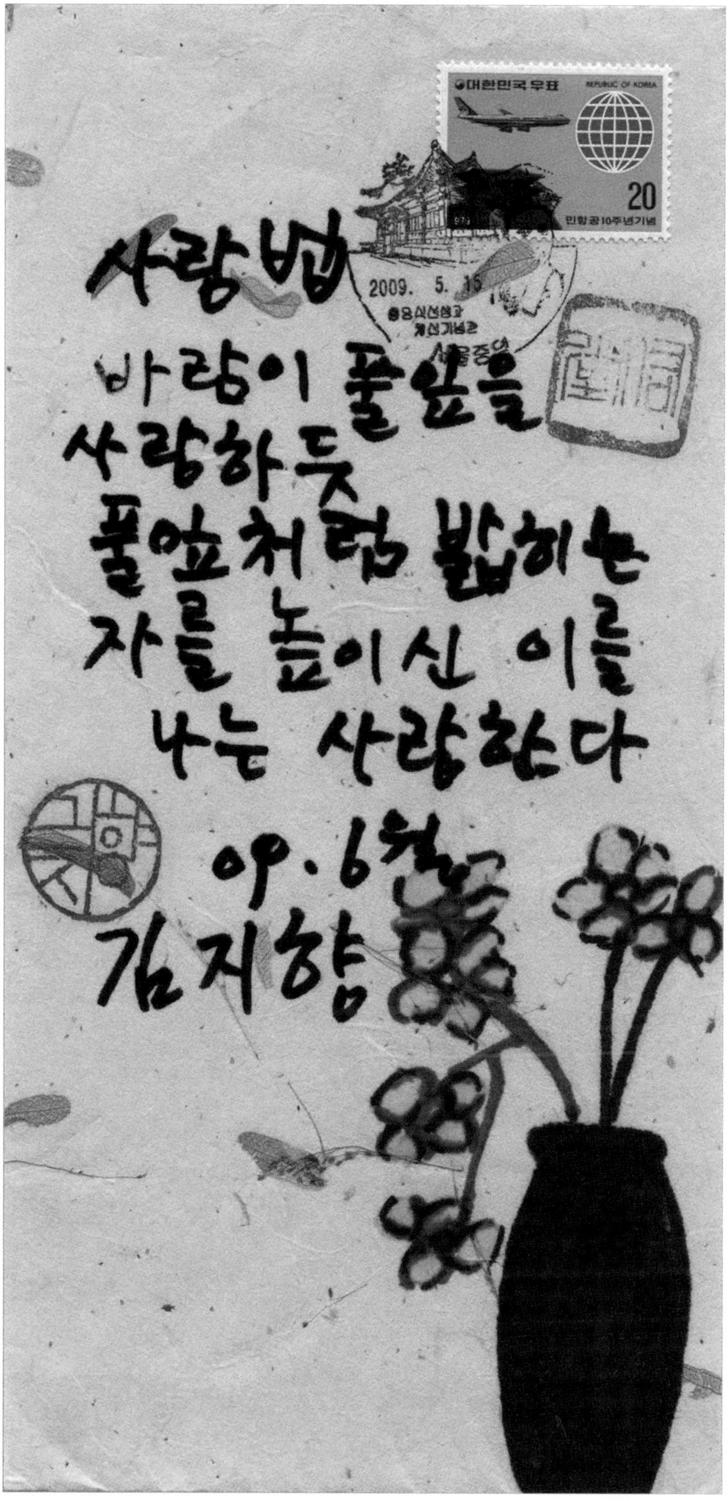
대한민국 우표
REPUBLIC OF KOREA
20
민항공10주년기념
2009. 5. 15
사랑법
바람이 풀잎을
사랑하듯
풀잎처럼 밟히는
자를 높이신 이를
나는 사랑한다
09. 6월
김지향

# 김지헌 시인

김지헌 시인 : 1997년, <현대시학>으로 등단.
시집으로 <황금빛 가창오리 떼>, <배롱나무 사원> 외 2권.

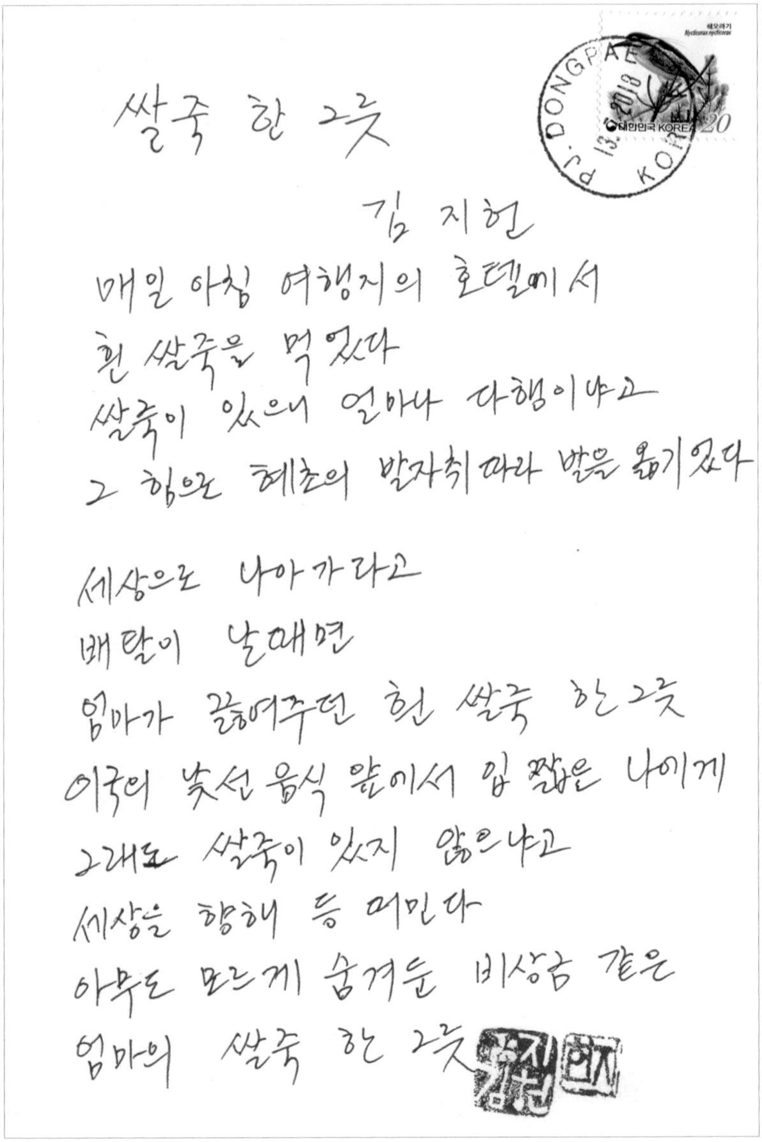

쌀죽 한 그릇

김지헌

매일 아침 여행지의 호텔에서
흰 쌀죽을 먹었다
쌀죽이 있으니 얼마나 다행이냐고
그 힘으로 혜초의 발자취 따라 발을 옮기었다

세상으로 나아가라고
배탈이 날때면
엄마가 끓여주던 흰 쌀죽 한 그릇
이국의 낯선 음식 앞에서 입 짧은 나에게
그래도 쌀죽이 있지 않느냐고
세상을 향해 등 떠민다
아무도 모르게 숨겨둔 비상금 같은
엄마의 쌀죽 한 그릇

사위질빵

김 지 헌

한여름 땡볕의 적막 아래
베잠방이 젖도록 노동에 절어있는 사내
산너머 노을이 내려앉을 무렵 비로소
두 손 모아
허리 펴고 경배하던 그 남자

원적도 고향도 모르는 불가촉 천민에게
땡볕속을 줄기차게 기어오르는,
목구멍을 치올라 오는 하얀 슬픔이
치욕처럼 온 몸을 감고 오르네
허공 가득
하얀 꽃잎들 비명을 지르며
염 천을 건너가고 있네

# 김철기 시인

**김철기**(金哲起) 화가 시인: 한국화가 호는 율원(栗園). 1977년 경기도 백일장 장원 및 미술대전 연3회 수상, 시낭송대회 금상. 시집으로는 '불 켜기', '노을 순백으로 웃다' 등 10권이 있고, 탐미문학상, 경기도문학상, 한국시학상, 한국자유시인상 등 수상. 현재 한국문인협회 상벌제도위원, 한국현대시인협회 이사, 한국경기시인협회, 한국학술문화정보협회 이사.

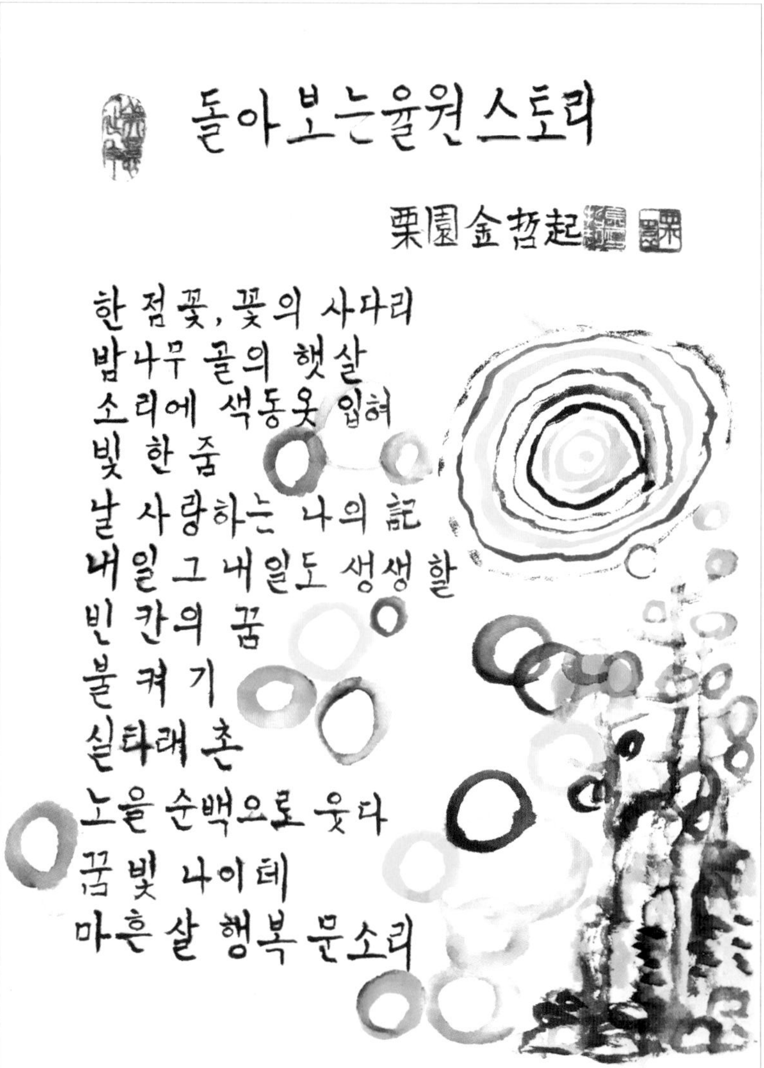
돌아보는율원스토리
栗園金哲起
한 점꽃, 꽃의 사다리
밤나무 골의 햇살
소리에 색동옷 입혀
빛 한 줌
날 사랑하는 나의 記
내일 그 내일도 생생할
빈 칸의 꿈
불 켜 기
실타래 촌
노을 순백으로 웃다
꿈빛 나이테
마흔살 행복 문소리

# 김흥수 화가

**김흥수**(金興洙 1919~2014) 화가 : 함경남도 함흥 출생으로 1944년 도쿄미술학교 서양화미술학과를 졸업.
1954년 서울대학교 미술대 교수로 재직. 대한민국미술대전의 심사위원 또는 위원장을 지냈으며, 조형주의를 개척한 화가로 정부로부터 금관문화훈장 등을 받았다. 주요작품에 <나무의 군상> <전쟁과 평화> 등 다수가 있다.

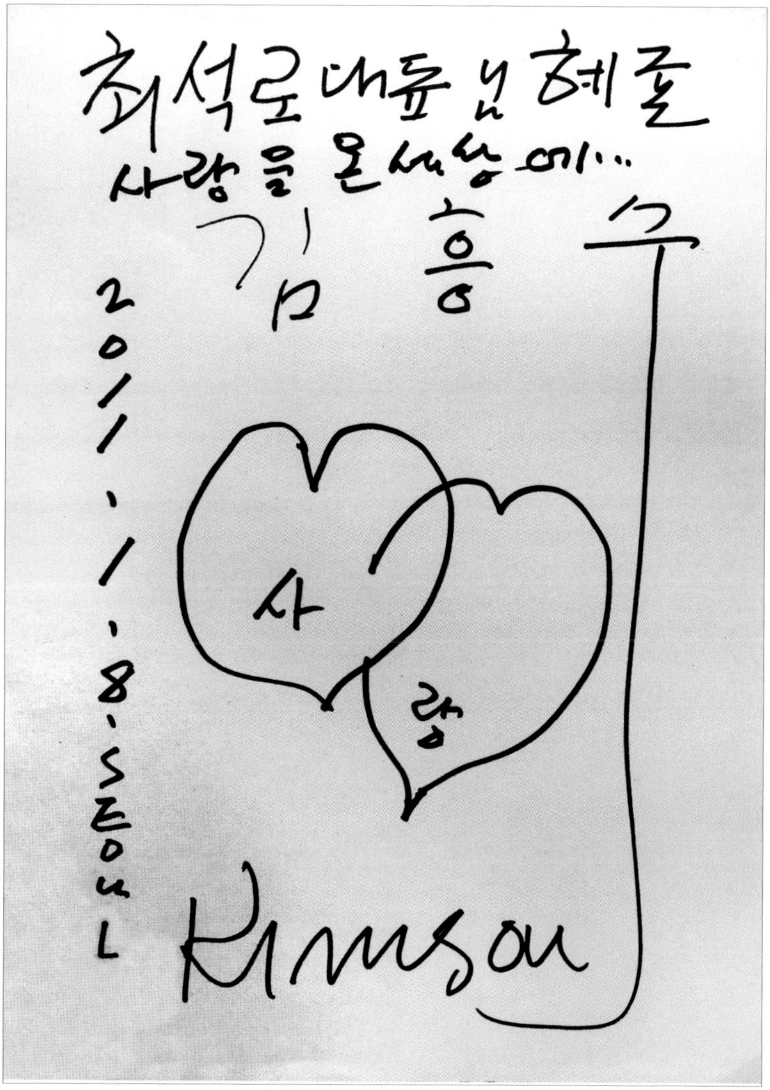

# 김현지 시인

**김현지** 시인 : 경남 창원 출생. 동국대 문예대학원 문예창작과 졸업. 88년 <월간문학> 신인상 동국문학상. 시인들이 뽑는 시인상 수상 시집 <연어일기> <포아풀을 위하여> <풀섶에 서면 내가 더 잘 보인다> <은빛눈새>, <그늘 한 평> 등.

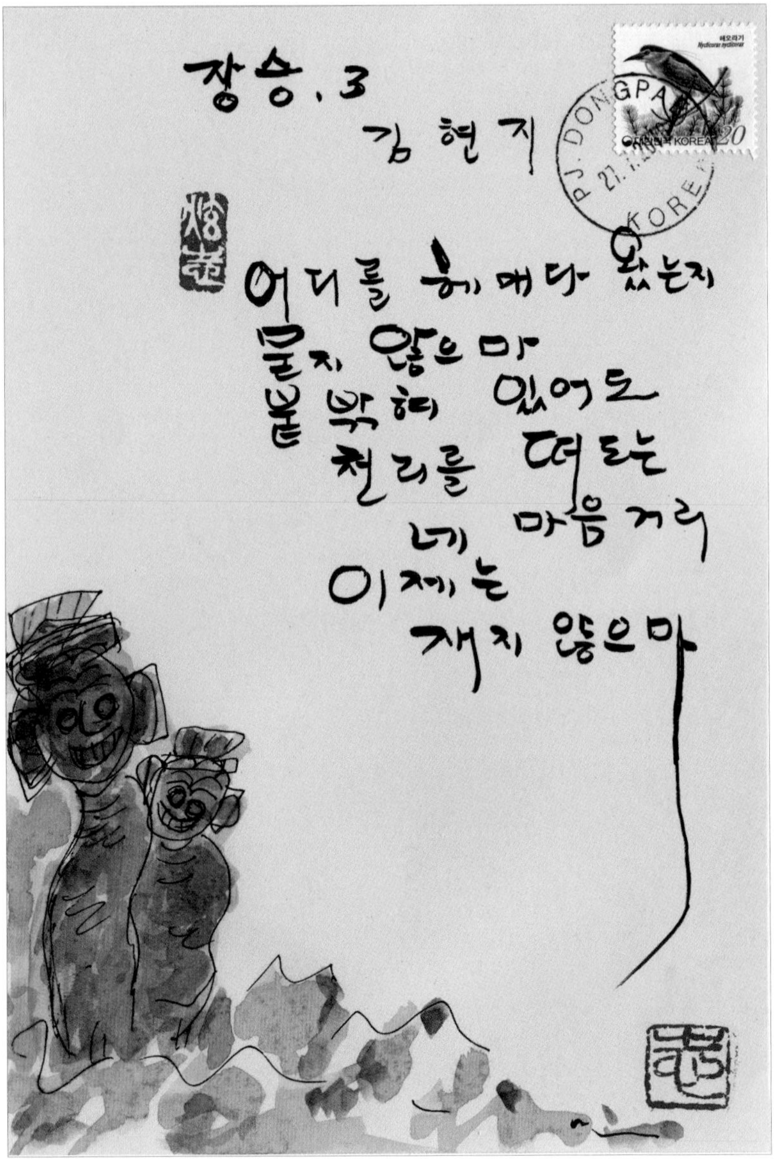

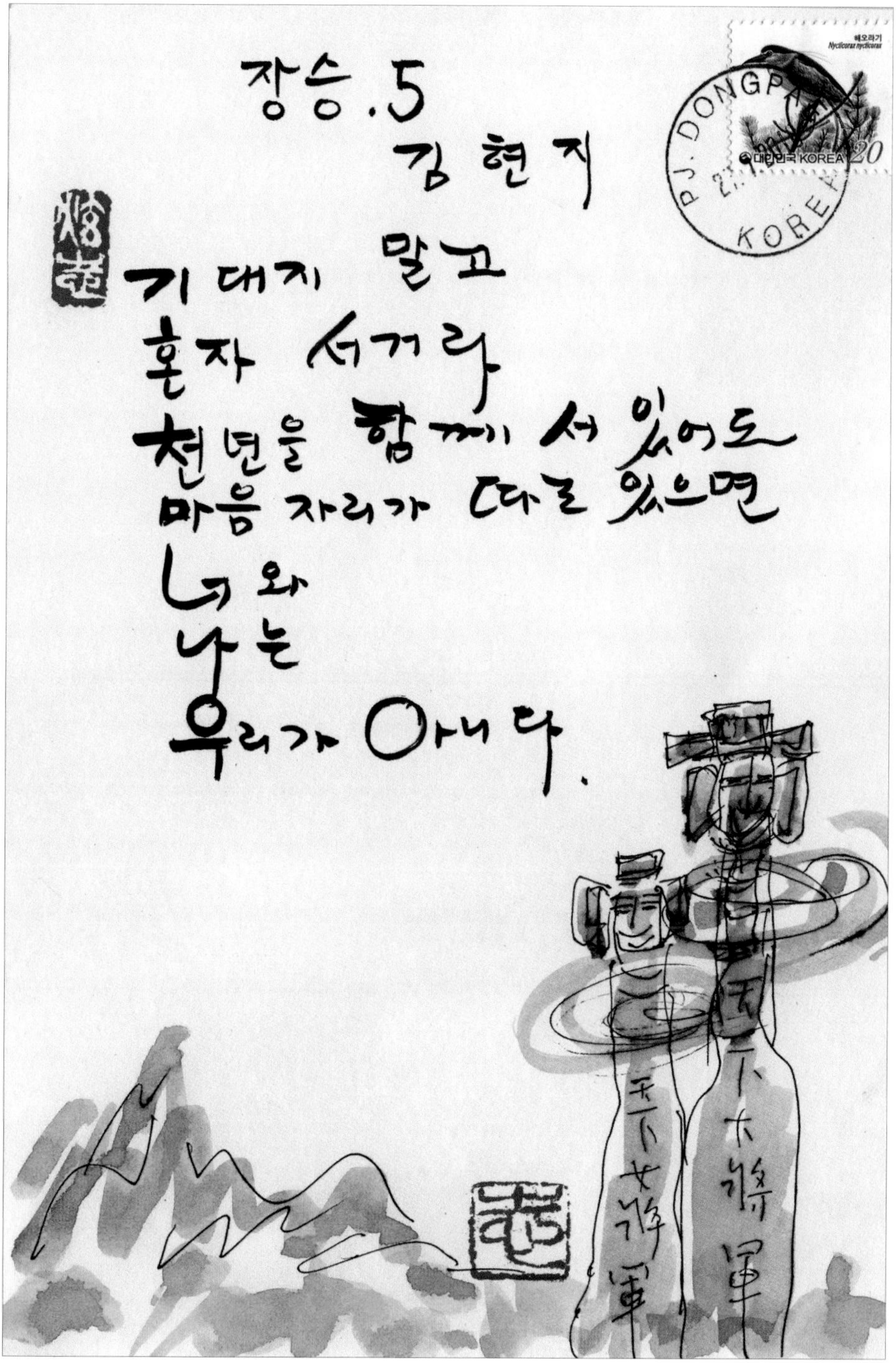
해오라기
Nycticorax nycticorax
대한민국 KOREA 20
P.J. DONGPA
KOREA
장승.5
김현지
기대지 말고
혼자 서거라
천년을 함께 서 있어도
마음 자리가 따로 있으면
너와
나는
우리가 아니다.
天下大將軍
天下女將軍

# 김혜린 화가

**김혜린**(金慧麟) 화가: 강릉에서 태어나 1983년 이화여자대학교 미술대학 동양화과를 졸업하였다. 1993년~2009년까지 국내외 개인전 9번을, 한국 정서와 종교적 신념을 바탕으로 전시마다 주제가 있는 전시였다.
또한 미국 시카고와 뉴저지, 뉴욕, 인도, 프랑스, 태국, 러시아, 일본, 베트남 등 국제적 문화 수교 행사 전시에 참여하였으며 국내외 그룹전 120여회 출품하였다.

봄、봄、봄
김혜린

# 나고음 시 인

나고음(羅古音) 시인 : 2002년 <미네르바>로 등단. 도자기 개인전
해외전. 그룹전 다수.
시집 <불꽃 가마>, <저, 끌림>. 에세이 <26 & 62> 등.
서울시문학상, 숲속의 시인상 수상.

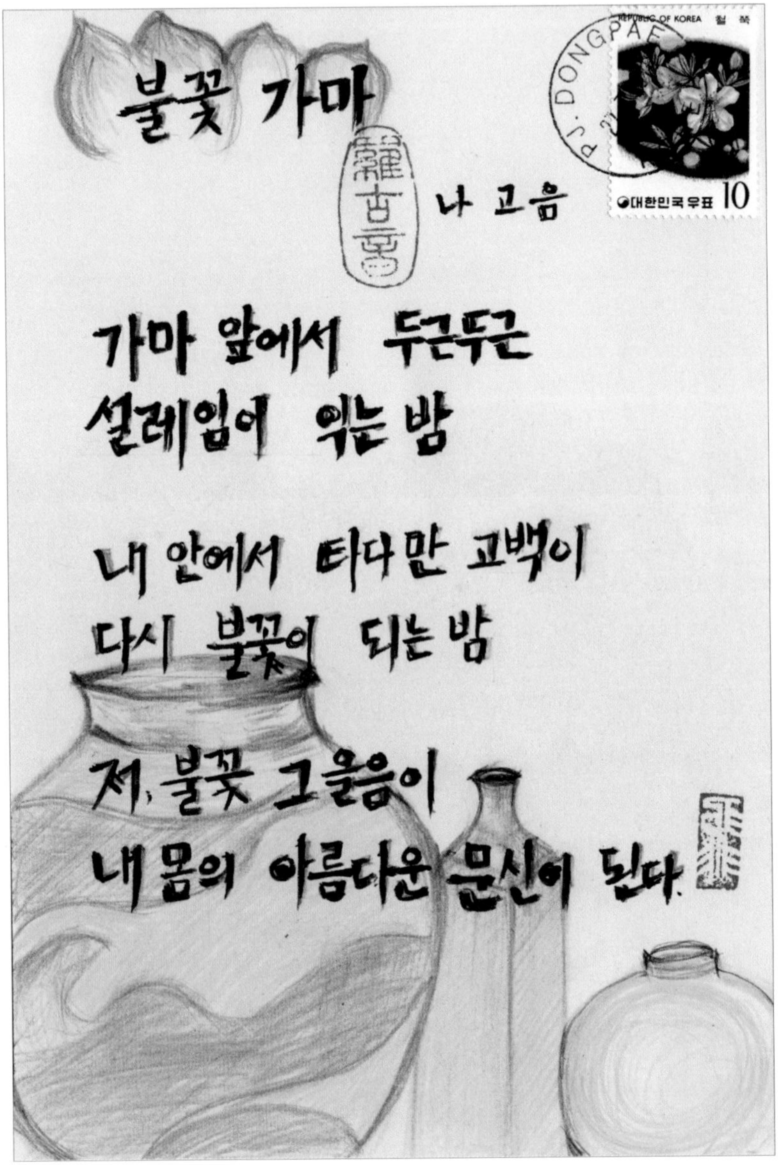

REPUBLIC OF KOREA
P.J. DONGPAE
대한민국 우표 10
불꽃 가마
羅古音
나 고음
가마 앞에서 두근두근
설레임에 익는 밤
내 안에서 타다 만 고백이
다시 불꽃이 되는 밤
저, 불꽃 그을음이
내 몸의 아름다운 문신이 된다.

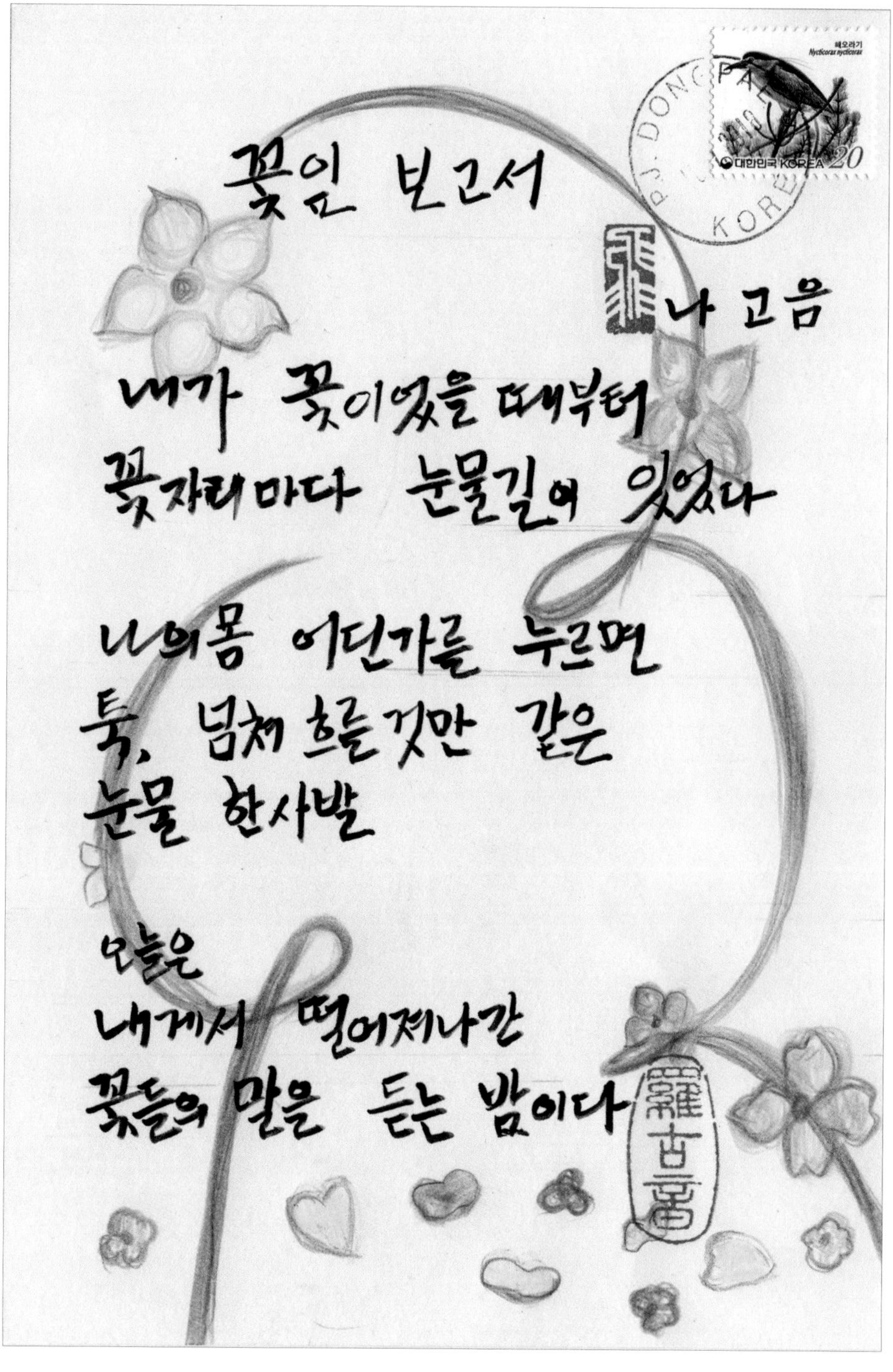
꽃잎 보고서
나고음
내가 꽃이었을 때부터
꽃자리마다 눈물길이 있었다
나의 몸 어딘가를 누르면
툭, 넘쳐 흐를 것만 같은
눈물 한 사발
오늘은
내게서 떨어져 나간
꽃들의 말을 듣는 밤이다
羅古音
대한민국 KOREA 20
KOREA

# 노경호 화 가

**노경호**(호: 仁堂) 화가 : 경북대학교 공대를 졸업하고 (주)서울메타텍 대표이사로 있는 사업가 화가로 그의 작품세계는 실경을 수묵담채로 그리는 한국의 전통적 풍경을 주로하고 있다.

KOFA 글로벌미술대전 장려상을 비롯하여 경기미술대전, 경인미술대전, 평화미술대전 등에서 입상하였으며 경인미술관에서 제1회 부부전을 갖은 바 있다. 그 외에도 프랑스 아트페어와 파인아트 창립전을 프랑스 파리에서 가졌고, 한불수교 130주년 기념전 등에 참여하였다.

현재 동양수묵연구원 회원과 Pine Art Club Member로 활동 중이다.

대한민국 REPUBLIC OF KOREA
30
주 작 도

# 노숙자 화 가

**노숙자**(盧淑子) 화가 : 1943년생. 우리 화단에서 '꽃의 작가' 로 통한다. 유려한 색감, 섬세한 선묘, 완벽에 가까운 구성으로 갖가지 꽃들을 형상화한 그의 작품 세계 속에선 아름다운 서정과 격조가 넘친다. 현장 스케치로 꽃을 재현시키는 까닭에 그의 작품은 신선한 생명감을 깊이 느끼게 하며, 그 많은 꽃들이 우리와 더불어 숨쉬고 있음을 알게 한다.

서울예고, 서울대학교 미술대에서 회화를 전공한 그는 10대의 어린 시절부터 미술 전문교육을 받았고 그간 20여회의 개인전을 비롯하여 한국 국제아트페어, 샹하이 아트페어, 쾰른 아트페어 등 국내외 주요 전시회에서 왕성한 창작 활동을 하고 있다.

덕성여대 경희대 삼성문화센터 등에서 후진을 양성했고 <한국의 꽃그림>(서문당), <노숙자 꽃그림 대표작집 1.2>(서문당) 등의 작품집을 출판했다.

KOREA
250

# 노지아 화 가

노지아 화가 : 개인전, 초대 개인전 등 7회. 그룹전 다수 출품.
현재 운사모 회원. 세계미술교류협회 회원.

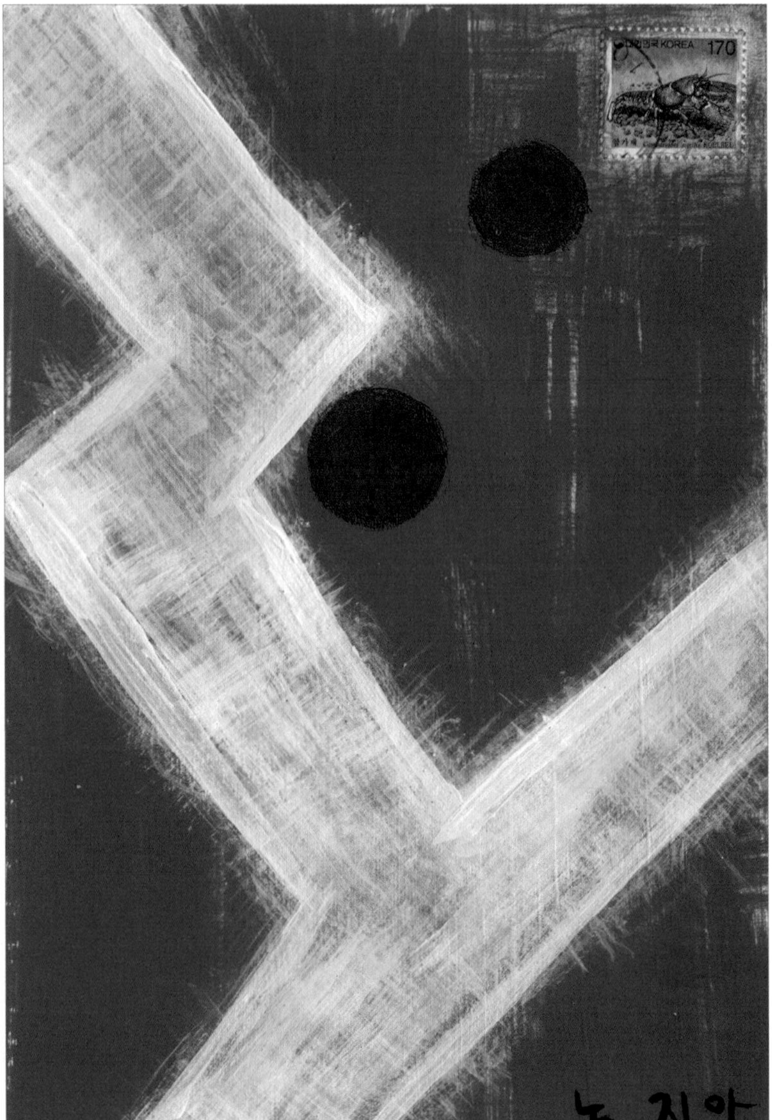

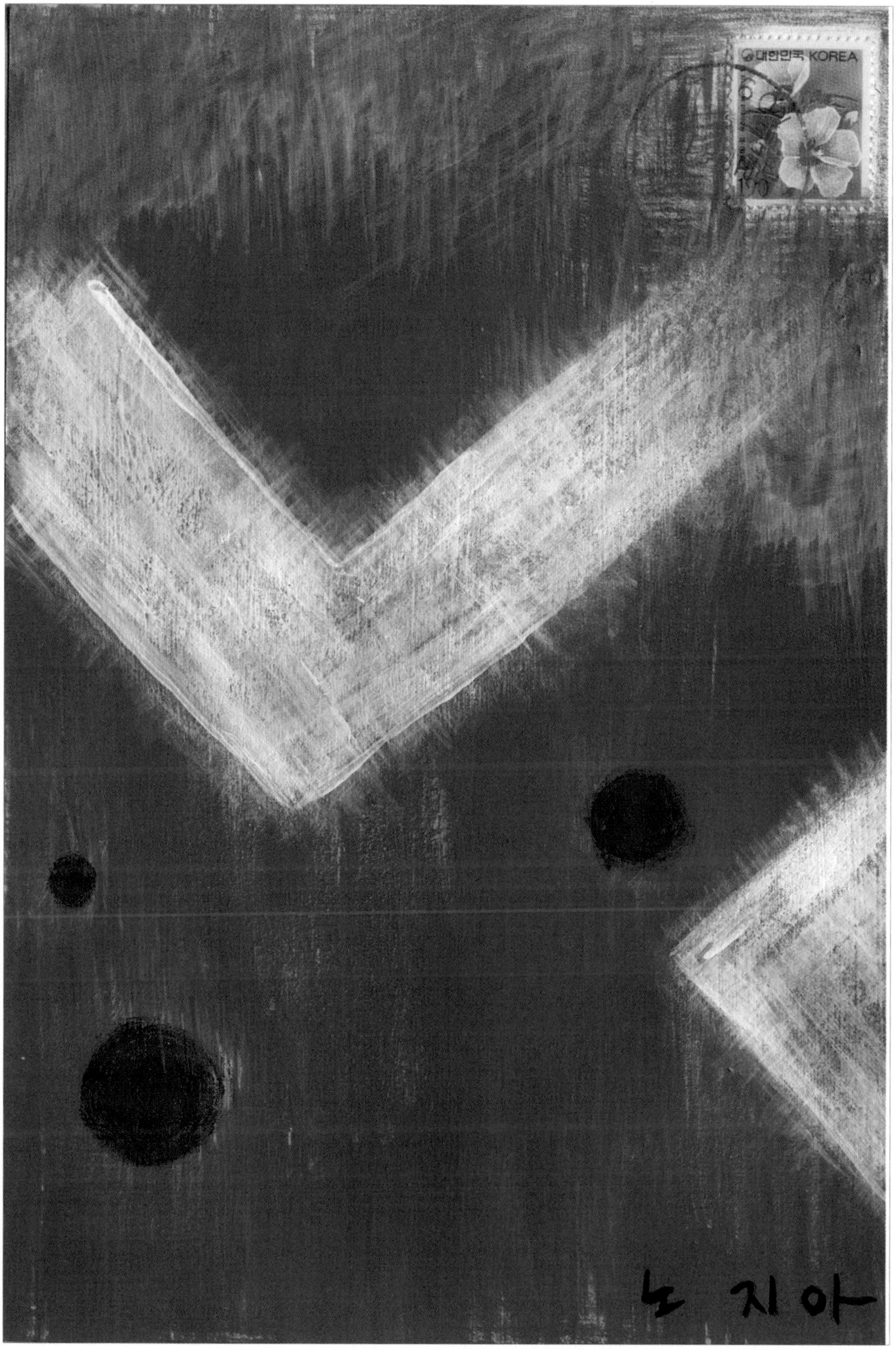
대한민국 KOREA
노 지아

# 노창수 시인

**노창수**(魯昌洙) 시인: 전남 함평 출생. 문학박사, <현대시학> 추천(1973), '광주일보' 신춘문예 당선(1979), <시조문학> 천료(1991), '표현', '한글문학' 평론 당선(1992) 등으로 등단.
한글문학상, 한국시비평문학상, 광주문학상, 현대시문학상 등 수상. 현재 광주시문인협회 회장, 죽난시사회 회장. 시집으로 '거울 기억제', '슬픈 시를 읽는 밤' 등 다수.

## 숲의 마중

노 창 수

정돈을 반복하듯 실수가 많다
해가 기울고 어스름을 먹는
생의 끝자락을 그리다가
언제나 혼자 엉클어진 아침
깊어진 바람이 무거울 때면
서랍을 열듯 뒤진다
어떤 보물이 있을까 하고
그때 마다
기억하듯 넌 슬픔을 쓴다
어떤 사랑을 나눌까 하고
헤어지며 돌아온 나루목
포플러 가지 옛 정취처럼
정적의 숲이 문득 앞선다
어제를 용서하는 이 아침!

상래 노창수

# 박근원 시 인

**박근원** 시인: 황해도 신천군에서 월남. 한양공대 건축공학과 졸업. 월간 <순수문학> 신인상으로 등단, 한국문인협회, 국제펜클럽 한국본부, 농민문학회, 복사꽃문학회, 징검다리 시동인회 회원. 동작문인협회 시분과위원장.

ㄴ

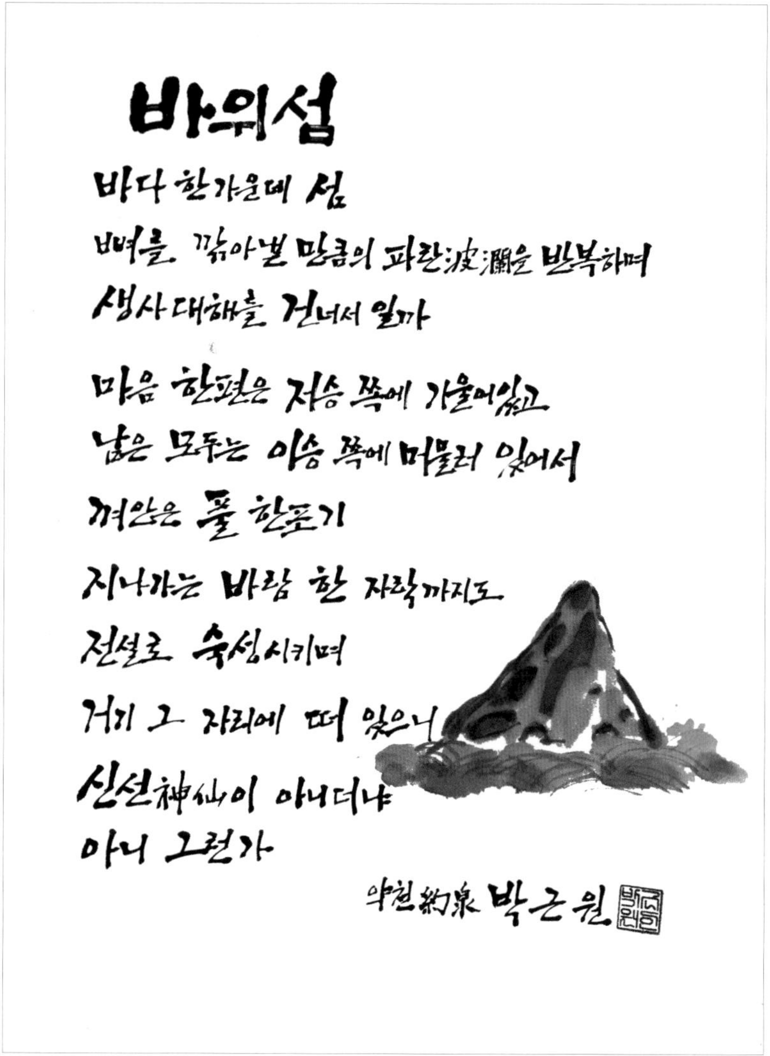
바위섬
바다 한가운데 섬
뼈를 깎아낼 만큼의 파란波瀾을 반복하며
생사 대해를 건너서 일까
마음 한편은 저승 쪽에 기울어있고
남은 모두는 이승 쪽에 머물러 있어서
껴안은 풀 한포기
지나가는 바람 한 자락까지도
전설로 숙성시키며
거기 그 자리에 떠 있으니
신선神仙이 아니더냐
아니 그런가
약천 約泉 박근원

# 노혜봉 시인

**노혜봉** 시인 : 서울 출생. 성균관대학교 국문과 수학.
1990년 월간<문학정신> 신인상으로 등단.
시집으로 <산화기>, <쇠기, 저 깊은 골짝>, <봄빛 절벽>, <좋을 好>,
<見者, 첫눈에 반해서> 등.
성균 문학상, 시인들이 뽑는 시인상, 류주현 향토문학상, 경기도 문학상 대상 수상.

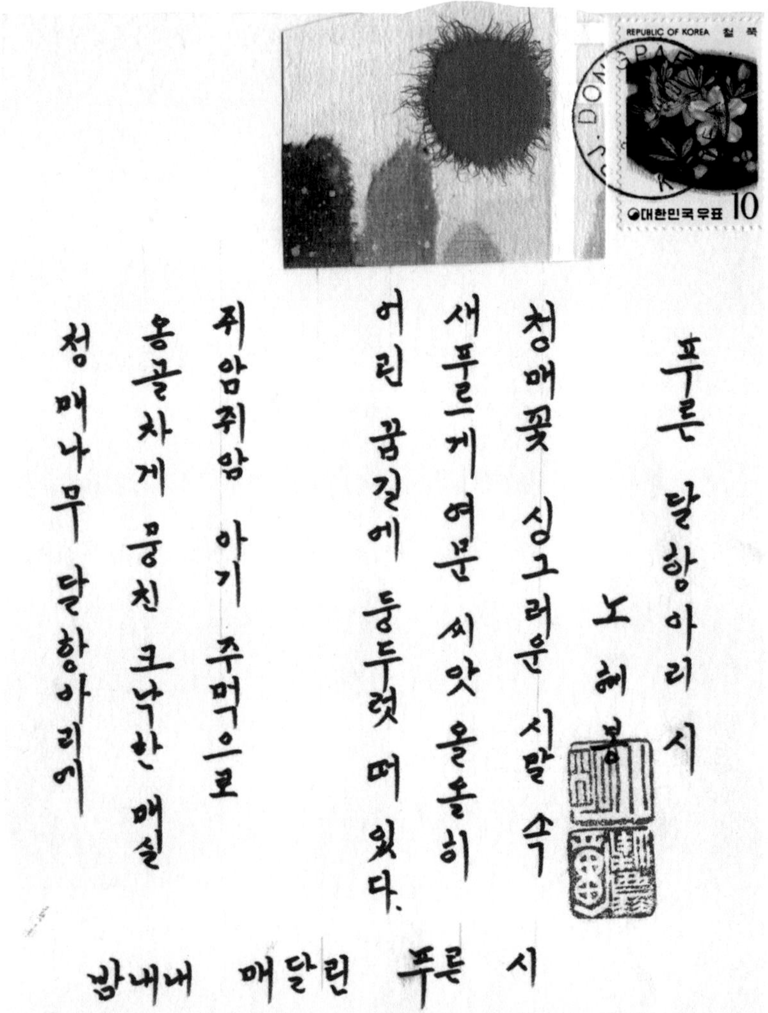
REPUBLIC OF KOREA
대한민국 우표 10
푸른 달항아리 시
노혜봉
청매꽃 싱그러운 시말 속
새푸르게 여문 씨앗 올올히
어린 꿈길에 둥두렷 떠 있다.
쥐암쥐암 아기 주먹으로
옹골차게 뭉친 크낙한 매실
청매나무 달항아리에
밤내내 매달린 푸른 시
二千十八年 七月二十五日 쓰다

앵도를 똑 똑 따는 소리라

노 혜 봉

생소금 삼키며 떠돌이 길, 길을 깎은 소리는
시김새 붙임새 잉어걸이로, 눈 하나 까딱 않고,
숱한 사람들 맘 흔들어 손수건 꺼내놓고
진양조 찌르는 목에 눈물이 맺고 풀게 한다
명창 중의 명창 앵도를 똑 똑 따는 소리구나
좋다, 으이! 얼씨구, 헛간의 도리깨도 들썩들썩

二千十八年 七月 二十五日 쓰다

# 류인채 시 인

**류인채** 시인 : 충남 청양 출생. 인천대학교 대학원 문학박사(국어국문학 전공).
제5회 <문학청춘> 신인상. 제9회 국민일보 신춘문예상(대상)으로 등단.
시집으로 <소리의 거처>(인천문학상 수상), <거북이의 처세술> 등.
경인 교육대학교 외래교수

누굴까

류인채

저 화단위에 돌멩이를 얹어 놓은 이는 누굴까

굳은 땅을 갈아엎어 황토를 고르고
씨를 뿌리는 이는 누굴까

싹이 움틀 동안 부드러운 이슬이 내린다
뿌리 뻗고 줄기 펴라고
빗방울이 자주 잎새를 두드린다

열매가 익을때까지
곁이거나 개꿈으로

저 속의 척박한 땅을 갈마다 키우시는 이는 누굴까

올림픽대회마라톤제패기념
1992 바르셀로나
100
대한민국 KOREA 1992
기도
류인채
주름 깨끼
달팽이 같은 입술과
혀 한 뼘만큼의 그늘을 주소서
느릿느릿 이 등점 한 채 지고
촉수를 세워 찾는 촉촉한 구름
푸른 잎을 더듬어 패인 상처는
진액으로 싸매어
먼 하늘까지 무사히 건너게 하소서

# 마광수 시 인

**마광수**(馬光洙) 시인·소설가. 수필가. 평론가 (1951~2017) : 서울 출생. 1969년 대광 고등학교 졸업, 1973년 연세대 국문과 졸업, 1975년 동 대학원 석사과정 졸업. 1983년 문학박사(연세대).
1977년 <현대문학>에 <배꼽에>, <망나니의 노래>, <고구려>, <당세풍(當世風)의 결혼>, <겁(怯)>, <장자사(莊子死)> 등 여섯 편의 시가 박두진 시인에 의해 추천되어 문단에 데뷔. 1989년 <문학사상>에 장편소설 <권태>를 연재하면서 소설가로도 등단. 홍익대 국어교육과 교수를 거쳐 연세대 국문학과 교수 역임.

태양빛이
뜨거워
우산을 쓰니까
비가 온다
마광수

# 맹주상 시인

**맹주상**(孟柱相) 시인 : 1962년 충남 아산에서 출생. 고려대학교 영어영문학과 졸업.
아동문예 문학상으로 등단. Bo Concept사 한국지사 지사장 역임.
한국문인협회 회원. 시집 <모래성> 서문당 발행.

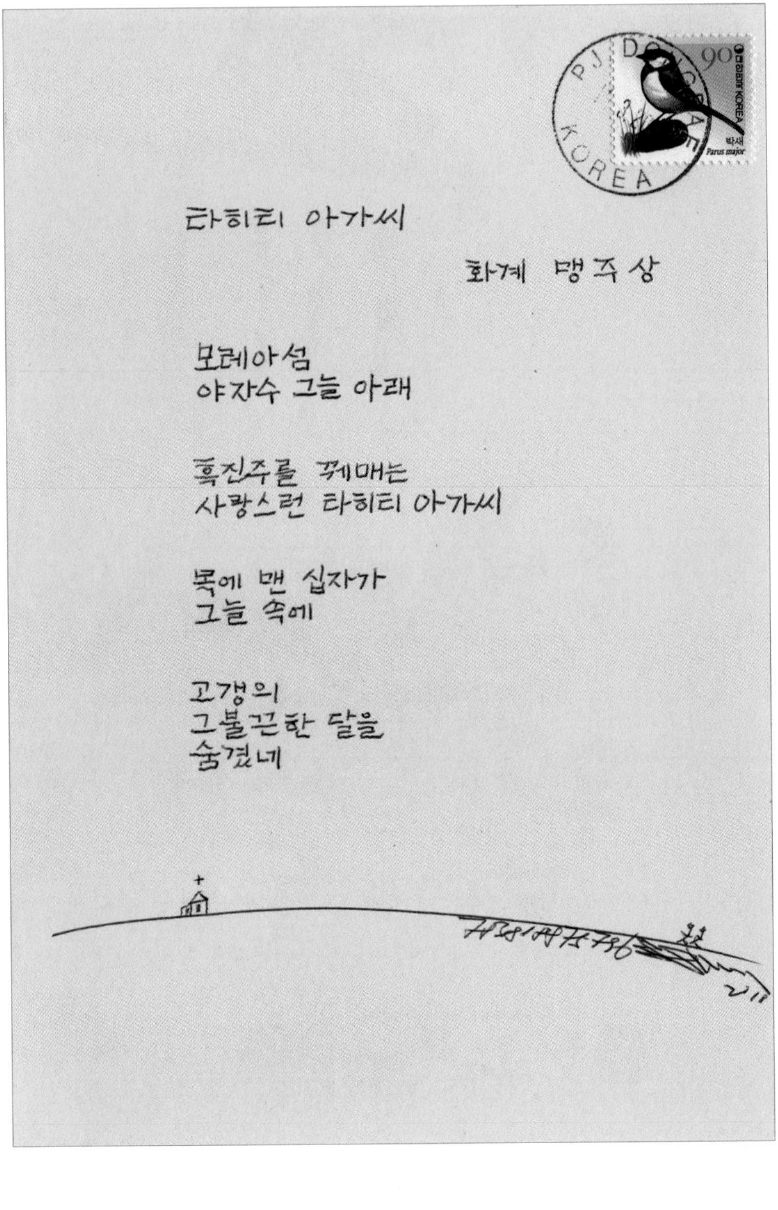

타히티 아가씨

화계 맹주상

모레아섬
야자수 그늘 아래

흑진주를 꿰매는
사랑스런 타히티 아가씨

목에 맨 십자가
그늘 속에

고갱의
그불끈한 달을
숨겼네

ㅁ

무엇이 보기에 더 좋을까?

화계 맹주상

언덕 어디쯤에
교회당을 그려야
보기에 좋을까?

비탈진 아래쪽에 그릴까?
아니면 꼭대기에 그릴까?

거길 사람들이 걸어가면
보기에 더 좋겠지!

그럼 하나만 넣을까?
남자만 둘을 넣을까?

아니면 그 짝이랑
아이를 넣을까?

무엇이
보기에
더 좋을까?

# 문혜자 화 가

**문혜자**(文惠子) 화가 : 홍익대학 조소과 졸업. 성신여대 조소과 대학원 졸업, 미국 메사츄세츠 미술대학, 대학원 추상화 수학, 국내외에서 개인전 20여 회. 이태리 Premio Ercole D'este 작가로 선정(회화-2008), 이태리 "Magic Paths of Art" 전 초대(2006), 이태리 "Traces of Memory" 전 초대, 프랑스 파리 제216회 Universal Art Le Salon에 초대(회화).
국내에서 중앙미술대상전 특선, 신인 예술상전, 국전, 대한민국 미술대전 입상, 국립현대미술관 초대작가전, '88 올림픽 기념전 '93 대전 EXPO 기념전 등 250여 회 그룹전 참가.
국전 운영위원 및 심사위원 역임, 서울특별시 예술장식품 심의위원 역임. 장안대학교 교수 역임, 이태리 TIA(Trevisan International Art)회원.

대한민국우표
REPUBLIC OF KOREA
1884-1974
10
P.J. DONGRAE
4. 5. 2016
KOREA
MOON

ㅁ

# 문효치 시 인

**문효치**(文孝治) 시인 : 1943년 전북 군산에서 출생했다. 동국대 국문과 및 고려대 교육대학원을 졸업했으며, 1968년 한국일보 및 서울신문 신춘문예에 당선되어 문단에 데뷔했다. 시집으로는 <남내리 엽서>, <무령왕의 나무새> 등 10여 권이 있고, 국제펜클럽 한국본부 이사장을 역임하기도 했다. 제26대 문인협회 이사장.

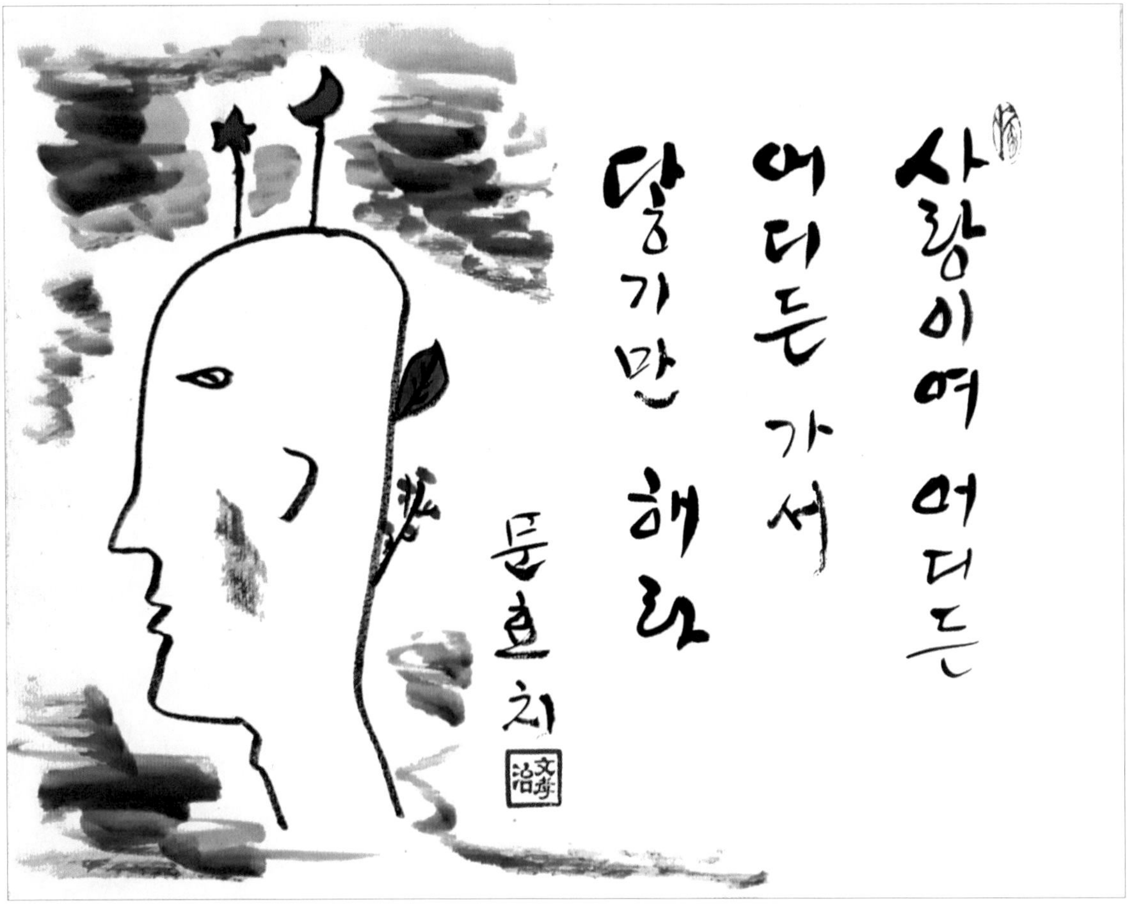

# 사랑법 乙

빛으로 테를 감아
저렇게 천년도 더 굴러
덜렁 껴안고 올라
우리도 몸 다 닳아지도록
닳아 한줌 연기로 꺼져 버리도록
저 세월의 끝으로 굴러가 보는 것

문효치

ㅁ

# 박경석 시인

박경석(朴慶錫) 시인 : 육사 출신의 전형적 야전지휘관이었다. 현역 육군대위 시절, 필명 한사랑(韓史郞)으로 시집 <등불>과 장편소설 <녹슨 훈장>으로 등단, 현역시절에도 필명으로 꾸준히 작품활동을 해왔다. 1981년 12.12군란을 맞아 정치군인과 결별, 육군준장을 끝으로 군복을 벗고 전업작가로 변신한 후 시집과 소설 등 73권의 단행본을 펴냈다. 특히 서울 용산 전쟁기념관의 박경석 시비 '서시', '조국'을 비롯하여 전국 각지에 12개의 박경석 시비가 있다.

진주
조금씩 살을 허물어
그 살속의
실핏줄과 생명의 시간도
녹여
오래도록
아픔을 참고
견디다가
이 아침에
갯벌에 나가
사랑하나 낳았습니다
당신을 위해
글 박경석
그림 김혜련

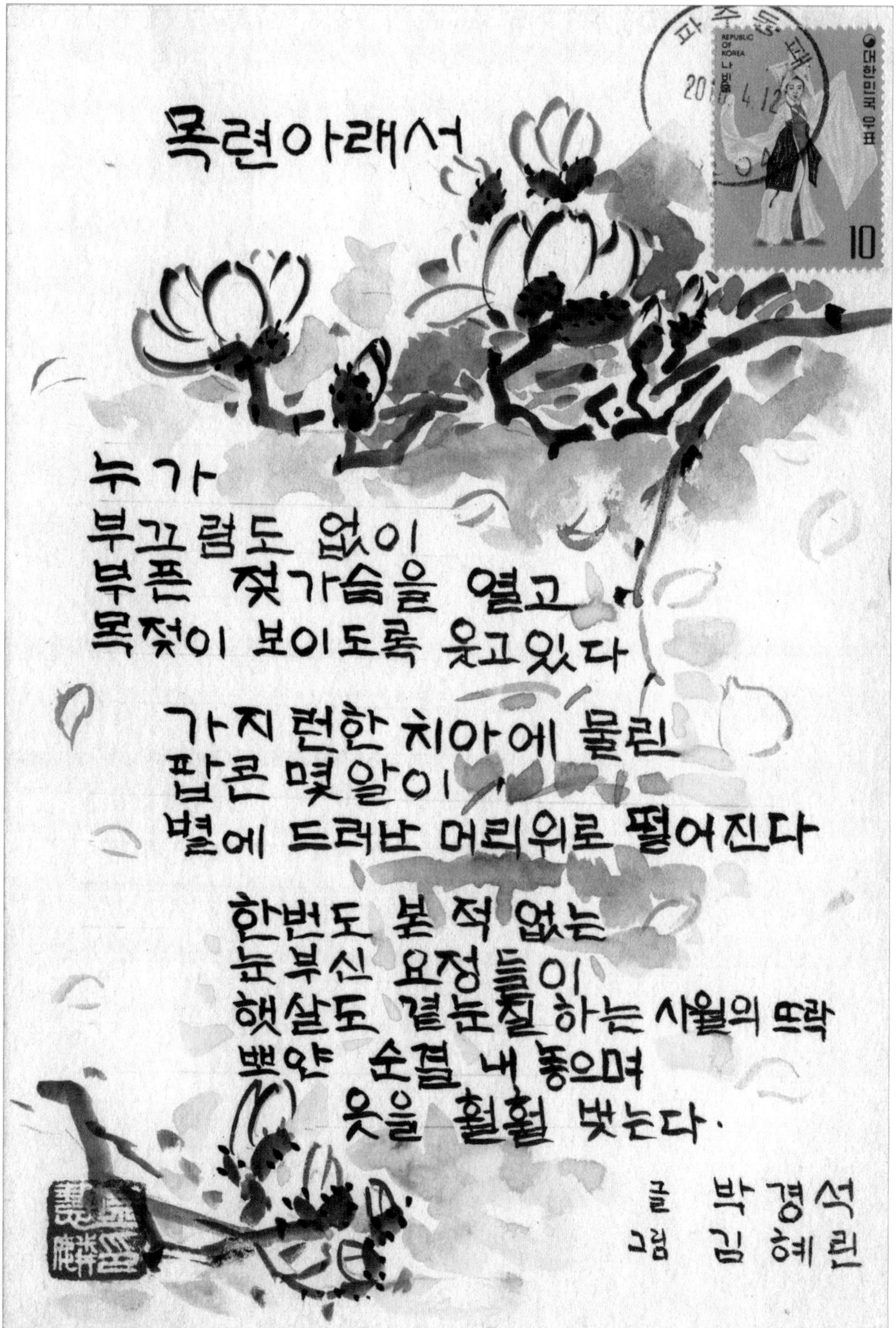

목련아래서

누가
부끄럼도 없이
부푼 젖가슴을 열고
목젖이 보이도록 웃고있다

가지런한 치아에 물린
팝콘 몇알이
볕에 드러난 머리위로 떨어진다

한번도 본 적 없는
눈부신 요정들이
햇살도 곁눈질 하는 사월의 뜨락
뽀얀 순결 내 놓으며
옷을 훨훨 벗는다.

글 박경석
그림 김혜린

# 박두진 시인

**박두진**(朴斗鎭) 시인: (1916~1998) 경기도 안성 출생 호는 혜산(兮山). 1939년 문예지 '문장'에서 정지용의 추천으로 등단하였으며, 박목월 조지훈과 함께 청록파 시인이다. 이화여자대학과 연세대학 교수를 역임. 예술원상과 서울시문화상 등을 받음.

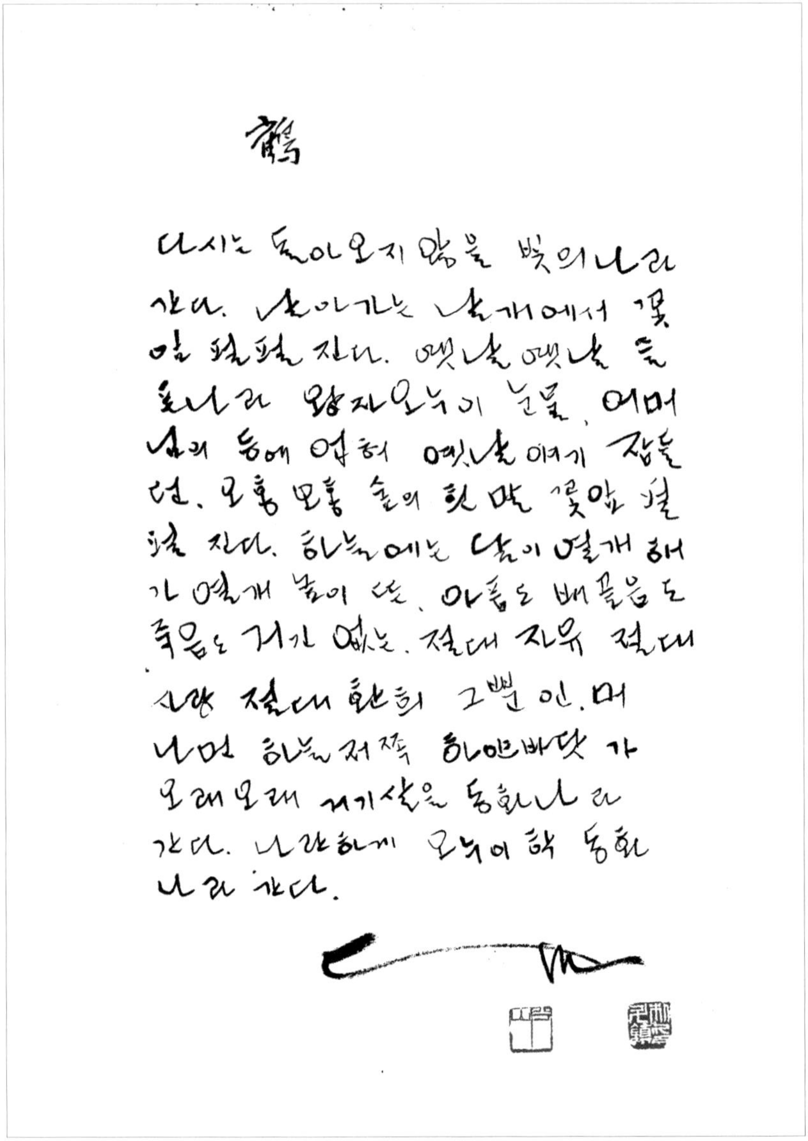

다시는 돌아오지 않을 빛의 나라 간다. 날아가는 날개에서 꽃잎 펄펄 진다. 옛날 옛날 옛나라 왕자 오누이 눈물, 어머님의 등에 업혀 옛날 이야기 잠들던, 모롱모롱 솔의 향 맑은 꽃잎 펄펄 진다. 하늘에는 달이 열개 해가 열개 별이 또, 아픔도 배고픔도 죽음도 거기가 없는, 절대 자유 절대 사랑 절대 환희의 그 빛인. 머나먼 하늘 저쪽 하얀 바닷가 모래모래 거기 살은 동화 나라 간다. 나란하게 오누이 함 동화 나라 간다.

# 변종하 화 가

**변종하**(卞鍾夏) 화가: (1926~2000) 대구 출생, 신경미술원, 파리대학교 아카데미 드라 그랑드 쇼미에르 수학. 국전 연4회 특선 및 부통령상 수상('54~'57). 홍익대 등에서 강의. 1991년 대한민국 문화예술상 은관문화훈장 받음.

박두진의 시 "학"

# 박명숙 시인

박명숙(朴明淑) 시인: 1994년 '문예사조'에서 등단.
설송 시문학상, 서초 시문학상 수상. 시집으로 <달 만큼의 거리에서>, <덫>, <겨울이 키우는 여자> 등이 있다. 현재 한국문인협회, 여성문학인회, 사임당 시문회, 서초문인협회 회원.

그 바닷가
박명숙
한 여자가 별처럼 살고 있는
주문진, 그 바닷가
사랑 때문에
그리움 때문에
온 몸으로 사무치는 파도
서럽도록 사무치는 몸
뜨겁게 살아야 겠네
거침없이 살아야 겠네
내 청춘 출렁이는
주문진, 그 바닷가

# 박성은 시인

**박성은**(朴聖恩) 시인; 1966년 충남 온양에서 출생. <다시올 문학>을 통해 등단, 현재 천안낭송문학회 회장으로 활동하고 있으며 어린이 시낭송 강의, 교도소 강의, 시낭송 콘서트 등 다양한 활동으로 시 보급에 앞장서고 있다. 시집으로 <시와 울림>이 있다.

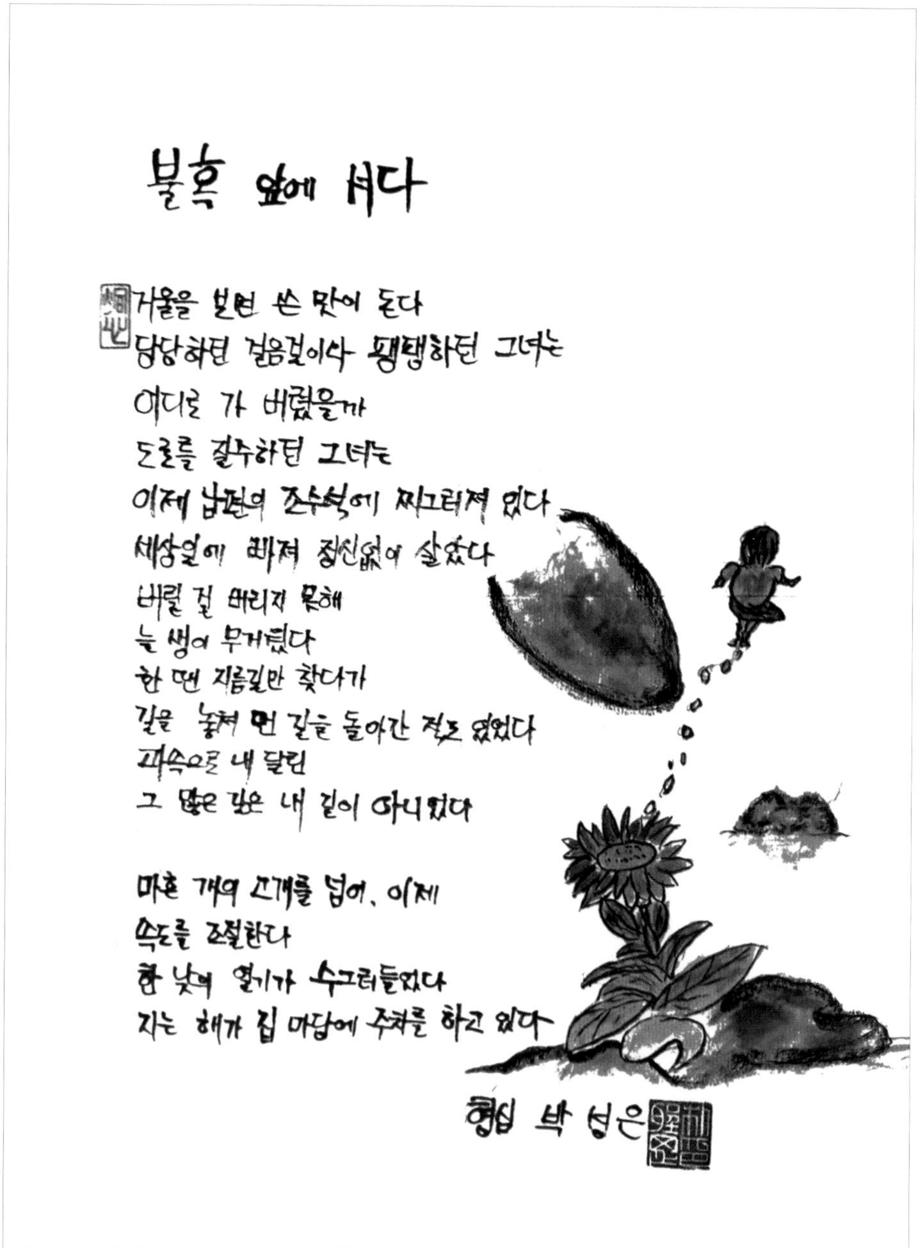
불혹 앞에 서다
거울을 보면 쓴 맛이 돈다
당당하던 걸음걸이와 팽팽하던 그녀는
어디로 가 버렸을까
도로를 질주하던 그녀는
이제 남편의 조수석에 찌그러져 있다
세상일에 미쳐 정신없이 살았다
버릴 걸 버리지 못해
늘 생이 무거웠다
한 땐 지름길만 찾다가
길을 놓쳐 먼 길을 돌아간 적도 있었다
과속으로 내 달린
그 많은 길은 내 길이 아니었다
마흔 개의 고개를 넘어, 이제
속도를 조절한다
한 낮의 열기가 수그러들었다
지는 해가 집 마당에 주차를 하고 있다
박 성은

# 박분필 시 인

박분필 시인 : 1996년, <시와 시학>에서 시집 <창포잎에 바람이 흔들릴 때> 출간으로 작품 활동.
2011년 KB(국민은행) 창작동화 공모제에서 대상 수상.
작품집으로 동화집 <홍수와 땟쥐>, 시집 <산고양이를 보다> 등.

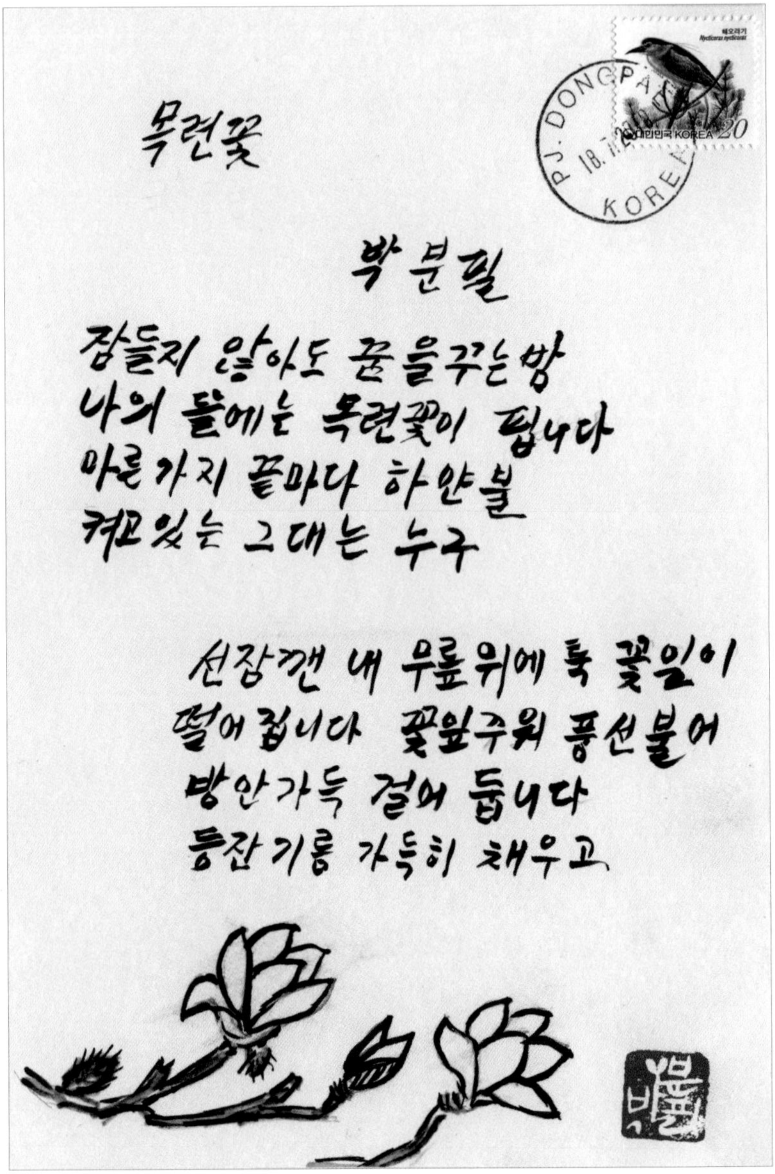

목련꽃

박분필

잠들지 않아도 꿈을꾸는 방
나의 뜰에는 목련꽃이 핍니다
마른가지 끝마다 하얀불
켜고있는 그대는 누구

선잠깬 내 무릎위에 툭 꽃잎이
떨어집니다 꽃잎주워 풍선불어
방안가득 걸어 둡니다
등잔기름 가득히 채우고

# 봄을 보낸다

박 분 필

봄을 붙들어 액자에 넣고
거실벽에 걸어두었다
가지마다 환안하게
꽃등 밝힌 벚꽃그늘 밟으며
은어떼처럼 봄비 몰려온다

액자 밑 흔들의자에 기대
꽃잠 든 어머니 무릎 위로
팔랑팔랑 꽃잎들 떨어진다
꽃잎이 가는 길로
어머니도 갈길 서두르신다

# 박성준 시인

박성준 시인 목사 : 2001년 <크리스찬문학> 시부문 신인상으로 등단. 2013년 크리스찬문학 작가 본상 수상. 한국문인협회 회원. 활천문학회 회장, 한국문인선교회 부회장.
저서 : 시집 <목마의 산책, 새벽을 열며>, <그리움의 창가에 앉아>. 여행기 <바울의 발자취를 따라>, <성지의 흔적을 따라가며> 등.

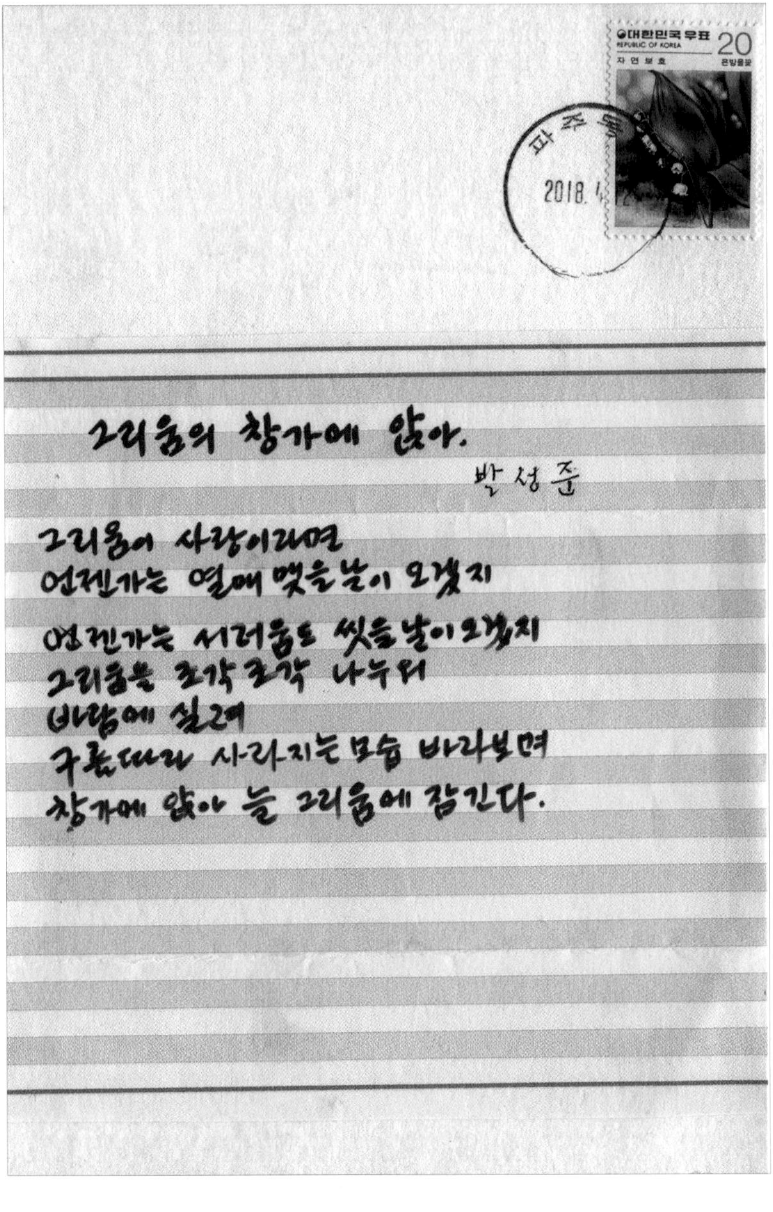

그리움의 창가에 앉아.

박성준

그리움이 사랑이라면
언젠가는 열매 맺을날이 오겠지
언젠가는 서러움도 씻을날이오겠지
그리움을 조각조각 나누어
바람에 실려
구름따라 사라지는 모습 바라보며
창가에 앉아 늘 그리움에 잠긴다.

곶자왈.

박성준

화산송이 붉은 흙 밟으며
숲을 이룬 덤불과 돌들
습지에 온갖 생명체들이 숨을 쉰다.
척박한 환경속에서도
괴상한 희귀식물들이 널부러졌다.
아직 태고의 모습을 깊이 간직한
맑은 기(氣)를 마음껏 들이킨다.
에코랜드는 야생천국이다.

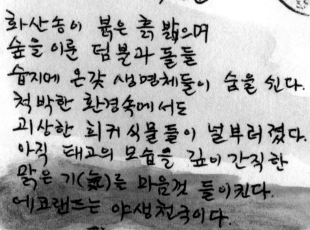

KyuBae

# 박수화 시 인

**박수화** 시인 : 2004년 평화신문 신춘문예로 등단.
한국시인협회, 한국가톨릭문인회, 문학의 집 서울, 한국여성문학인회 회원. 국제펜클럽 한국본부 작가위원.
시집으로 <새에게 길을 묻다>, <물방울의 여행>, <체리나무가 있는 풍경> 등.

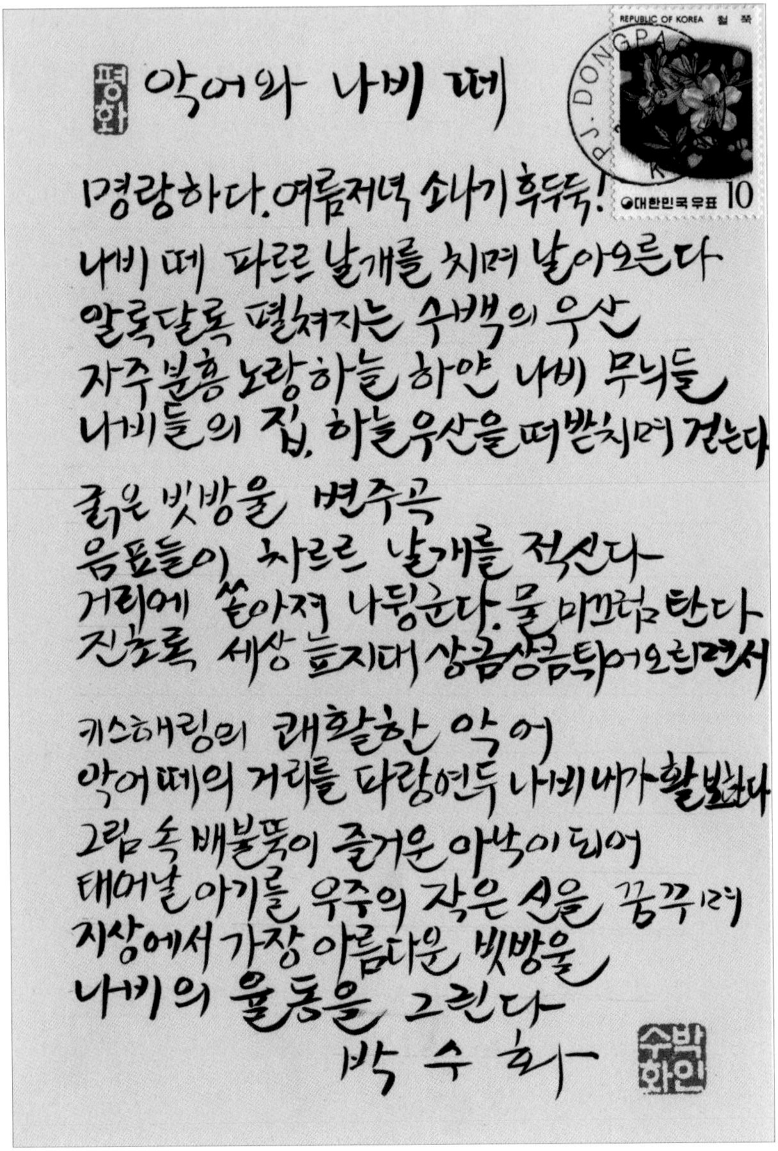


평화

악어와 나비 떼

명랑하다. 여름저녁 소나기 후두둑!
나비 떼 파르르 날개를 치며 날아오른다
알록달록 펼쳐지는 수백의 우산
자주 분홍 노랑 하늘 하얀 나비 무늬들
나비들의 집. 하늘우산을 떠받치며 걷는다

굵은 빗방울 변주곡
음표들이 차르르 날개를 적신다
거리에 쏟아져 나뒹군다. 물 미끄럼 탄다
진초록 세상 늪지대 상큼상큼 튀어오르면서

키스해링의 쾌활한 악어
악어떼의 거리를 따랑연두 나비 내가 활보한다
그림 속 배불뚝이 즐거운 아낙이 되어
태어날 아기를 우주의 작은 신을 꿈꾸며
지상에서 가장 아름다운 빗방울
나비의 율동을 그린다

박 수 화

박수화인

평화

# 나목과 여인

그 고요의 누룩빛 물결 속으로
푸르륵 작은 새 한 마리 날려보낸다
파문을 일으키며 시간의
우듬지에 둥지 하나 틀어올린다

나목 아래 아기를 업은 어머니가
길을 간다 아이 손을 끌어당기며
정수리에 함지박을 이고 가는 여인의
배고픈 강아지가 뒤를 따른다

동구 밖은 분주하다
어디서 돌아오는 사람
또 어디로 돌아가는 여인들의
소리 없는 발자국 소리가
저녁노을로 마을길을 쓸고 있다

박 수 화

수박
화인

ㅂ

# 박순례 화가

**박순례** 화가 : 2017년 홍익대학교 미술교육원(수채화 전공) 졸업. 2010년 인천 한마당 축제를 시작으로 한국 수채화 페스티벌, 한중일 수채화 전, 수연전, 인천광역시 미술대전, 홍익대학교 창작 콘서트 등에 참가. 2016년 한국수채화 공모전 특선, 독도 문예대전 등에서 특선.

2018 PARK Soon

# 박영대 시인

박영대 시인 : 2002년 <서울문학>을 통해 시인으로 등단. 한국문인협회 회원, 국제PEN클럽 회원, 한국현대시인협회 회원, 한뫼문학 회장.
한국민족문학상, 연암문화예술상, 매월당문학상 수상.
'아리산방' 블로그 운영. 시집 <누군가의 가을> 외.

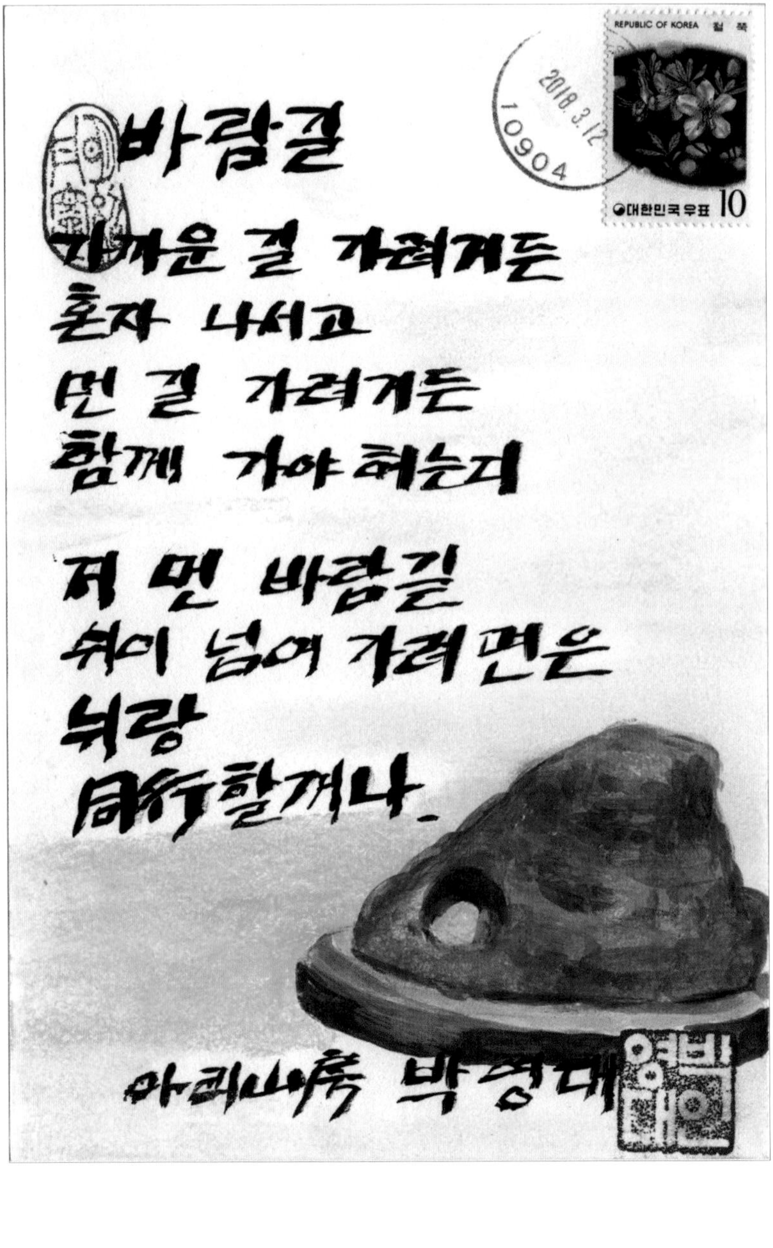
REPUBLIC OF KOREA 철쭉
2018.3.12
10904
대한민국 우표 10
바람길
가까운 길 가려거든
혼자 나서고
먼 길 가려거든
함께 가야 하는지
저 먼 바람길
쉬이 넘어 가려면은
뉘랑
同行할꺼나.
아리산방 박영대

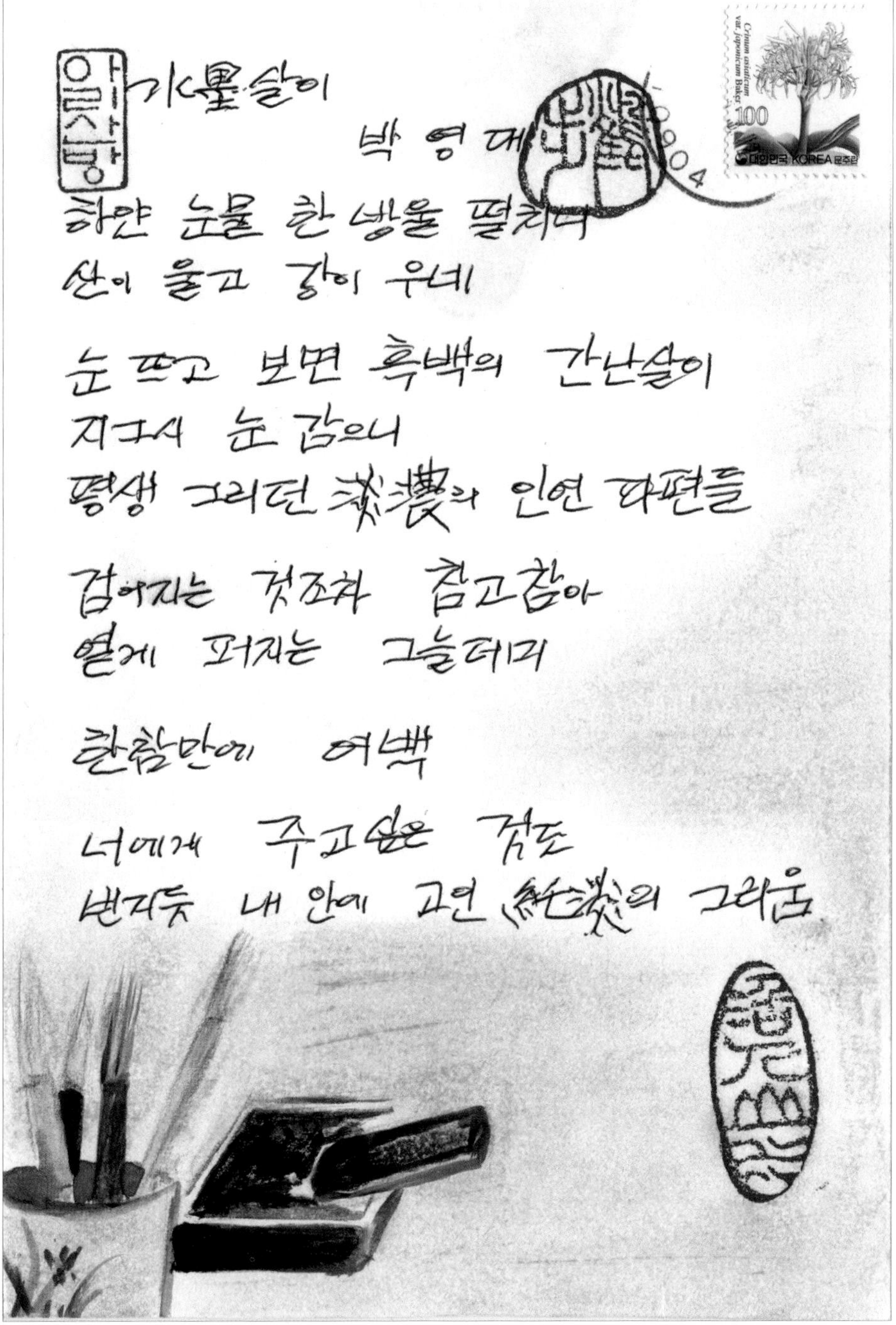
Crinum asiaticum var. japonicum Baker
100
대한민국 KOREA 문주란
904
가墨살이
박 영 대
하얀 눈물 한 생을 떨치니
산이 울고 강이 우네
눈 뜨고 보면 흑백의 간난살이
지그시 눈 감으니
평생 그리던 淡濃의 인연 파편들
접어지는 것조차 참고 참아
엷게 퍼지는 그늘데기
한참만에 여백
너에게 주고 싶은 것도
번지듯 내 안에 고인 紙淡의 그리움

# 박영봉 시인

박영봉 시인 : 문예사조 등단, 미국 와싱톤 밥티스트 유니버시티(ThB, MDv), 펄벅기념문학상 운영위원장 역임, 수주문학제 운영위원 역임, 수주문학상 운영위원 역임, 부천신인문학상 운영위원 역임, 소나무 푸른도서관장 역임, (사)한국문인협회부천지부장 역임, 시집으로 <겨울 동굴벽화>가 있으며, 현재 (사)한국문인협회 회원, 복사골시인협회 회원, 문예대안공간 라온제나 대표로 활동하고 있다.

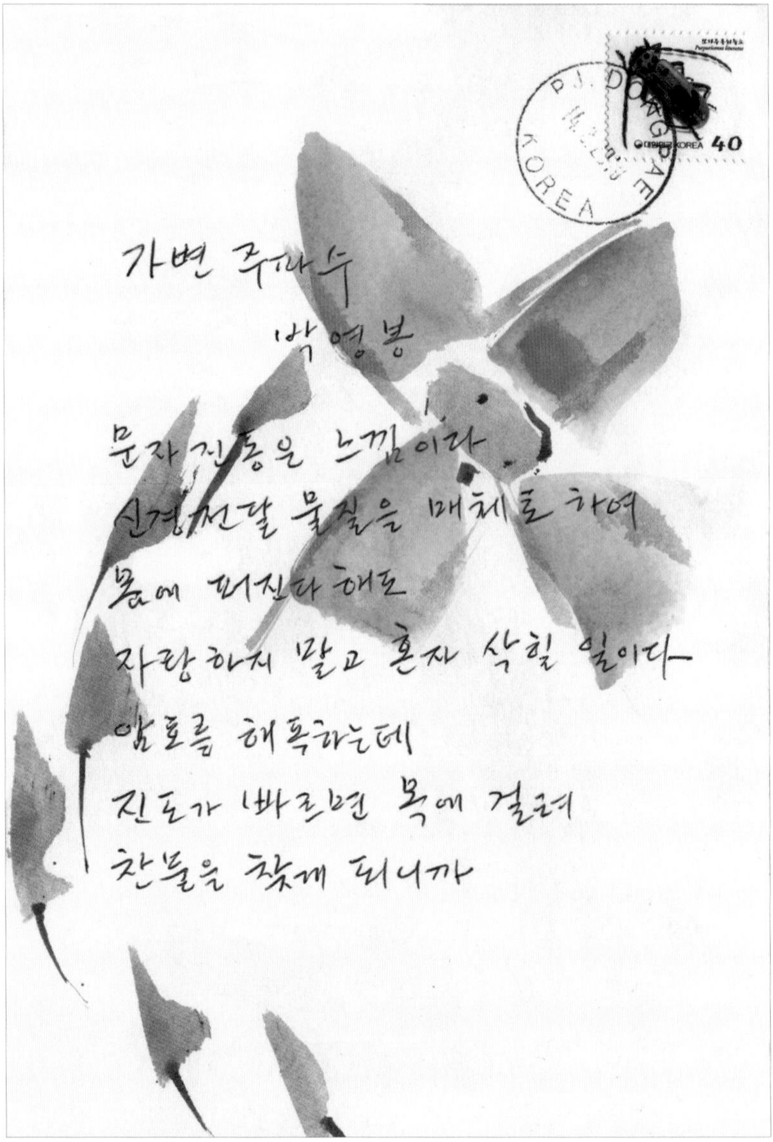
가변 주파수
박영봉
문자 진동은 느낌이라
신경전달 물질을 매체로 하여
몸에 퍼진다 해도
자랑하지 말고 혼자 삭힐 일이다
암호를 해독하는데
진도가 빠르면 목에 걸려
찬물을 찾게 되니까

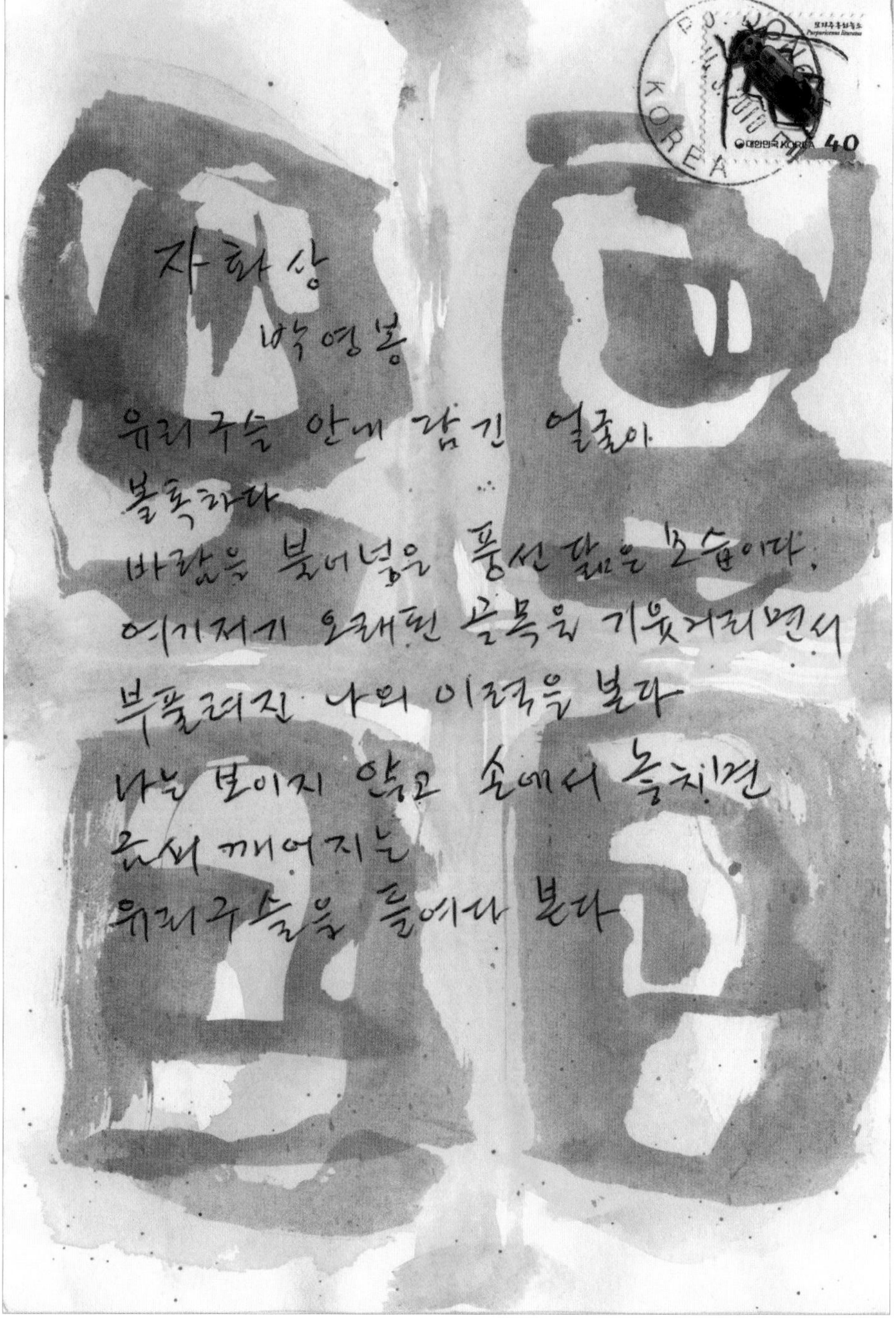
대한민국 KOREA 40
자화상
박영봉
유리구슬 안에 담긴 얼굴이
볼록하다
바람을 불어넣은 풍선 닮은 모습이다.
여기저기 오래된 골목을 기웃거리면서
부풀려진 나의 이력을 본다
나는 보이지 않고 손에서 놓치면
금세 깨어지는
유리구슬을 들여다 본다

# 박현숙 화가

**박현숙** (호:彩林) 화가: 한국의 이야기를 작품화하고 있는 한국화로, 그의 작품세계는 풍부한 상상력과 이야기의 세계를 현실감 넘치는 화면구성으로 작품을 하고 있다. 전통산수와 실경적인 풍경스케치를 수학한 그는 현대감 넘치는 작품을 연작으로 발표하고 있다.

경인미술대전 특선과 입선, 목우회입선, 한성백제미술대전, 경기미술대전 등에서 수상을 하였다. 그는 프랑스 그랑팔레에서 이루어진 앙데팡당 프랑스 국립살롱전에 참여하였으며 루브르 미술관에서 이루어지는 아트샵핑에 참여하였고, 한불수교 130주년 기념전에도 참여하였다.
현재 동양수묵연구원 회원과 Pine Art Club Member로 활동 중이다.

해오라기
Nycticorax nycticorax
대한민국 KOREA 20
H.S Park 2018

# 박혜숙 시인

박혜숙 시인 : 인천 강화에서 태어나 서울 벤처 대학원 대학교 사회복지 상담학과 박사학위 수료, 동 대학원 상담학 박사과정 2006년 <문예춘추>로 등단했고 제1시집으로 <아름다운 침묵>, 제2시집으로 <바람의 뼈>, 제3시집으로 <기둥의 구조>, 제4시집으로 <문장 비늘의 얼룩>이 있다. (사)한국문인협회 국제펜클럽 회원, 2006년 타고르 문학상, 2009년 예술인 대상 2010년 문예춘추 문학상 2011년 부천 예술대상, 2012년 경기도 문학상, 현재 복사골 시인협회 회장, 도서출판 책마루 편집인, 한국문인협회 부천지부 감사, 예술인 북카페 &갤러리(라온제나) 아트 매니저로 활동하고 있다

어쩌면 모두들 눈에 보이지 않는
공간에서 자신을 하나 둘
다듬어 가는지 몰라.
단단한 얼룩 안에서 발효되는
<석화> 시 일부분 박혜숙
2018.5.18
P.J. DONG
KOREA
90
대한민국 KOREA
박새
Parus major

— 폐차장에서 —

곽 혜숙

겹겹이 쌓인 상처 흔듬을 시간없이
핸들에 의해 삶을 의지했을 피곤한 저 몸뚱이
미처 챙기지 못한 삶을 색칠하듯
햇살에 잘려 나간 기억 간직하며
당신이나, 나나,
별별 다를 것 없는 인생이라 말하고 있네
행여, 떠나는 마음속 후회는 없었을까
내 손바닥의 부끄러움까지 드러내는 듯
층층이 쌓여 나를 쳐다보는 까닭은,

ㅂ

# 박희숙 화가

박희숙(朴熺淑) 화가 : 동덕여자 대학교 예술대학 미술학부 졸업, 성신여자 대학교 조형대학원 미술학과 졸업. 9회의 개인전 및 다수의 그룹전과 다수 공모전에서 입상을 했으며 강릉대학교에서 강사를 역임. 2004년 12월부터 월간 조선 현재 <인물탐험> 연재, 월간 이코노플러스 연재 등 잡지와 방송에 그림 이야기를 연재하고 있으며 화가, 시인으로 활동하고 있다.
저서로는 <그림은 욕망을 숨기지 않는다>(북폴리오), <서양의 미술 클림트>(서문당) 등 다수.

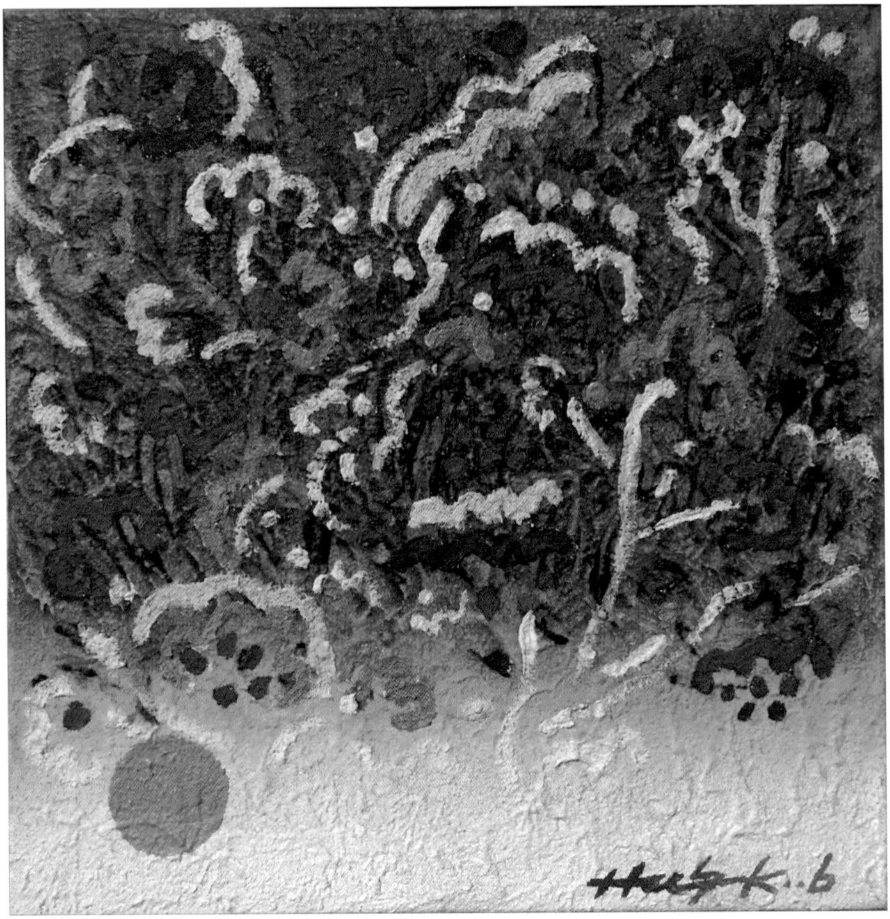

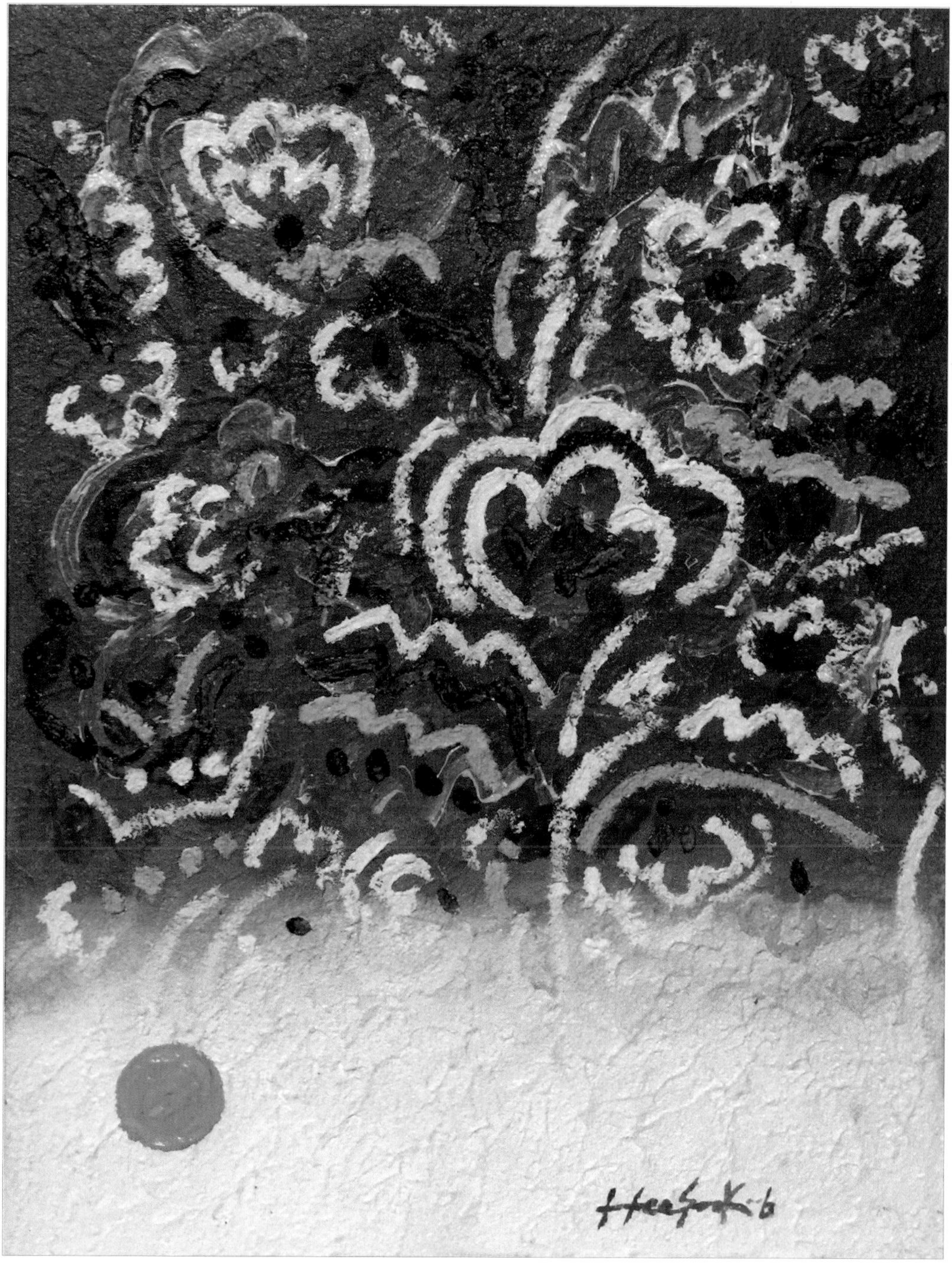

# 변영원 화 가

변영원(邊永圓) 화가: (1921~1988) 서울 출생, 경기상업을 거쳐 일본 동경제국미술학교 서양화과 졸업. 1960년 직선구성의 추상과 슈르 작품 발표, 1950년대 신조형파전 창립회원, 작품발표와 신조형 이론 제시. '한국에 있어서의 바우하우스 운동'을 제창. 대한미술원 운영위원, 범아시아협회 고문역임.

## 이상의 시 ; 거리'距離

–女人이 出奔한 경우
白紙 위에 한줄기 鐵路가 깔려있다.
이것은 식어들어가는 圖解다.
나는 每日 虛僞를 담은 電報를 發信한다.
'명조도착' 이라고.

또 나는 나의日用品을
每日 小包로 發信하였다.
나의生活은 이런 災害地를 닮은
距離에 漸漸 낯익어갔다.

이상의 시 '꽃나무'

꽃나무
벌판 한복판에 꽃나무 하나가 있소. 近處에는 꽃나무가 하나도 없소. 꽃나무는 제가 생각하는 꽃나무를 熱心으로 꽃을 피워가지고섰소. 꽃나무는 제가 생각하는 꽃나무에게 갈 수가 없소. 나는 막 달아났소. 한 꽃나무를 爲하여 그러는 것처럼 나는 참 그런 이상스러운 흉내를 내었소.

# 사위환 시인

사위환(史偉煥) 시인 : 1956년 경기 파주 출생. 연세대학교 법무대학원 법학석사. <화백문학>을 통해 시인으로 등단. 1981년부터 37년간 교육행정직 공무원으로 교육청 및 학교에 근무 후 정년퇴임. 현재는 <화백문학>에 시 연재, 한국현대시인협회 회원.

연시

푸른 잎에 감싸인 어린 감들을 바라본다.
나무 가지마다 뽀얀 얼굴이 귀공자 같다.
고개 숙인 수수 이삭처럼 생을 살지는 못했어도
눈서리 꽃피고 혹한이 살 속 파고들 때
가슴 뭉클한 연시 되어 주린 새들에게
양식을 내어주겠지.

2017 여름
사위환

일출 염원

어둠에 갇혀 있는 나를
지혜로 일깨우고
다시 시작하고자
작은 불빛을 의지하며
산길을 걷는다.

바라는 염원은
이 땅이 아닌
저 끝 하늘
영혼의 보금자리

첨단으로
밤하늘을 터트려
남은 생
여명의 빛으로
푸른 하늘을 맞이하련다.

2017년 1월
사 이 [illegible]

# 서정남 시인

**서정남** 시인·목사 : 세계 계관 시인. 법무사. 수필가. 심리상담사 등
서초문협 제2대 회장. 고문. 국제PEN 한국본부 이사 등

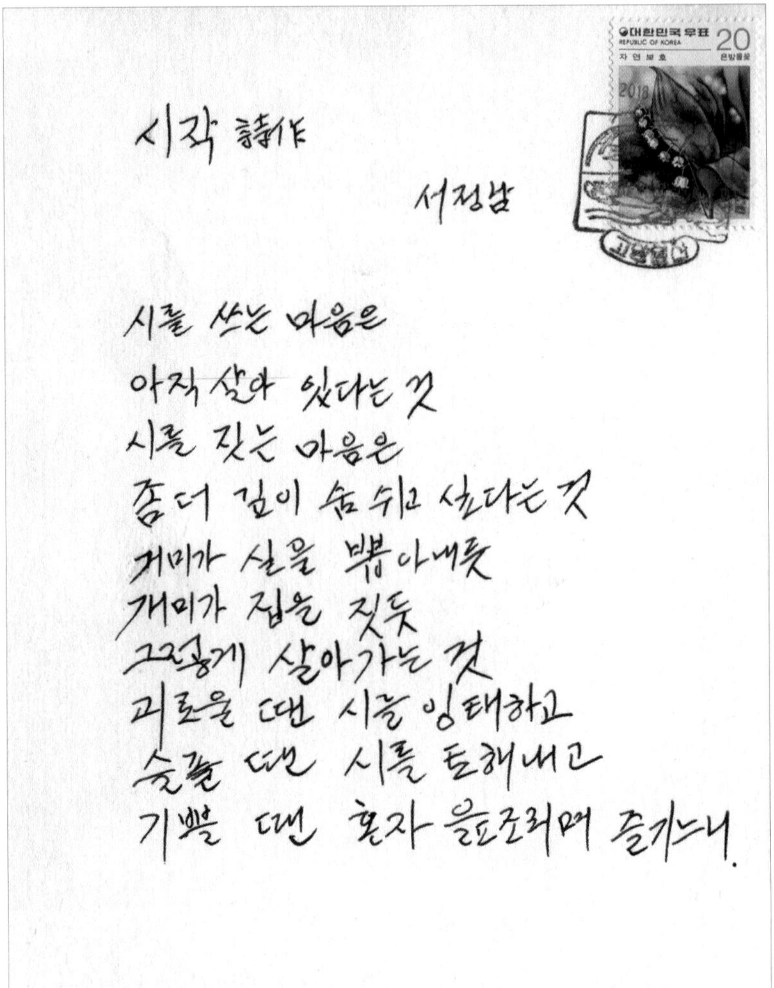

시작 詩作

서정남

시를 쓰는 마음은
아직 살아 있다는 것
시를 짓는 마음은
좀더 깊이 숨 쉬고 산다는 것
거미가 실을 뽑아내듯
개미가 집을 짓듯
그렇게 살아가는 것
괴로울 땐 시를 잉태하고
슬플 땐 시를 토해내고
기쁠 땐 혼자 읊조리며 즐기느니.

# 가을

서정남

바람
휩쓸고 간 자리
세월 그림자
섰다

늦가을
비 내린다
갈 숲에서 푸드득
들새 한 마리
길 잃은
철새

머언 산
땅거미
밀려온다.

人

# 서정춘 시 인

서정춘(徐廷春) 시인 : 1941년 전남 순천 출생. 1968년 신아일보 신춘문예 당선으로 시인으로 등단. 시집으로 첫 시집 <죽편> 이후, <봄, 파르티잔>, <귀>, <물방울은 즐겁다>, <캘린더 호수> 등을 출간했다.

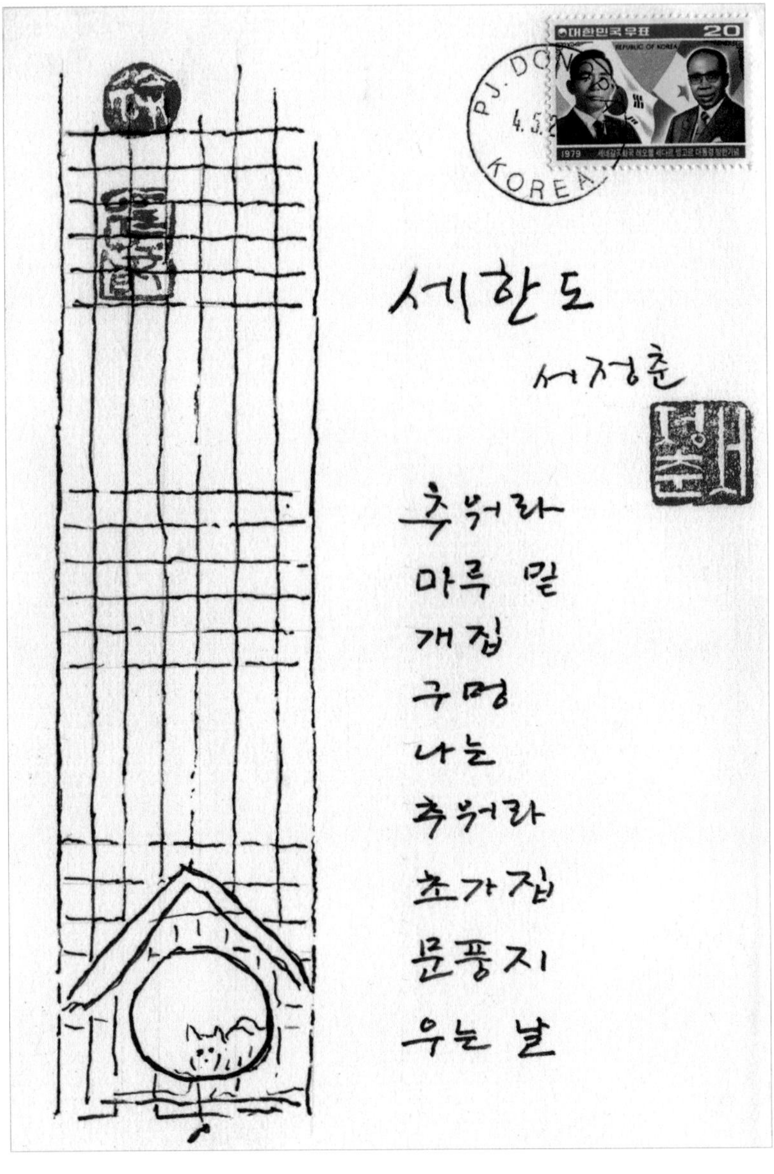

대한민국우표
20
REPUBLIC OF KOREA
1979
P.J. DONG
KOREA
세한도
서정춘
추워라
마루 밑
개집
구멍
나는
추워라
초가집
문풍지
우는 날

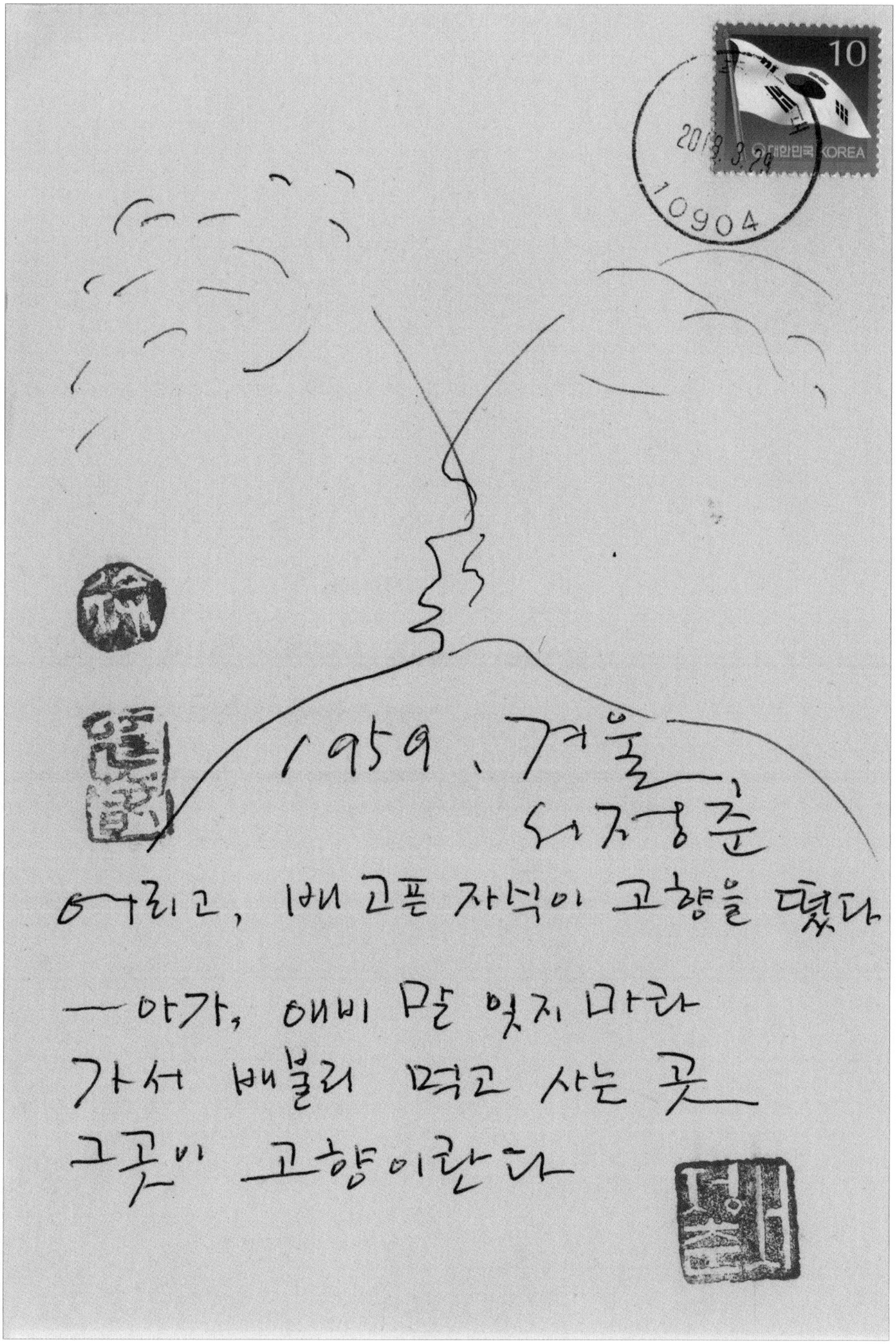
10
대한민국 KOREA
10904
1959. 겨울
서정춘
어리고, 배고픈 자식이 고향을 떴다
—아가, 애비 말 잊지 마라
가서 배불리 먹고 사는 곳
그곳이 고향이란다

人

# 서종남 시 인

**서종남**(徐宗男) 시인: 1951년 충남 공주 출생.
문학박사 교육학박사(미국 조지워싱턴 대학교). <문학시대>로 시 등단, <한국수필>로 수필 등단. 한국다문화교육·상담센터 소장. 기독교 상담·심리치료 전문가. 황진이(문학)상, 한국수필문학상, 헤르만 헤세 '국제문학교류' 학술대상, '충청문학상' 본상 등 수상. 저서로는 <나일강의 꽃>, <다문화 교육> 외 다수.

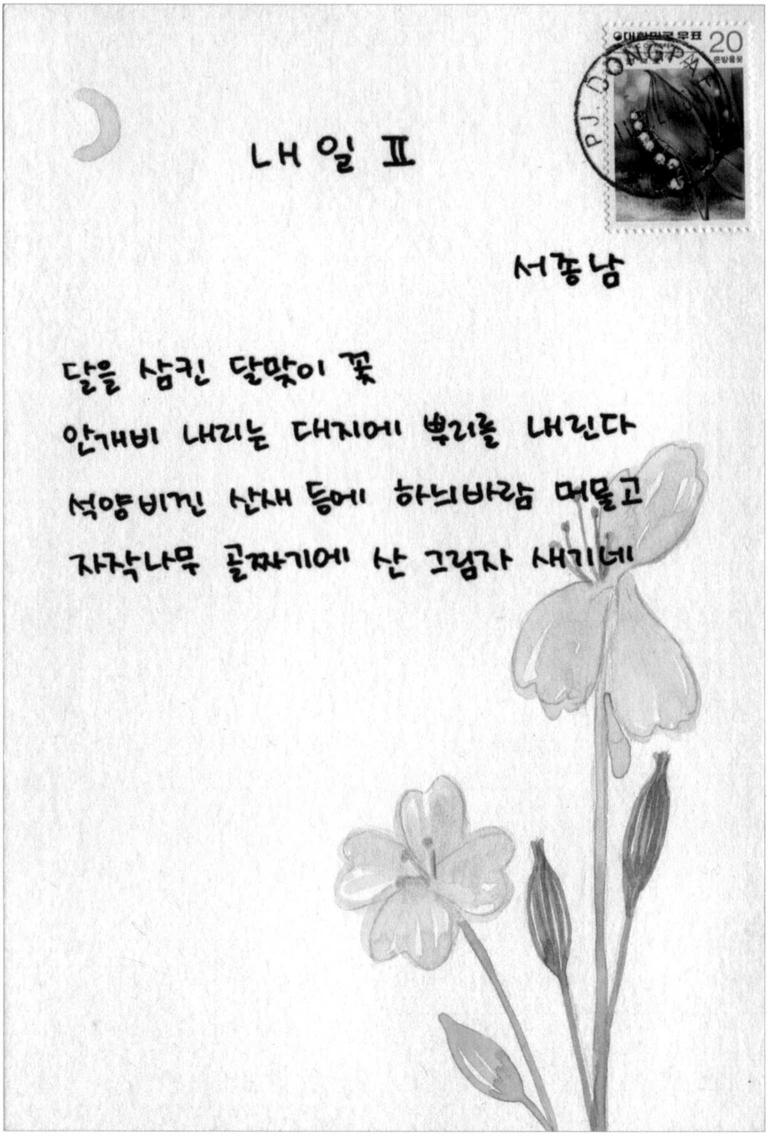
대한민국 우표 20
내일 Ⅱ
서종남
달을 삼킨 달맞이 꽃
안개비 내리는 대지에 뿌리를 내린다
석양비낀 산새 등에 하늬바람 머물고
자작나무 골짜기에 산 그림자 새기네

# 내일 I

서종남

별을 삼킨 초롱 꽃
새벽이슬 내릴 때 대지에 뿌리를 박는다
날개 접은 들새 등에 낮달이 포개지고
보리밭 종달새 먼 산을 날아가네

# 성춘복 시 인

성춘복(成春福) 시인 : 경북 상주 태생(1936), 성균관대 졸업. <현대문학>(1959)으로 등단, 시집으로 <오지행>, <마음의 불>, <혼자 사는 집>, <봉선화 꽃물> 등 17권. 산문집 <어느 날 갑자기>, <길을 가노라면> 등 7권 외 평론집 소묘집 등 다수.

을유문화사·삼성출판사 편집국장 역임. SBS문화재단 이사, 한국문인협회 상임이사, 부이사장, 이사장 등 역임. 제1회 월탄문학상, 한국시인협회상, 대한민국 문화예술상, 서울시 문화상 등 수상. 현재 '문학의 집-서울' 상임이사, <문학시대> 발행인.

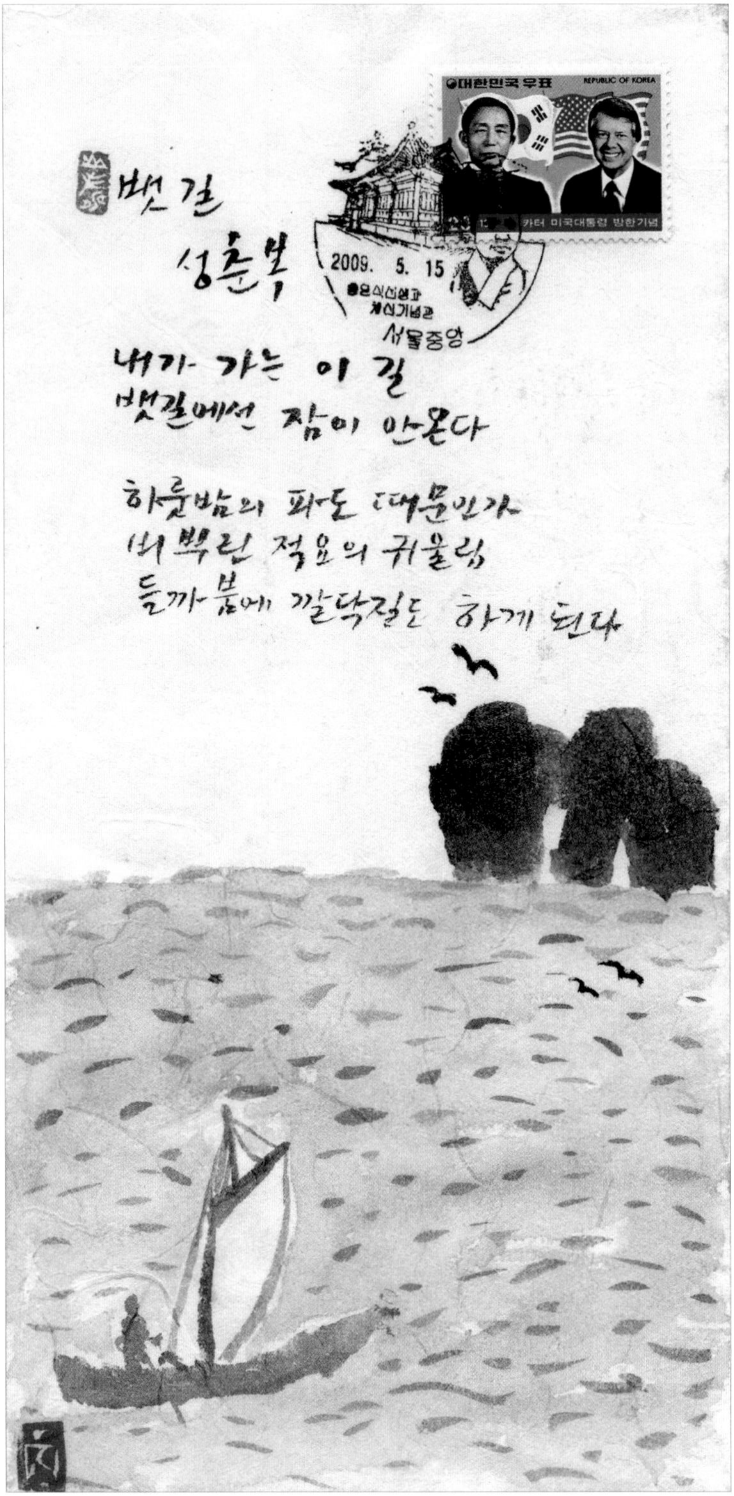
대한민국 우표
REPUBLIC OF KOREA
카터 미국대통령 방한기념
2009. 5. 15
서울중앙
뱃길
성춘복
내가 가는 이 길
뱃길에선 잠이 안온다
하룻밤의 파도 때문인가
비뿌린 적요의 귀울림
들까 봄에 깔닥질도 하게 된다

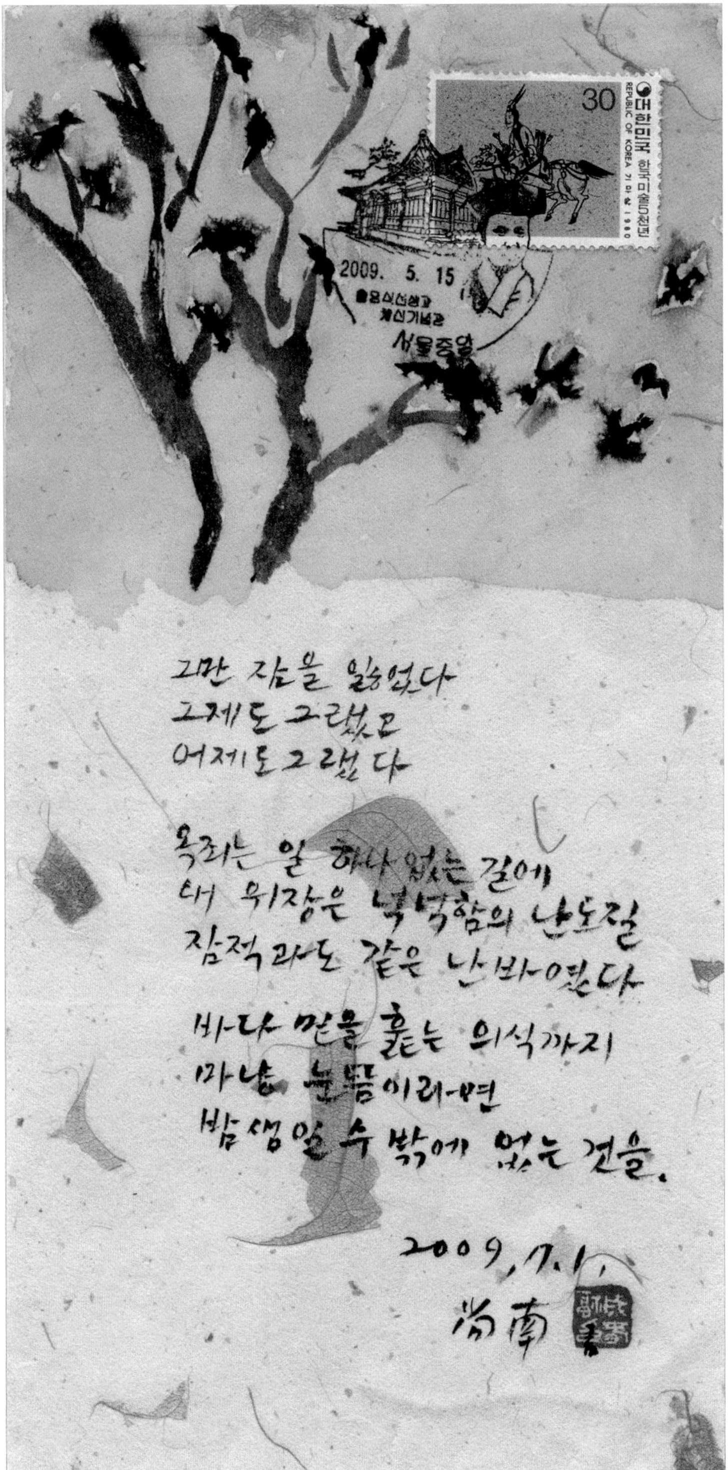


그만 잠을 잃었다
그제도 그랬고
어제도 그랬다

옥죄는 일 하나 없는 길에
내 위장은 넉넉함의 난도질
잠적과도 같은 난바다였다
바다 맛을 훑는 의식까지
마냥 눈뜸이려면
밤새일 수 밖에 없는 것을.

2009, 7.1.
尙南

# 손계숙 시인

손계숙 시인 : 시집 <사랑초(抄)> 외 3권.
한국문인협회 회원, 국제PEN클럽 한국본부 회원. 현대시인협회 회원, 남강문학회 회원.
수상 : 설송문학상. 한국문학비평가협회 문학상. 대한문학상 등.

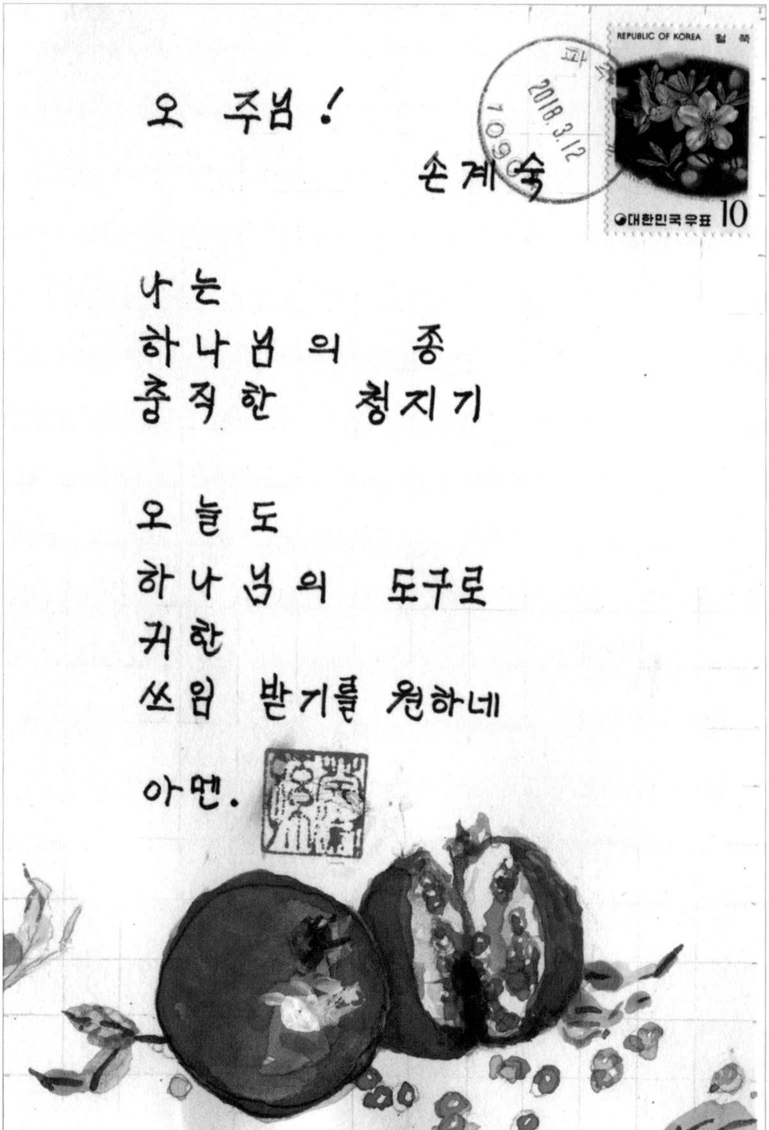
REPUBLIC OF KOREA 철쭉
대한민국 우표 10
2018. 3. 12
오 주님!
손계숙
나는
하나님의 종
충직한 청지기
오늘도
하나님의 도구로
귀한
쓰임 받기를 원하네
아멘.

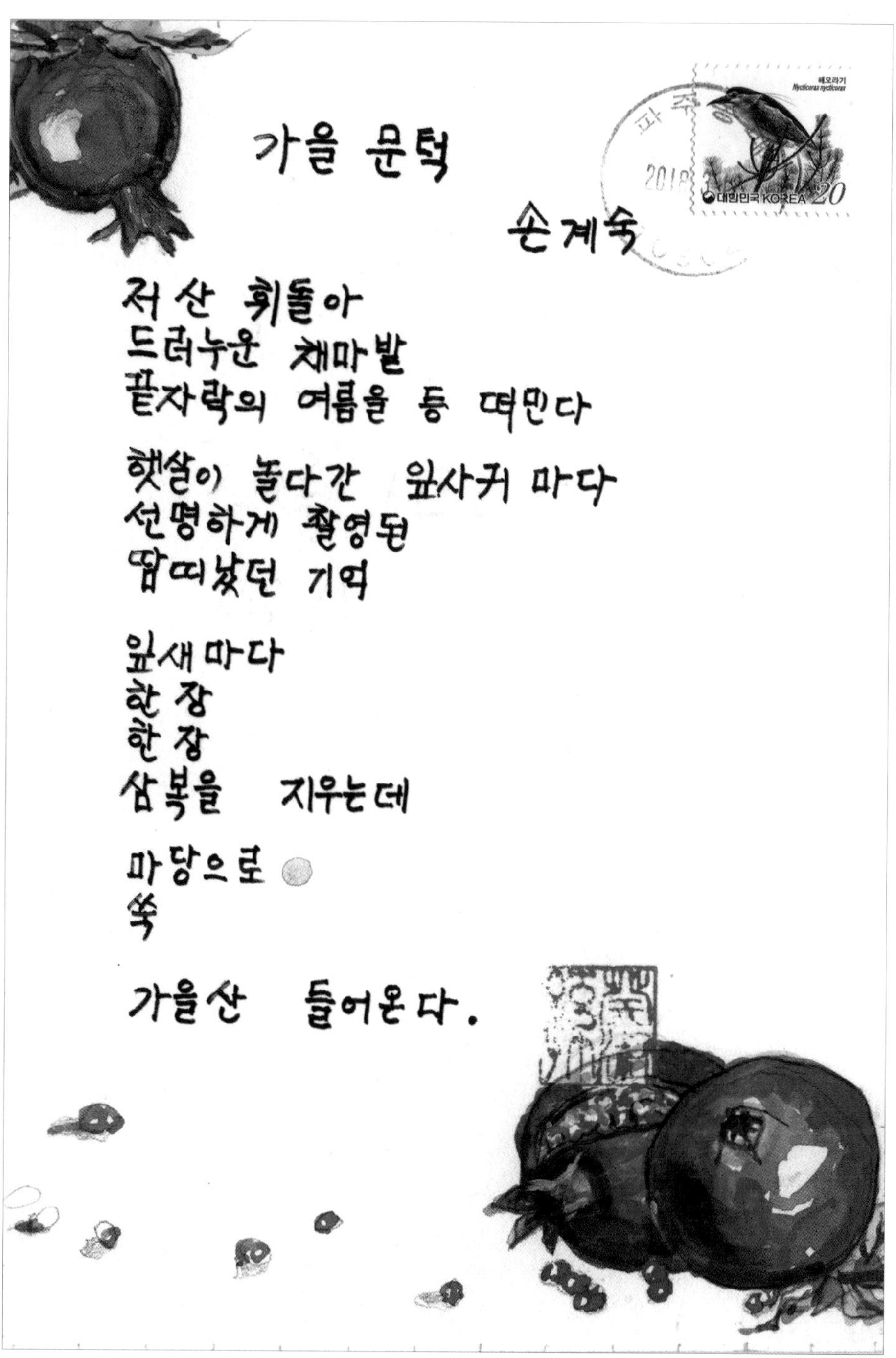

# 가을 문턱

손계숙

저 산 휘돌아
드러누운 채마밭
끝자락의 여름을 등 떠민다

햇살이 놀다간 잎사귀 마다
선명하게 촬영된
땀띠났던 기억

잎새마다
한 장
한 장
삼복을 지우는데

마당으로
쑥

가을산 들어온다.

# 손상철 시 인

**손상철** 시인 : 1940년 경남 진주 출생. 진주사범과 성균관대 교육대학원 졸업.
1955년 제6회 개천예술제 백일장 시 입상. 1957년 국학대학 주체 전국고교생 문예콩쿠르에서 시 입상. 1967년 <시부락> 동인, <청천> 동인. 2007년 <한국시> 신인상 수상으로 등단. 2008년 제19회 한국시문학대상 수상.
시집으로 <고독한 여행>, <날 수 없는 새>, <회색도시의 풍경 속에서> 등이 있고, 경력으로는 서울개포중학교 등 중고등학교 교장직과 학교법인 인권학원 이사장 등을 역임했다.

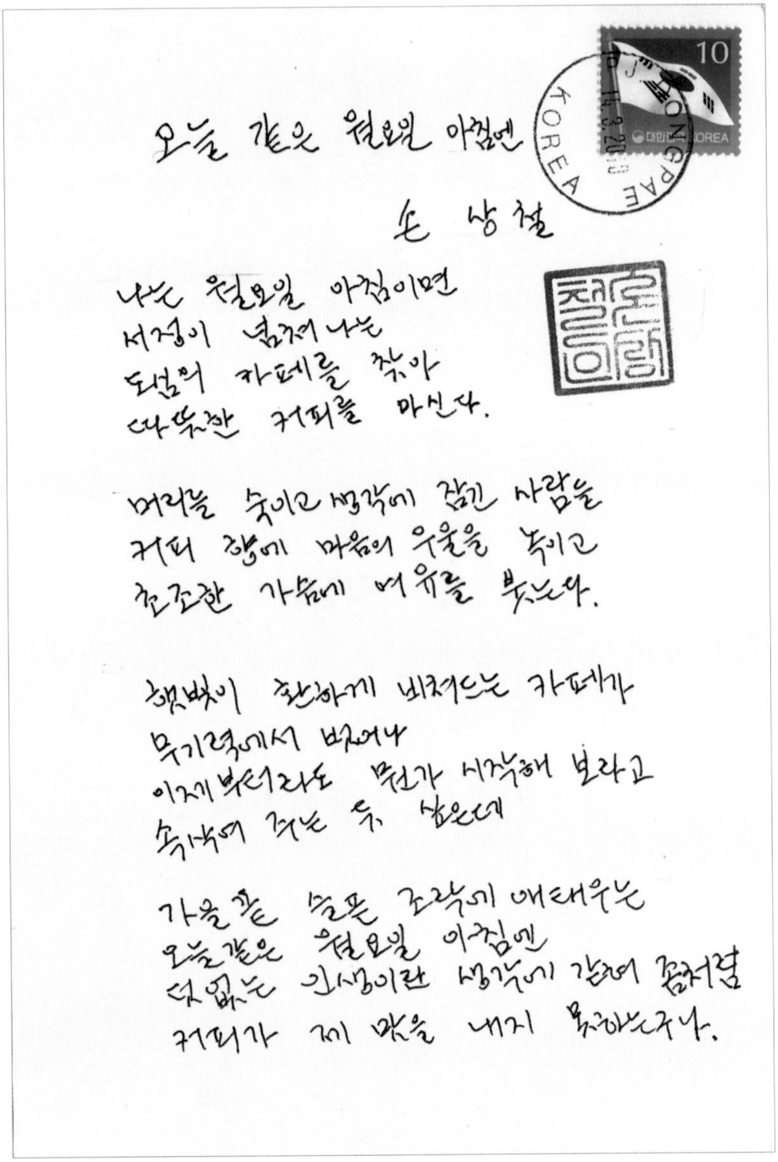

10
대한민국 KOREA
KOREA
오늘 같은 월요일 아침엔
손 상 철
나는 월요일 아침이면
서정이 넘쳐 나는
도심의 카페를 찾아
따뜻한 커피를 마신다.
머리를 숙이고 생각에 잠긴 사람들
커피 향에 마음의 우울을 녹이고
초조한 가슴에 여유를 붓는다.
햇빛이 환하게 비쳐드는 카페가
무기력에서 벗어나
이제부터라도 무언가 시작해 보라고
속삭여 주는 듯 싶은데
가을 끝 슬픈 조각에 애태우는
오늘 같은 월요일 아침엔
덧없는 인생이란 생각에 갇혀 좀처럼
커피가 제 맛을 내지 못하는구나.

도시의 거리에는 언제나

손상철

도시의 거리에는 언제나
사람의 꿈들이 떠다닌다.
모두들 상처를 안고 있으면서도
꿈을 띄워서 시름을 삭힌다.

도시의 거리에는 언제나
형상화되지 않은 부유물이 떠다닌다.
부유물은 각자가 전하려는 메시지.
그것을 수용하려는 곳이 없어
언제나 허공에 부유할 뿐이다.

도시의 거리에는 언제나
가면들로 넘쳐난다. 모두들 탈을
쓰고 자신의 정체를 숨기려 애쓴다.
사람사는 세상에 배어있는 걸
미처 느끼지 못한 채.

거리에 황혼이 찾아오면
모두들 하던 일을 멈추고 수지계산을
따지느라 부산을 떤다.
그러는 사이 하루가 저물고
우리 인생도 그렇게 저문다.

# 손소희 소설가

**손소희**(孫素熙 1917~1987) 소설가 : 함경북도 경성 출생. 일본 니혼대학교 중퇴, 만학으로 한국외국어대학 영어영문학과 졸업. 1946년 백민소설<맥에의 몌별>로 데뷔. PEN클럽 한국본부 부회장, 한국여류문인협회 회장, 대한민국예술원 회원. 배우자 김동리. 작품집으로 단편집 <이라기(梨羅記)>, <회심>, <별이지는 밤에>. 장편 <남풍>, <태양의 계곡>, <계절풍>, <에덴의 유역> 등이 있다.
도자기 작품 모녀상

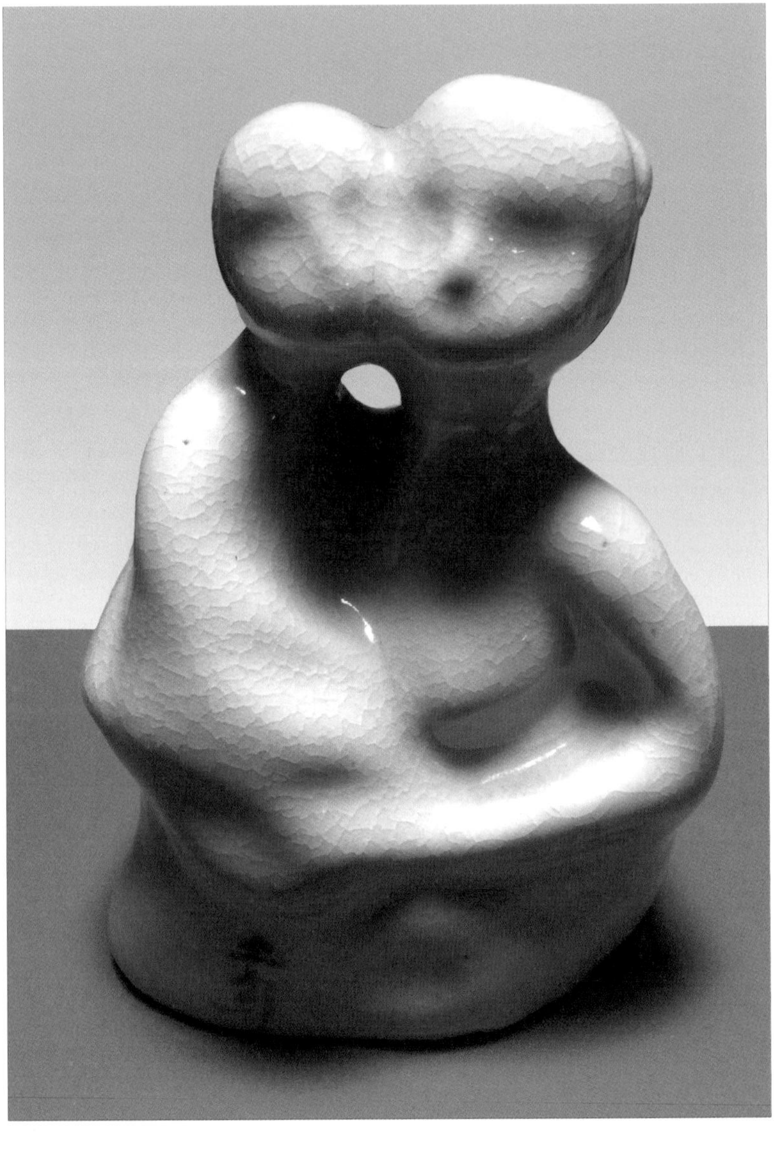

# 송수남 화 가

**송수남**(宋秀南 1938~2013) 화가 : 전북 전주 출생. 홍익대학교 미술대 졸업, 대학 3학년까지 서양화를 전공하다가 4학년 때 동양화로 전과를 했으며, 1970년대부터 한국 사람은 한국 것을 그려야한다는 생각을 바탕으로 수묵화에 전념하였으며 먹에 현대적 생명을 부여하며 선의 나열을 통해 그만의 예술세계를 탐구했다. 1970년대의 작품.

# 손태전 시인

**손태전** 시인 : <한빛문학>을 통해 시인으로 등단.
제4회 한빛문학상 수상.
재스민라로끄 대표.
에너지 브릿지 불로식단 컨설팅 경영

영원한 꽃 / 손태전

안개꽃은 다이아몬드 꽃이다.
막막한 현실의 문턱은 마치 안개인듯
좀더 뒷걸음질치면 꽃인듯하다.
봄의 전령 아지랑이와 가랑비는 햇살의 기적을 앞당겨
매화는 얼음을 딛고, 장미는 지독한 가시를 접고,
백합의 우아한 향기는
우리가 갈수없는 먼곳까지 날아간다.

안개꽃은 다이아몬드 꽃이다.
덧없는 생의 언덕은 마치 안개인듯,
한걸음 앞서보니 꽃인듯하다.
희노애락의 눈물은 불타버리고 웃음과 교감하라.
사랑의 노래처럼 가락은 끝이 없구나.
삶의 견고한 결정체로서
내면의 향연을 꿈꾸게 하는 영원한 꽃이어라.

재스민라로끄 손태전

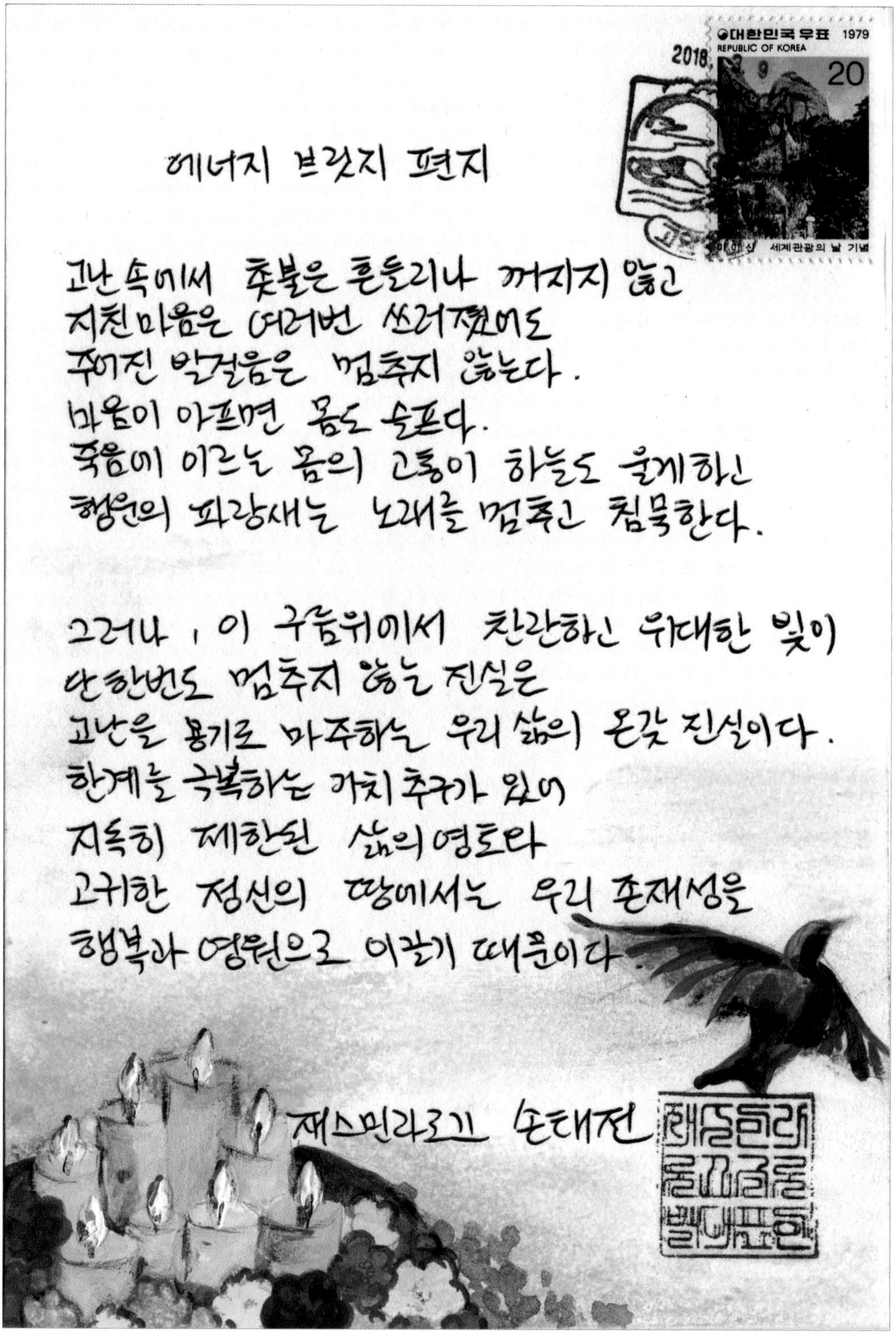


에너지 브릿지 편지

고난 속에서 촛불은 흔들리나 꺼지지 않고
지친마음은 여러번 쓰러졌어도
주어진 발걸음은 멈추지 않는다.
마음이 아프면 몸도 슬프다.
죽음에 이르는 몸의 고통이 하늘도 울게하신
행운의 파랑새는 노래를 멈추고 침묵한다.

그러나, 이 구름위에서 찬란하신 위대한 빛이
단한번도 멈추지 않는 진실은
고난을 용기로 마주하는 우리 삶의 온갖 진실이다.
한계를 극복하는 가치 추구가 있어
지독히 제한된 삶의 영토라
고귀한 정신의 땅에서는 우리 존재성을
행복과 영원으로 이끌기 때문이다

재스민라로기 손태전

# 손해일 시 인

손해일(孫海鎰) 시인 : 1948년 전남 남원 출생, 서울대 졸업, 홍익대 대학원 국문과 석 박사과정 졸업(1991, 문학박사)
1978년 월간<시문학> 등단.
시집으로 <흐르면서 머물면서> <왕인의 달> <떳다방 까치집> <신자산어보> 등.
서울대 대학문학상, 홍익문학상, 시문학상, 서초문학상, 소월문학상 등 수상.
현재 국제PEN한국본부 이사장.

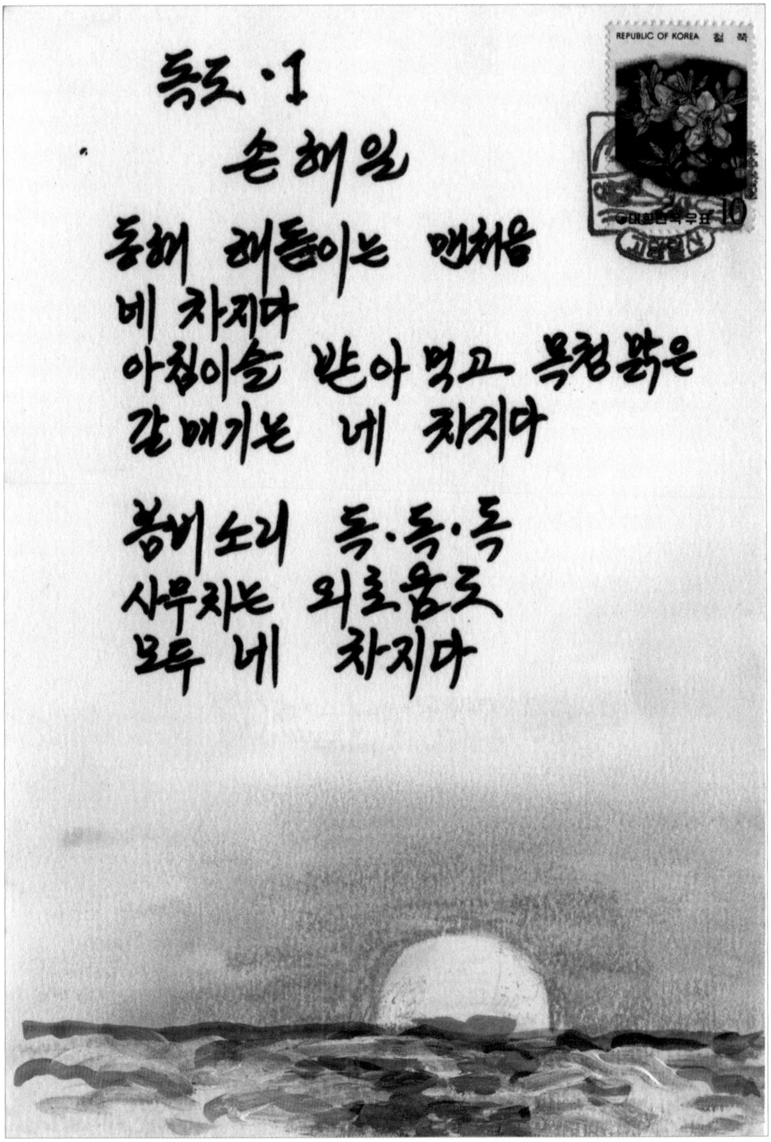

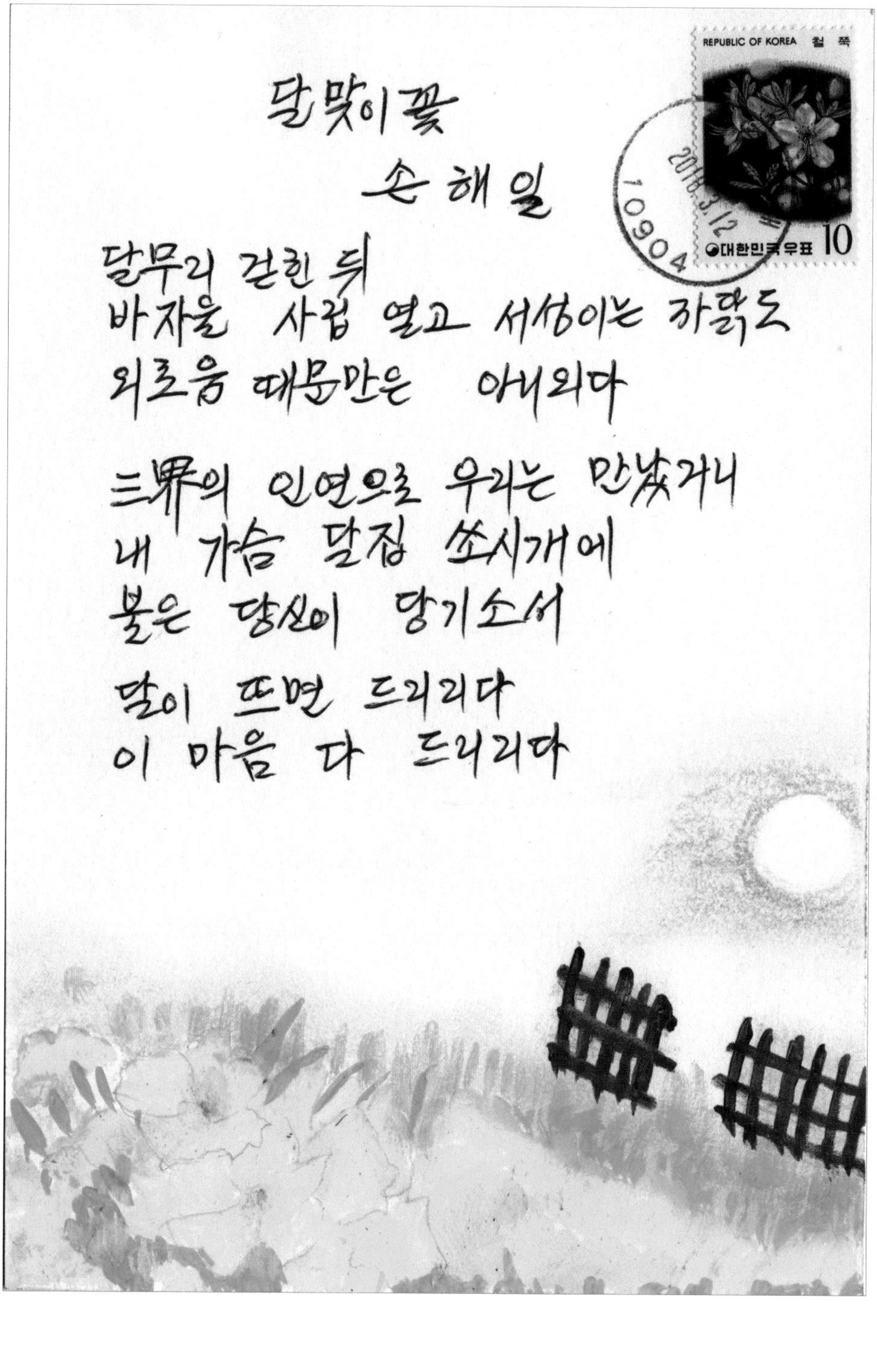


달맞이꽃

손해일

달무리 걷힌 뒤
바자울 사립 열고 서성이는 까닭도
외로움 때문만은 아니외다

三界의 인연으로 우리는 만났거니
내 가슴 달집 쏘시개에
불은 당신이 당기소서

달이 뜨면 드리리다
이 마음 다 드리리다

人

# 송민순 화 가

**송민순** 화가 : 1947년 출생, 2009년 세계평화 미술대전 우수상. 2009년 신사임당 미술대전 특선. 한국 수채화 공모전 특선. 2006년 세종문화회관 한여름밤의 꿈전부터 인천 한마당 축제, 한중일 수채화전, 한국 수채화 페스티벌, 수연회전 등에 참가.

## 〈꽃을 찾아 내가 왔다〉

〈부귀영화가 활짝〉

# 송현숙 시 인

송현숙(宋賢淑) 시인 : 성균관대학교 교육학과 졸업, 중·고등학교 교사 역임, 1992년 계간지 <문학과 의식>으로 등단, 한국문인협회 회원, 가톨릭문인회 회원, 2000년 성균문학상 우수상 수상.
작품집 <꽃>, <누군가 기다려지는 날에>, <그대 사랑 앞에서>, <아픔없이 어찌 사랑을 알랴>, <무지개 여행 1·2·3> 등.

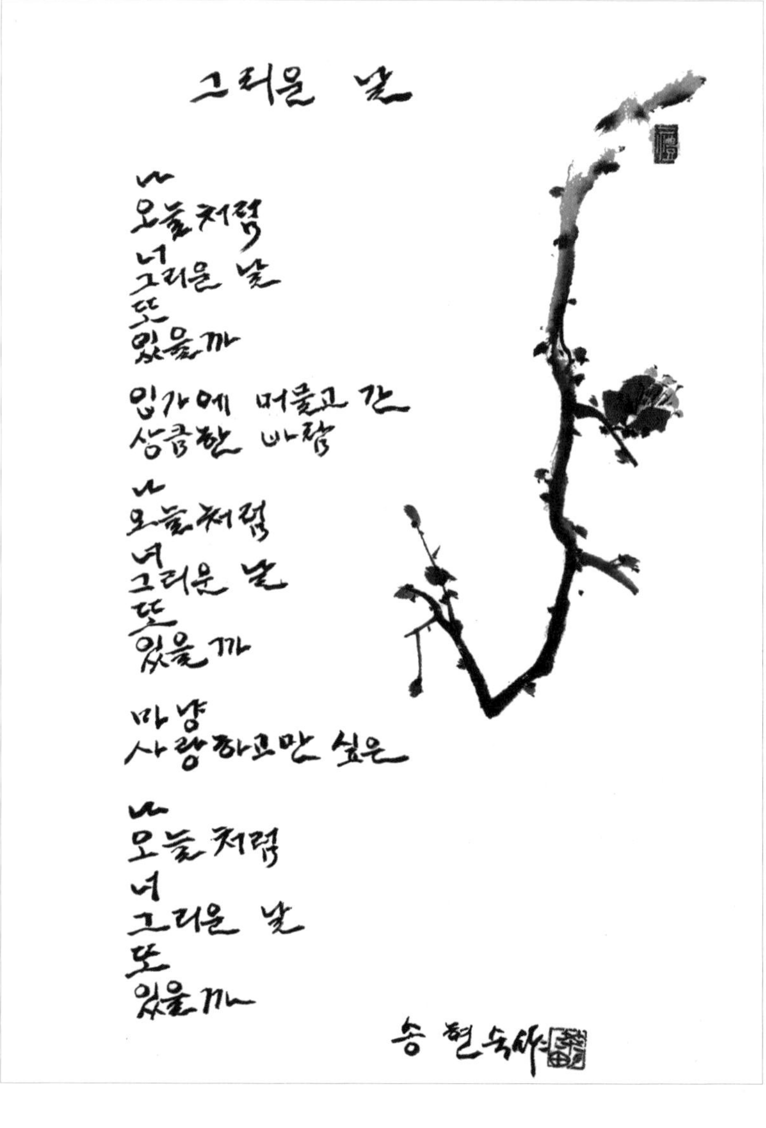
그리운 날
나
오늘처럼
너
그리운 날
또
있을까
입가에 머물고 간
상큼한 바람
나
오늘처럼
너
그리운 날
또
있을까
마냥
사랑하고만 싶은
나
오늘처럼
너
그리운 날
또
있을까
송 현숙

# 신동명 시인

신동명(申東明) 시인: 서울에서 출생. 명지대학교 졸업, 국민대학 대학원 문창과 수료. <문예사조> 수필과 <문학21>에서 시로 문단에 등단. 한국문인협회 회원, 국제펜클럽 회원, 한국현대시인협회 회원. 현재 월간 '문예사조' 편집위원장. 저서로는 <날개의 의지>, <슬픔의 반란> 등 시집 4권과 에세이집 <달팽이의 꿈>, 기행수필집<한강에서 세느강까지> 등 모두 11권이 있다.

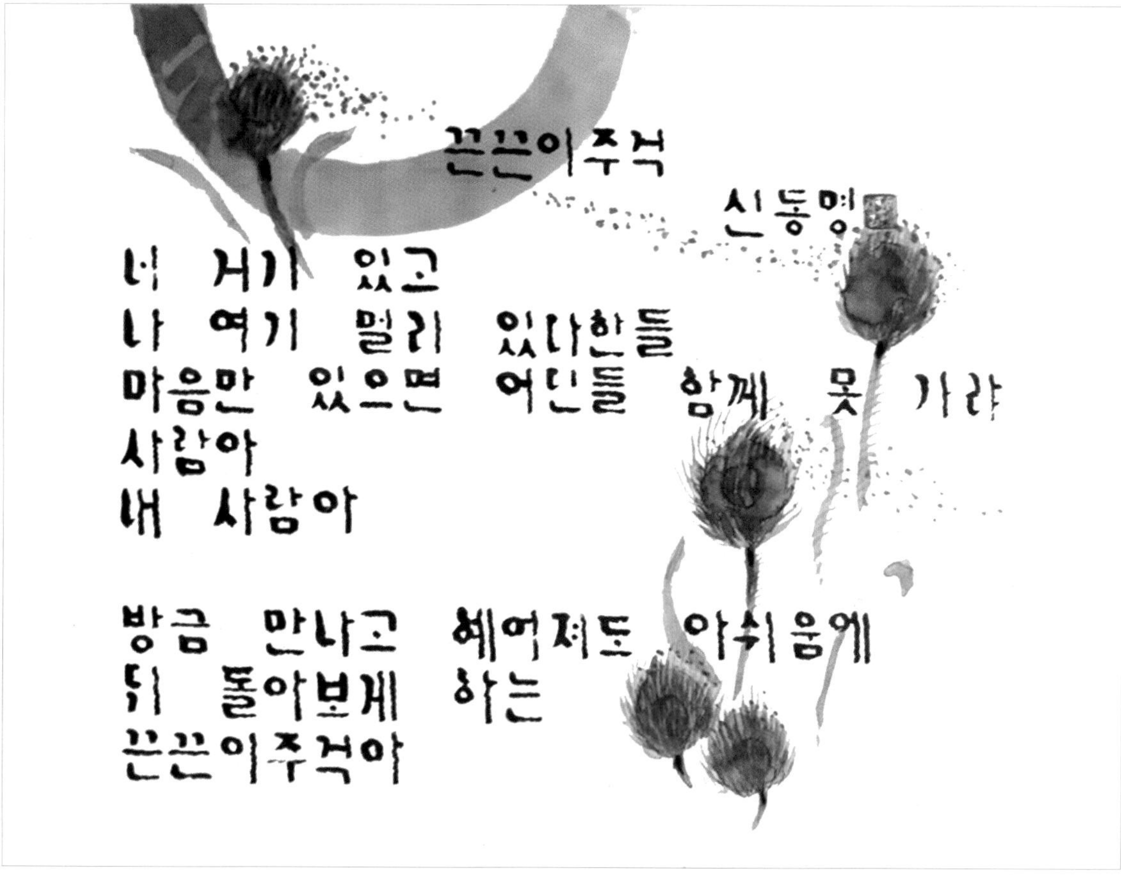
끈끈이주걱
신동명
너 거기 있고
나 여기 멀리 있다한들
마음만 있으면 어딘들 함께 못 가랴
사람아
내 사람아
방금 만나고 헤어져도 아쉬움에
뒤 돌아보게 하는
끈끈이주걱아

# 송현자 화 가

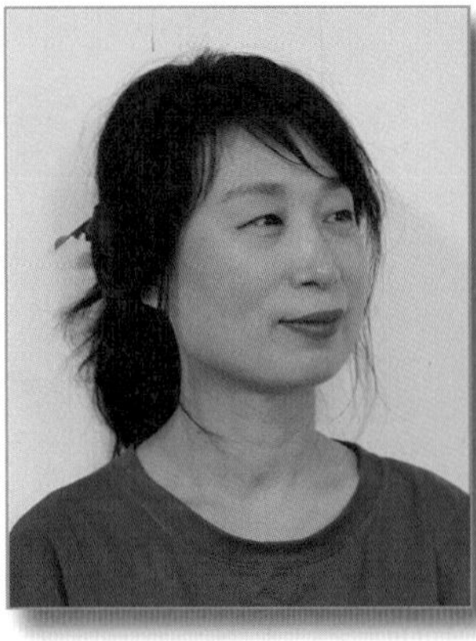

**송현자** 화가 : (예명 송혜린, 호 : 藝家)는 충남대학교를 졸업하고 미술을 생활에 적용하는 실용미술의 새로운 분야를 개척하고자 '크레타'를 개설하여 회화연구와 후진 양성에 노력하고 있다. 그의 작품 세계는 고전과 전통을 기반으로 한 작품세계를 구축해 나가고 있으며, 그가 실현하려는 현대적 회화세계는 고전적 향기가 묻어나는 참신성을 내포하고 있다.

그는 대한민국여성미술대전에서 입상하였으며, 2017년과 2018년에는 프랑스 루브르박물관 까루젤관에서 이루어진 아트샵핑에 참여하였다.

현재 동양수묵연구원 회원과 Pine Art Club Member로 활동 중이다.

# 신달자 시인

**신달자**(愼達子) 시인 : 1943 경남 거창 출생, 숙명여대 대학원 국문과 졸업, 1964 <거상>에 시 '환상의 밤'이 당선, 1972 <현대문학>에 시 <발>, <처음 목소리>가 추천되어 등단 <문채> 동인. 명지전문대학 문예창작학과 교수 역임.
시집으로는 <봉헌문자(奉獻文字)>, <겨울축제>, <고향의 물>(서문당), <아가(雅歌)>, <황홀한 슬픔의 나라>, <다만 하나의 빛깔로>, <아가 2>, <백치 슬픔>, <외로움을 돌로 치리라> 수필집으로는 <당신은 영혼을 주셨습니다>, <시간을 선물합니다>, <그대 곁에 잠들고 싶어라>, <아론 나의 아론>, <지금은 신을 부를 때>, <백치 애인>, < 두 사람을 위한 하나의 사랑>, <물 위를 걷는 여자>, <사랑이여, 나의 목숨이여>, <밉지 않은 너에게>, <혼자 사랑하기>, <네잎 클로버> 수상 2008년 제6회 영랑시문학상 본상, 2007년 현대불교문학상 등.

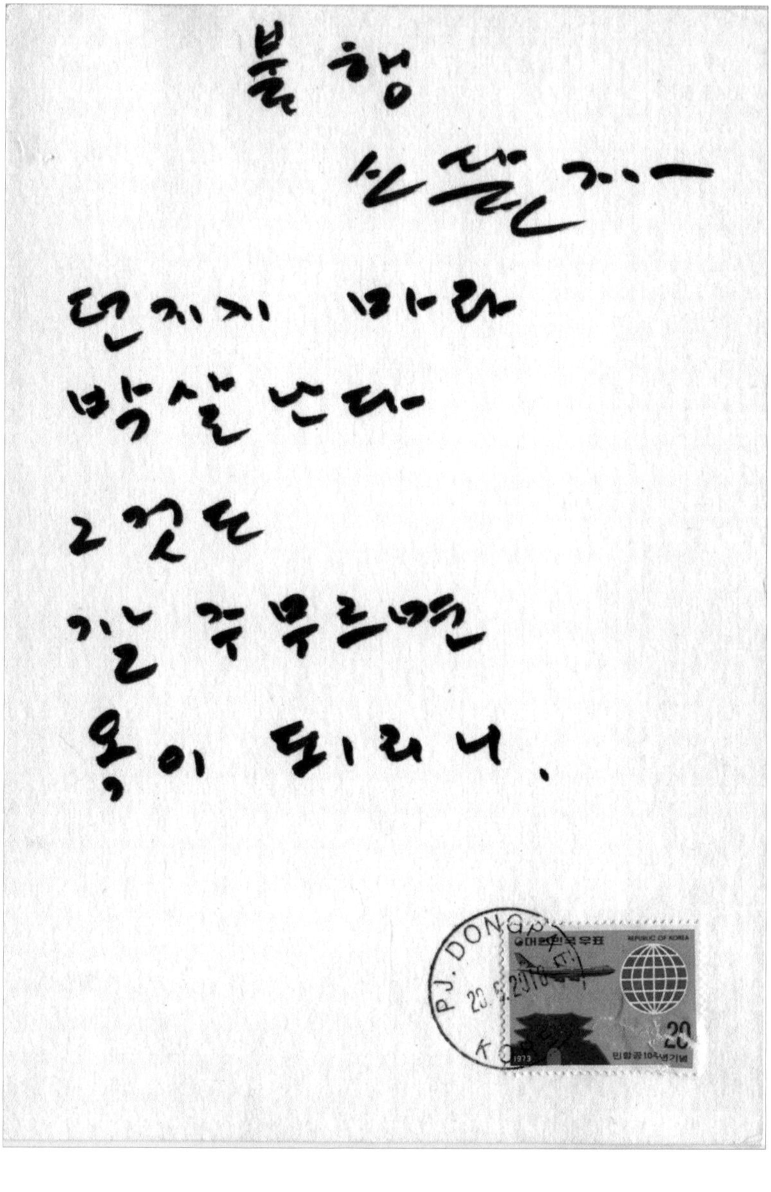

불행

신달자

던지지 마라
박살 난다
그것도
잘 주무르면
옥이 되리니.

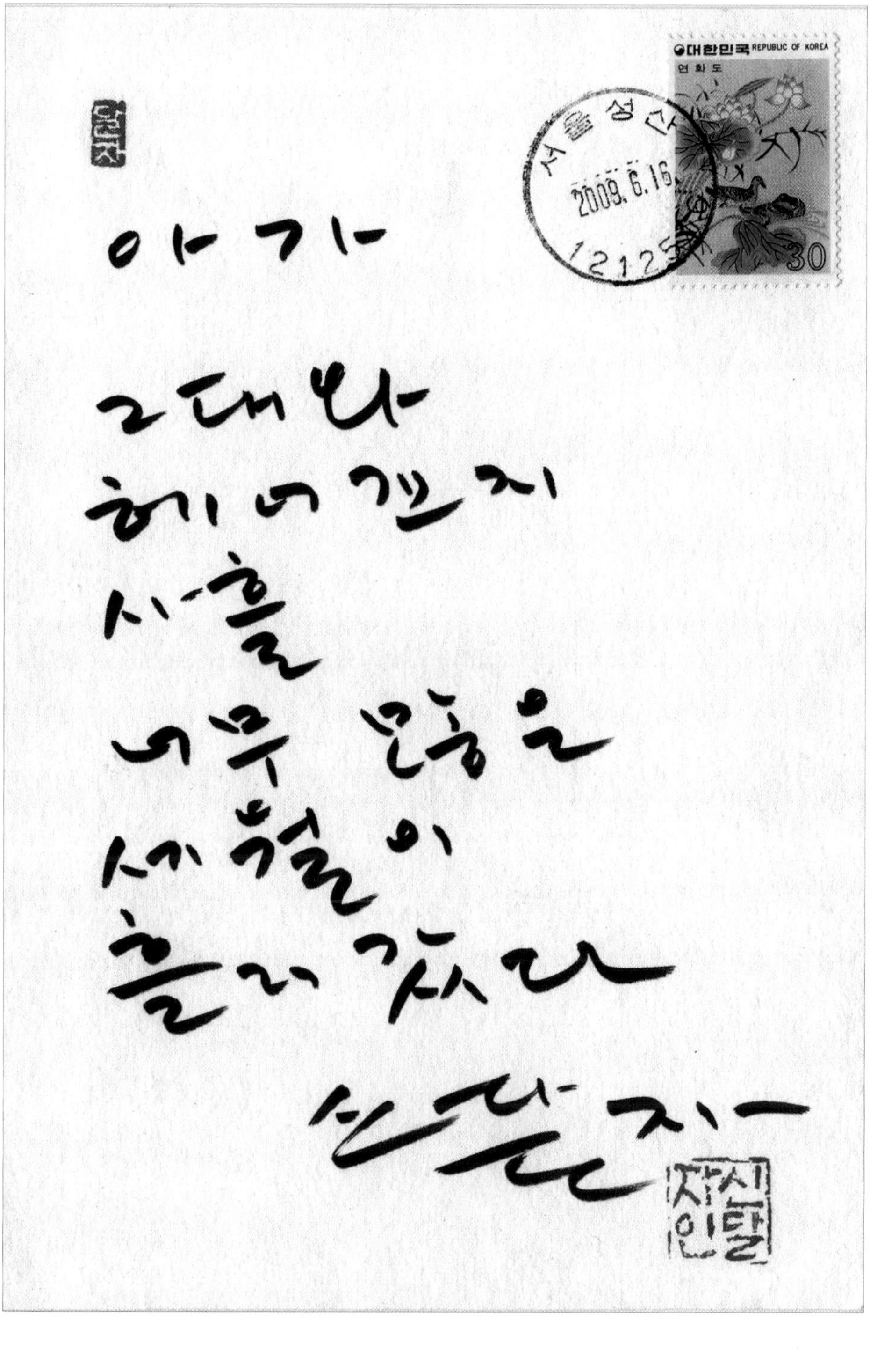
아가

그대와
헤어진지
사흘
너무 많은
세월이
흘러갔구나

신달자



人

# 신영옥 시 인

**신영옥**(申英玉) 시인 : 아동문학가, 가곡작사가로도 활동(호 惠山), 충북 괴산에서 출생. 청주교육대학과 한국방송통신대학교를 졸업하고 충북과 서울에서 40여년간 교육계에 근무하였다. <문학과 의식>으로 등단, 시집, <오늘도 나를 부르는 소리>, <흙내음 그 흔적이>, <스스로 깊어지는 강> 등의 시집과 다수의 공동시집과, <그리움이 쌓이네>, <겨레여 영원하라>, <물보라> 등 70여 곡의 가곡 CD와 교가, 군가등을 작사하였다. 한국문협, 국제펜클럽, 현대시협, 크리스천문학회, 여성문학인회, 한국아동문학연구회, 가곡작사가협회, 시동인 등에서 활동 중이며, 국민훈장 동백장, 허난설헌문학상(4회), 영랑문학상(9회) 등 다수를 수상하였다.

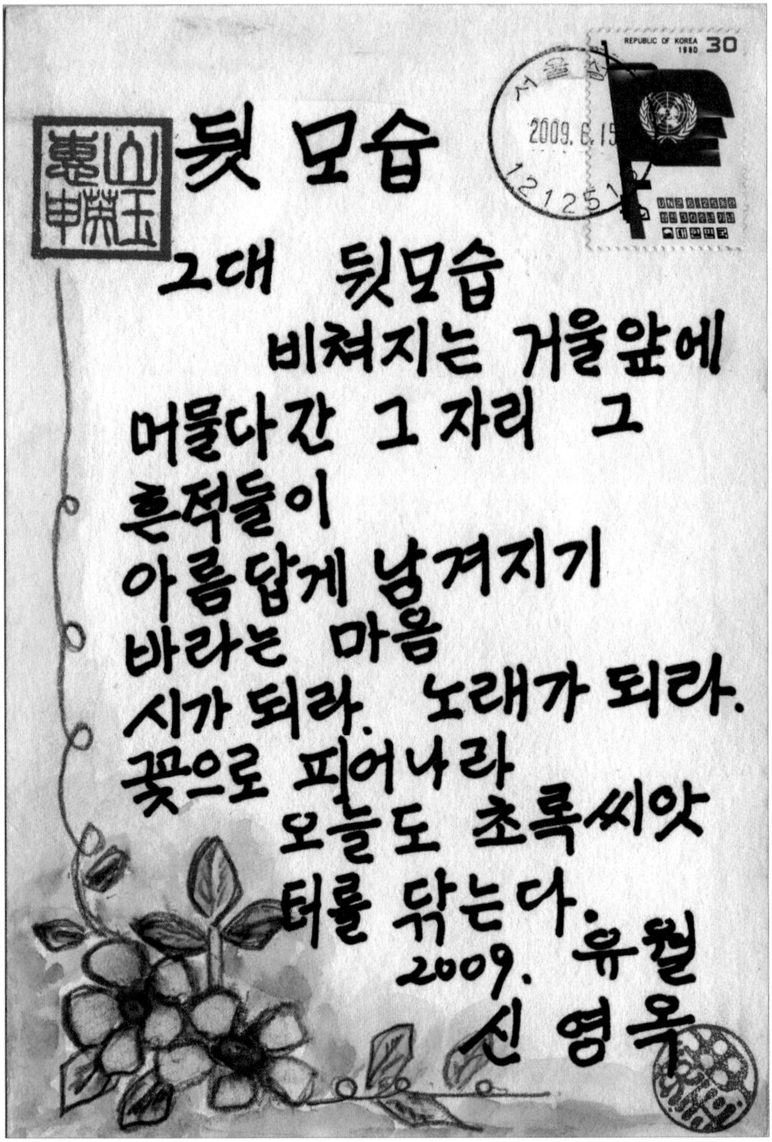
REPUBLIC OF KOREA 1980 30
2009. 6. 15
惠山
申英玉
뒷모습
그대 뒷모습
비쳐지는 거울앞에
머물다간 그 자리 그
흔적들이
아름답게 남겨지기
바라는 마음
시가 되라. 노래가 되라.
꽃으로 피어나라
오늘도 초록씨앗
터를 닦는다.
2009. 유월
신영옥

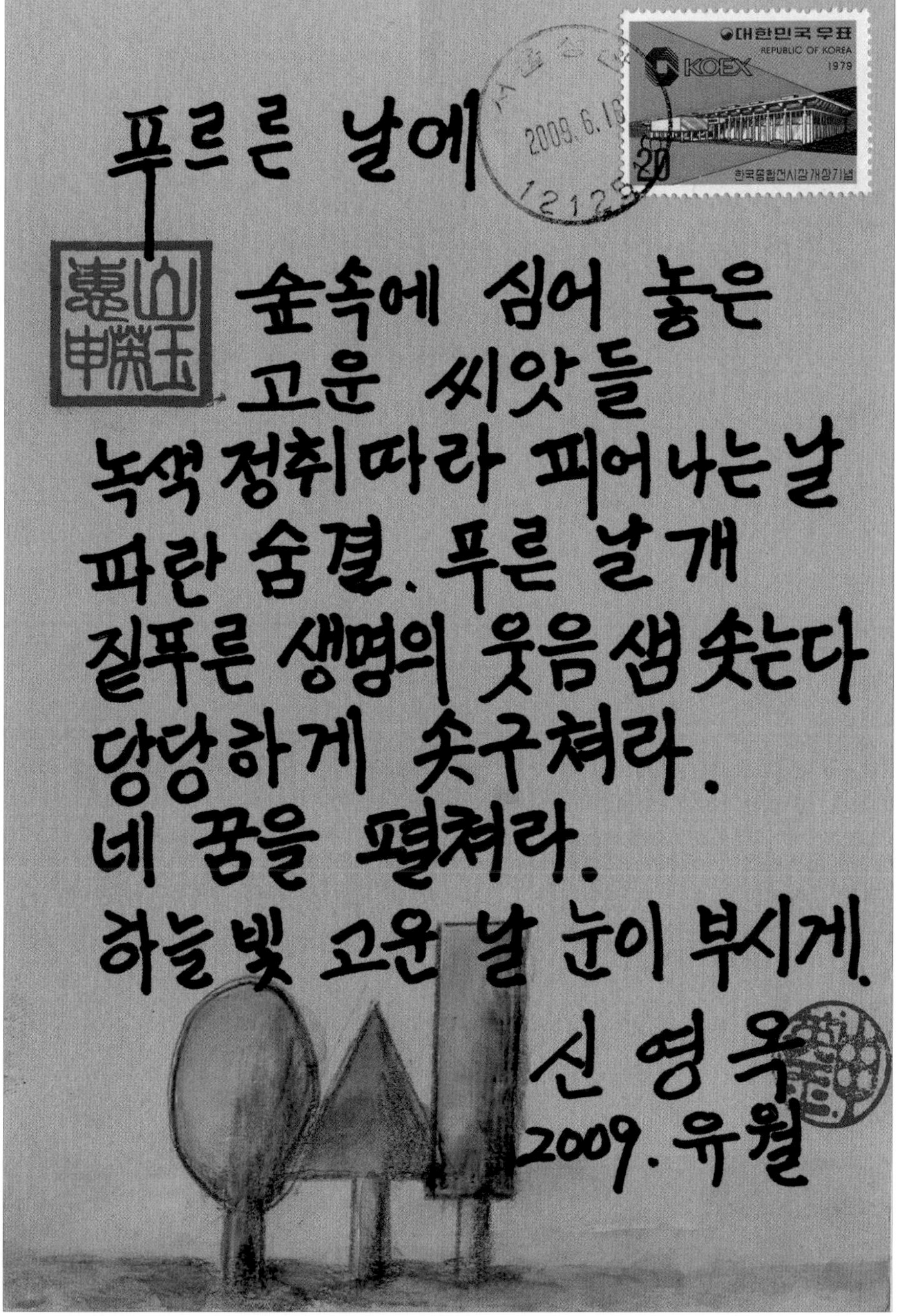
푸르른 날에
숲속에 심어 놓은
고운 씨앗들
녹색 정취따라 피어나는 날
파란 숨결, 푸른 날개
짙푸른 생명의 웃음샘 솟는다
당당하게 솟구쳐라.
네 꿈을 펼쳐라.
하늘빛 고운 날 눈이 부시게.
신영옥
2009. 유월
대한민국 우표
REPUBLIC OF KOREA
1979
KOEX
20
한국종합전시장개장기념
2009. 6. 16

人

# 신희숙 화가·시인

**신희숙**(申喜淑) 화가 시인 : 서라벌 예대와 중앙대학교 예술대학원을 거쳐, <문학과 의식>으로 시인으로 등단. 중앙일보 신춘문예 당선. 압구정동 현대미술관 등에서 개인전 초대전 등 13회를 가졌으며, 국내외로 200여회 출품.
시집으로 <사랑의 덫을 놓고 잠 못드는 그대여>, <봄보다 먼저 온 여자> 등이 있다.

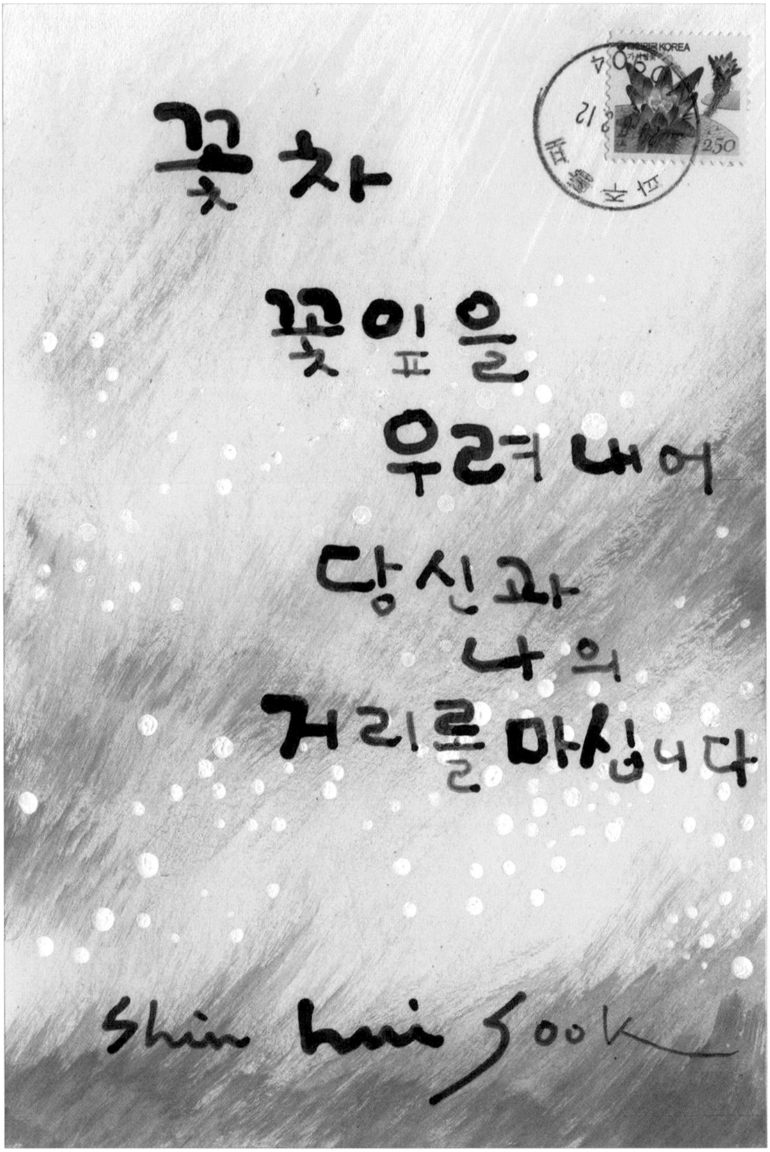

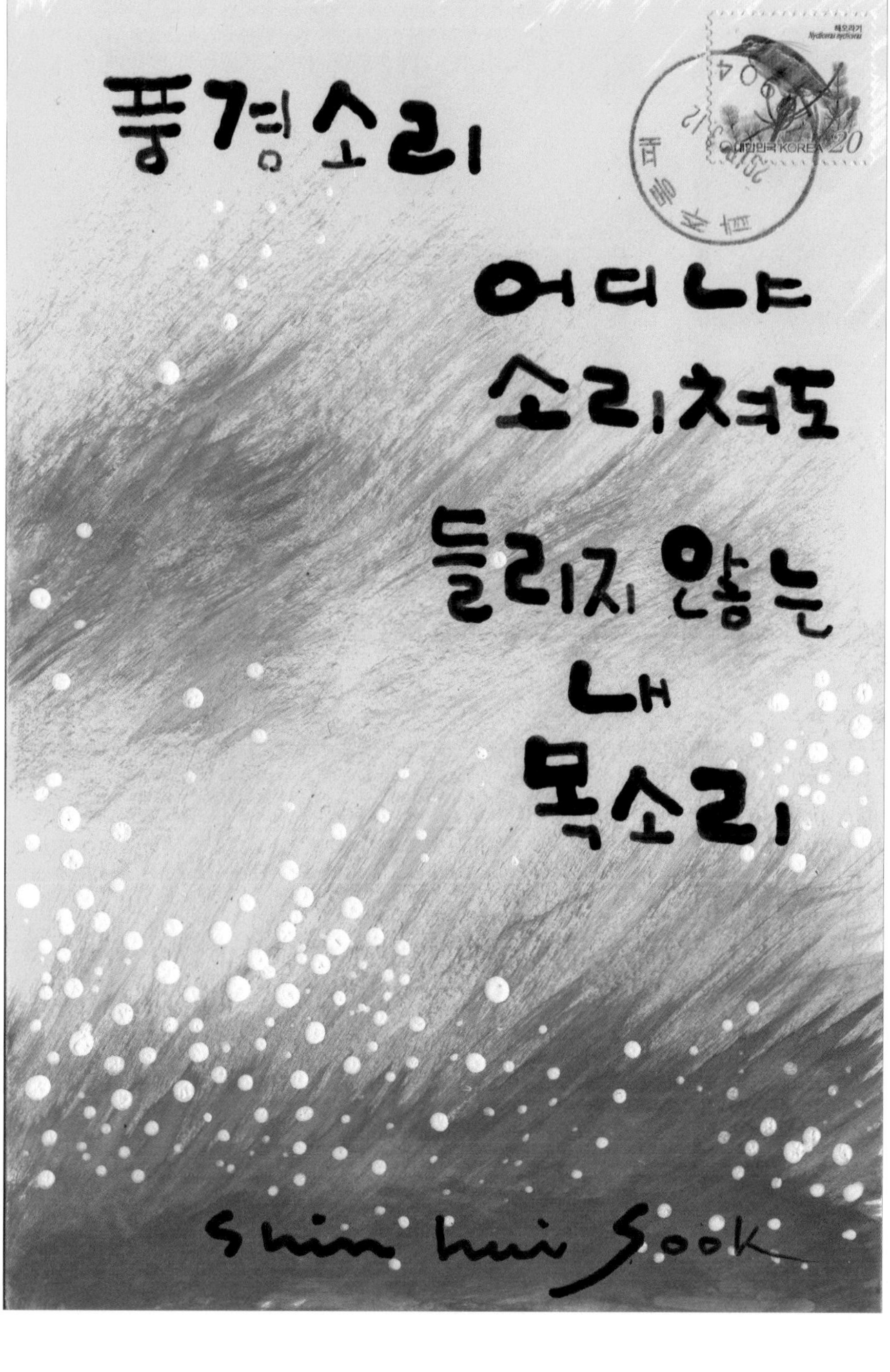
풍경소리
어디나
소리쳐도
들리지 않는
내
목소리
대한민국 KOREA 20
Shin hui Sook

# 심명숙 시인

**심명숙**(沈明淑) 시인 수필가 : 1959년 태안 출생. 2008년 <뿌리문학> 시 등단. 한국문인협회 회원, 한국문학방송 회원. 연변 인터넷문학방송회원. 중국염성사범대학교 한국어과 강사 역임. 시집으로 <섬>, <풍경이 있는 길>과 기획시집으로 2인 공저인 <세상 밖으로의 슬픈 여행> 등이 있다. 현재 격월간지 <세계여행> 취재국장, 세계여행작협회 사무국장

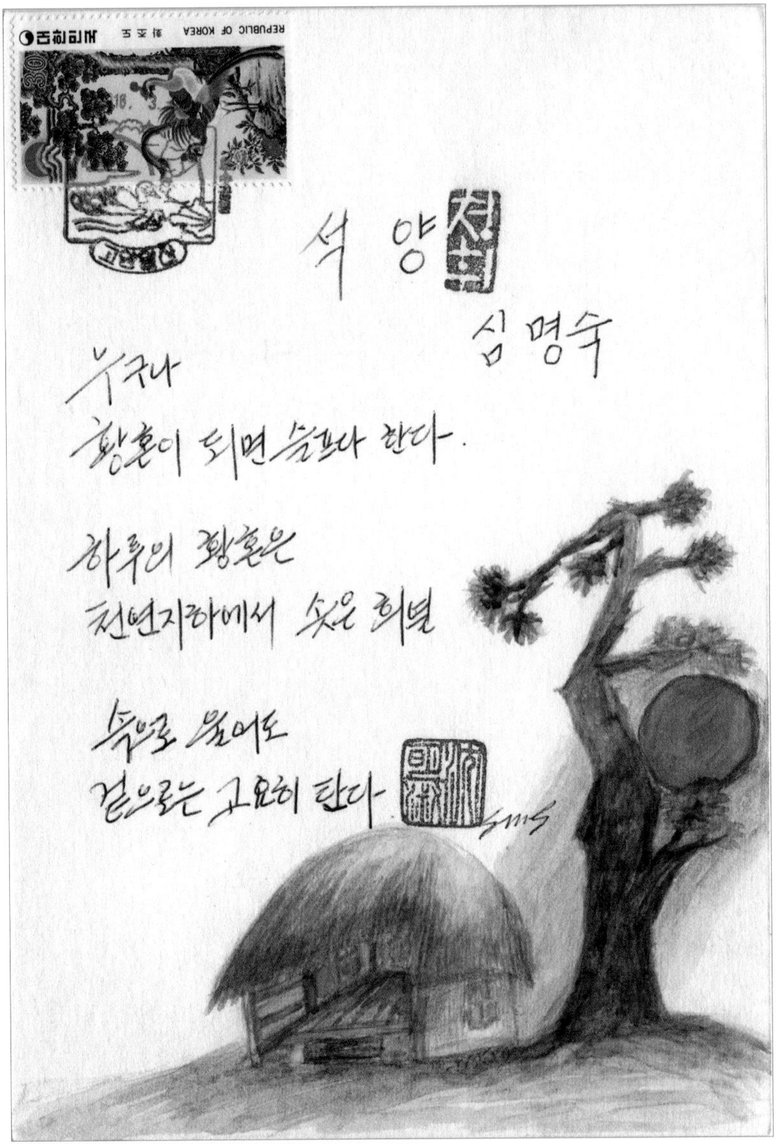
REPUBLIC OF KOREA
석양
심명숙
누구나
황혼이 되면 슬프다 한다.
하루의 황혼은
천연지하에서 솟은 희열
속으로 울어도
겉으로는 고요히 탄다
SMS

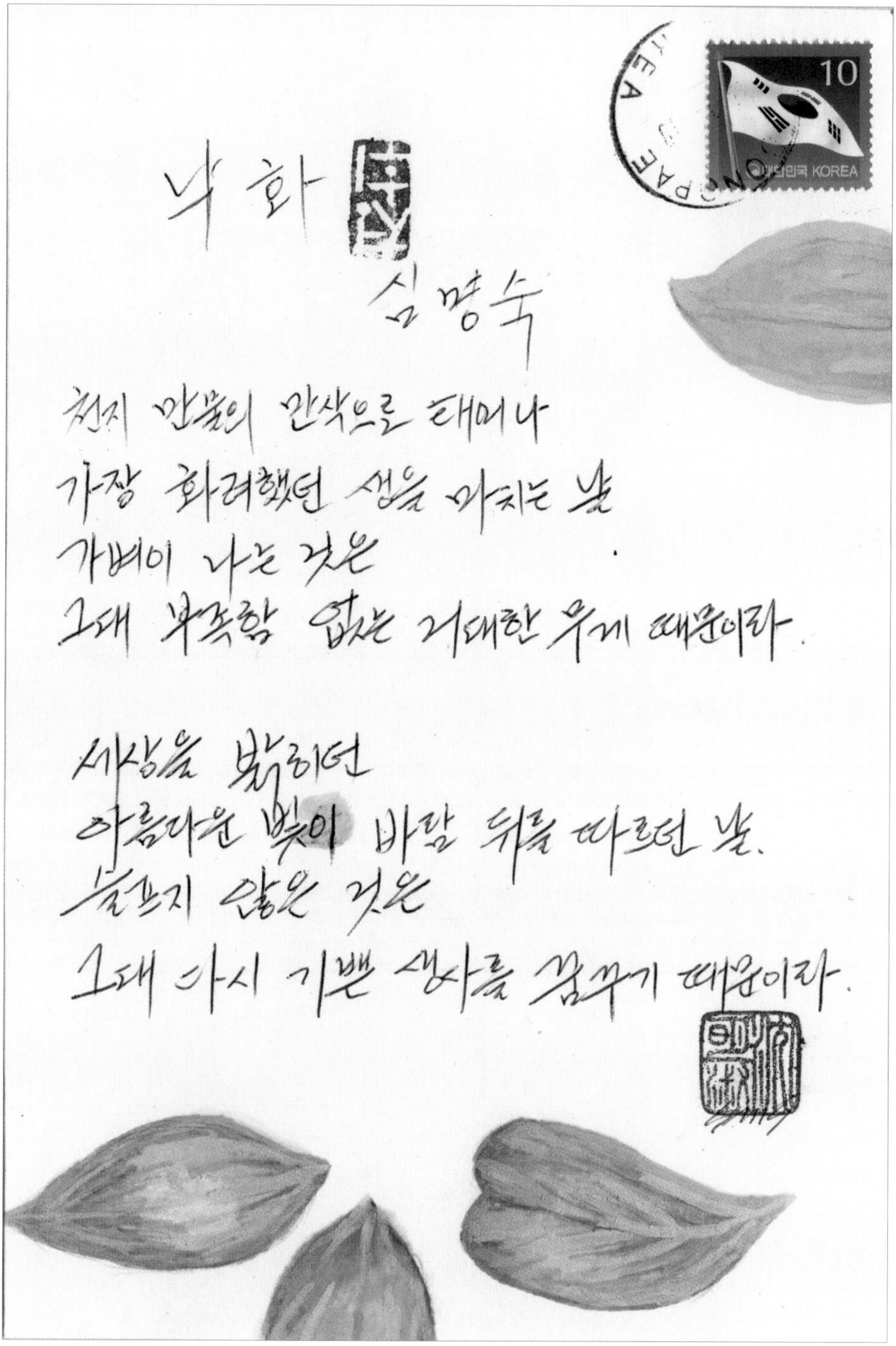

낙화
심명숙
천지 만물의 간색으로 태어나
가장 화려했던 생을 마치는 날
가벼이 나는 것은
그대 부족함 없는 거대한 무게 때문이라.

세상을 밝히던
아름다운 빛이 바람 뒤를 따르던 날.
슬프지 않은 것은
그대 다시 기쁜 생사를 꿈꾸기 때문이라.

# 심선희 화 가

심선희(沈善喜) 화가: 홍익대학교 미술대 서양화과 졸업, 홍익대학교 미술대학원 현대미술 최고위과정 수료. 개인전 3회(토포하우스 갤러리, 서울 뉴 국제아트페어 시나프, 리더스 수 갤러리 등). 해외초대전 프랑스 한국문화원 및 다수. 1967 한국청년작가 연립전 신전동인 최초의 헤프닝 참여(서울 중앙공보관). 홍익여성화가협회 정기전(예술의 전당), 홍익67예도42년 정기전, 국립현대미술관한국현대미술의 전환과 역동의 시대전 초대전 등. 현재 전업작가. 한국미협회원, 홍익여성화가협회원, 홍익67와우회회원, 양천미술협회회원.

## 뮤직드림 1

## 뮤직드림 2

# 심효수 화가

**심효수** 화가 : (호 : 彩雲)는 동양의 정통성과 전통을 중시하는 수묵담채화를 현대화 하는 작업을 계속하고 있는 작가이다. 그의 작품세계는 한국의 전통적 소재인 풍경, 건축, 암각화 등 고전적인 이미지들을 재구성하면서 한국인의 정신적 요소들을 포함하고 있다.

수묵담채화의 기본적 요소와 서예학습을 기초로한 필력을 중시한 그의 작품 속에서 동양회화의 기본적인 정신성의 내면세계를 느낄 수가 있다.

그는 대전광역시 미술대전 서예부문에서 입상하였고, 한국화 부문에서는 2018, 2017, 2015, 2014년 연속하여 입상한바 있다.

2017년과 2018년에는 프랑스 루브르박물관 까루젤관에서 이루어진 아트샵핑에 참여하였고 한 불수교 130주년 기념전에도 참여하였다.

현재 동양수묵연구원 회원과 Pine Art Club Member로 활동 중이다.

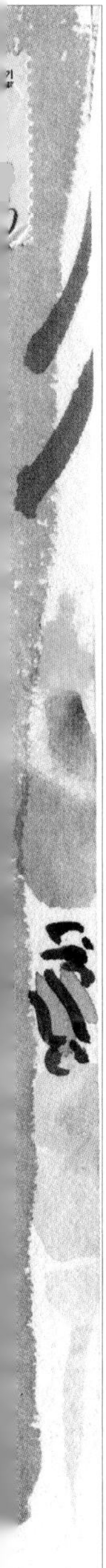

# 안봉옥 시인

안봉옥 시인 : 1995년 <열린 문학> 시 등단. 한국문인협회 시흥 지부장 역임, 예총 예술문화상 수상, 시흥 예술대상 수상. 현재 예총 시흥 부지부장. 시집으로 <느티, 말을 걸어오다>가 있음.

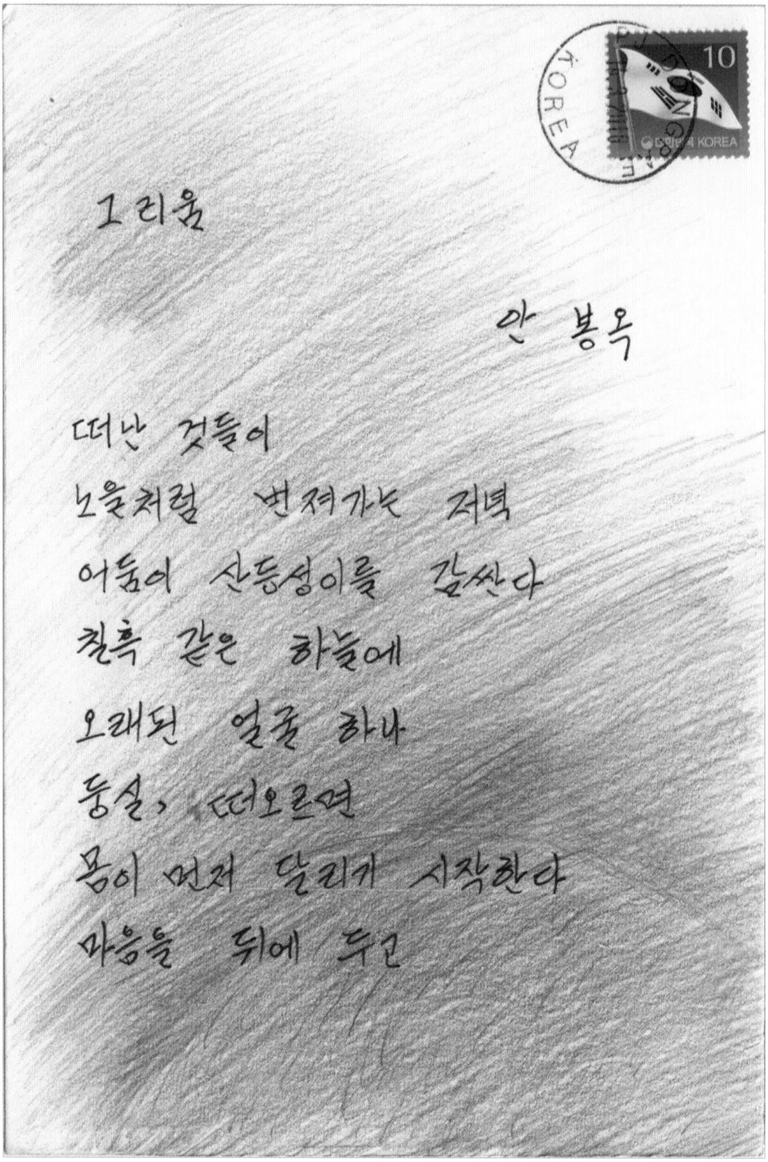

그리움

안 봉옥

떠난 것들이
노을처럼 번져가는 저녁
어둠이 산등성이를 감싼다
칠흑 같은 하늘에
오래된 얼굴 하나
둥실, 떠오르면
몸이 먼저 달리기 시작한다
마음을 뒤에 두고

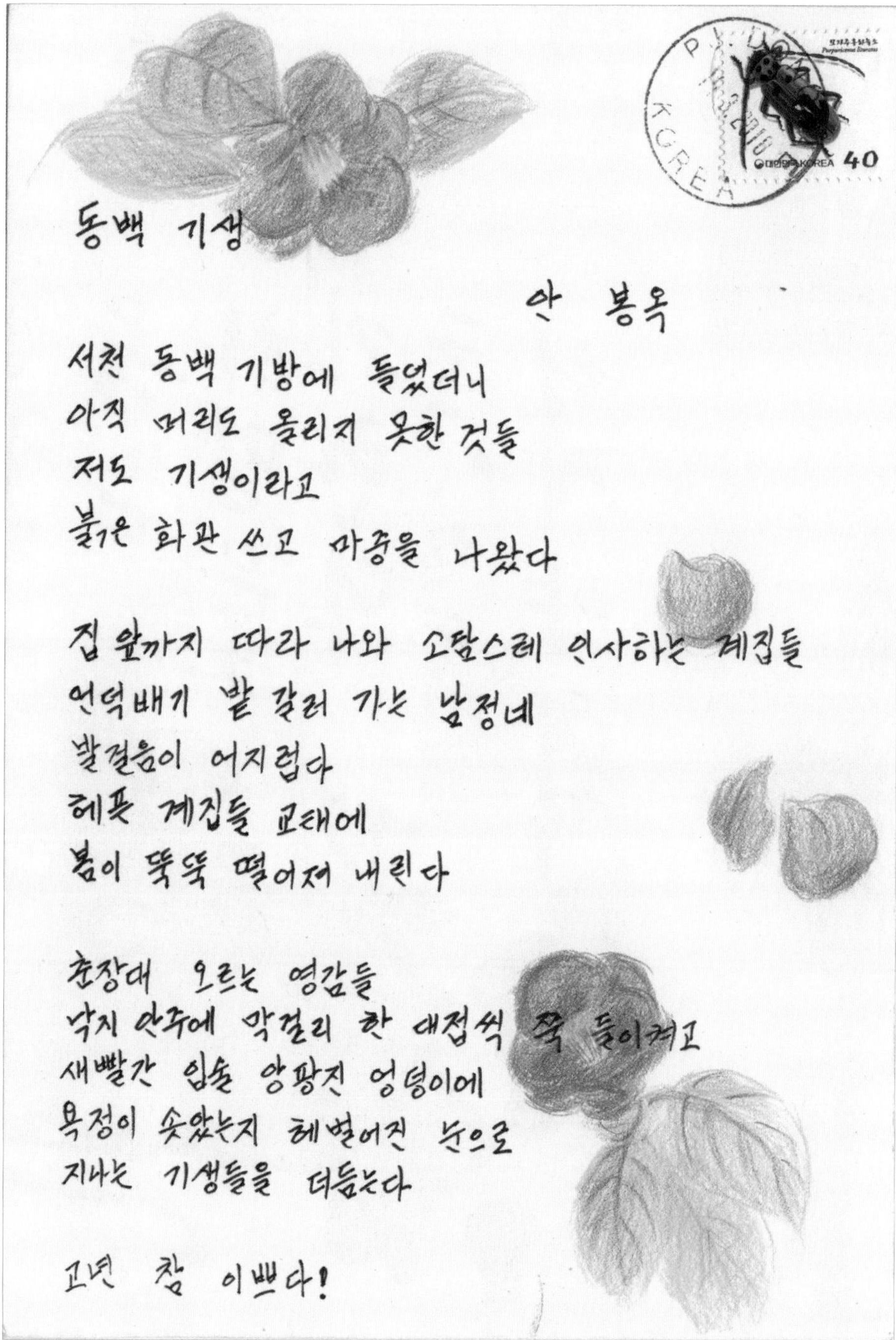

동백 기생

안 봉옥

서천 동백 기방에 들렀더니
아직 머리도 올리지 못한 것들
저도 기생이라고
붉은 화관 쓰고 마중을 나왔다

집 앞까지 따라 나와 소담스레 인사하는 계집들
언덕배기 밭 갈러 가는 남정네
발걸음이 어지럽다
헤픈 계집들 교태에
봄이 뚝뚝 떨어져 내린다

춘장대 오르는 영감들
낙지 안주에 막걸리 한 대접씩 쭉 들이켜고
새빨간 입술 앙팡진 엉덩이에
욕정이 솟았는지 헤벌어진 눈으로
지나는 기생들을 더듬는다

고년 참 이쁘다!

# 양태석 화가

양태석(梁太奭) 화가 수필가 : 호는 청계(淸溪) 1941년 경남 출생, 풍곡 성재휴 사사, 동국대학원 졸업. 고려대학교 사회교육원 미술과 담당교수 역임, 국전 특선 및 입선 미술대전 심사위원장 역임, 2017년 서울아세아미술초대전 고문, 국전작가회회장, 수필문학으로 등단, 저서로 <한국산수화 이론과 실제>, <화필에 머문 시간들> 등 20여권.

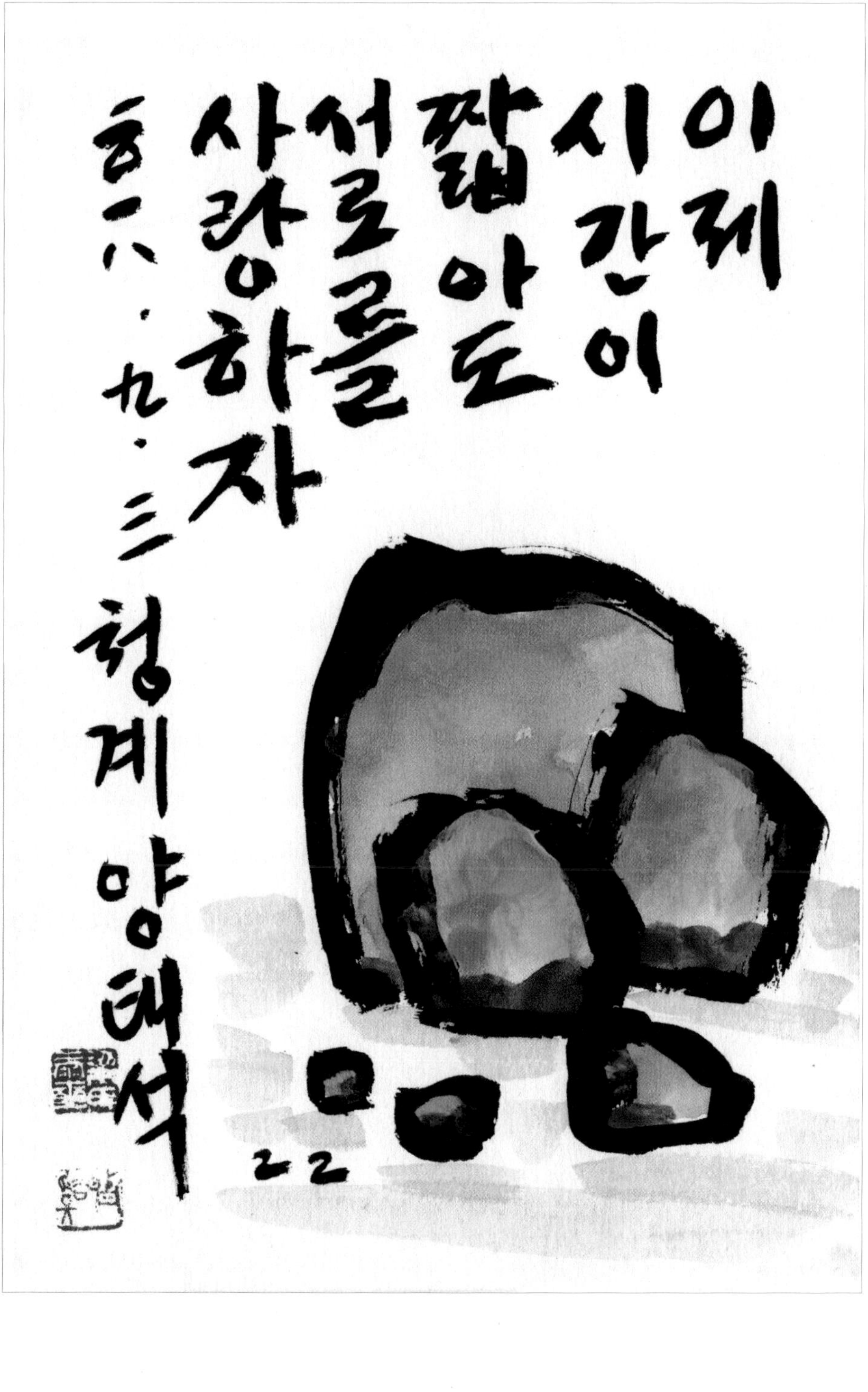
이제
시간이
짧아도
서로를
사랑하자
八. 九. 三 청계 양태석
22

ㅇ

# 엄순옥 화 가

엄순옥 화가 : 호는 현강. 재 프랑스 작가로 20년 째 프랑스에서 작가활동을 하고 있다. 2016년 프랑스 몽테송 아트살롱전에서 시장상을 수상하였고, 대한민국 여성미술대전과 경인미술대전에서도 입선. 루브르의 까루젤관에서 열리는 프랑스 아트샵핑에서 2014년, 2017년, 개인전을 하였고, 2017년에는 서울 갤러리 파인에서 개인전을 가졌다.
 현재 동양수묵연구원 회원과 Pine Art Club Member로 활동 중이다.

ㅇ

# 여 산 시 인

여산(정관희) 시인·수필가 : 광운대학교 강사, 영문학 박사.

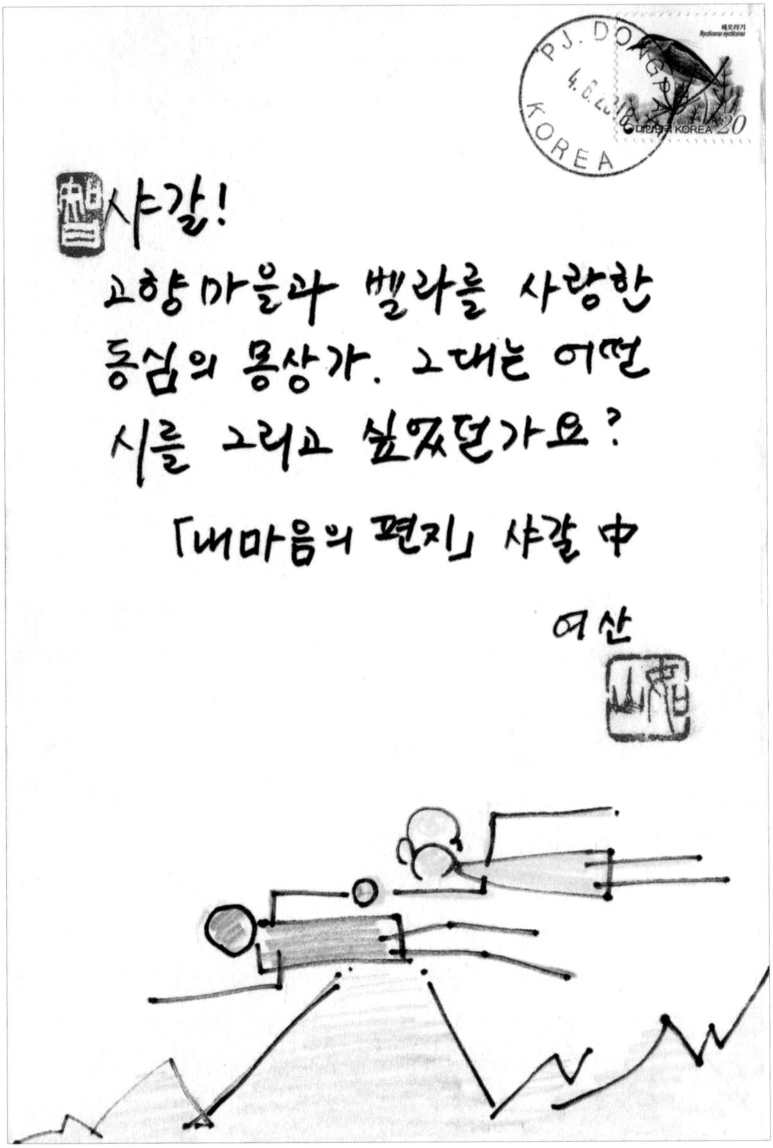
샤갈!
고향마을과 벨라를 사랑한
동심의 몽상가. 그대는 어떤
시를 그리고 싶었던가요?
「내마음의 편지」 샤갈 中
여산

… 세상의 꿈들은 벌써 티끌 서리가
되었나. 손때 묻은 몇 그루 나무 같은 붓과
빙하보다 더 찬연하게 얼어붙은 쓰다만
튜브물감의 천근 만근의 색조가 한 폭의
그대 샤갈의 세상을 예견할 때, 청춘을
태운 기차는 거침없이 환상의 별로 향했다.
그때 그렇게 스무살의 샤갈은
고향을 떠났다…

「내마음의 편지」
샤갈 中

여산

# 염조원 화가

염조원(廉朝媛) 화가: 개인전 4회. 국전, 대한민국 미술대전 연 6회 입선. 경기도 미술대전 우수상, 특선, 입선. 경기도 예술대상, 경기도 여성상, 부천시 문화예술상 등 수상. 한국미술협회 회원, 부천가톨릭 미술인회, 일수회, 부천미술협회 자문위원.

늦 가을
문 닫아 걸어도
어느새 창틈 비집고 들어오는
낙엽의 바튼 기침소리
… 가슴 시려 돌아눕다
시 신동명 그림 염조원

호접란
김가배
길목마다
목덜미 하얀 달이 떴다
고개숙인 저 청상의 미소
분냄새 낭자한 밤
으스러지게 껴안고 싶은
요염한 하얀 나비 몇마리
염조원

ㅇ

# 오차숙 시인

오차숙(吳次淑) 시인: 중앙대학교 예술대학원을 수료한 후 <창조문학>으로 시부문, '현대수필'에서 수필과 평론 부문으로 등단하여 작품 활동을 시작했다. 서초수필문학회 회장, 현대수필문인회 회장을 역임하고, '현대수필' 편집장으로 일하고 있다. 한국문협과 국제펜클럽 회원이며 세계계관 시인상, 구름카페 문학상, 산귀래 문학공로상을 수상했다. 작품집으로는 <콘크리트 속의 여자>, <태풍이라도 불었으면>, <레일 이탈을 꿈꾸고 싶은 날>, <아름다운 구속>, <번홍화>, <가면 축제>, <음음음음 음음음>이 있으며 저서로는 <수필문학의 르네상스>, 선집으로는 <장르를 뛰어 넘어>가 있다.

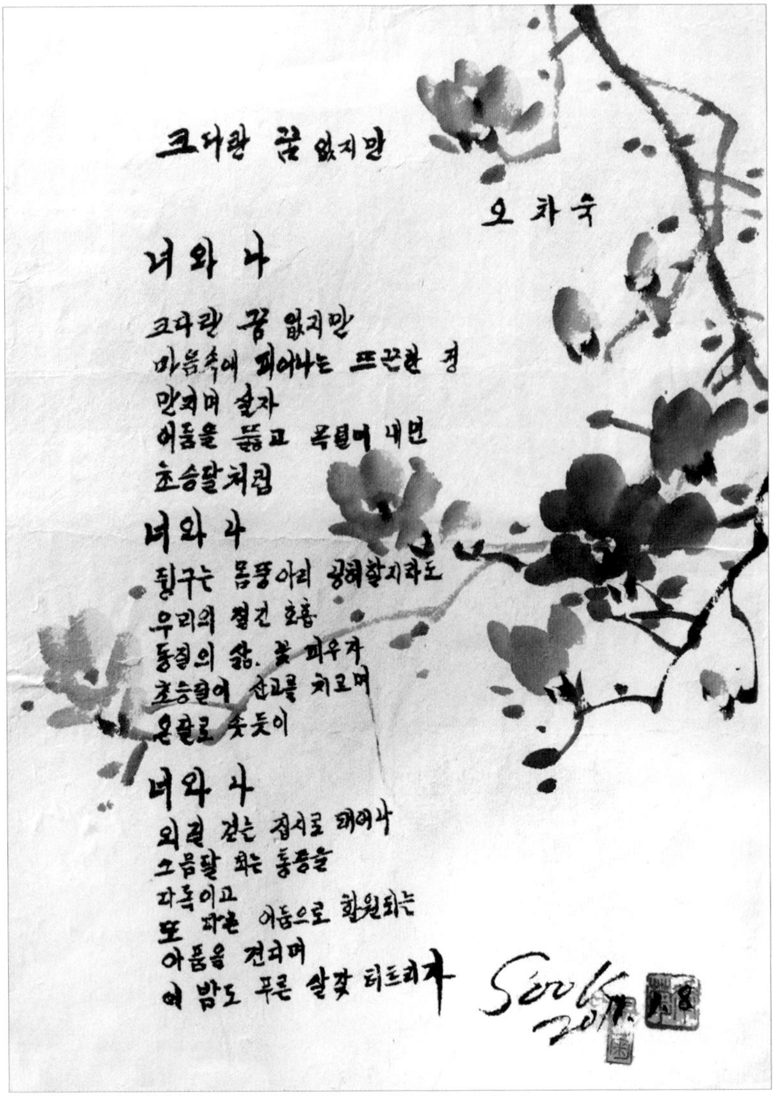

# 이동재 시인

이동재 시인 강화 교동도에서 태어나 화동국민학교와 교동중학교를 졸업했다. 시집으로 『민통선 망둥어 낚시』『세상의 빈집』『포르노 배우 문상기』『분단시대의 사소한 너무나 사소한』 등이 있으며, 산문집 『작가를 스치다』 『침묵의 시와 소설의 수다』, 저서에 『20세기의 한국소설사』 등이 있다. 여러 학교에서 강의를 했다.

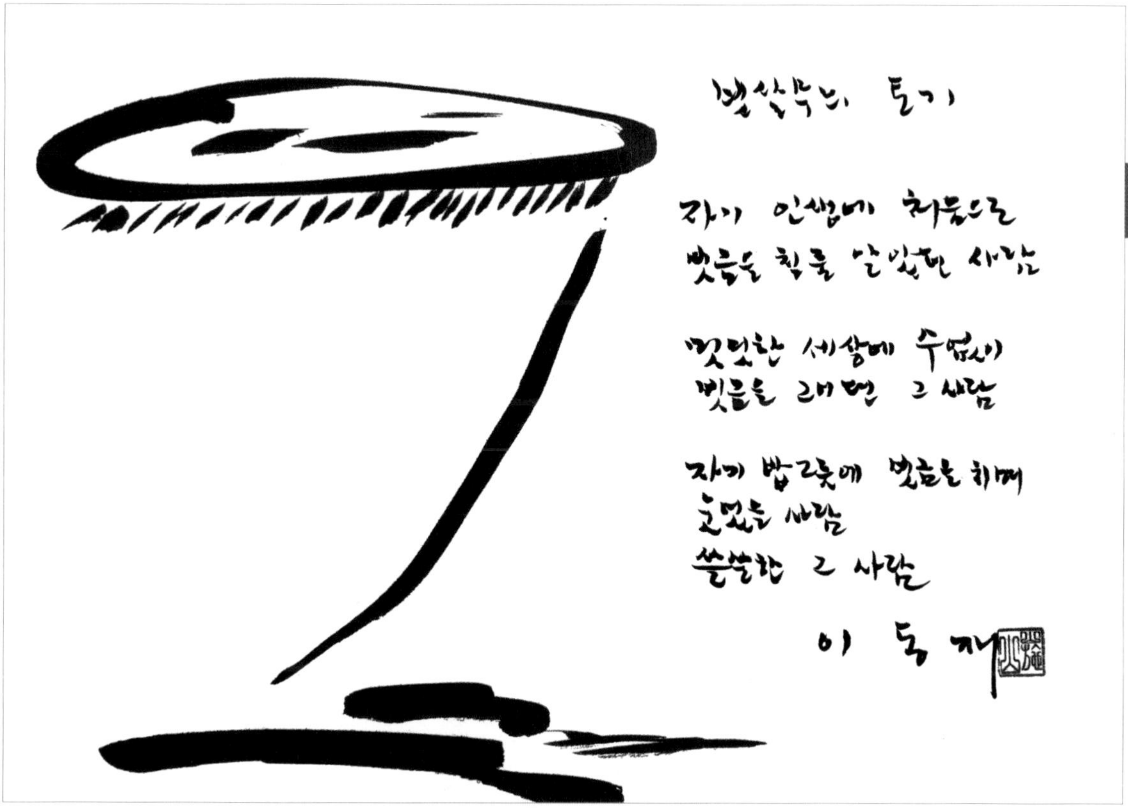

# 우제길 화가

우제길(禹濟吉) 화가 : 1942년 일본 교토 출생. 1961년 광주 사범을 거쳐 광주대학교 산업디자인과 졸업, 1989년 전남대학교 교육대학원 졸업. 흔적을 다져가는 화업의 열정은 국내외 각종 전시회에 700여회 출품. 2004년에는 광주에 우제길 미술관을 개관 했다. 2003년에는 예총문화상 대상과 광주시민대상을, 2004년에는 옥관문화훈장을 받았다.

ㅇ

# 유병란 시 인

유병란 시인 : 충북음성 출생, 2014년 <불교문예> 등단, 동국대학교
문화예술대학원 문창과 졸업,
시집 <엄마를 태우다>가 있음

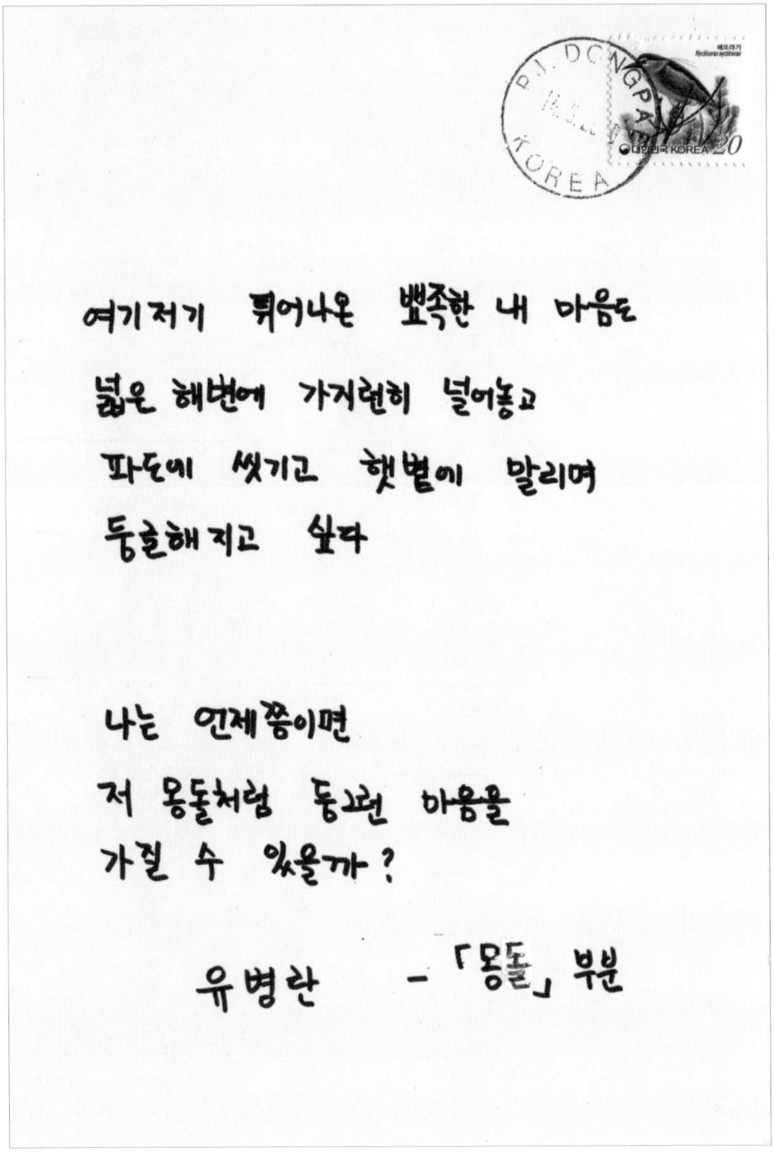

여기저기 튀어나온 뾰족한 내 마음도
넓은 해변에 가지런히 널어놓고
파도에 씻기고 햇볕에 말리며
둥글해지고 싶다

나는 언제쯤이면
저 몽돌처럼 둥그런 마음을
가질 수 있을까?

유병란 -「몽돌」부분

망망대해를 누비고 또 누볐을
짜고 진한 물이
염부의 땀방울과 섞여 단단히 익어가는 한낮

부지런히 염전을 일구는 바람과 햇살로
물의 흔적들이 바다에서 꽃을 피우고 있다
파편처럼 번져가는 흰 뼈들이 반짝인다

유병란 – 「소금꽃」 부분

# 유성봉 시인

유성봉(劉成峯) 시인 : 1939년생. 동아대학교 졸업. <한국불교문학>으로 시인 등단. 모법공무원 국무총리상 수상, 국가공무원 정년퇴임. 제2회 통일문학 축전(2016) 노인 백일장 장원. 세계여행작가협회 회원.

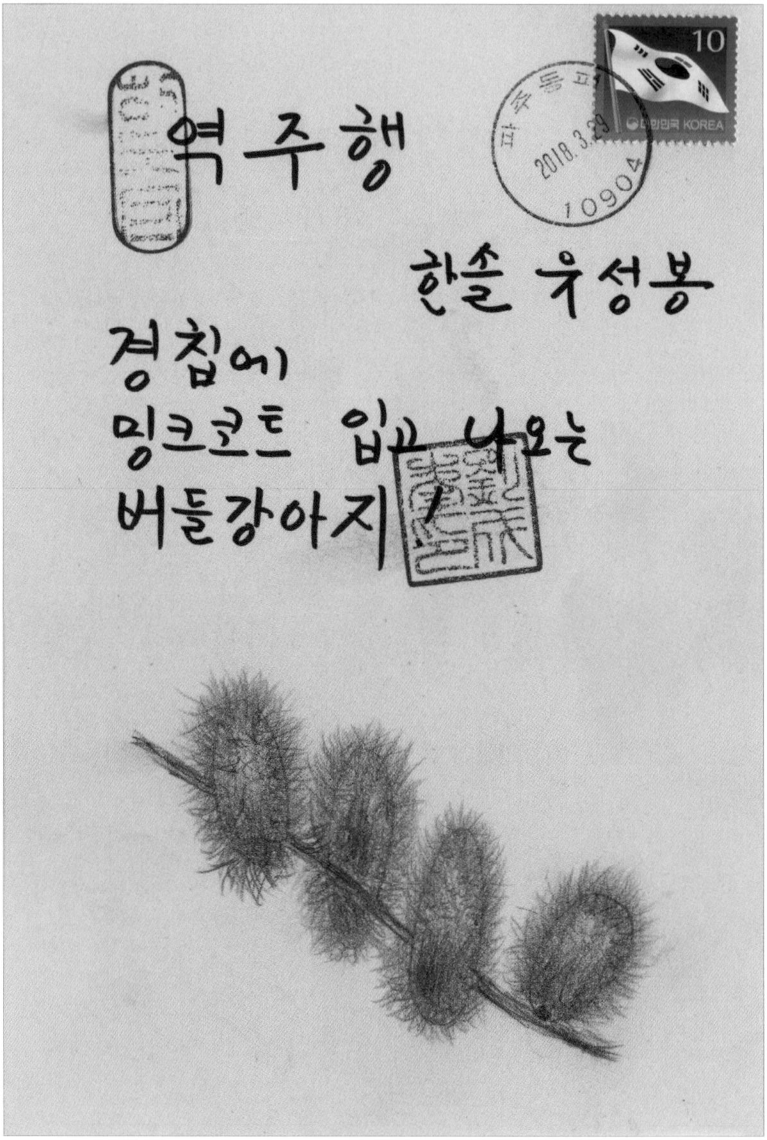
10
대한민국 KOREA
2018. 3. 29
10904
역주행
한솔 유성봉
경칩에
밍크코트 입고 나오는
버들강아지!

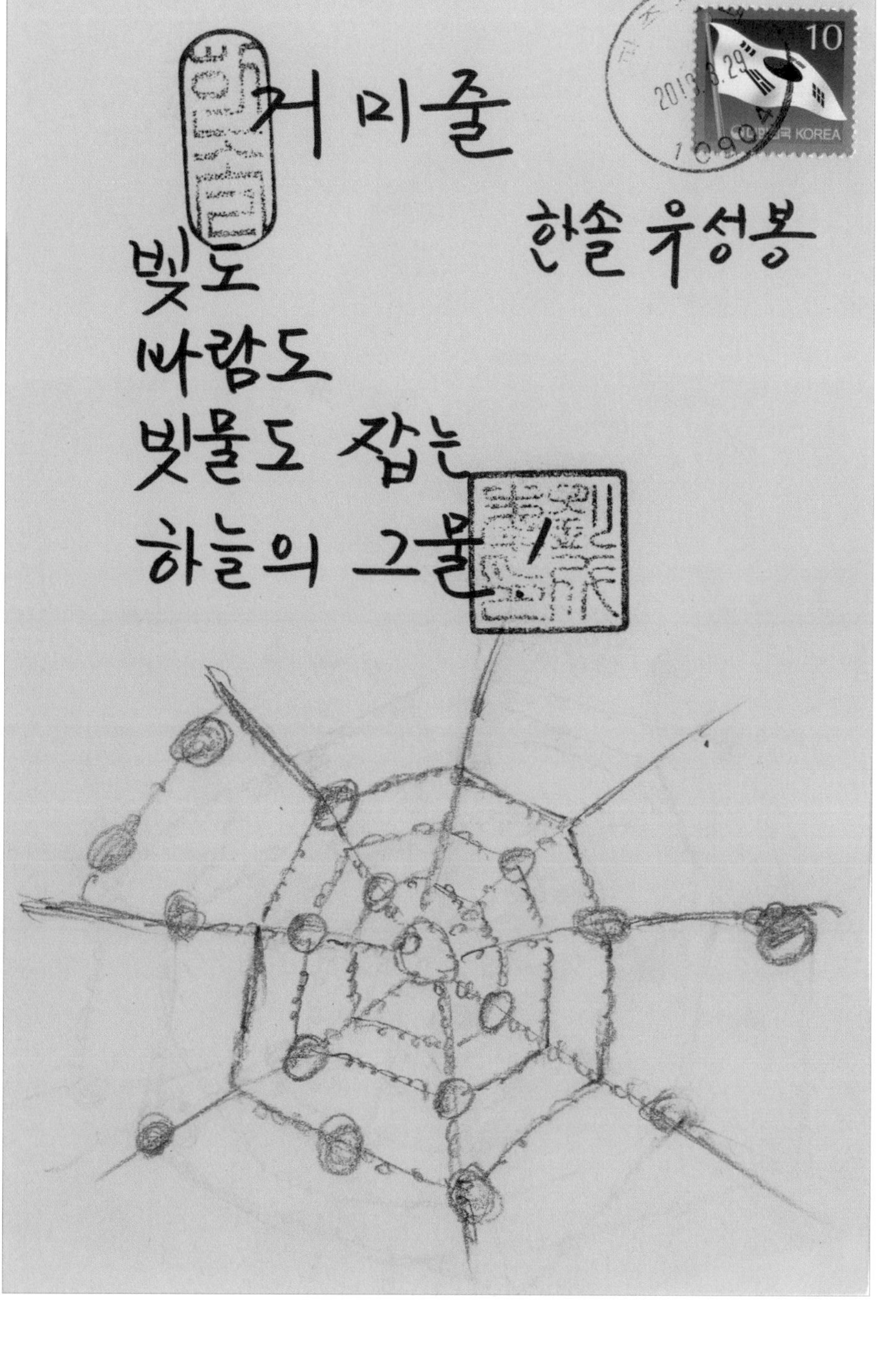

거미줄

한솔 우성봉

빛도
바람도
빗물도 잡는
하늘의 그물!

ㅇ

# 유성숙 화 가

**유성숙** 화가 : 1950년 강원도 강릉 출생. 1973년 홍익대학교 서양화과 졸업.
개인전과 국내외 초대전 다수. 화집으로 서문당 발행 <아르 코스모스 유성숙> 등이 있음.

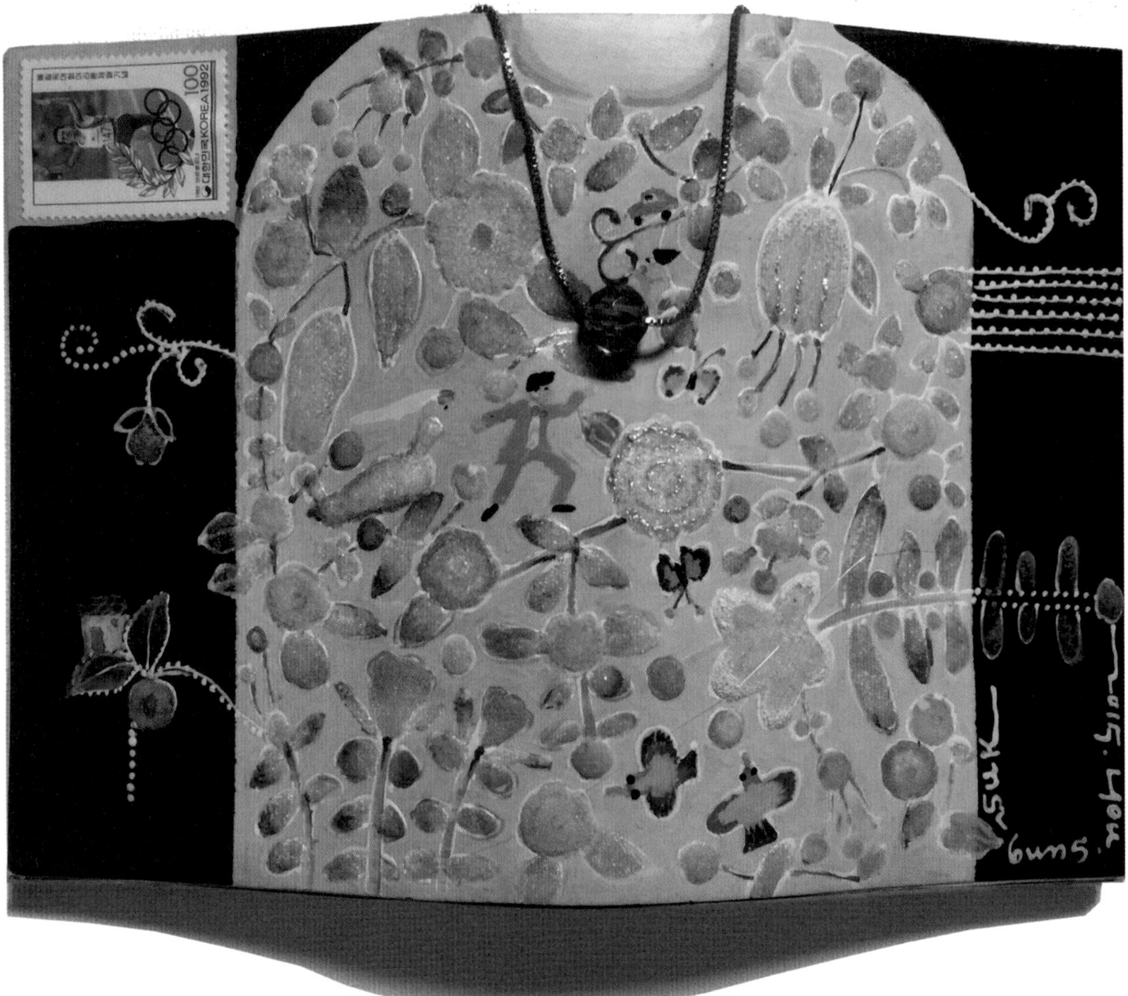

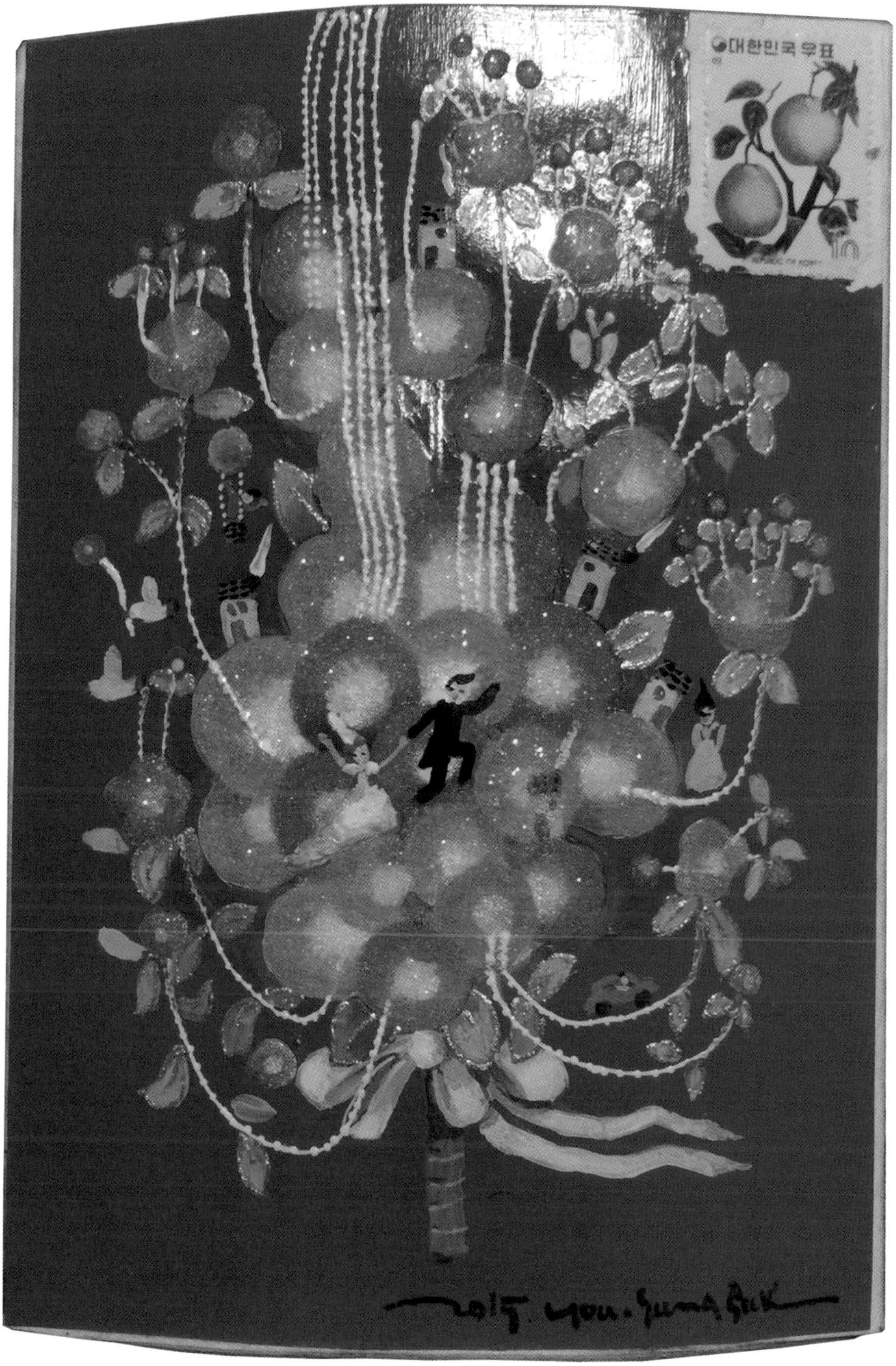
대한민국 우표
10

# 유수진 시 인

유수진 시인 : 대전광역시 출생. <시문학>을 통해 등단.
이화여자대학교 독어독문과 졸업, 동 대학원 졸업 언어학석사.

열아홉

유 수 진

그의
팔짱을
처음 끼고 보던
날
푸른
햇살에 달랑거리는
물고기 모양
귀고리

# 노을

유수진

맨발에 밟힌 햇살이 움찔한다

되는대로 묶어놓은 주둥이를 풀었다
잊을 만하면 컹컹 짖을 뿐
이제 집에서 멀리 걸음을 떼지도 않는
마음 한 줌 꺼낸다
잘 불려서 흰 쌀 위에 얹어 밥을 했다
뜸이 들어 포실한 온기

발바닥에 밟혔던 햇살을 손으로 훑어낸다
햇살이 떨어져나가 움푹하게 빈 곳은
곧 메워지겠지만

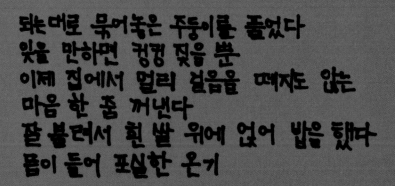

내가 흘려놓은 한 톨이 박혔던 자리

# 이경미 화가

**이경미 화가** : (호: 志園)는 충남대학교에서 건축을 공부하고, 목원대학교에서 동양화를 수학하였다. 그가 그려내는 한국적 수묵화 속에서 전통과 한국인의 정신세계를 읽을 수가 있다. 그는 대둔산 기슭에 삶의 터전을 잡고 오로지 대둔산의 정기를 그리는 작업에만 정진하고 있다. 그가 그리는 대둔산의 추억과 꿈은 미래의 회화 세계를 기대하게 하는 작가이다.

그는 대한민국여성미술대전에서 입상하였으며, 2017년과 2018년에는 프랑스 루브르박물관 까루젤관에서 이루어진 아트샵핑에 참여하였다.

현재 동양수묵연구원 회원과 Pine Art Club Member로 활동 중이다.

대한민국 KOREA
20

# 이경자 화가

**이경자** 화가 : 2007년 세계평화 미술대전 특선, 2008년 근로자 예술제 문학상 수상, 2009년 세계평화대전 특선, 2017년 독도 문예대전 우수상 수상.
2011~2017년 한국수채화 페스티벌 출품.
한국 미술협회, 수연회 회원.

Kyung Ja Lee 2016.6.30
Kyung Ja Lee

ㅇ

# 이길원 시 인

이길원(李吉遠) 시인·국제펜클럽 한국본부 이사장 : 충북 청주 출생, 청주고 연세대 졸업, 월간 <시문학> 등단, 월간 <주부생활> 편집부장 역임, 유신 후기 필화로 퇴사.
저서로는 <하회탈 자화상>, <은행 몇 알에 대한 명상>, <계란껍질에 앉아서>, <어느 아침, 나무가 되어>, <해이리 시편> 외, 영역 시집 <Poems of Lee Gil-Won>, <Sunset glow> 수상 : 제5회 천상병 시상 수상, 제24회 윤동주 문학상 수상.
한국현대시인협회 사무국장, 상임이사 역임, 국제펜클럽 한국본부 감사, 이사, 기획위원장 역임, 제11대 무악로타리 회장 역임, 충청일보 신춘문예 심사위원.
현 재 연우회(연세대 총학생회장단 모임) 수석부회장, 한국시인작가협의회 회장, <PEN 문학> 편집인, <문학과 창작> 편집고문, <미네르바> 편집고문
국제펜클럽 한국본부 이사장, 문학의 집 서울이사, 제59, 60, 61, 62, 64, 66, 67, 73차 국제 펜대회 한국대표로 참가, 제74차 콜롬비아 국제펜대회에서 <2012년 제78차 국제펜대회> 한국 유치.

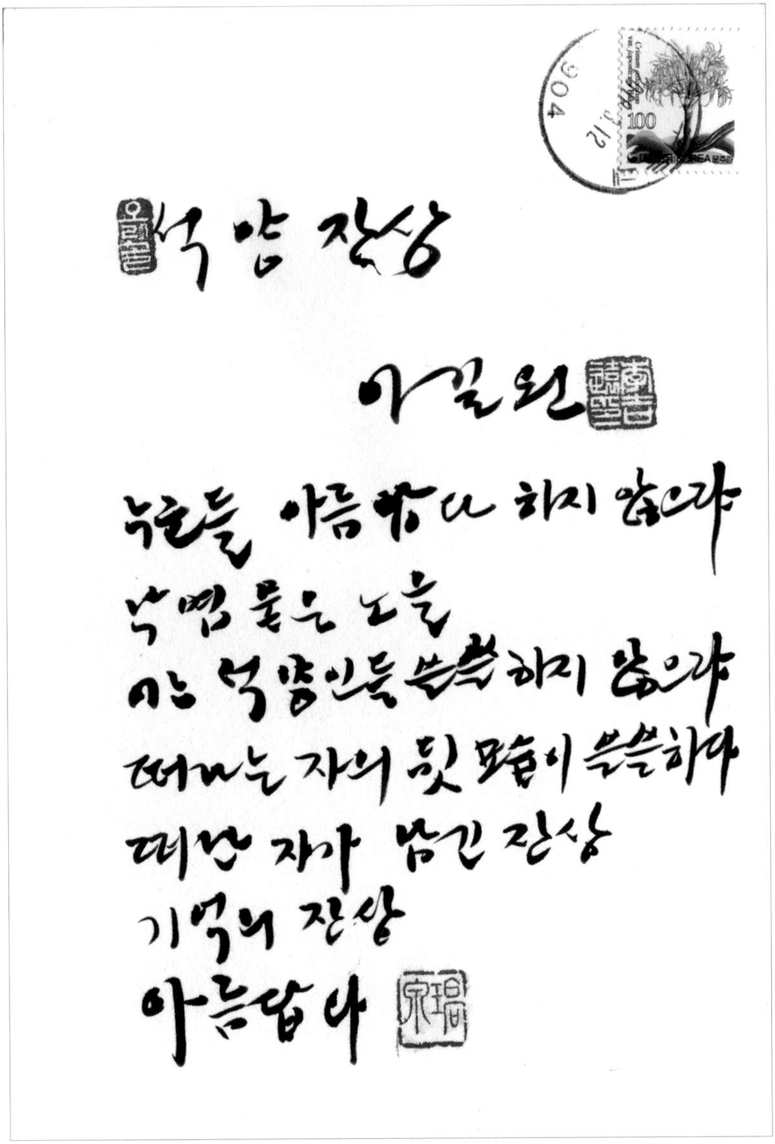

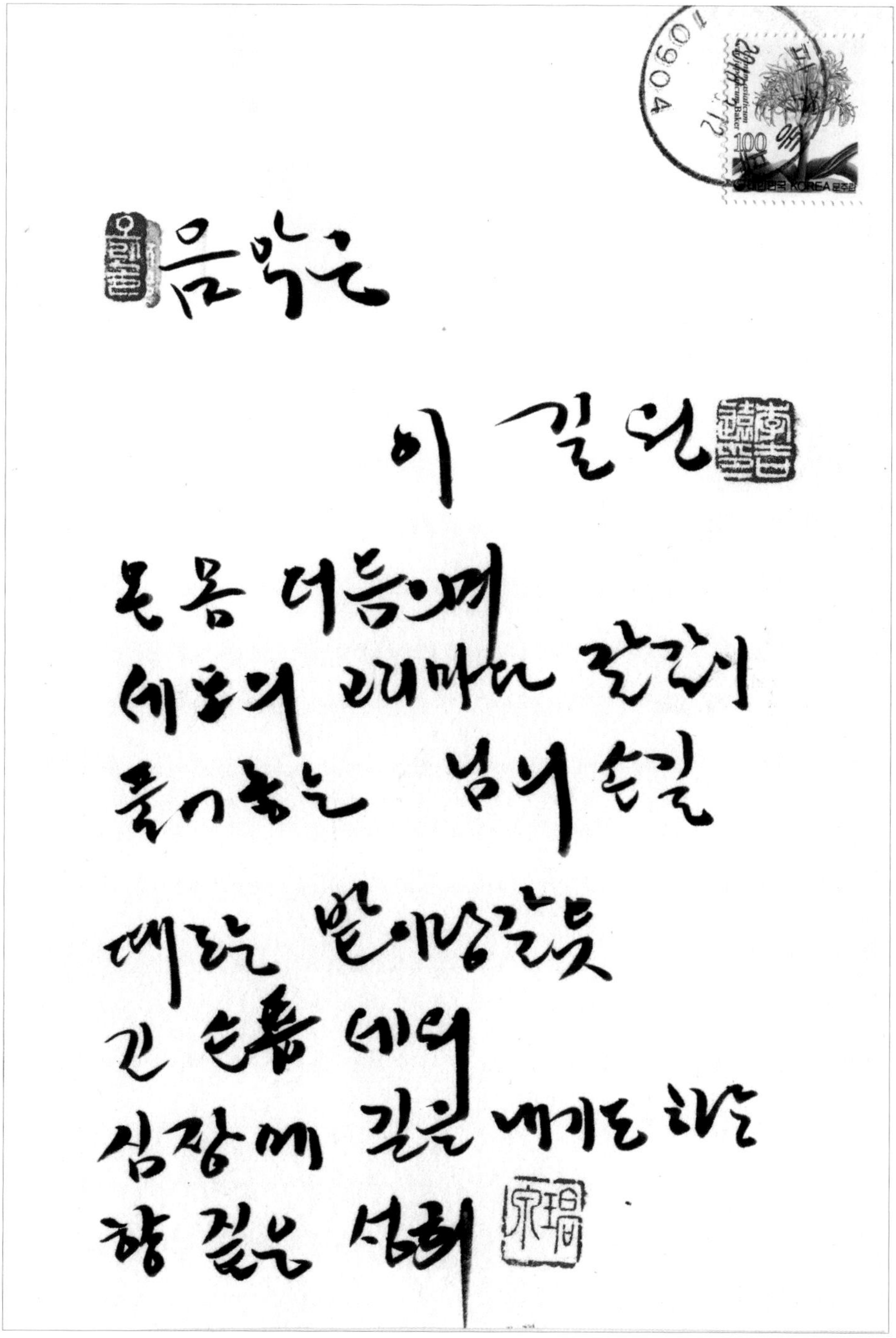
음악은
이길원
온몸 더듬으며
세포의 고리마다 잠긴
풀어놓는 님의 손길
때로는 벌에 쏘인듯
긴 소름 세워
심장에 길을 내기도 하는
향 짙은 성희

# 이난혁 시인

이난혁(대우) 시인 : 1938년 충남 아산 출생. 광운대학교 통신공학과 졸업, 동국대학교 대학원, 연세대학교 대학원 최고위정책과정 졸업. 공무원 5급, 4급, 3급 공채 합격.
해군병원 해군본부 제대. 해운항만청 지방청장 역임.
현재 국제PEN클럽 한국지부회원, (주)대지이엔지, 실버넷뉴스 기자.
저서 시베리아 철도 기행, <누가 그녀에게 돌을 던졌나> 등.

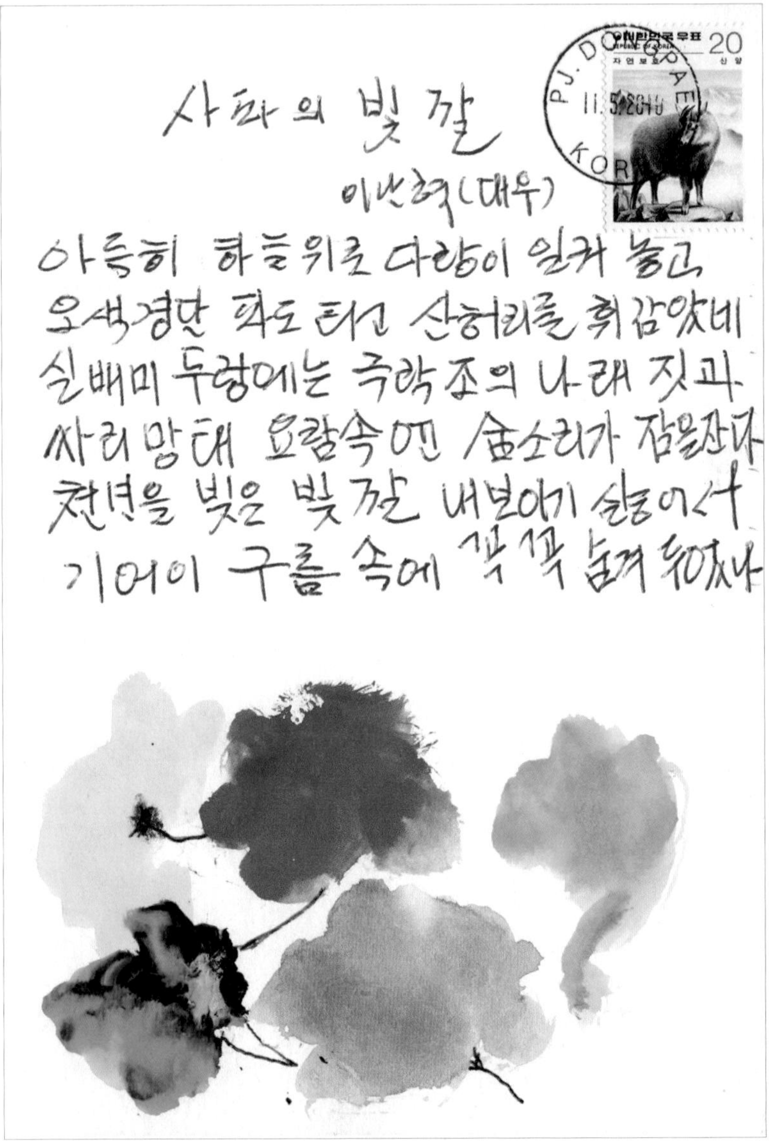

사파의 빛깔

이난혁(대우)

아득히 하늘위로 다랑이 일궈 놓고
오색경단 꽈도 티고 산허리를 휘감았네
실배미 두렁에는 극락조의 나래 짓과
싸리망태 요람속엔 숨소리가 잠을잔다
천년을 빚은 빛깔 내보이기 싫음이어
기어이 구름 속에 꼭꼭 숨겨 두었나

어머니의 바다

이난혁(대우)

해를 태워서 달을 빚는 용광로
애끓는 파도가 요동치는 바다
절규의 외마디는 탄생의 해탈이었소
고고한 자태에 분신 여럿 거두시고
홀연히 꽃가마 타고 길 나서던 날
낙엽위엔 국화향은 피어오르고
머금은 미소 외기러기 되어 훨~훨~
다녀오마 시던
어머니

ㅇ

# 이남철 시 인

이남철 시인 : 충남 아산 출생. <한국문학정신> 신인상으로 시 등단. 화백문학회 부천 회장. 윤동주 문학상 본상 수상. 부천예총 공로상 수상. 한국문인협회 부천지부 회원. 돌뫼문학 동인. 윤동주 문학상 본상 수상

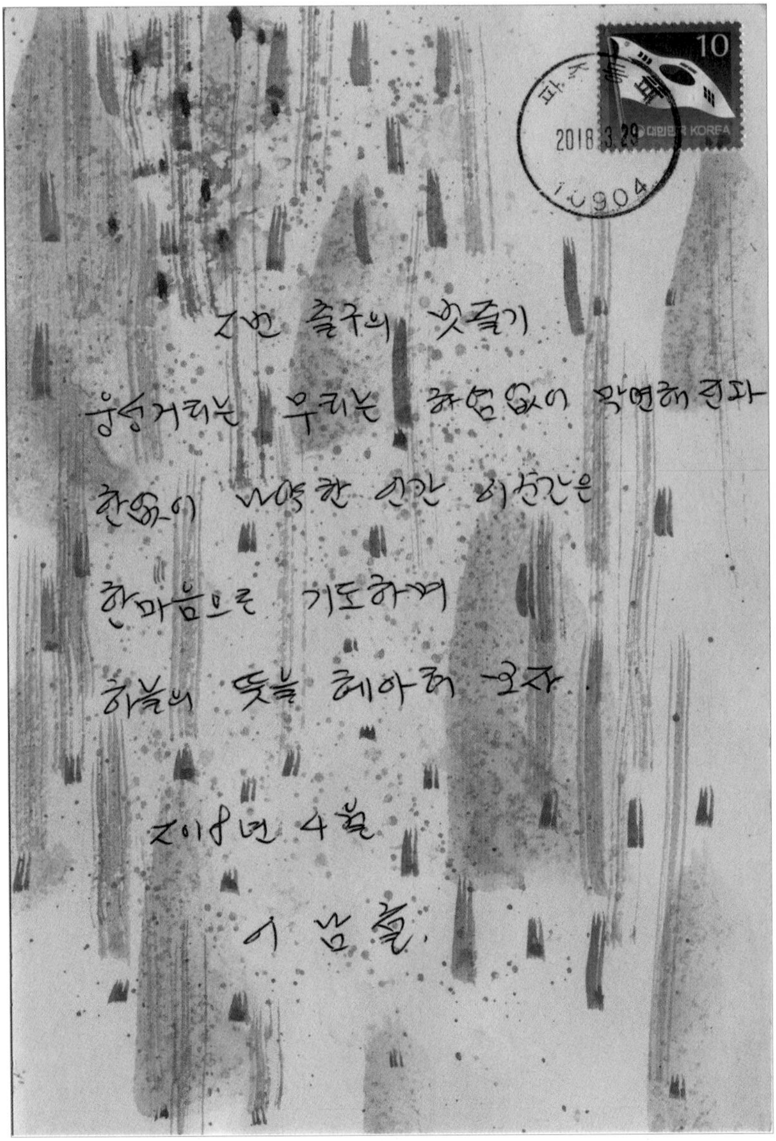

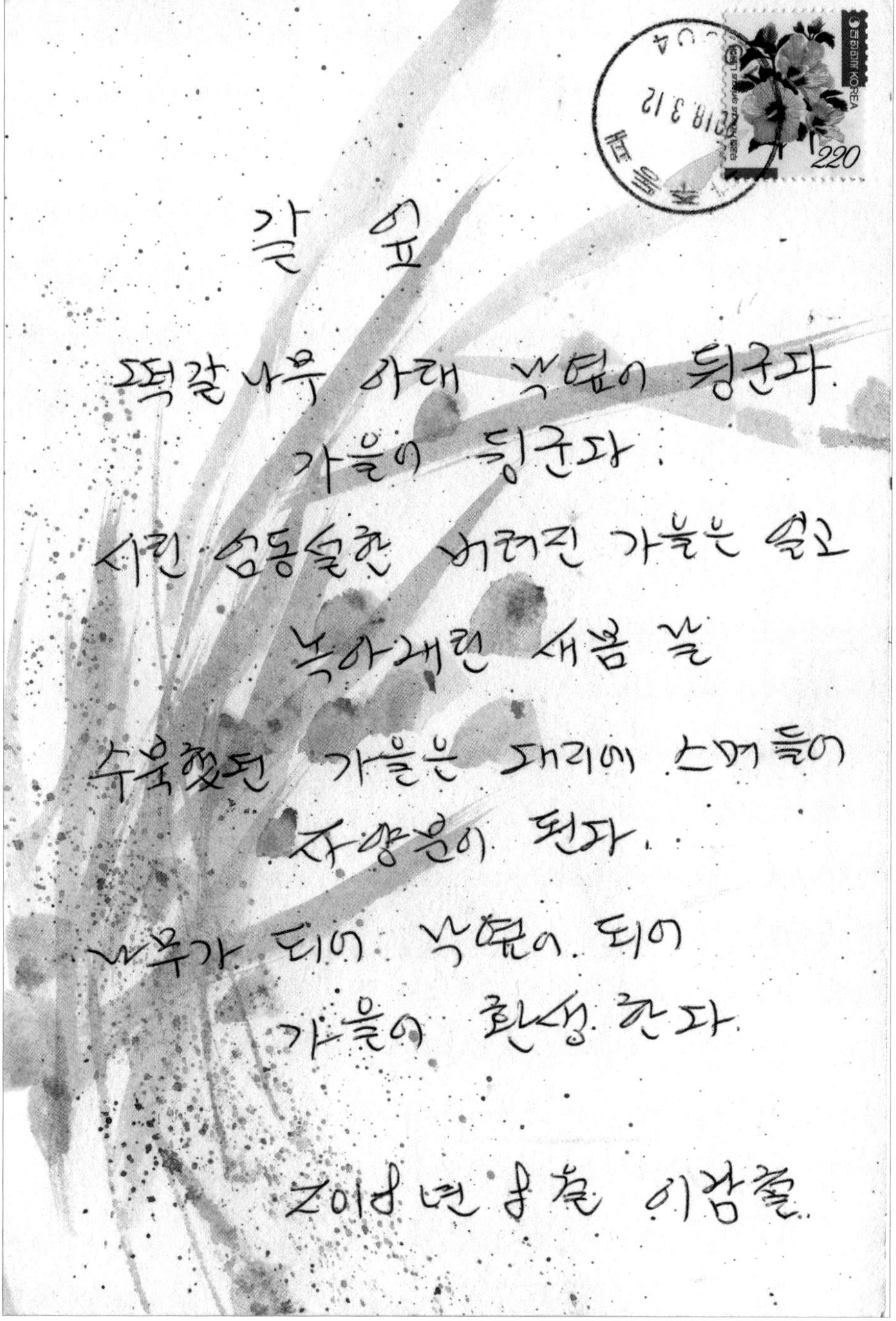
대한민국 KOREA
220
2018. 3. 12
갈 잎
떡갈나무 아래 낙엽이 뒹군다
가을이 뒹군다
시린 삼동설한 버려진 가을은 썩고
녹아내린 새봄 날
수북했던 가을은 대지에 스며들어
자양분이 된다.
나무가 되어 낙엽이 되어
가을이 환생한다
2018년 8월 이강훈

ㅇ

# 이동식 화가

이동식(李東拭) 화가: 호는 청사(靑史). 서라벌예술대학과 고려대학교 대학원 졸업. 대한민국 미술대전, 신미술대전, 한국현대미술 대상전 등의 심사위원 역임. 한국미술협회 회원, '동경 미술' 전속 작가. 연세대학, 경희대학, 객원 교수 역임. 2009년 뉴욕세계미술대전 세계평화를 위한 UN기념관 초대작가. 2003년, 오늘의 미술가상 수상.
저서 <이동식 풍속화>1, 2(서문당, 2005)

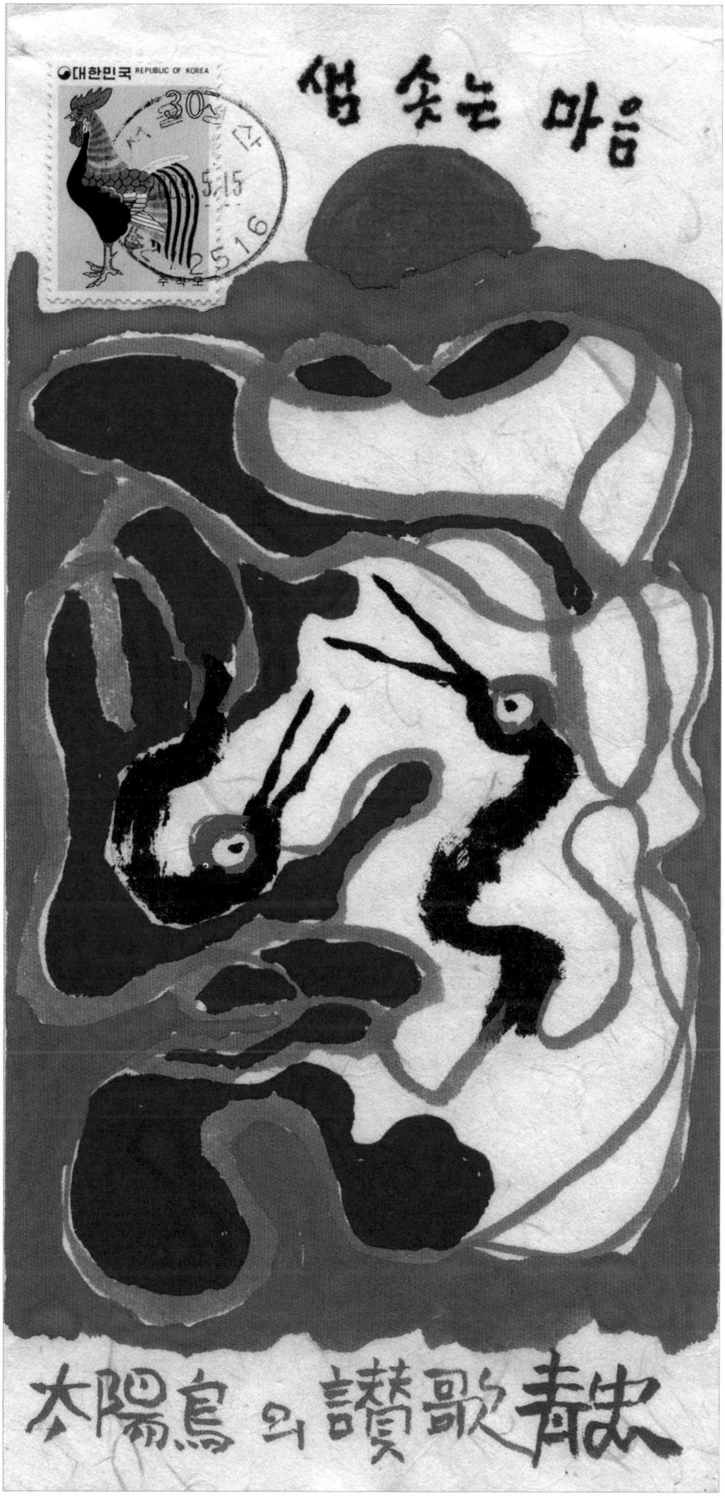


ㅇ

# 이석규 시인

**이석규**(李碩珪) 시인 : 호는 현인(玄仁), 강원도 춘천 출생. 춘천고등학교 졸업, 서울대학교 사범대학 국어교육과 졸업, 건국대학교 대학원에서 문학 석사, 박사학위 취득, 경원대학교 국어국문학과 교수. 경원대학교 학생처장, 인문대학 학장, 대학원장 등을 역임, 현재 경원대학교 석좌교수, <시조생활>을 통하여 등단. <시조생활>의 편집위원, 편집장을 역임하였으며 현재 <시조생활>지의 편집위원, 심사위원, 시천시조문학상 운영위원, 한국문인협회·시조시인협회 회원, 한국아동시조시인협회 부회장, 전민족 시조생활화운동본부 회장, 한말연구학회 회장.
문학상으로 시조생활 신인문학상, 시천문학상을 수상하였으며 황조근정훈장을 받음.
저서로는 <언어의 예술> 등 10권의 전공서적과 논문 50여 편이 있으며 시집으로는 <당신 없는 거리는 춥다>, <아날로그의 오월> 등이 있음.

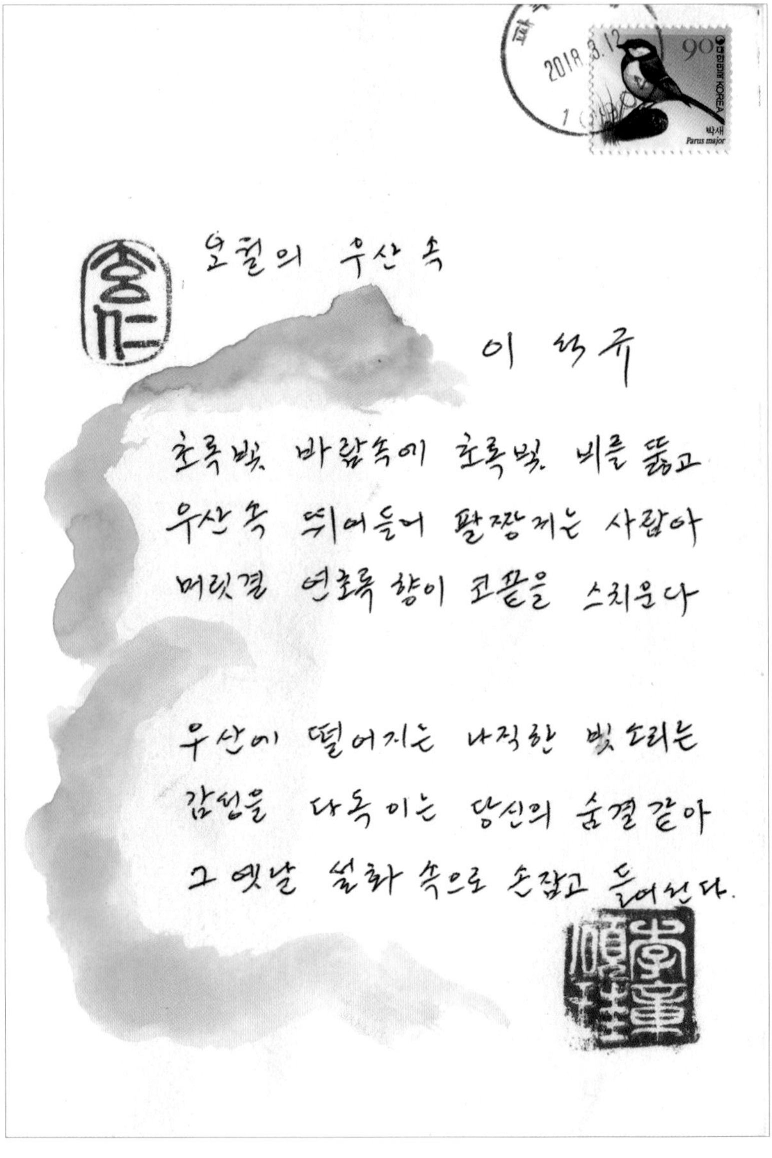
2018.3.12
90
KOREA
박새
Parus major
오월의 우산 속
이석규
초록빛 바람속에 초록빛 비를 뚫고
우산 속 뛰어들어 팔짱끼는 사람아
머릿결 연초록 향이 코끝을 스치운다
우산에 떨어지는 나직한 빗소리는
감성을 다독이는 당신의 숨결같아
그 옛날 설화 속으로 손잡고 들어선다.

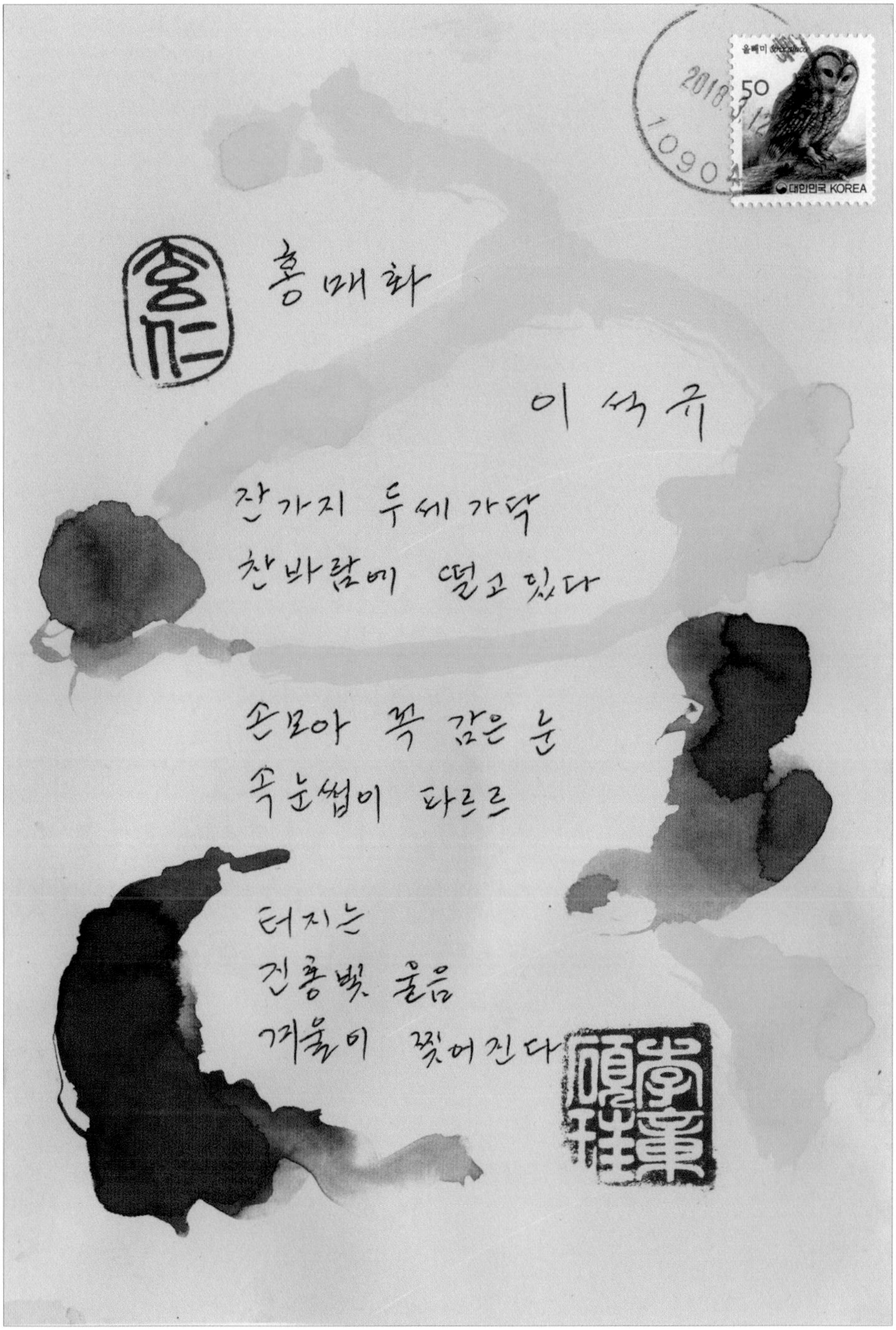
홍매화

이석규

잔가지 두세 가닥
찬바람에 떨고 있다

손모아 꼭 감은 눈
속눈썹이 파르르

터지는
진홍빛 울음
겨울이 찢어진다

# 이성교 시인

이성교(李姓敎) 시인 : 1932년 강원도 삼척 출생
중앙대학교 대학원 석사 및 동 박사학위 취득
1957년 <현대문학>지에서 등단
시동인지<60년대 사화집>에서 활동
시집 <산음가> 외 10 여권
현대문학상, 월탄문학상, 한국기독교문학상, 한국문학상, 제1회기독
시인상, 미당시맥상, 국민훈장(목련장) 등 수상, 성신여대 명예교수.

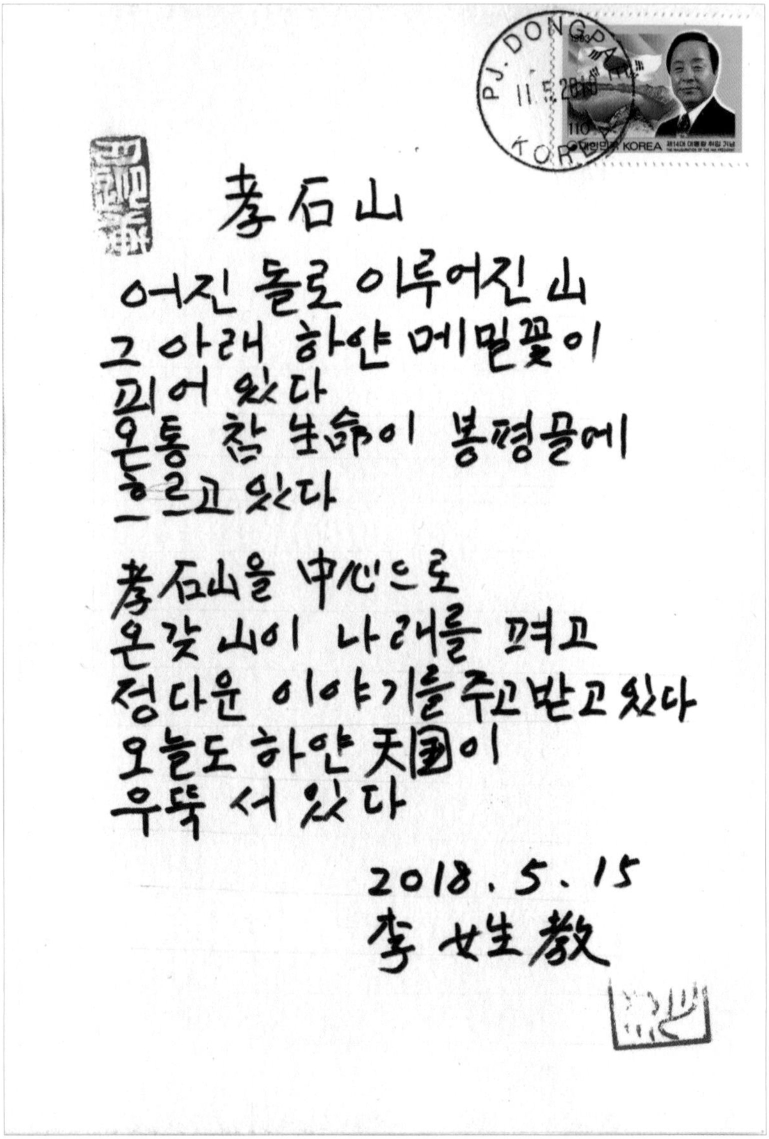

孝石山

어진 돌로 이루어진 山
그 아래 하얀 메밀꽃이
피어 있다
온통 참 生命이 봉평골에
흐르고 있다

孝石山을 中心으로
온갖 山이 나래를 펴고
정다운 이야기를 주고받고 있다
오늘도 하얀 天國이
우뚝 서 있다

2018. 5. 15
李姓敎

# 강릉 여자들

강릉 여자들 대관령 山 때문에
늘 은은함을 갖고 있었다
늘 솔 냄새 풍겼다

항상 마음은 경포호수 같아서
부드럽고 포용력이 있었다
어디를 가도 누구를 만나도
항상 감자꽃처럼
환한 웃음을 잃지 않았다

2018년 5월 15일
李 甡 敎

ㅇ

# 이성근 화가

이성근(李性根) 화가 : 서울 출생. 대한민국 미술대전 심사위원장 역임. 현재 건국대학교 대학원 초빙 교수, 서울과 미국, 일본, 프랑스, 오스트리아, 독일 등에서 50여회 초대개인전을 하였고, 작품은 유엔본부와 대한민국 청와대, 영국왕실 등에 소장되어 있으며, 사실과 추상을 넘나드는 화가로 활약하고 있다.

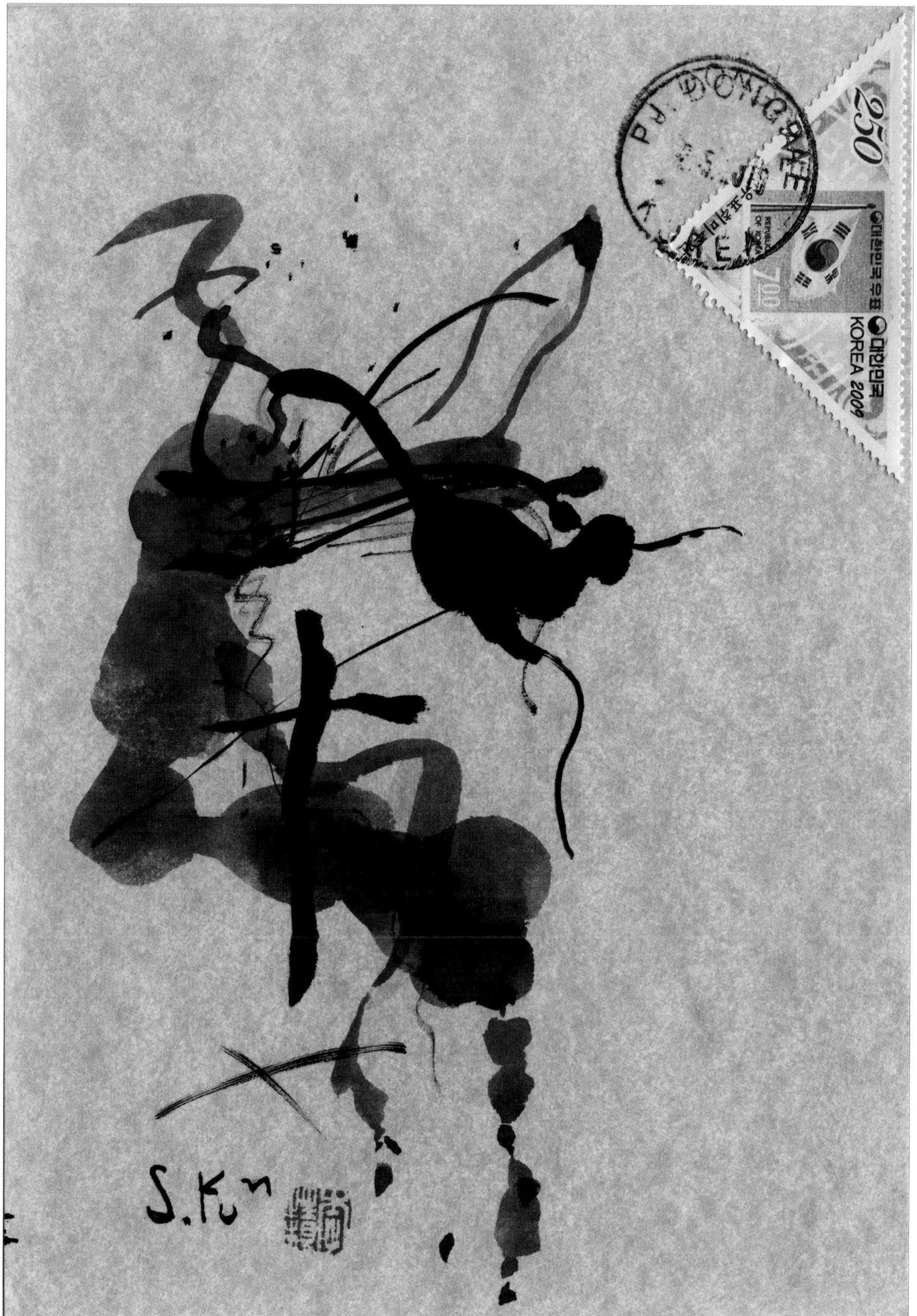
250
대한민국
KOREA 2009
S.Kim

# 이수화 시 인

이수화(李秀和) 시인 : 1939년 서울 만리동에서 출생. 고려대 국문과 졸업. 1963년 <현대문학>지로 데뷔, 시사 통신사 특집부 기자, 자유시인 협회 상임 부회장, 문예진흥 후원협의회 사무국장, 12차 세계시인대회 수석상임위원 및 세계시낭송대회 기획위원, 한국통신 전국대표자회의 위원, 시낭송 동인<시와 육성>, <시낭송 구회> 시동인회<신년대>, <시락> 창립동인.
자유시인상, 현대시인상, 한국문학 예술상, 허균문학상 심사위원, 한국 현대시인협회 홍보간사, 사무국장, 상임이사, 부회장 역임, '82년 <시문학상>, '78년 <방송 극작가상>, '93년 <포스트모던 작품상>, 시나리오상, TV 드라마상 등 수상.
고려대문인회, 한국 문예학술저작권 협회원, 서울시낭송 클럽 대표, 한국 민족문학회 자문위원, 서울시 마포구 문인 협회장, 한국 문인협회 감사 역임, 국제펜클럽 한국본부 이사역임.

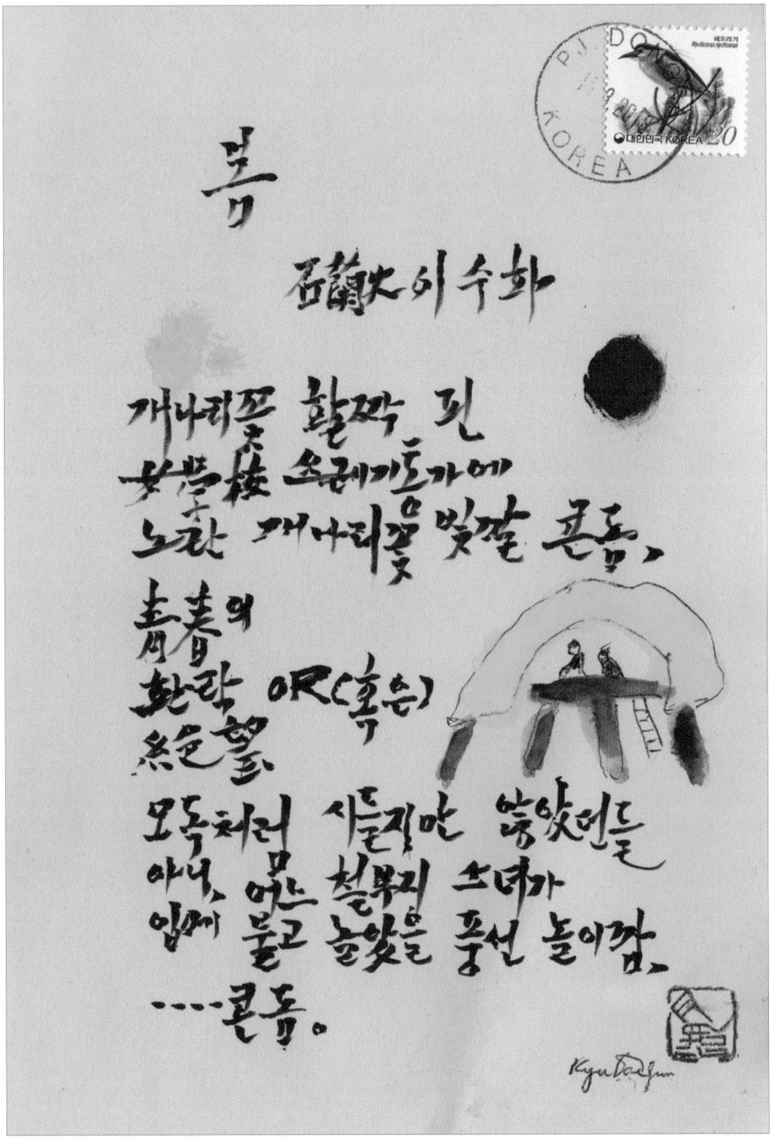

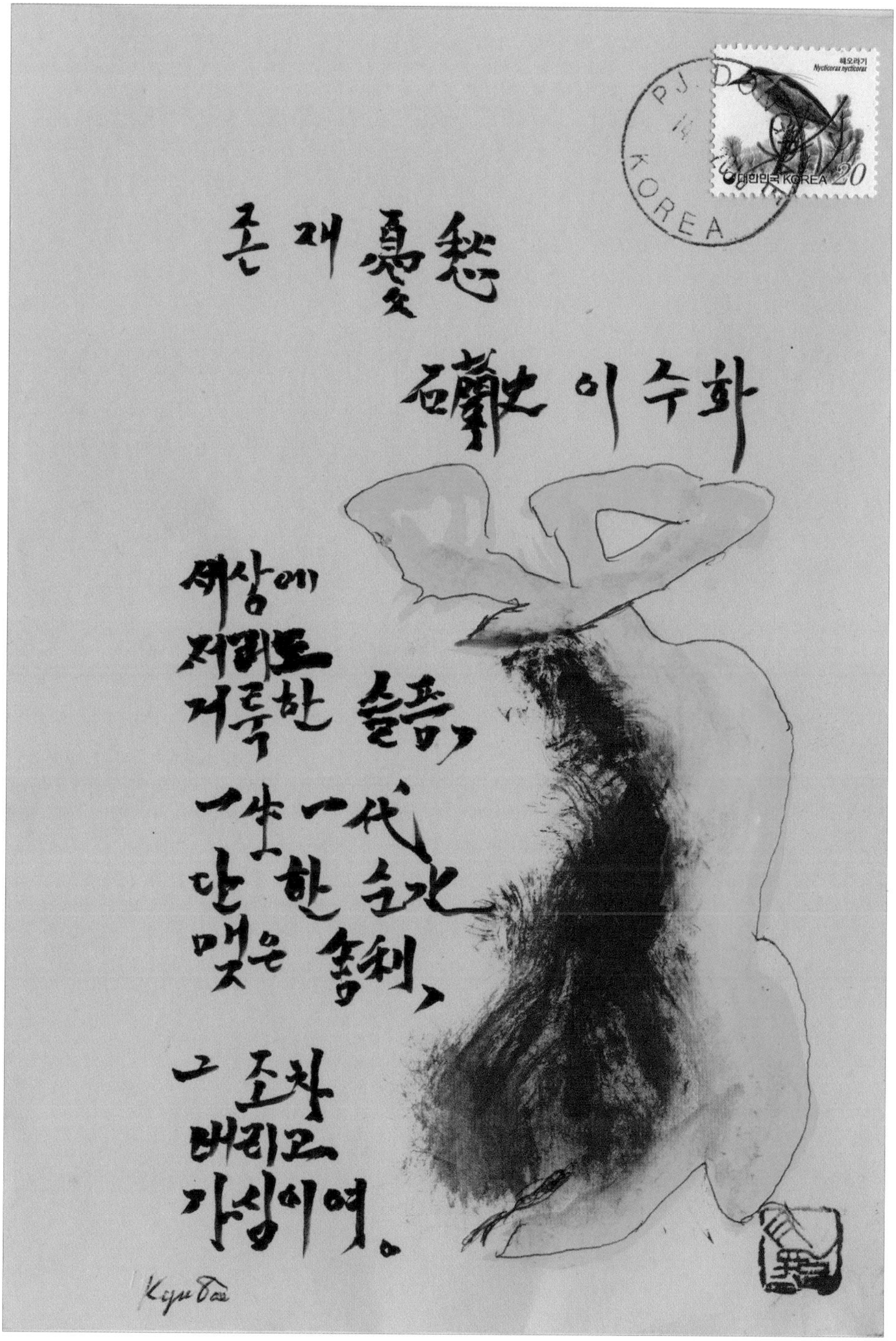

존재 憂愁
石蘭史 이수화
세상에
저리도
거룩한 슬픔,
一生一代
단 한 순간
맺은 舍利,
그 조차
버리고
가싱이여.
Kyu Bae

# 이양우 시인

이양우(李洋雨) 시인 : 1941년 충남 보령 출생. 1965 <시문학> 김현승, 이형기 추천. 1974 '풀과 별' 신석정 이동주 추천.
첫 시집 <뒤로 그림자를 떨구고 가는 계절> 외 시집12권. 정곡 이양우 문학 대전집(상, 하권) 그 외 저서 다수.
현재 한국현대시협 중앙위원, 한국문협 사료발굴위원, 국제펜클럽 이사, 전 경인매일 사장, 한국육필문예보존회 회장, 보령시 개화육필문예공원 창시자, 한국현대문학 100주년기념탑 건립자, 항일민족시인 7위 추모분향단 성역 설치자.

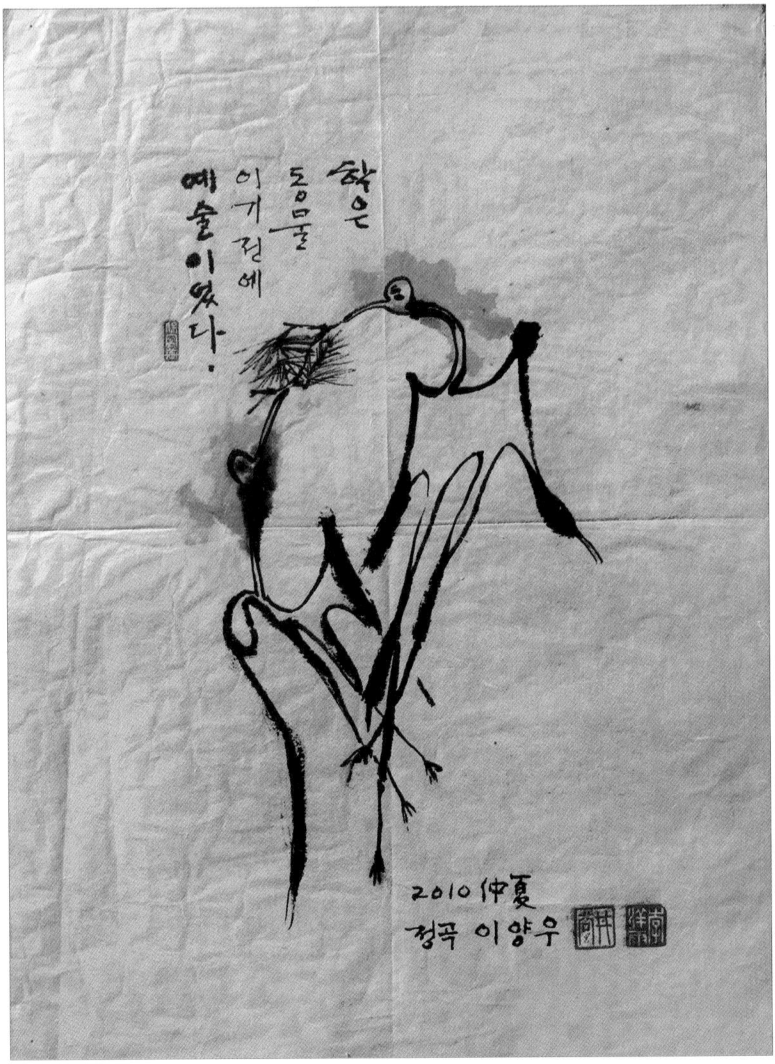

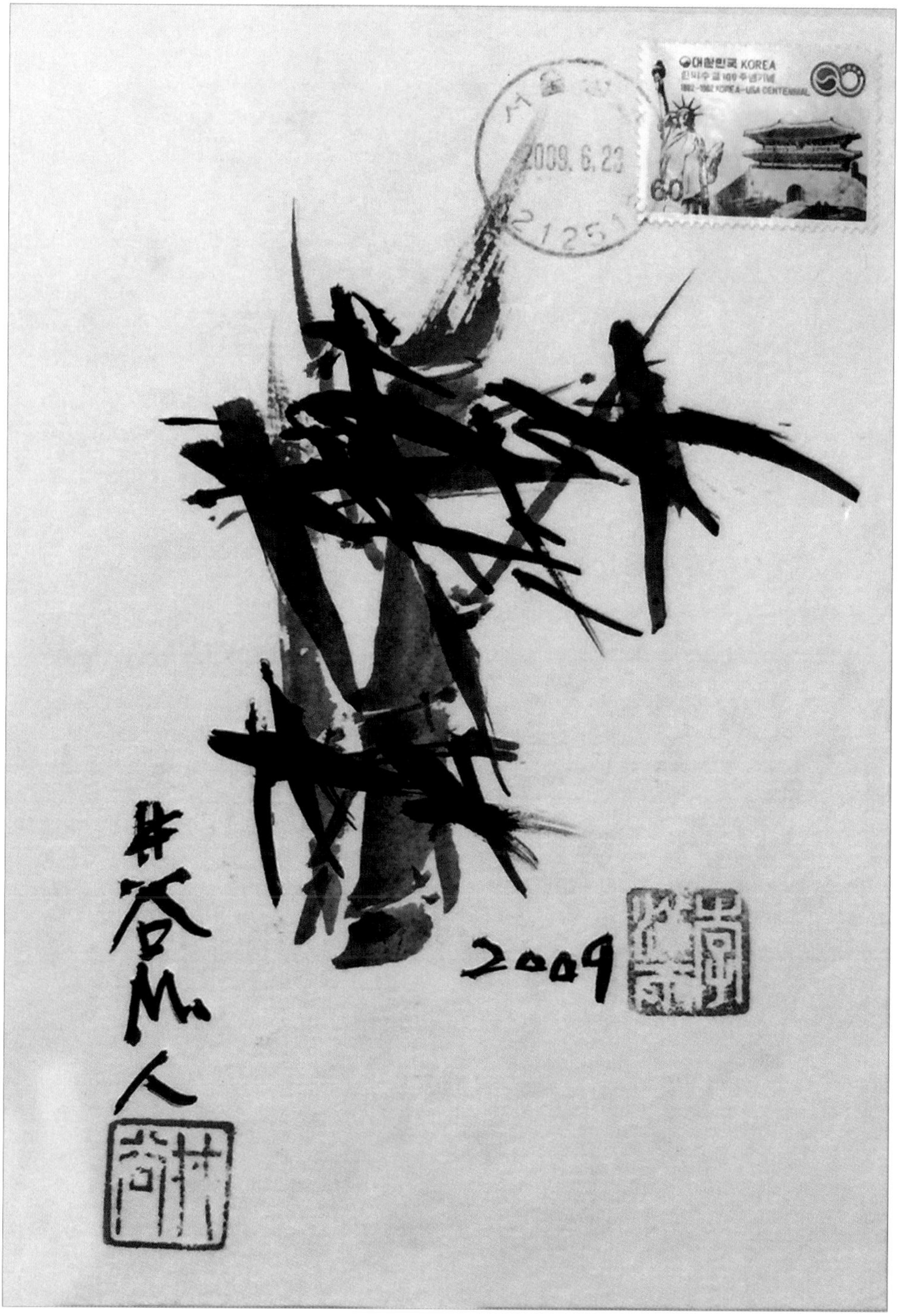


ㅇ

# 이옥남 화가

이옥남 화가 : (호 : 笑蓮)은 고려대학교를 졸업하고 동양수묵연구원에서 한국화를 수학하였다. 동양의 전통적 종교의 뿌리가 되어온 불교의 상징성을 강조하는 연꽃, 목어, 단청 등 그가 소재로 삼고 있는 그림의 내용들은 동양적이고 전통적인 의미를 가지고 있다.

그는 대한민국여성미술대전, 세계평화미술대전에서 입상하였다.

2016년에는 프랑스의 몽테송아트 살롱전에 참여하였고, 2017년에는 프랑스 아트샵핑에 참여하였으며, 2018년에는 프랑스 루브르박물관 까루젤관에서 제1회 개인전을 가졌다.

현재 동양수묵연구원 회원과 Pine Art Club Member로 활동 중이다.

# 이우림 시인

이우림 시인 : 고양시문인협회장, 경의선문학회, 국제문화예술창작협의회 부회장. 마루시, 벼루시, 시금석 동인. <고양의정소식>지 편집위원. 한자, 한문지도, 글쓰기 강사. 시집으로 <봉숭아꽃과 아주까리>, <상형문자로 걷다>, <뼈만 있는 개> 등.

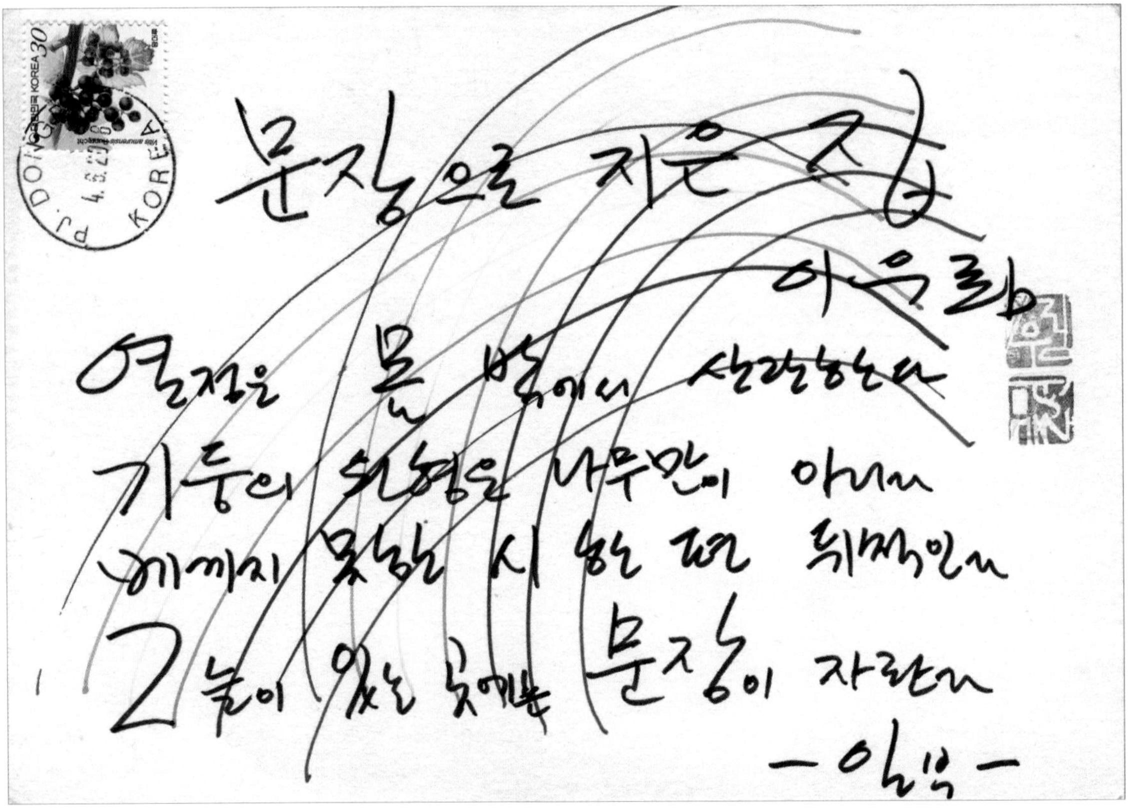

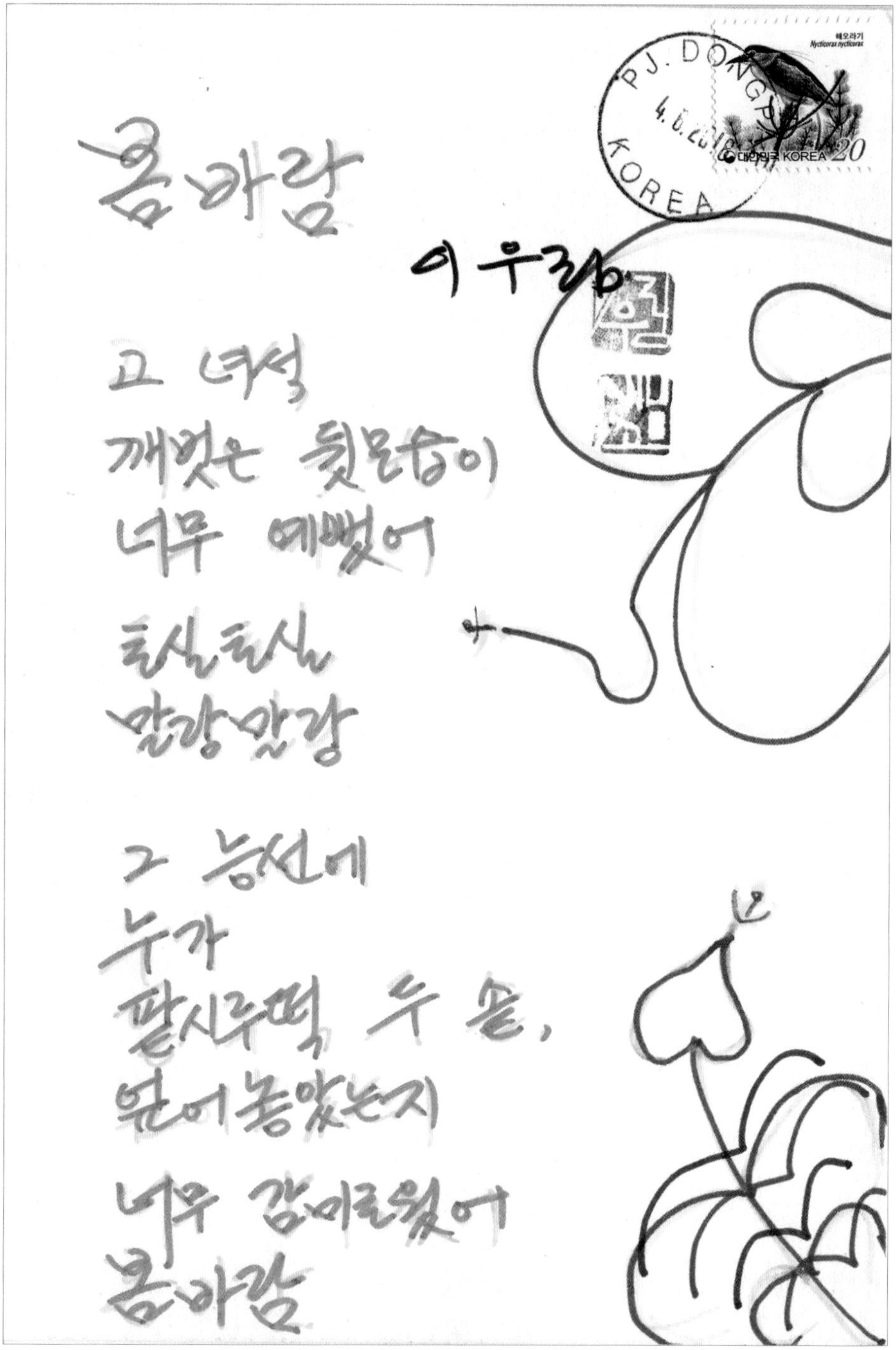
봄바람

이우람

고 녀석
깨벗은 뒷모습이
너무 예뻤어

촐싹촐싹
깔랑깔랑

그 능선에
누가
팥시루떡 두 솥,
얹어놓았는지
너무 감미로웠어
봄바람

ㅇ

# 이이화 화 가

이이화(李梨花) 화가 : 2008년 인천 한마당 축제 출품을 시작으로 한국 수채화 페스티벌, 한중일 수채화전, 수영화전, 한일 수채화전 등 각종 수채화전에 참가.

'2018
梨花

○

# 이자운 시인

이자운(李紫芸) 시인 : 숙명여자대학교 국어국문학과 졸업. 명신여상 등 고교 교사 역임. 한국문인협회 회원, 한국기독교문화예술총연합회 문인선교회 부회장 역임, 상록수문학회 시낭송회 회장 역임. 작품집으로 낭송집 3집과 CD <시와 삶의 노래>, <동해의 마침표 내 사랑 독도>가 있음.

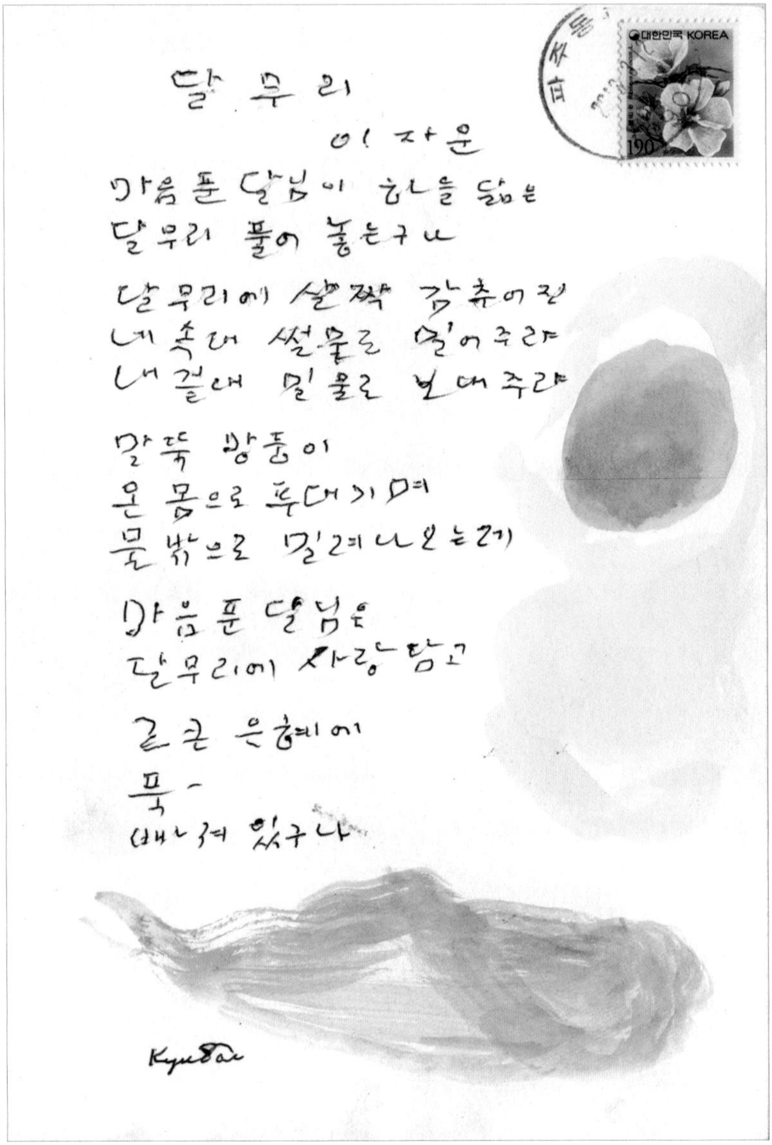

달무리

이자운

마음 푼 달님이 하늘을 닮는
달무리 풀어 놓는구나

달무리에 살짝 감추어진
내 속의 설움도 덜어주려
내 곁에 밀물로 보내주려

말뚝 망둥이
온 몸으로 투대기며
물 밖으로 밀려나오는 게

마음 푼 달님은
달무리에 사랑 담고

그 큰 은혜에
푹 -
빠져 있구나

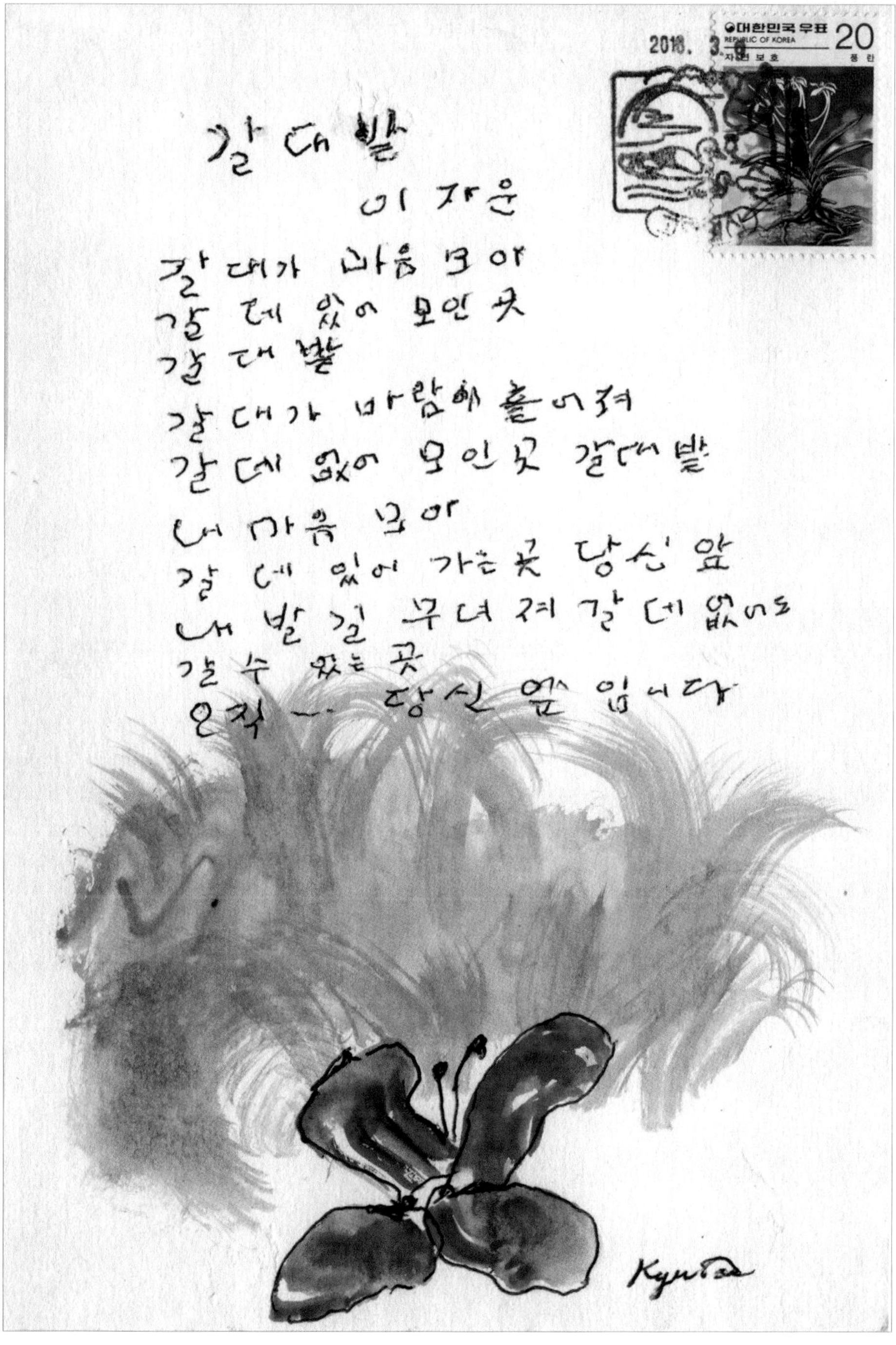

대한민국 우표
REPUBLIC OF KOREA
20
자연보호
풍란
2018. 3. 9
갈대밭
이자운
갈대가 마음 모아
갈 데 없어 모인 곳
갈대밭
갈대가 바람에 흩어져
갈 데 없어 모인 곳 갈대밭
내 마음 모아
갈 데 있어 가는 곳 당신 앞
내 발길 무뎌져 갈 데 없어도
갈 수 있는 곳
오직… 당신 앞입니다
Kyutae


ㅇ

# 이정자 시 인

이정자 시인 : 충북 충주 출생. <국제문예>를 통해 시인으로 등단. 한빛문학상 수상. 현재 한빛문학 부회장.

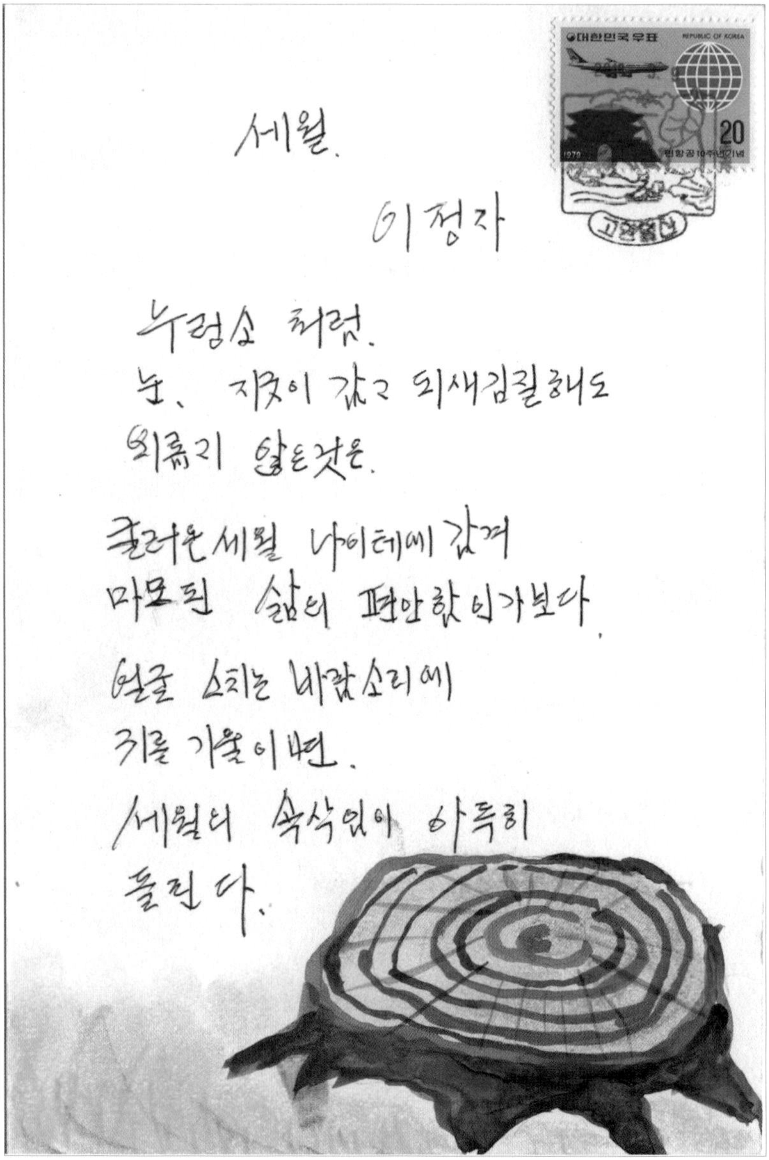

대한민국 우표
REPUBLIC OF KOREA
20
세월.
이정자
누렁소 처럼.
눈, 지긋이 감고 되새김질해도
외롭지 않은것은.
굴러온 세월 나이테에 감겨
마모된 삶이 편안한 탓인가보다.
얼굴 스치는 바람소리에
귀를 기울이면.
세월의 속삭임이 아득히
들린다.

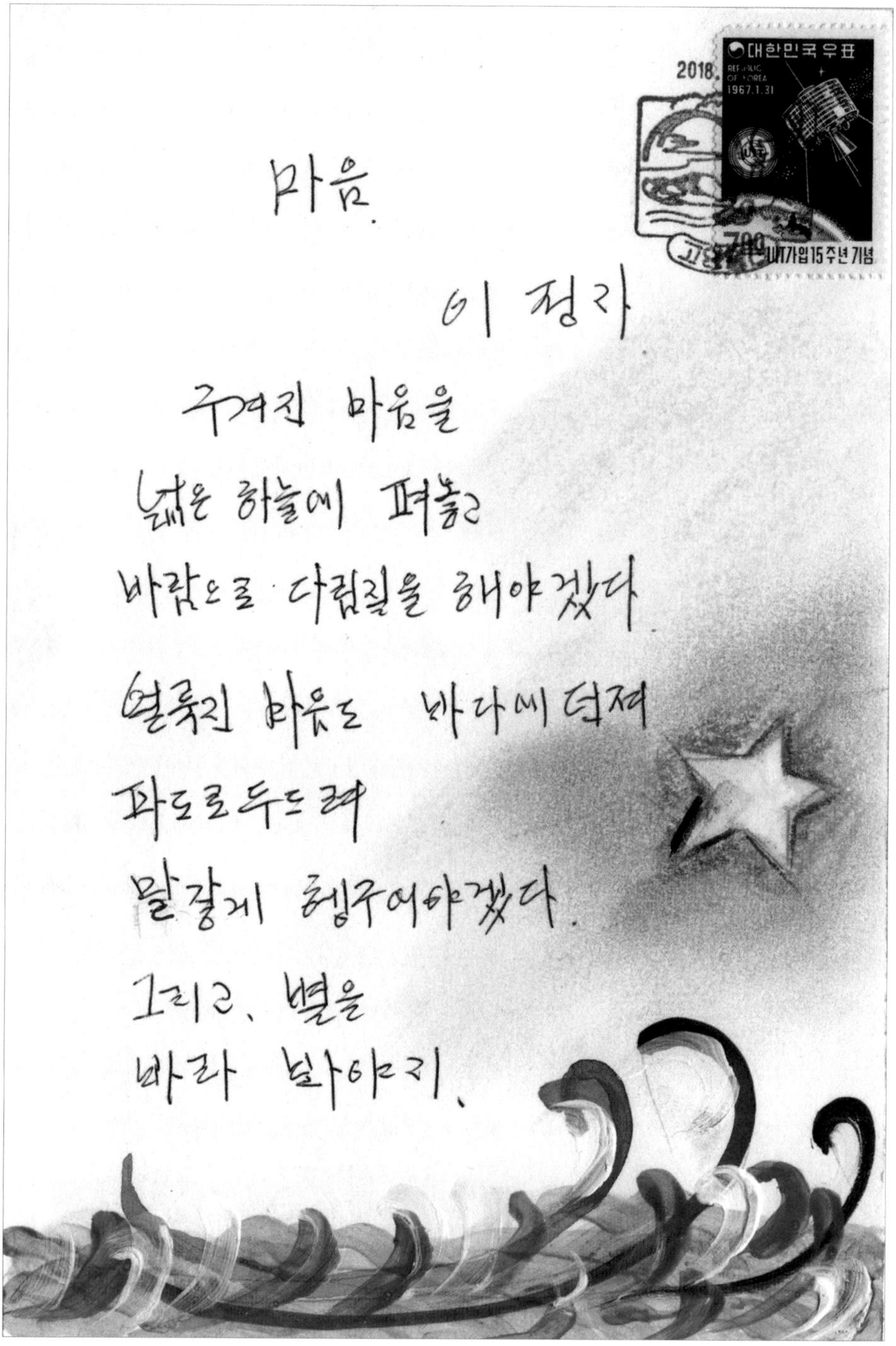


마음.

이정라

구겨진 마음을
넓은 하늘에 펴놓고
바람으로 다림질을 해야겠다
얼룩진 마음도 바다에 던져
파도로 두드려
말갛게 헹구어야겠다.
그리고, 별을
바라 봐야지.

ㅇ

# 이지선 화가

**이지선** 화가 : 한국의 정통적인 수묵회화를 현대적 감각으로 표현하고 있는 풍경화 작가이다. 그의 작품세계는 한국의 산천을 실경소재로 하여 재구성하는 방법으로 수묵의 발묵현상과 농담효과를 조화롭게 표현하고 있다.

신사임당 미술대전 에서 연속 2회 특선과 입선을 비롯하여 대한민국여성미술대전 등에서 수상한바 있다.

2017년과 2018년에는 프랑스 루브르박물관 까루젤관에서 이루어진 아트샵핑에 참여하였고 한·불수교 130주년 기념전에도 참여하였다.

현재 동양수묵연구원 회원과 Pine Art Club Member로 활동 중이다.

O

# 이충이 시인

이충이(李忠二) 시인 : 1943년 목포에서 출생. 1984년 <월간문학>으로 등단했다. 시집 <먼저 가는 자 빛으로 남고>, <저녁 강에 누운 별>, <누가 물어도 그리운 사람>, <깨끗한 손>, <빛의 파종>, 시선집 <달의 무게>가 있다.
제2회 윤동주 문학상(1986), 제5회 자유시인상(1990), 제1회 녹색시인상(1997), 제19회 한국기독교문학상(2001)을 수상했다. 세계시인회의(The World Congress of Poets)가 주관하는 제7차(마라케시, 모로코, 1984), 제9차(피렌체-이태리, 1986), 제10회(크레타-그리스, 1991), 제15차(타이페이-대만, 1994) 대회의 포럼에 참가했다.
한국기독교문인협회, 한국녹색시인협회, 한국문인협회, 한국시인협회, 국제펜클럽 한국본부 회원이며 계간 <시와 산문>발행인 겸 편집인이다.

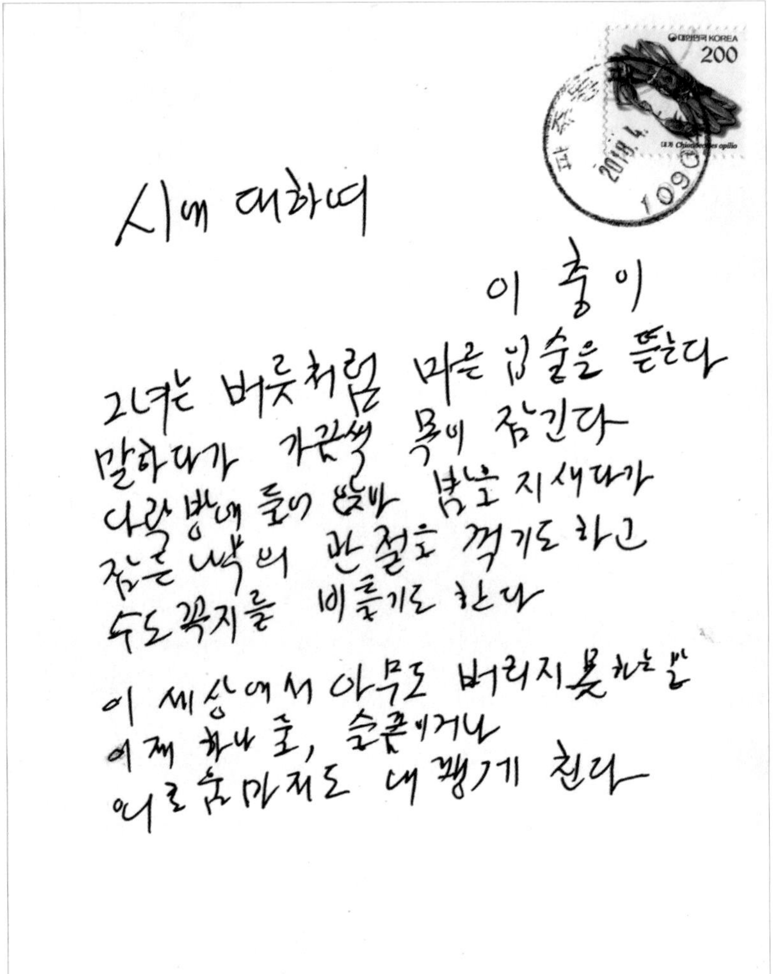

시에 대하여

이 충 이

그녀는 버릇처럼 마른 입술을 뜯는다
말하다가 가끔씩 목이 잠긴다
다락방에 들어앉아 봄날을 지새다가
잠든 새벽의 관절을 꺾기도 하고
수도꼭지를 비틀기도 한다

이 세상에서 아무도 버리지 못하는 말
이제 하나로, 숨죽이거나
외로움마저도 내팽개친다

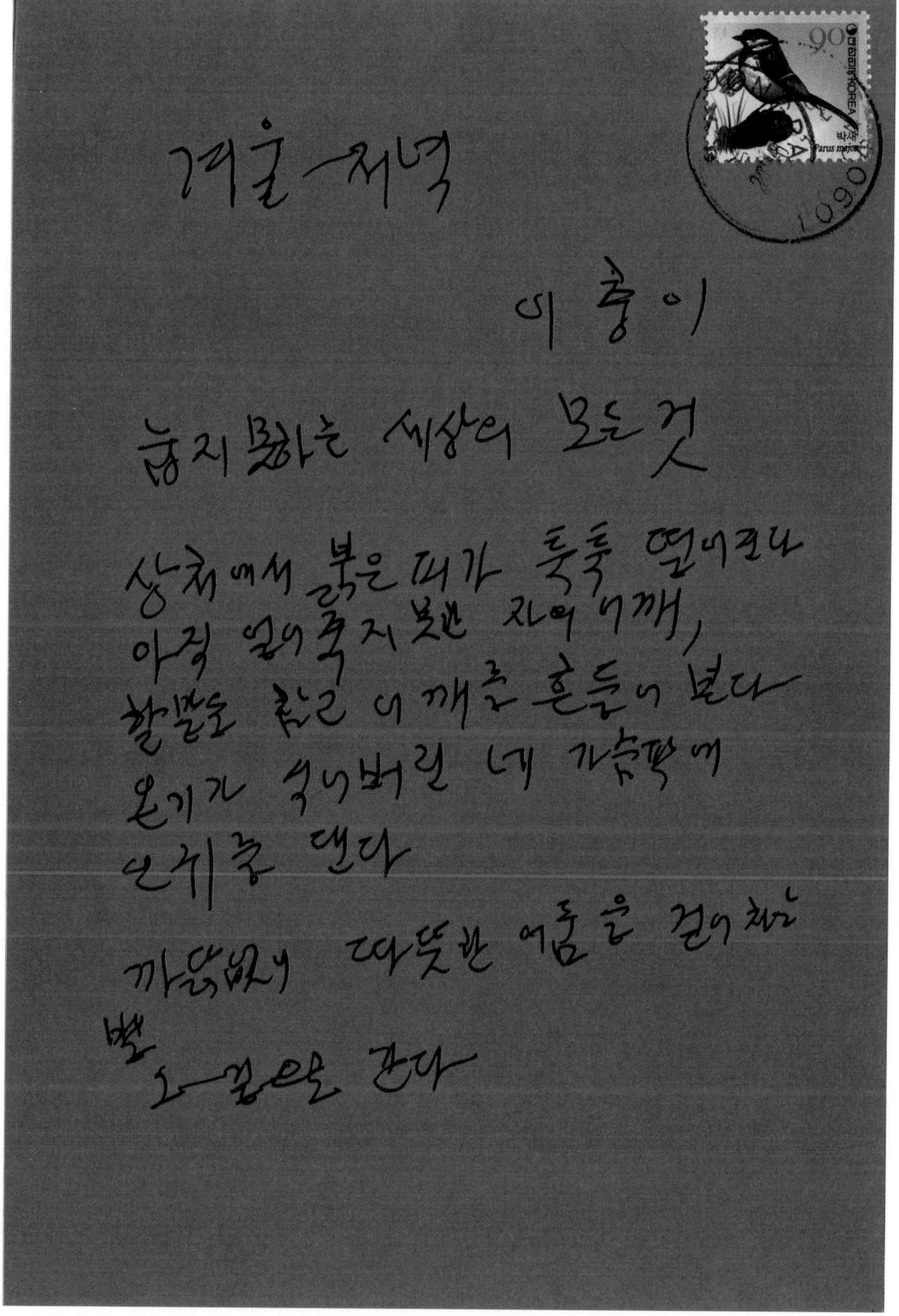
겨울 저녁

이 충이

늙지 못하는 세상의 모든 것

상처에서 붉은 피가 툭툭 떨어진다
아직 얼어죽지 못한 자의 어깨,
할끝로 찬 어깨를 흔들어 본다
온기가 식어버린 네 가슴팍에
언 귀를 댄다

까닭없이 따뜻한 어둠을 걸어 채운
별 고 꿈을 꾼다



ㅇ

# 이충재 시인

이충재(李忠載) 시인 : 강원도 횡성에서 출생하여 한국성서신학대학에서 신학과 고려대학교 대학원에서 비교문학을 전공하였다. <문학과 의식>으로 등단, 현재 시인으로서 왕성하게 작품 활동을 하고 있으며 각종 강의와 신문, 잡지 등에 칼럼과 단상, 기고문을 싣고 있다. 또한 시적 발상과 이미지를 도입하여 부부, 아버지들, 셀러리맨들의 정체성과 자기 찾아가기 등의 멘토 및 강의를 하기도 했다.
저서로는 시집 <내자리 하나 있다면>, <나무와 아이들>, <별들이 처마 밑에 내려와 쌓이고> 등이 있으며, 산문집으로는 <그대 안에 내가 있음이여> 등 3권이 있다.
현재 한국문인협회, 한국시인협회, 한국기독교문인협회, 문학과 의식 새흐름 동인회 회원으로 활동 중이다.

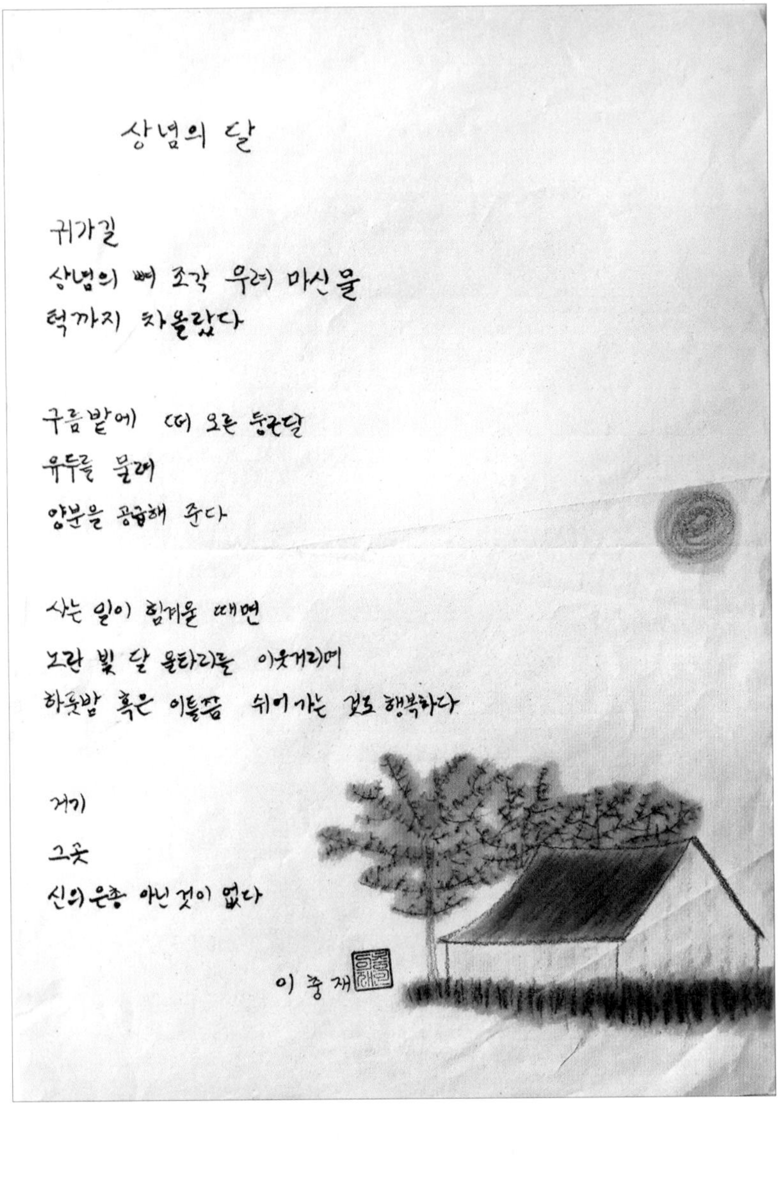

상념의 달

귀가길
상념의 뼈 조각 우려 마신물
턱까지 차올랐다

구름밭에 떠 오른 둥근달
유두를 물려
양분을 공급해 준다

사는 일이 힘겨울 때면
노란 빛 달 울타리를 이웃거리며
하룻밤 혹은 이틀쯤 쉬어가는 것도 행복하다

거기
그곳
신의 은총 아닌 것이 없다

이충재

# 장종국 시인

**장종국**(張鐘國) 시인: 1940년 마산에서 출생. 건국대학을 졸업, 1978년 시집 <들꽃>으로 등단. 고양시문인협회장을 역임 했으며 현재는 한국문인협회 회원 ,경의선문학회, 국제문화예술창작협의회 회장, DMZ생태해설가 월간 '신문예' 편집위원으로 활동하고 있다. 시집으로 <들꽃>, <낮잠을 즐기는 가을 햇살>, <사랑을 사랑이 사랑은> 외 중국어 시집 <시인과 孤島>, <날마다 허물고 짓는 집> 등이 있다.

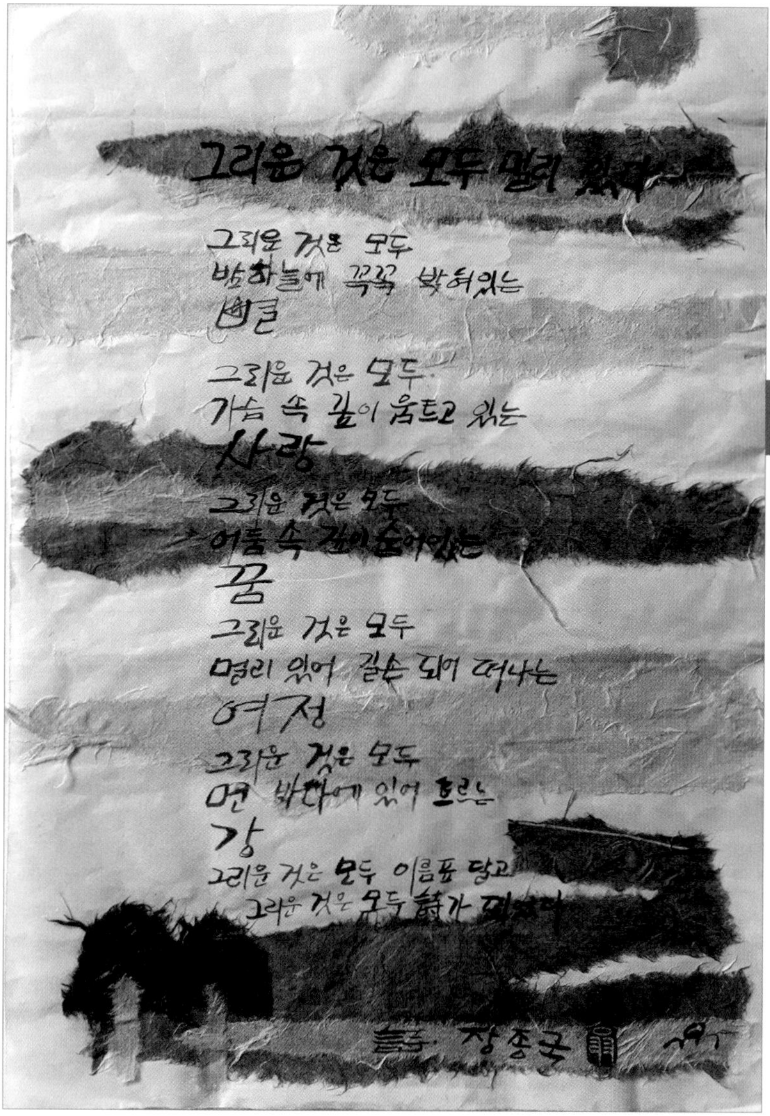


ㅇ

# 임기만 화 가

**임기만**(林基萬) 화가 시인 : 1941년 경남 산청에서 출생, 홍익대학교에서 동양화전공, 고려대학교 시문학 전공. 대한민국미술대전 입상, 한국작가협회 초대작가, SBS 세상의 '이런 일이' 방영(2005.10.27.), 현재 당산 한국서화 연구실 운영, 21세기 협회 회원. 전업작가협회 회원, 한국미술협회 고문. 시집으로 <오늘을 열심히 살자>, <생과 멸> 등.

青松
千歲
늘 푸르름을 천년을
자랑해도 하늘이 오라하면
거역하지 못한다
임기만
唐山

삶과 꿈
삶에 푸르름을
안고 꿈을
키운다
현재는
과거를
잉태하는
모체이며
삶에 존재감을
가진다 그러나
과거 현재 모두가 꿈이
안일련지
임기만

ㅇ

# 임사라 시인

임사라(임기순) 시인 화가 : 1958년 출생. 2000년, 한국일보 신춘문예 시 당선.
개인전 2회, 그룹전 8회.

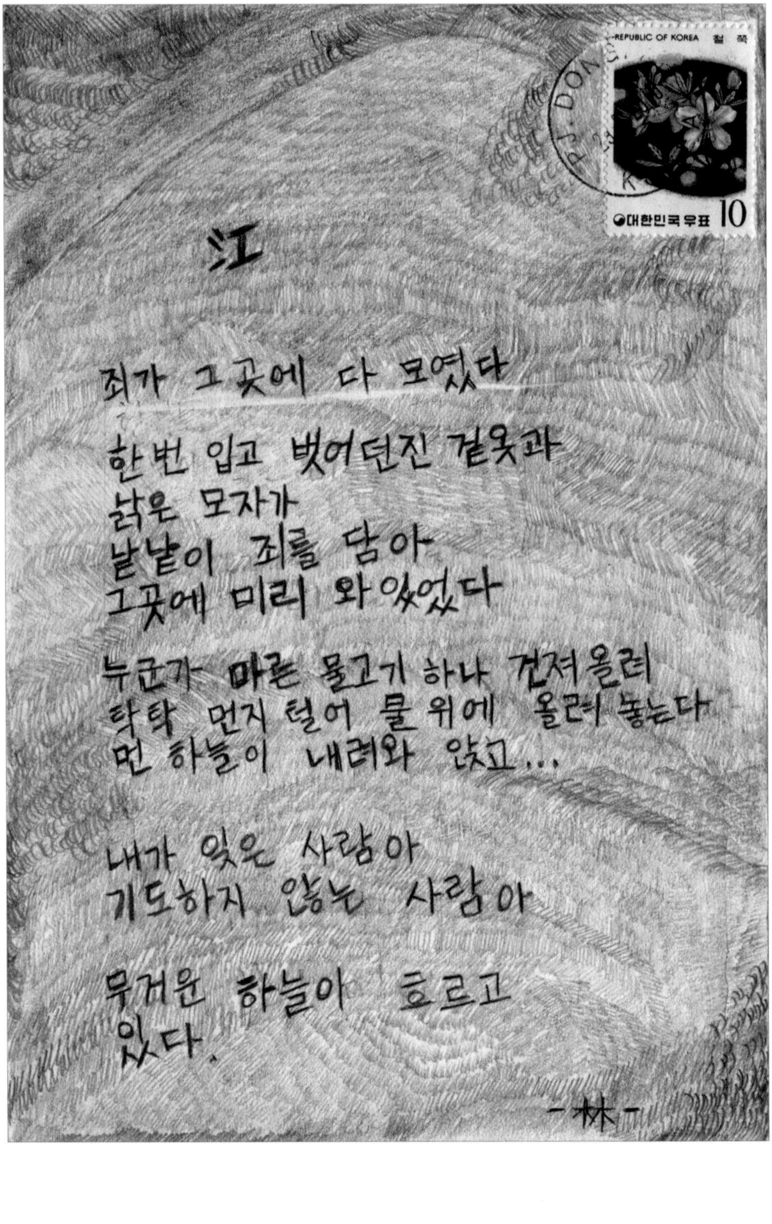

REPUBLIC OF KOREA 철쭉
대한민국 우표 10
江
죄가 그곳에 다 모였다
한번 입고 벗어던진 겉옷과
낡은 모자가
낱낱이 죄를 담아
그곳에 미리 와 있었다
누군가 마른 물고기 하나 건져올려
탁탁 먼지 털어 물 위에 올려 놓는다
먼 하늘이 내려와 앉고...
내가 잊은 사람아
기도하지 않는 사람아
무거운 하늘이 흐르고
있다.
-林-

REPUBLIC OF KOREA 철 쭉
대한민국 우표 10
She is still at it.

# 임영빈 화가

**임영빈** 화가 : (호 : 惠泉)은 전통적 수묵산수화를 그리는 한국화가이다. 그의 작품세계는 한국화의 정통성을 강조하고 있다. 실경산수를 주제로하여 한국의 서정적 풍경을 그리는 그의 화풍 속에서 실경 한국화의 전통적 맥을 이어가는 긍지가 담겨 있다.

신사임당 미술대전 특선과 입선, 목우회 입선, 한성백제미술대전 특선, 경기미술대전, 대한민국여성미술대전 등에서 입상하였다.

프랑스 그랑팔레에서 이루어진 앙데팡당 프랑스 국립살롱전과 루브르 미술관에서 이루어지는 아트샵핑에 참여하였고, 한불수교 130주년 기념전에도 참여하였다.

현재 동양수묵연구원 회원과 Pine Art Club Member로 활동 중이다.

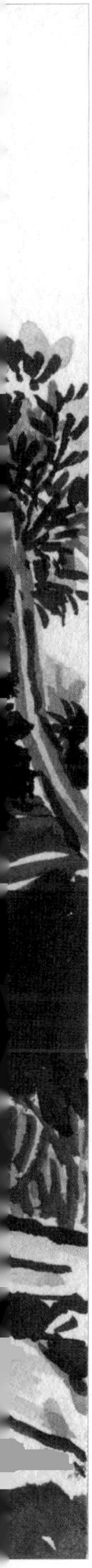

대한민국 KOREA 30
KOREA

# 임정옥 화 가

**임정옥** 화기 : 호는 소정. 목원대학교 미술대학과 미국 샌프란시스코 아트커리지에서 수학. 프랑스의 몽테송 아트살롱전, 루브르 아트샵핑, 아세아 호텔아트페어에 참여하였고, 제1회의 개인전과 다수의 그룹전에 참여하면서 경기도미술대전과 대전광역시미술대전에서 입선, 경인미술대전에서 특선, 대한민국미술대전에서 장려상 등을 수상하였다.
현재 동양수묵연구원 회원과 Pine Art Club Member로 활동 중이다.

O

# 임희수 시 인

임희수(林喜洙) 시인 목사 : 백석대학교 대학원 졸업. <크리스찬 문학> 지로 등단.
시집으로 <그렇게 사는 가요>가 있다.
풀러스 코리아 대표이사 역임. 심리 상담 전문가, 커피 전문가

# 옛날 소포

임 희수

입대한 아들이 보낸 누렁소포
흙묻은 바지와 티셔츠
이런저런 것들
바지속에 숨겨둔 손편지

"부모님 전상서"
제대하면
효자 되겠다고 꾹꾹 눌러쓴 편지
그 거짓말을 들여다 보는
아비 마음속에 물안개 드리웠다

옛날 우리 어머니
받아보시고 아이고 땡을 놓았다던 누렁소포

아들아 효자 되지 않아도 괜찮다
나도 그랬으니까

벙잘치는 우리 아들
내곁에 며느리감 있고
손주도 있을 것이니
이만 하면 족하다

너와 내가 했던 그 다짐
제대 하면서 반납하지 않았나

향로봉 골짜기에 묻어두고 온 나의 약속은
지킬수도 없고
무덤가 하루가
봄볕에 너무 쉽게 말라
바라만 보고 있구나.

# 장인숙 시 인

**장인숙**(張仁淑) 시인 서예가 : 1940년 서울 출생. 호 하전. 월간 <순수문학>을 통해 등단. 시집으로 <해마다 가을이 되면>, <가을엔>이 있고, 현재 한국문인협회 회원. 2009년 대한민국 서화아카데미 미술대전(기로전) 문인화부문 금상, 2010년 대한민국 서화아카데미 미술대전(기로전) 삼체상, 서예부문 금상 수상.

나비야
너무 오래
꽃잎에 머물지 마라
어서
가던길 가야지
하전 장인숙

가을의 숲
푸른 에너지
가지마다 다 주고
가벼운 잎되어 미련없이
바람에 후르르 후르르 날려 앉은
무소유 군락
오늘은 내가
내일은 네가
연이은 비움의 행렬
아 —
소유함 없이
홀가분 하게 떠나라고
가을이 전해주는
무소유의 진리.
칠갑산 휴양림
숲길에서
하전 장신숙
KOREA

# 장한숙 화가

**장한숙** 캘리그라퍼 겸 화가 : 2013년 한국캘리그라피 협회 공모전 특선. 2014년 영화 <우는 남자> 캘리그라피 공모전 수상. 2017년 이재우 사진작가와 캘리그라피 콜라보 공동 시집 출간. 현재 울산캘리그라피 작업실 운영, 울산 중구문화의 전당 문화센터 강사.

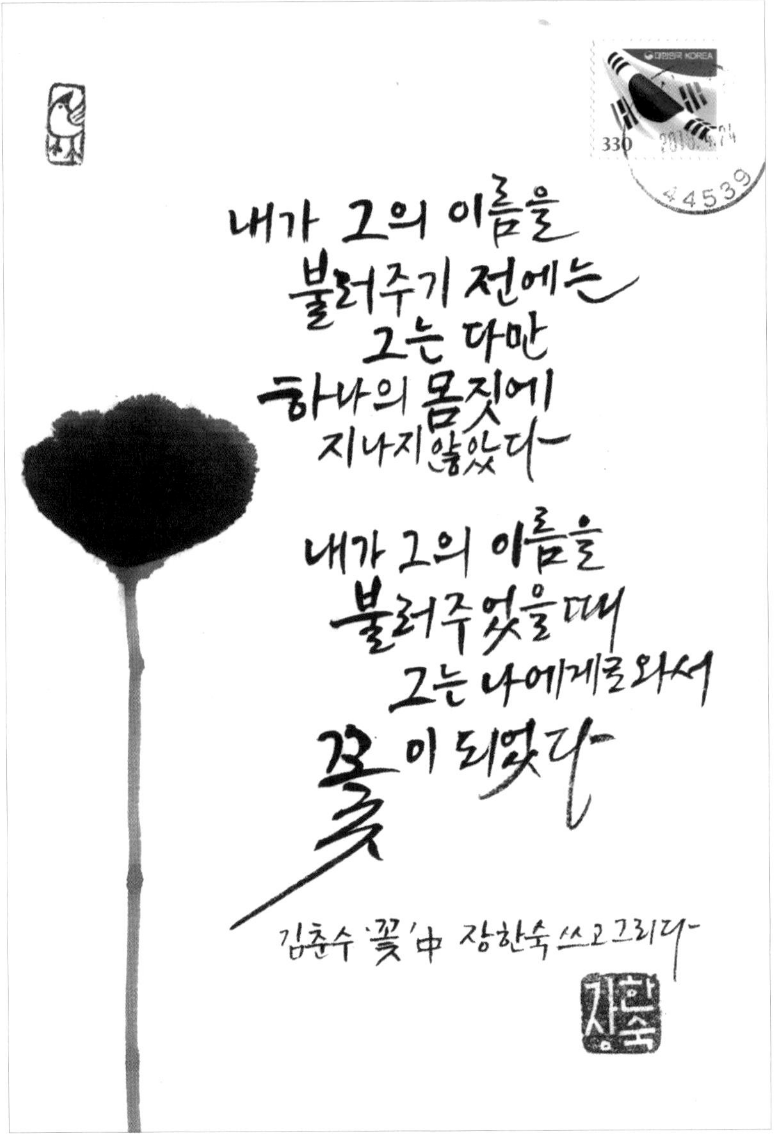

330
44539
내가 그의 이름을
불러주기 전에는
그는 다만
하나의 몸짓에
지나지 않았다
내가 그의 이름을
불러주었을 때
그는 나에게로 와서
꽃이 되었다
김춘수 '꽃' 中 장한숙 쓰고 그리다

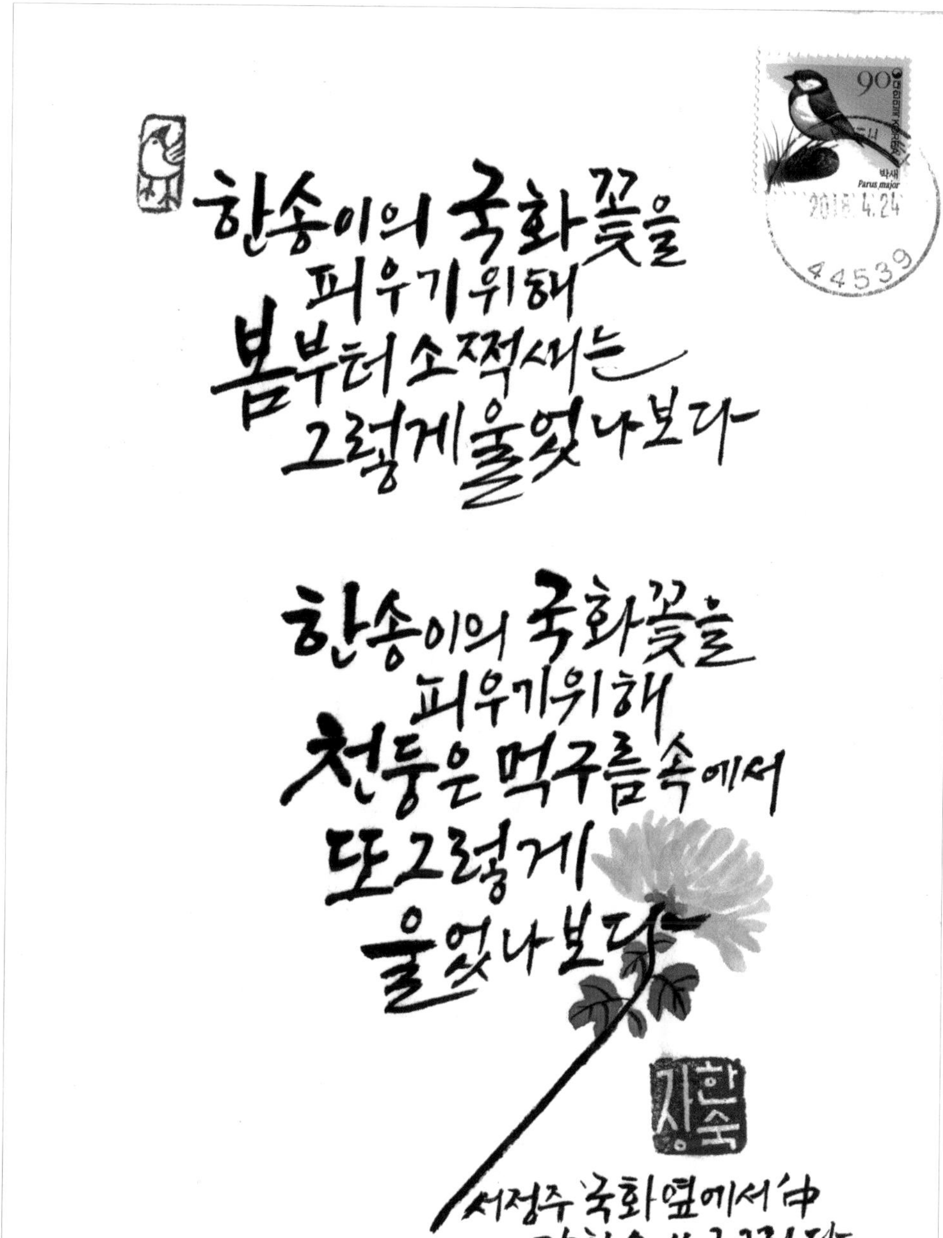
90
박새
Parus major
2018. 4. 24
44539
한송이의 국화꽃을
피우기 위해
봄부터 소쩍새는
그렇게 울었나 보다
한송이의 국화꽃을
피우기 위해
천둥은 먹구름 속에서
또 그렇게
울었나 보다
장한숙
서정주 '국화옆에서' 中
장한숙 쓰고 그리다

ㅈ

# 전재승 시 인

**전재승**(田宰承) 시인: 명지대 대학원 문예창작 전공 졸업. 1986년 <시문학> 추천으로 등단, 제9회 <문학과 의식> 신인상 수상, CBS문화센터 강사, '문학과 비평' 기자와 편집장을 거쳐 편집인 역임. 현재 <문학사계> 편집위원, 고등학교 교과서 검토위원.
한국문인협회, 한국현대시인협회, 한국현대문예비평학회, 한국기자협회에서 활동. 시집으로 <가을 시 겨울 사랑> 등 다수.

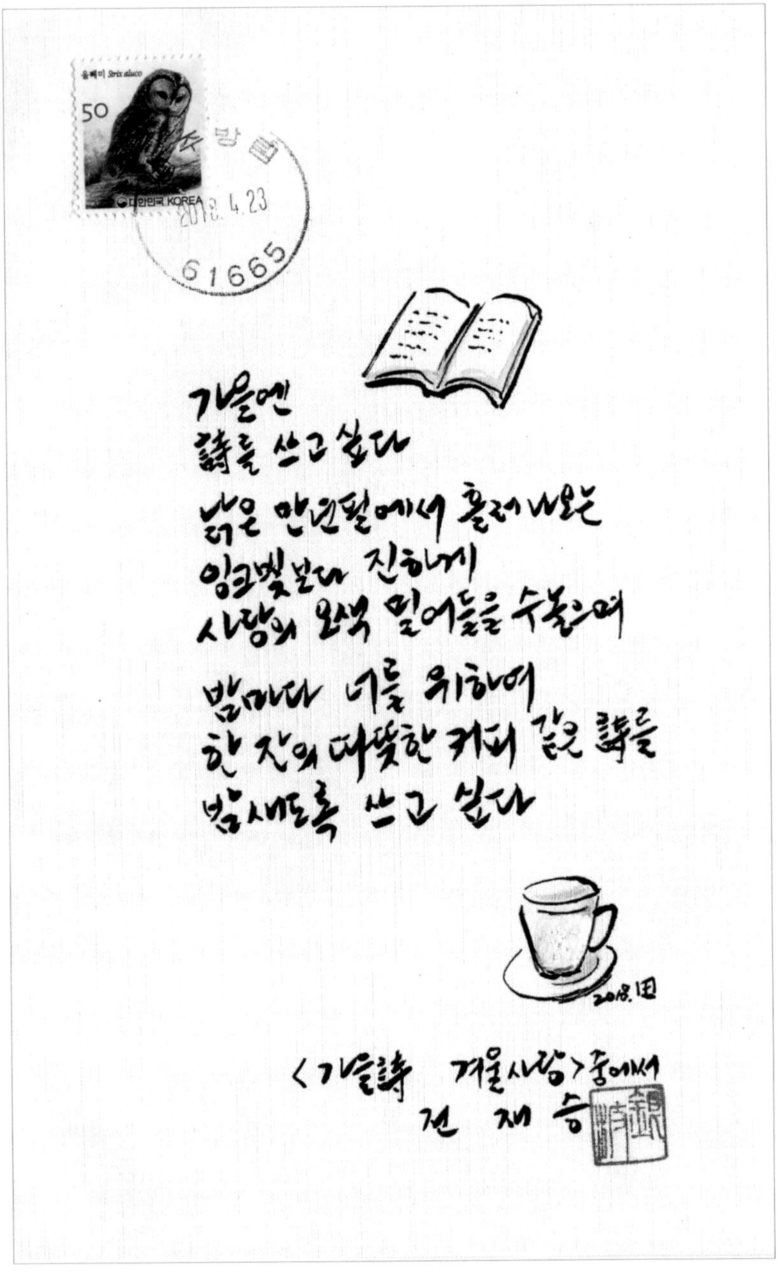
올빼미 Strix aluco
50
대한민국 KOREA
2018. 4. 23
61665
가을엔
詩를 쓰고 싶다
낡은 만년필에서 흘러나오는
잉크빛보다 진하게
사랑의 오색 밀어들을 수놓으며
밤마다 너를 위하여
한 잔의 따뜻한 커피 같은 詩를
밤새도록 쓰고 싶다
2018. 田
<가을詩 겨울사랑> 중에서
전 재 승

사랑이여
안개꽃 사이로
너를 그려본다
불러도 대답할리 물론 없지만
너는 아련한 미소로 다가와
별이 되고, 꽃이 되고
바다가 되는 내 사랑
흔들리는 창을 너머로
노래가 되고, 목숨이 되는
내 사랑 너를 위하여.

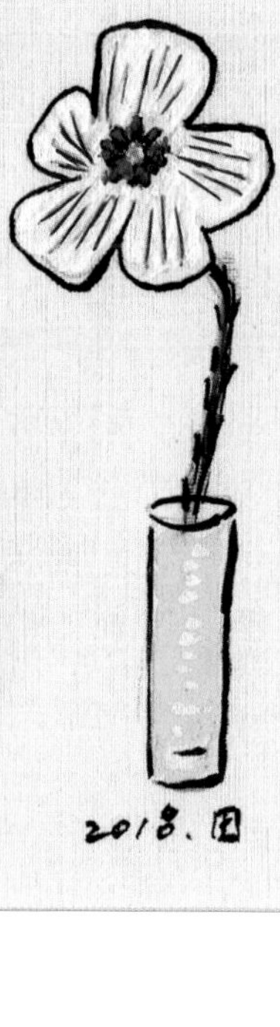

詩〈안개꽃 사이로〉
전 재 승

2018.

ㅈ

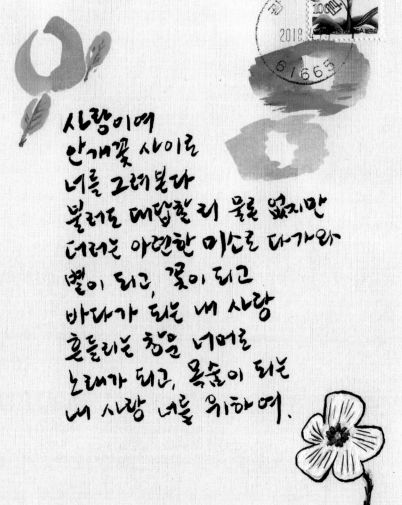

# 전중호 사진가·시인

**전중호** 사진가·시인 : 1953년 군산출생, 1983년 건국대학교 교육대학원 국어교육학과 졸업
작품집 "PEACE" 발간(2013), 개인전 2013년 PEACE를 찾아서 1 (서울, 갤러리 나우), 2015년 PEACE를 찾아서 2 (서울, 갤러리 나우)
초대전 2014년 비엔나 초대전 (오스트리아, 한인문화회관)
단체전 2013년 KIAF (서울, 코엑스), 2013 One Room One Photo 전 (서울, 갤러리 나우) 2014년 대한민국 국제포토 페스티벌 (서울, 예술의 전당) 2016년 내 삶의 속도는 몇 Km인가? (서울, 갤러리 나우)

# 정강자 화 가

**정강자**(鄭江子) 화가 (1942~2017) : 홍익대학교 미술대학 회화과 졸업(1967), 홍익대학교 미술교육과 대학원 졸업(1985), 개인전 29회(1970~2008), 해프닝 3회(1967~1969), 한국일보 '그림이 있는 기행문' 연재 30개국(1988~1992), 스포츠 조선-삽화 연재(1992~1995), 독일 함부르크 초대전(2008).
저서로는 불꽃 같은 환상세계 (소담출판사-1988), 꿈이여 환상이여 도전이여 (소담출판사-1990), 일에 미치면 세상이 아름답다 (형상출판사-1998), 화집(소담출판사-2007), 정강자 춤을 그리다(서문당-2010).

KOREA 1989 탈춤
80
Kangja

# 정복선 시인

**정복선** 시인 : 전북대학교와 성신여대 대학원 졸업.
1988년 <시대문학>으로 등단.
시집으로 <여유당 시편>, <마음 여행>, <종이비행기가 내게 날아든다면> 등 7권과 영한 시선집 <Sand Relief>.
한국시문학상, 빛나는 시상 수상.
현재 한국시인협회 회원, 국제PEN 한국본부 자문위원, 경기시협 회원, 불교문예작가회원, 현대향가 동인.

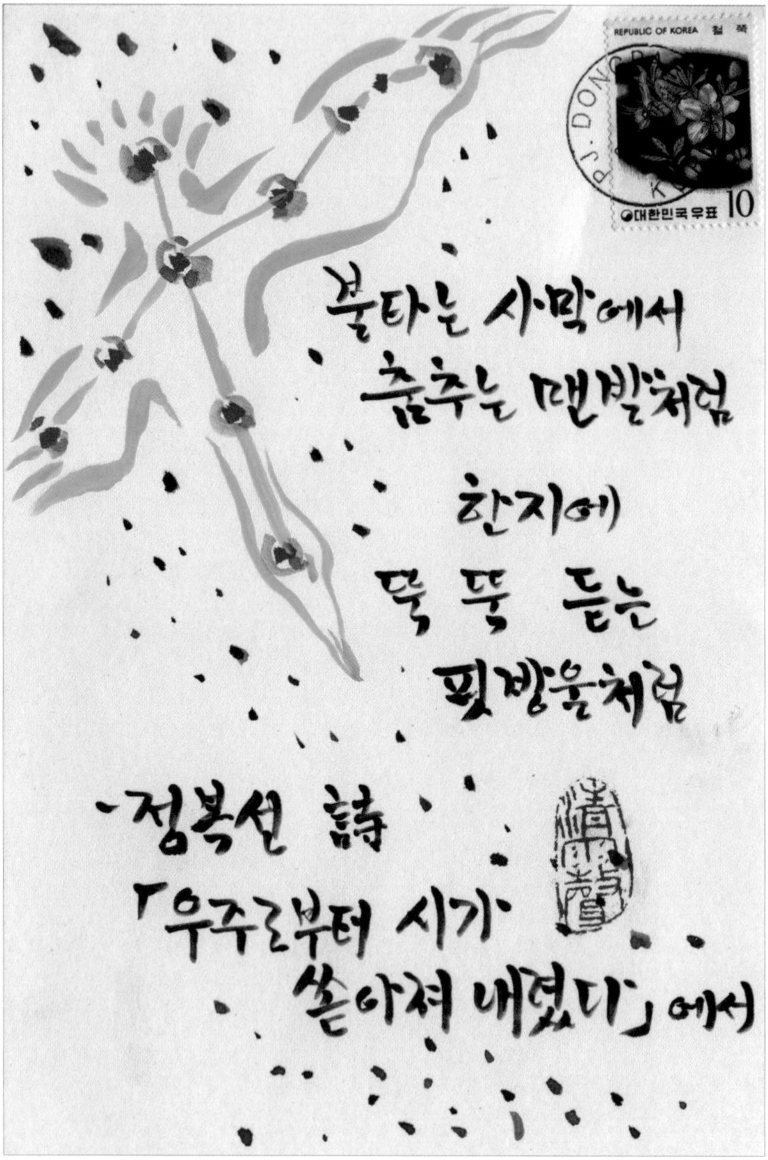

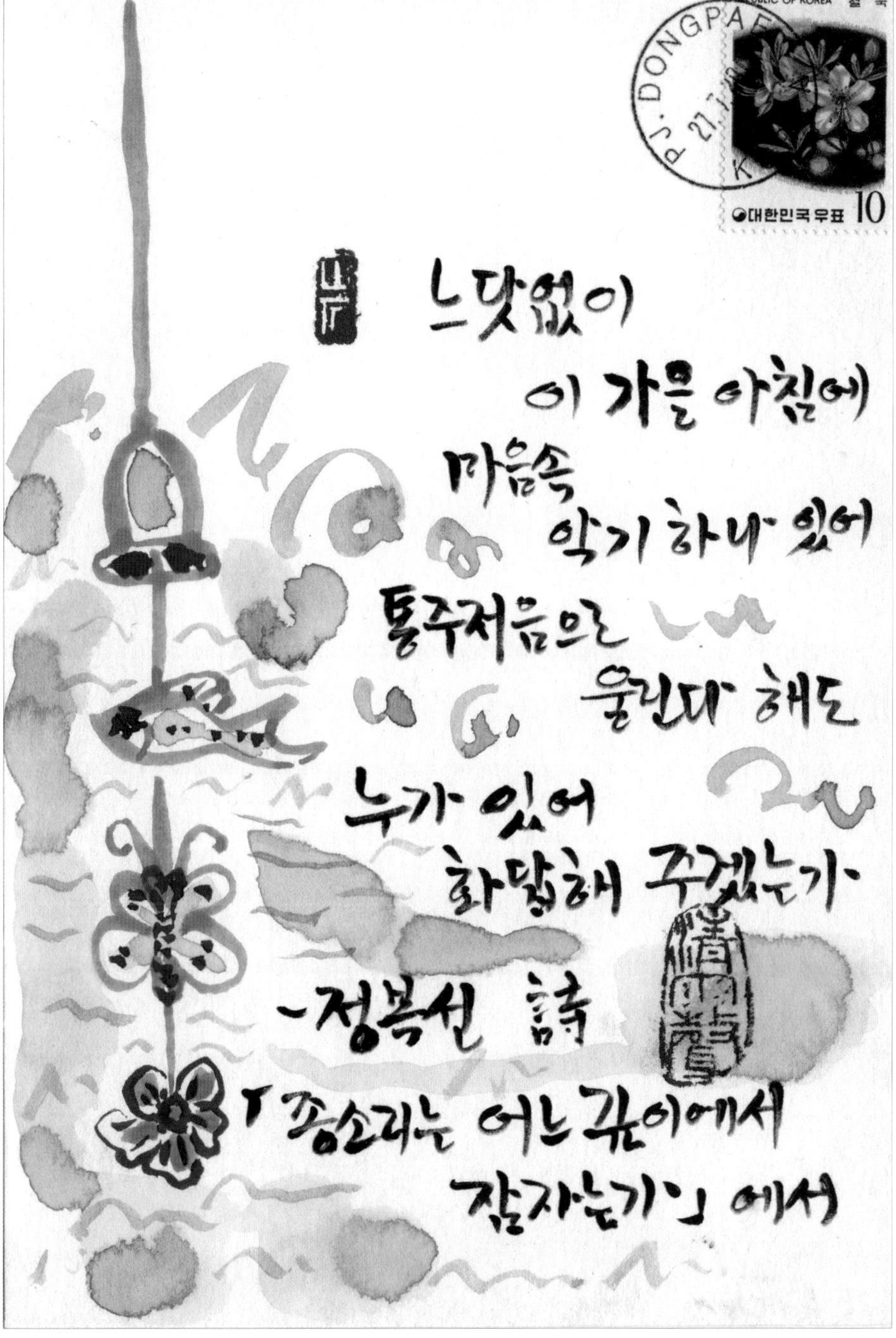
REPUBLIC OF KOREA 철쭉
대한민국 우표 10
느닷없이
이 가을 아침에
마음속
악기 하나 있어
통주저음으로
울린다 해도
누가 있어
화답해 주겠는가
-정복선 詩
「종소리는 어느 깊이에서
잠자는가」 에서

ㅈ

# 정영숙 시인

**정영숙**(鄭英淑) 시인 : 경북 대구 출생. 서울교육대학 졸업.
한국방송통신대학교 영어영문학과 졸업. 1993년 시집으로 등단.
시집으로 <볼레로, 장미 빛 문장>, <황금 서랍 읽는 법>, <옹딘느의 집>, <물속의 사원>, <하늘새>, <지상의 한 잎 사랑>, <숲은 그대를 부르리>, 등.
2012년 제4회 목포문학상 수상, 2015년 시인들이 뽑는 시인상 수상, 2017년 경북일보 문학대전 수상. 시터 동인.

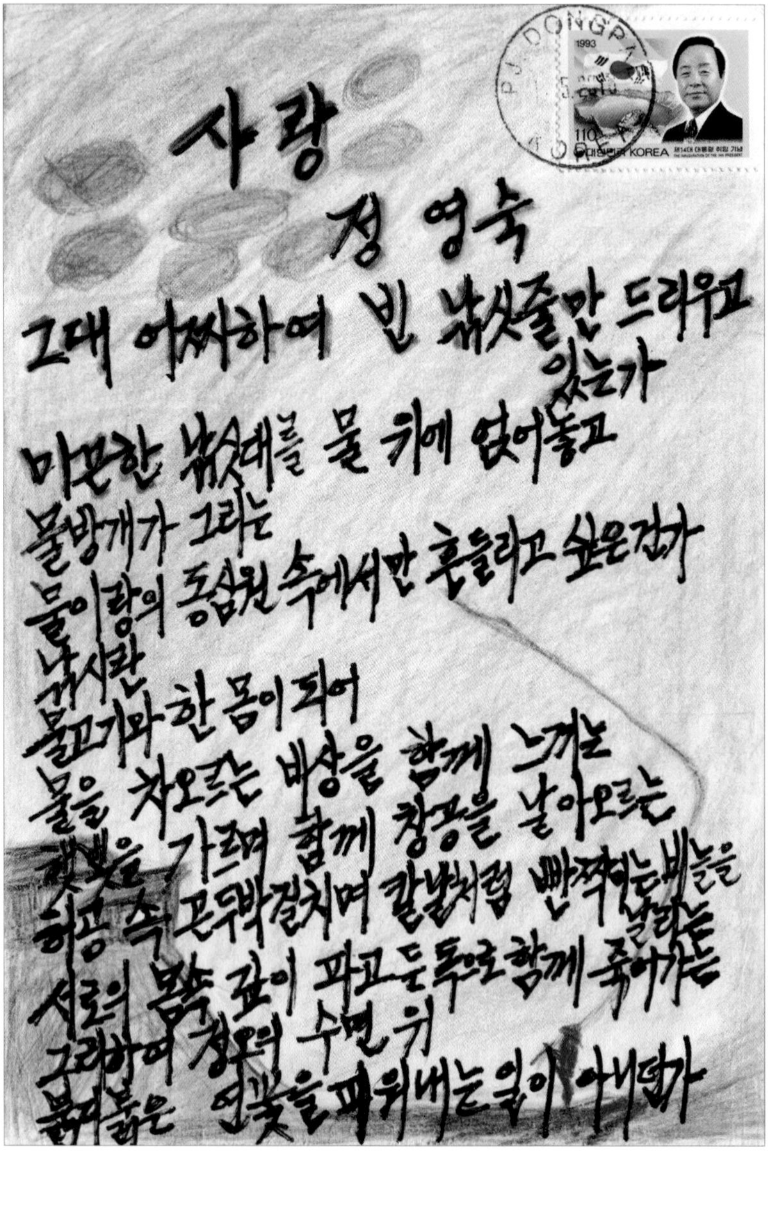

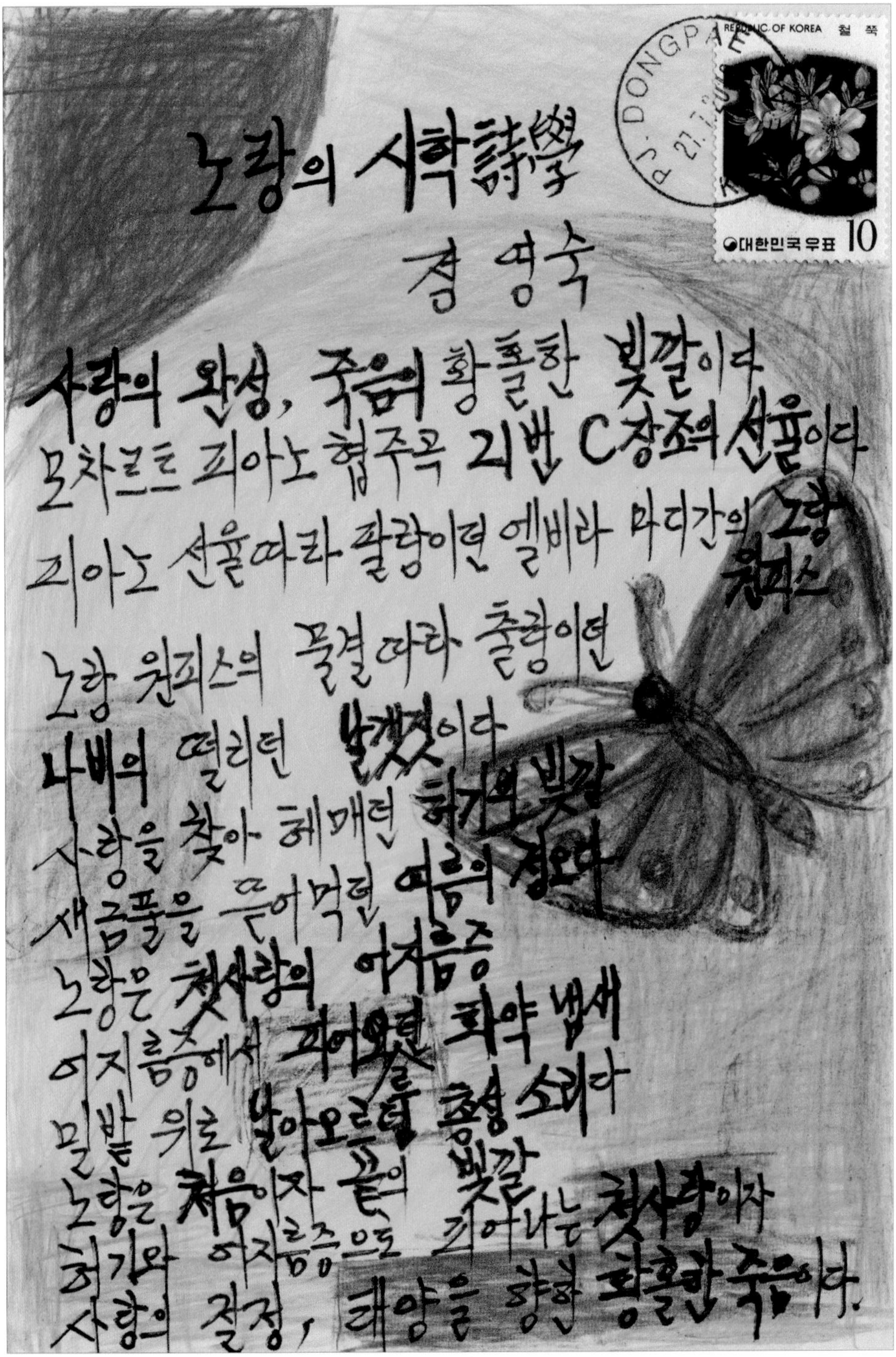

노랑의 시학詩學
정영숙
사랑의 완성, 죽음의 황홀한 빛깔이다
모차르트 피아노 협주곡 21번 C장조의 선율이다
피아노 선율따라 팔랑이던 엘비라 마디간의 노랑 원피스
노랑 원피스의 물결따라 출렁이던
나비의 떨리던 날갯짓이다
사랑을 찾아 헤매던 허기의 빛깔
새금풀을 뜯어먹던 여름의 정오다
노랑은 첫사랑의 어지름증
어지름증에서 피어오던 화약 냄새
밀밭 위로 날아오르던 총성 소리다
노랑은 처음이자 끝의 빛깔
허기와 어지름증으로 피어나는 첫사랑이자
사랑의 절정, 태양을 향한 황홀한 죽음이다.
REPUBLIC OF KOREA 철쭉
대한민국 우표 10
PJ. DONGPAE


ㅈ

# 정옥희 시인

정옥희 시인 : 1953년 전남 구례에서 출생. 1975년 목포 교대를 졸업하고 40여년 교직 생활을 하였으며. 2011년 <문학사랑>에서 신인 작품상을 받고 시인으로 등단한 후 폭넓은 작품 활동을 하고 있다.

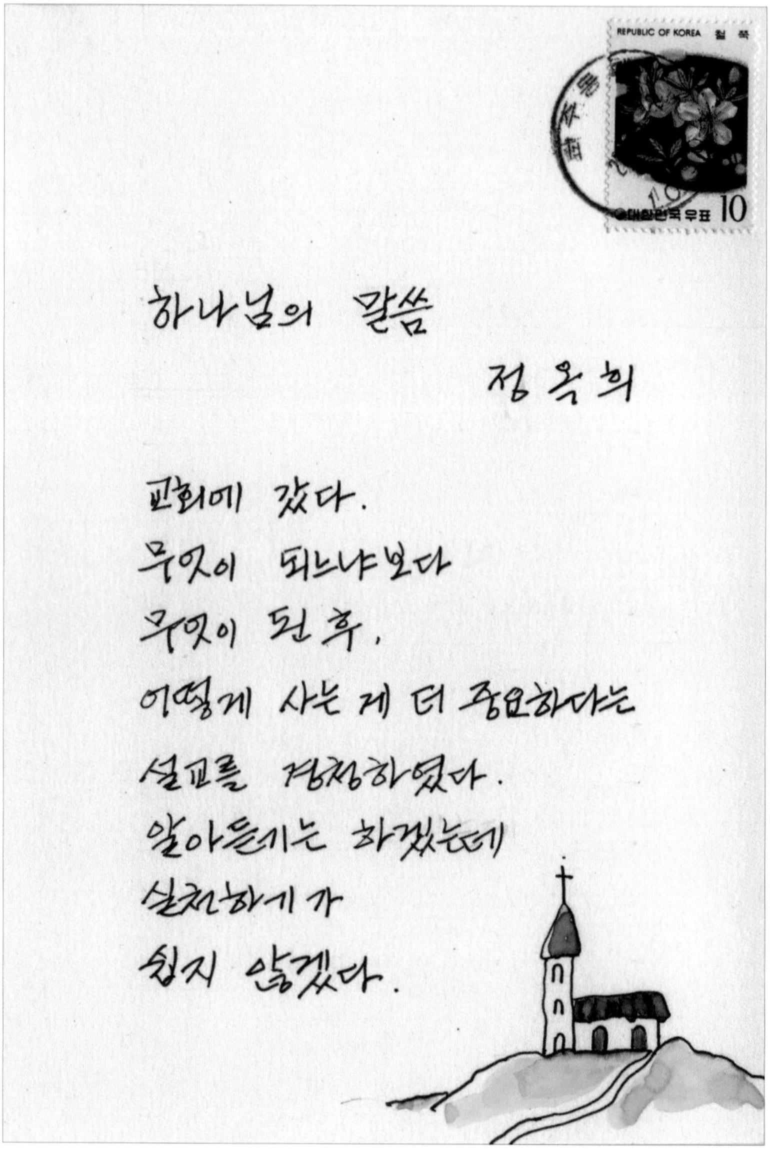

하나님의 말씀

정옥희

교회에 갔다.
무엇이 되느냐 보다
무엇이 된 후,
어떻게 사는 게 더 중요하다는
설교를 경청하였다.
알아듣기는 하겠는데
실천하기가
쉽지 않겠다.

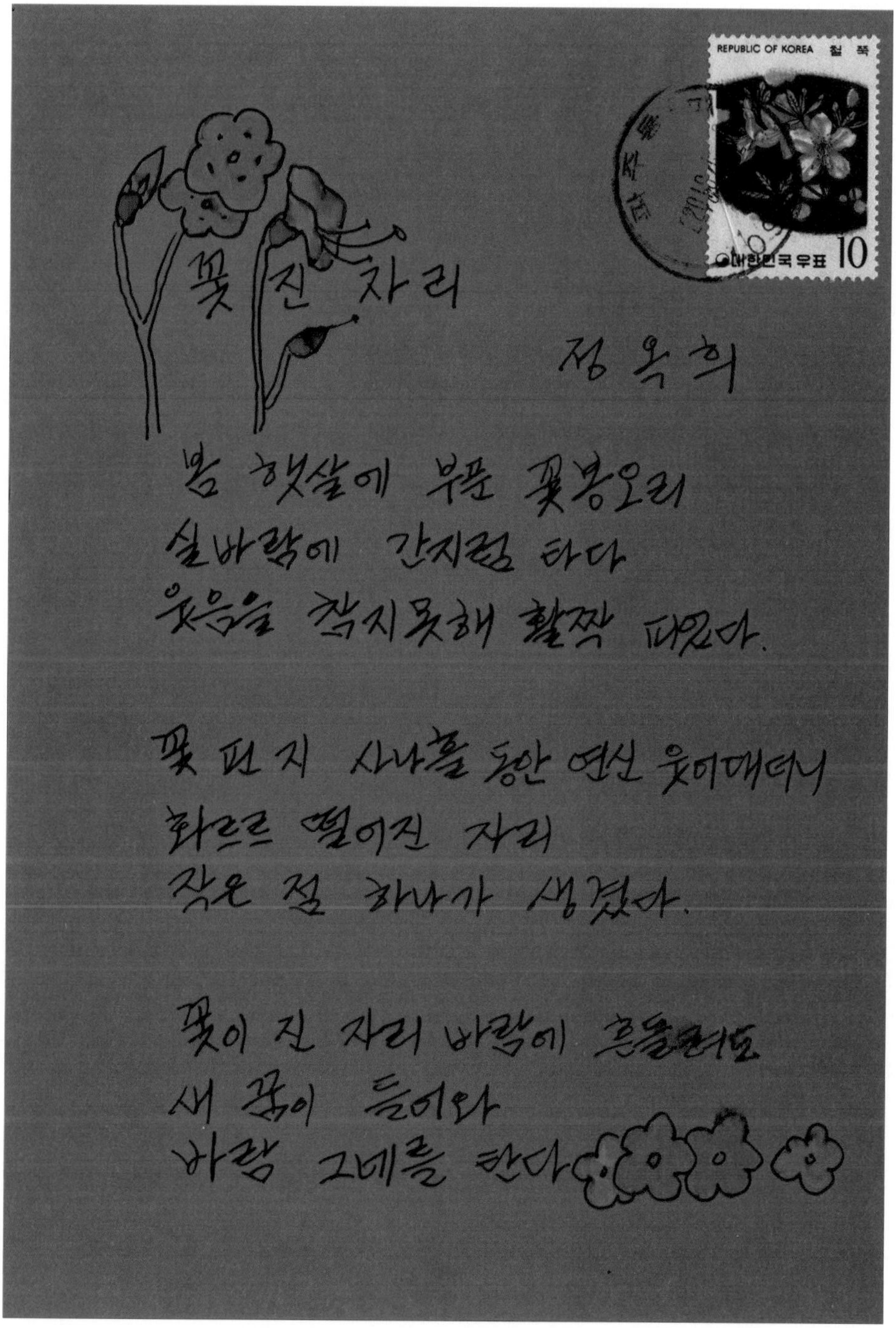


꽃 진 자리

정옥희

봄 햇살에 부푼 꽃봉오리
실바람에 간지럼 타다
웃음을 참지못해 활짝 피었다.

꽃 핀 지 사나흘 동안 연신 웃어대더니
화르르 떨어진 자리
작은 점 하나가 생겼다.

꽃이 진 자리 바람에 흔들려도
새 꽃이 들어와
바람 그네를 탄다.

# 정은숙 화 가

**정은숙** 화가 : 호는 소운. 홍익대학교 미술대학을 졸업, 두 번의 개인전과 다수의 그룹전에 참여하고 있다.
프랑스 국립살롱전, 몽테송아트살롱전, 아트샵핑 등에 참여하였고, 아세아 호텔아트페어에도 참여하였다. 대한민국미술대전, 경기도미술대전, 남농미술대전, 대한민국기독미술대전 등에서 수상한 바있다.
현재 동양수묵연구원 회원과 Pine Art Club Member로 활동 중이다.

ㅈ

# 정재규 화 가

**정재규** 화가 목사 : 경기도 대부도 태생.
한국미술협회 회원.
세계스포츠 선교회 대표이사.
웨스트 민스터 신학대학원 목회대학원장.
문인선교회 회장.

1980·KOREA
30

# 정준용 화가

**정준용**(鄭駿鎔) 화가: (1930~2002) 대구 출생. 중학교시절 국전에 입선한 이후 그림을 그리기 시작함. 대건중고등학교에서 미술을 지도하다가 1962년부터는 한국일보사에서 삽화를 전담하였다.

예전엔 미처 몰랐어요

봄가을 없이 밤마다 돋는 달도
'예전엔 미처 몰랐어요'

이렇게 사무치게 그리운 줄도
'예전엔 미처 몰랐어요'

달이 암만 밝아도 쳐다 볼 줄을
'예전엔 미처 몰랐어요'

이제금 저 달이 설움인 줄은
'예전에 미처 몰랐어요'

김소월의 시 "예전엔 미처 몰라서요"

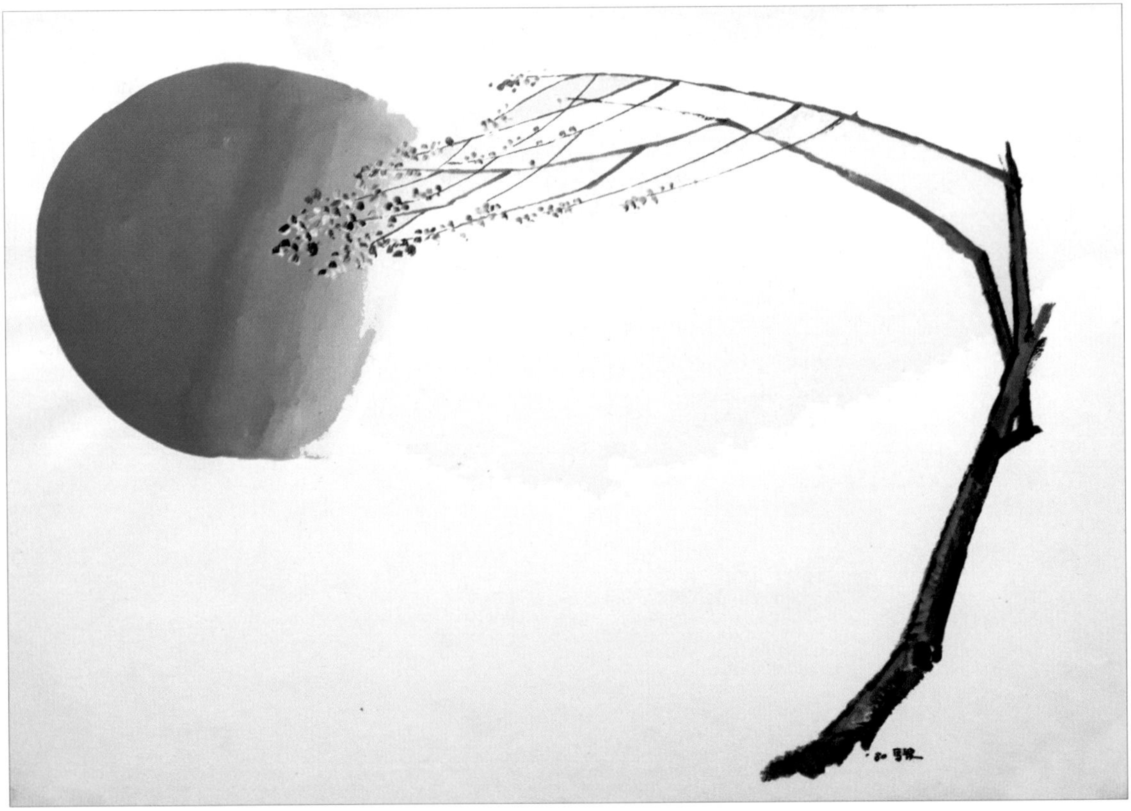

김소월의 시 "진달래"

진달래꽃

나 보기가 역겨워
가실 때에는
말없이 고이 보내 들이우리다

영변에 약산
진달래꽃
아름 따다 가실 길에 뿌리우리다

가시는 걸음걸음
놓인 그 꽃을
사뿐히 즈려 밟고 가시옵소서

나 보기가 역겨워
가실 때에는
죽어도 아니 눈물 흘리우리다

# 제니퍼 리 화 가

**제니퍼 리** 화가 : 재미화가로 미국과 한국 그리고 프랑스에서 작품 활동을 하고 있는 작가이다. 그의 작품 세계는 동양의 이미지를 서양적 표현양식으로 해석해 내고 있는 독창성을 보여준다. 한국의 도자기와 한복 금속공예 등에서 찾을 수 있는 한국의 고유 이미지를 현대화 하는 작업으로 주목받고 있는 작가이다.

신사임당미술대전, 제22회 통일미술대전, 대한민국여성미술대전 등의 공모전에서 수상하였고, 프랑스의 가장 큰 미술행사로 알려진 루브르 박물관의 아트샵핑에서 개인전을 가진바 있다,

현재 샌프란시스코 실리콘벨리의 Manufacturing Company Surface Art Engineering의 CEO로 성공한 재미 사업가이면서 한국의 동양수묵연구원 회원으로 왕성한 작가활동을 하고 있다.

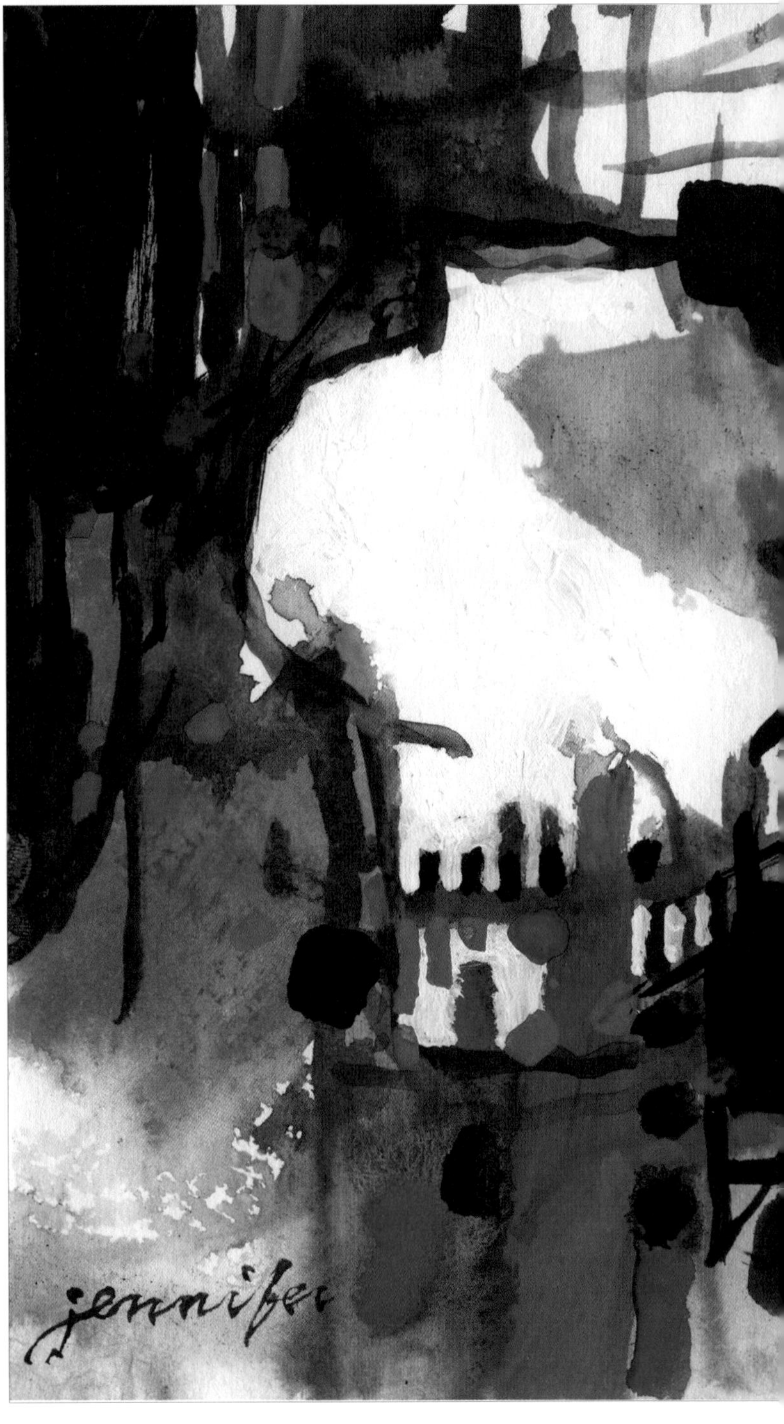

ㅈ

# 조수호 서예가

**조수호**(趙守鎬 1924~2016) 서예가 : 호는 동강(東江) 경북 선산 출생으로 대구 사범을 거쳐 서울대학교 미술대학에서 서양화를 전공했지만 졸업 후, 서예로 전향, 국전에서 서예부문 제1호 초대작가상을 받고, 국전초대작가와 국전심사위원장, 운영위원장, 서울교육대학 미술교수직을 역임했다. 한국서예의 세계화에 앞장 서 국제학술대회를 개최하는 등, 한국서예의 위상을 높였다.
은광문화 훈장을 받고 대한민국예술원 회원을 지냈다.(김지향 시인의 <겨울나무>는 1975년 작)

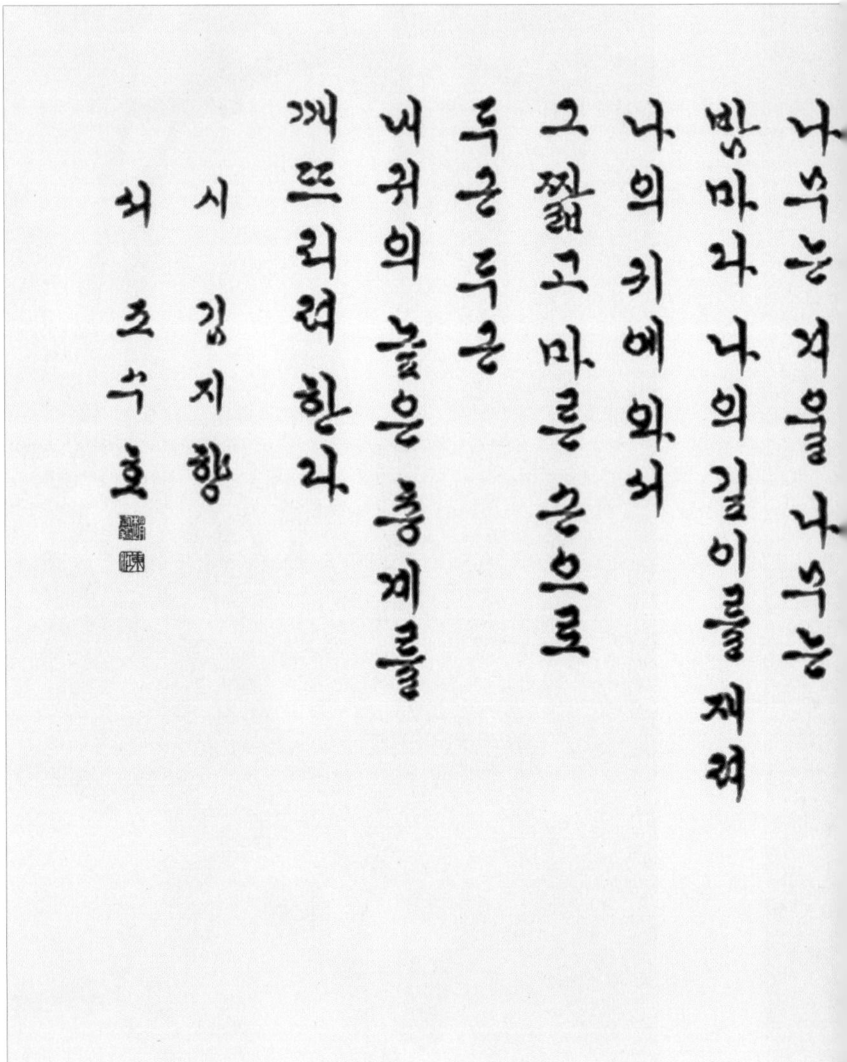
나무는 겨울나무는
밤마다 나의 길이를 재려
나의 키에 와서
그 짧고 마른 손으로
두손 두손
내 귀의 높은 층계를
깨뜨리려 한다
시 김지향
서 조수호

# 겨울 나무

나무가 연륜을헤리고
내 귀에 와서
두근 두근 귀를 두드린다
연륜에 내가 나와 싶어지고
달빛 한 꼬챙이가
내 발부리에 꽂힌다
내 발이 새파랗다
나무는 겨울 나무는
천개의 손으로도
내 발의 무르릎을 닦지 못하고
그의 만개의 눈으로도
내 무릎의 깊이를 보지 못한다

# 조현석 시 인

조현석 시인 : 1988년 경향신문 신춘문예에서 시 '에드바르트 뭉크의 꿈꾸는 겨울스케치' 로 등단.
시집으로 <에드바르트 뭉크의 꿈꾸는 겨울스케치>, <불법, -체류자>, <울다, 염소> 등.
현재 도서출판 북인 대표.

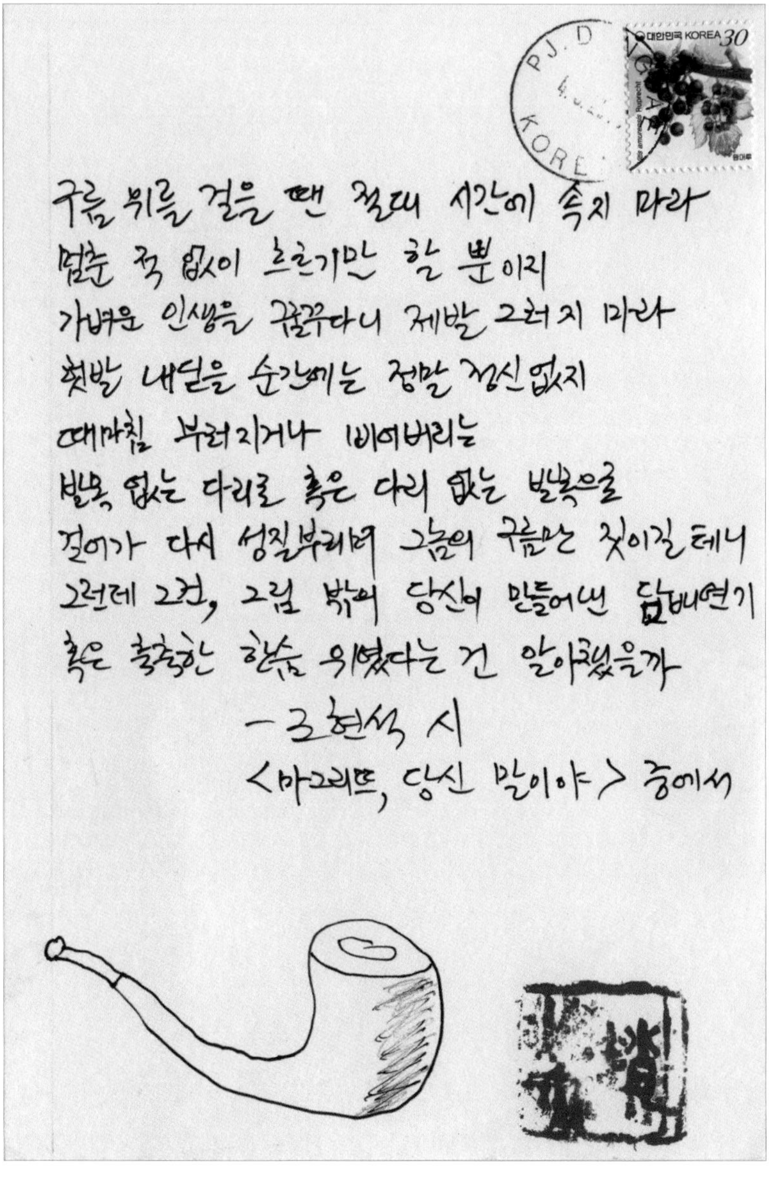

구름 위를 걸을 땐 절대 시간에 속지 마라
멈춘 적 없이 흐르기만 할 뿐이리
가벼운 인생을 꿈꾸다니 제발 그러지 마라
첫발 내딛을 순간에는 정말 정신 없지
때마침 부러지거나 베어버리는
발목 없는 다리로 혹은 다리 없는 발목으로
걸어가 다시 성질부리며 그놈의 구름만 짓이길 테니
그런데 그건, 그림 밖의 당신이 만들어낸 담배연기
혹은 축축한 한숨 위였다는 건 알아챘을까
—조현석 시
<마그리뜨, 당신 말이야> 중에서

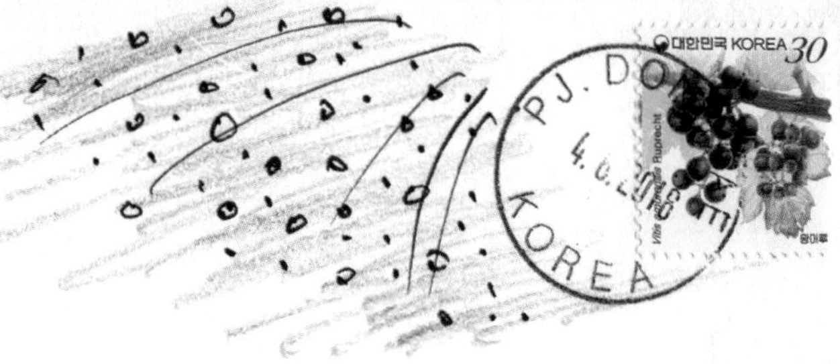

2.

달빛 없는 밤

서럽게 운다, 절반의 어둠이 가려운
문틈에 끼인 붉은 혀와 초저녁부터 바
람에 술렁이던 마음을, 문 밖 세상으로 돌
아간 화가의 뒷모습을 생각하면
애당초 말을 하고 싶었다
짧은 혀 끝으로 더듬거리는
말을 하고 싶었다
겨울은 언제 시작하였는지, 눈을 감아
잠의 바닥에 깔린 들판을 가로질러

밤새의 폭설이 덮이고, 이미 낮은 세상
은 더 낮아지고, 길눈의 거리에서 오도가도
못하며 몇 겹의 죄를 이고 지금 나는 섰는가

―조현석 시,
<에드바르트 뭉크의 꿈꾸는 겨울 스케치>
중에서

ㅈ

# 조화익 화 가

**조화익** 화가 : 2016년 수연회전, 2017년 한국수채화 페스티벌, 한국수채화 아카데미 전 등에 출품. 2017년 독도 문예대전 입선. 수연회 회원.

2018 CHO HWAiK

# 지성찬 시 인

**지성찬**(池聖讚) 시인; 1942년 충북 중원 출생, 안성에서 성장 호는 설정(雪庭). 연세대 상경대학 졸업. 1959년 전국백일장과 1980년 '시조문학' 추천으로 등단. 2009년 KEPA 미술공모전 특선. 시집으로 '서울의 강' 외 6권이 있으며 노랫말 200여 편 작사, '스토리문학' 주간, 동아문화 센터 현대시 창작 강의.

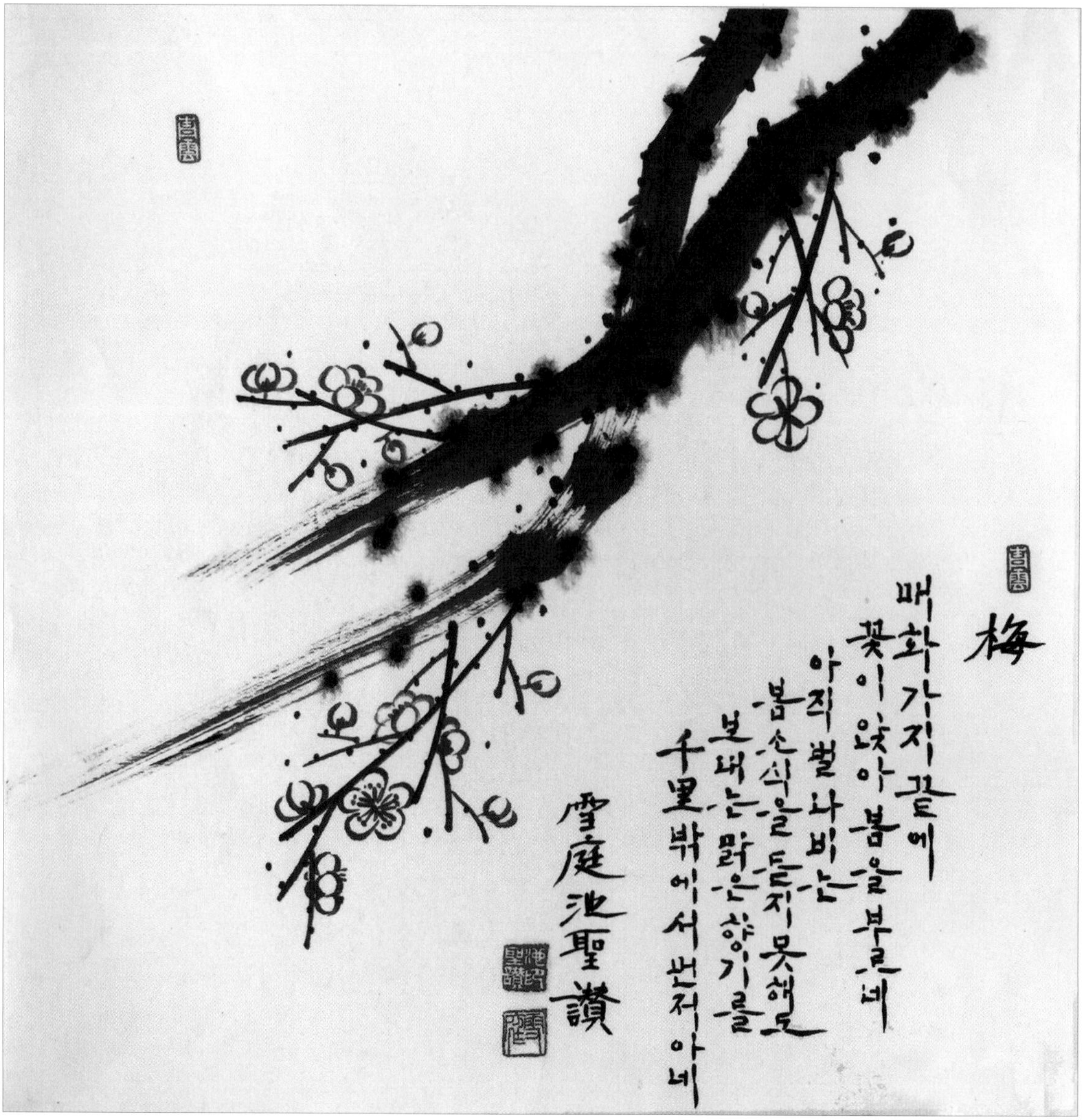

# 진동규 시 인

**진동규** 시인: 1945년 출생. 전북대학교국문학과 졸업. 1978년 '시와 의식'으로 등단, 한국문인협회 부이사장 역임. 표현문학상, 영랑문학상을 수상했으며 시집으로는 '꿈에 쫓기며', '민들레야 민들레야', '아무렇지도 않게 맑은 날' 등 다수.

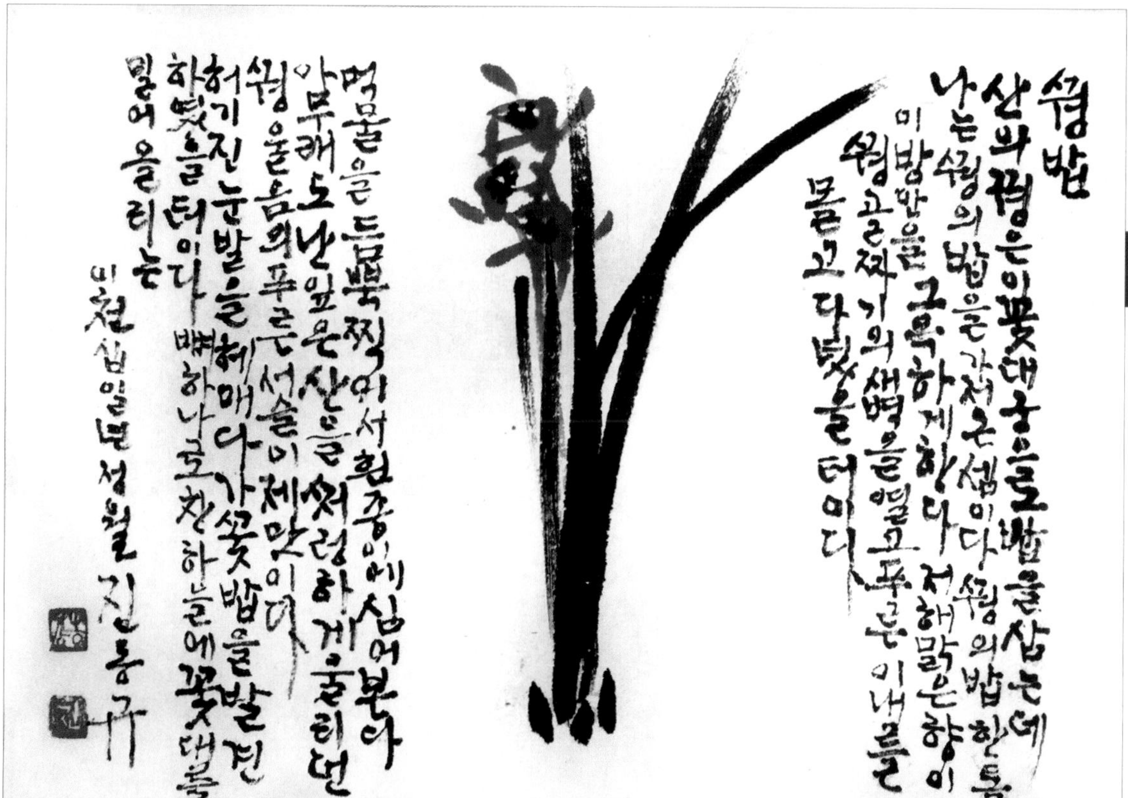

# 진 란 시인

**진란**(陳蘭) 시인 : 1959년 전북 전주 출생.
2001년 계간<詩 하늘> 작품 활동으로 등단. 2002년 계간 <주변인과 詩> 동인으로 작품 활동, 편집위원 편집장 역임. 한국여성문학인회 25대 사무차장 역임. 국제 PEN 클럽 한국본부 여성작가위원회 위원. 한국문인협회 모국어 가꾸기 위원회 위원.
시집으로 <혼자 노는 숲> 등.

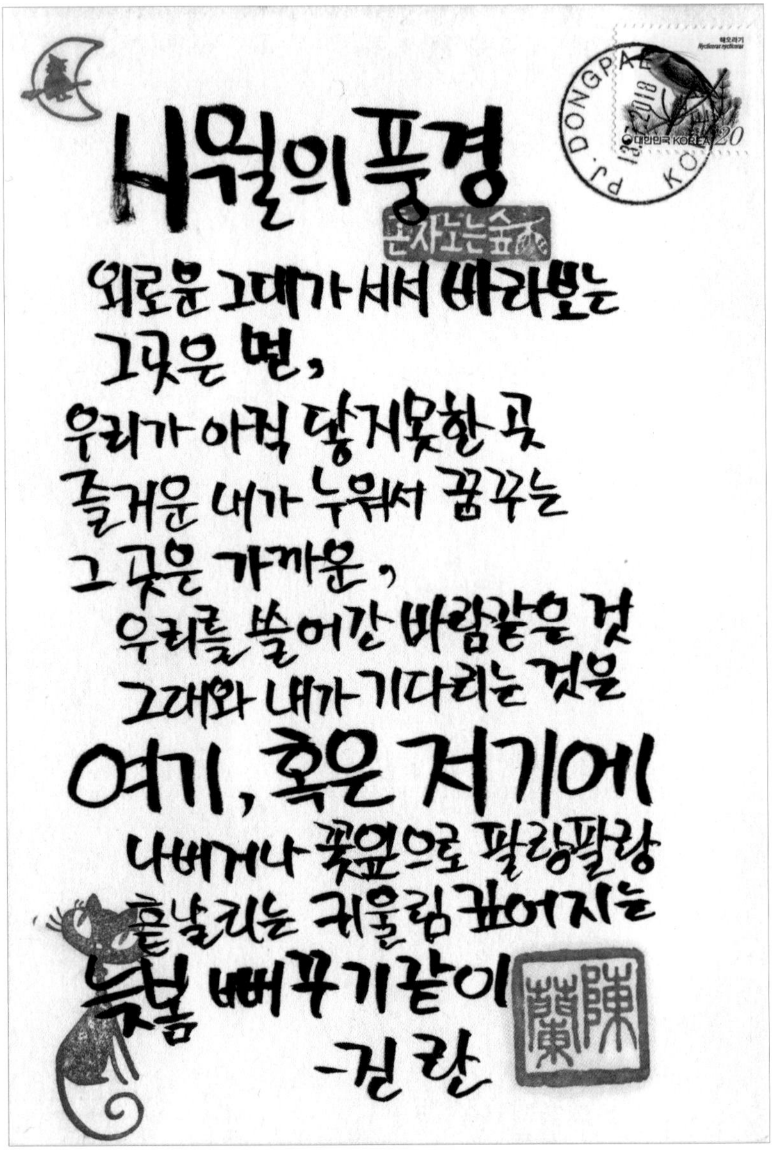
4월의 풍경
혼자노는숲
외로운 그대가 서서 바라보는
그곳은 먼,
우리가 아직 닿지못한 곳
즐거운 내가 누워서 꿈꾸는
그 곳은 가까운,
우리를 쓸어간 바람같은 것
그대와 내가 기다리는 것은
여기, 혹은 저기에
나비거나 꽃잎으로 팔랑팔랑
흩날리는 귀울림 꾀어지는
늦봄 뻐꾸기같이
-진란
陳蘭

혼자노는숲

쨍쨍한 하늘에 이름을 쓴 거
벌거벗은 나무에 소망을 옮긴 거
뒹구는 나뭇잎에 사랑을 가꾼 거
쓸쓸한 가지에 머리를 기대었던 거
그리고 잡히지 않는 시간 속
샘물 하나 키운 거
그리고, 그리고
그 속에 오롯이 눈뜬 거

진란 「오류」 진란

ㅈ

# 차갑부 시 인

**차갑부** 시인 : 고려대학교 대학원에서 교육학박사 학위취득, 명지전문대학 청소년교육복지과 교수로 재직.
한국교육연수원의 유, 초, 중고교 교사를 위한 온라인연수 과정 강사 역임, 교수법 특강 및 컨설턴트로 활동. 대한민국학술원 우수학술도서인 <텔리아고지(2010)>와 <평생학습자본의 인문학적 통찰>을 비롯한 다수의 저서와, 시집으로 <깻잎에 싼 고향(2014)>과 문학의식 동인시집 <비바람 속에서 나를 찾다(2016)> 등.

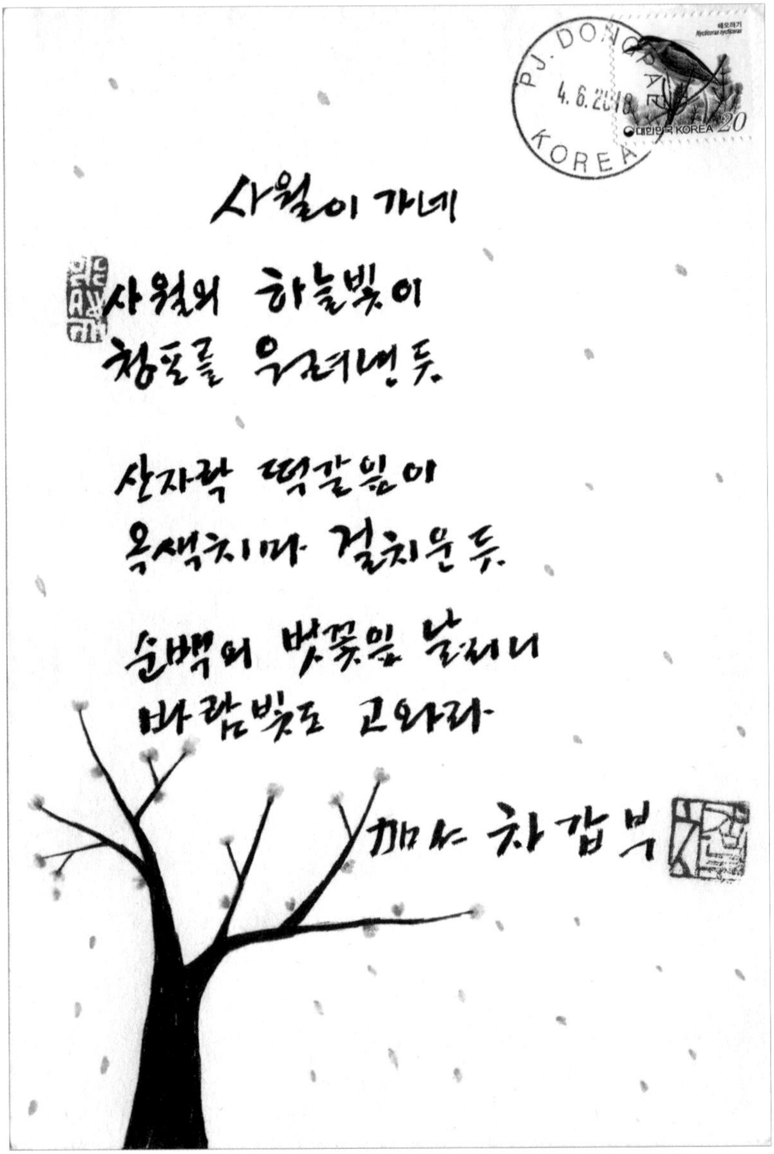

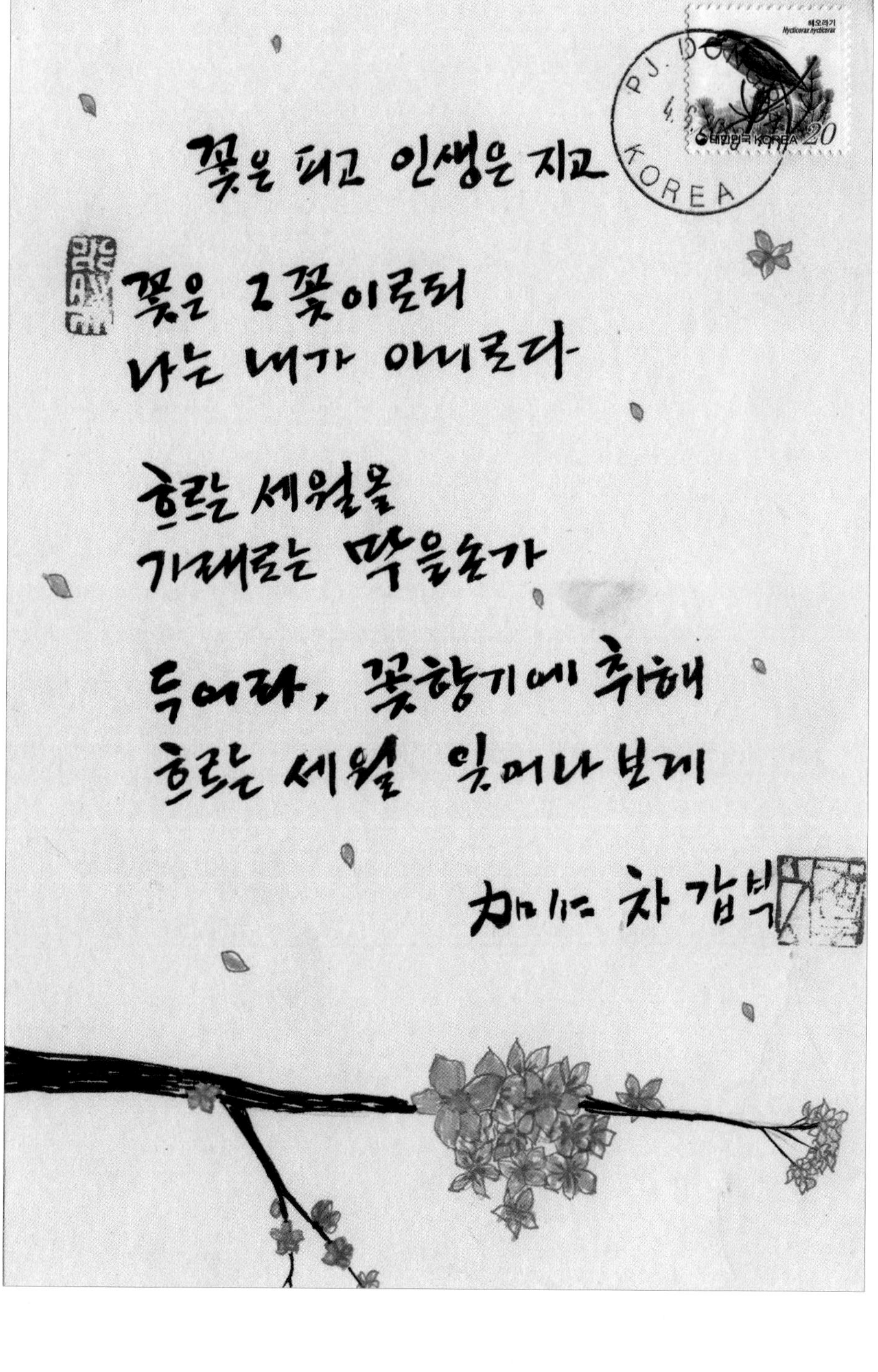

꽃은 피고 인생은 지고

꽃은 그 꽃이로되
나는 내가 아니로다

흐르는 세월을
가래로는 막을손가

두어라, 꽃향기에 취해
흐르는 세월 잊어나 보게

加川 차갑부

ㅊ

# 채인숙 시 인

**채인숙**(蔡仁淑) 시인 : 경북 상주 출생. 2,000년 교단문학 시부문 등단. 국제PEN한국본부이사, 한국문협 낭송문화진흥위원회 사무국장, 계간문예 작가회 이사, 문학의 집 서울 회원, 강서청 소년푸른들도서관 낭송 지도교사, 시집 <숨어있는 웃음>(2009). 수상 제29회 한국예총 예술문학대상(2015)

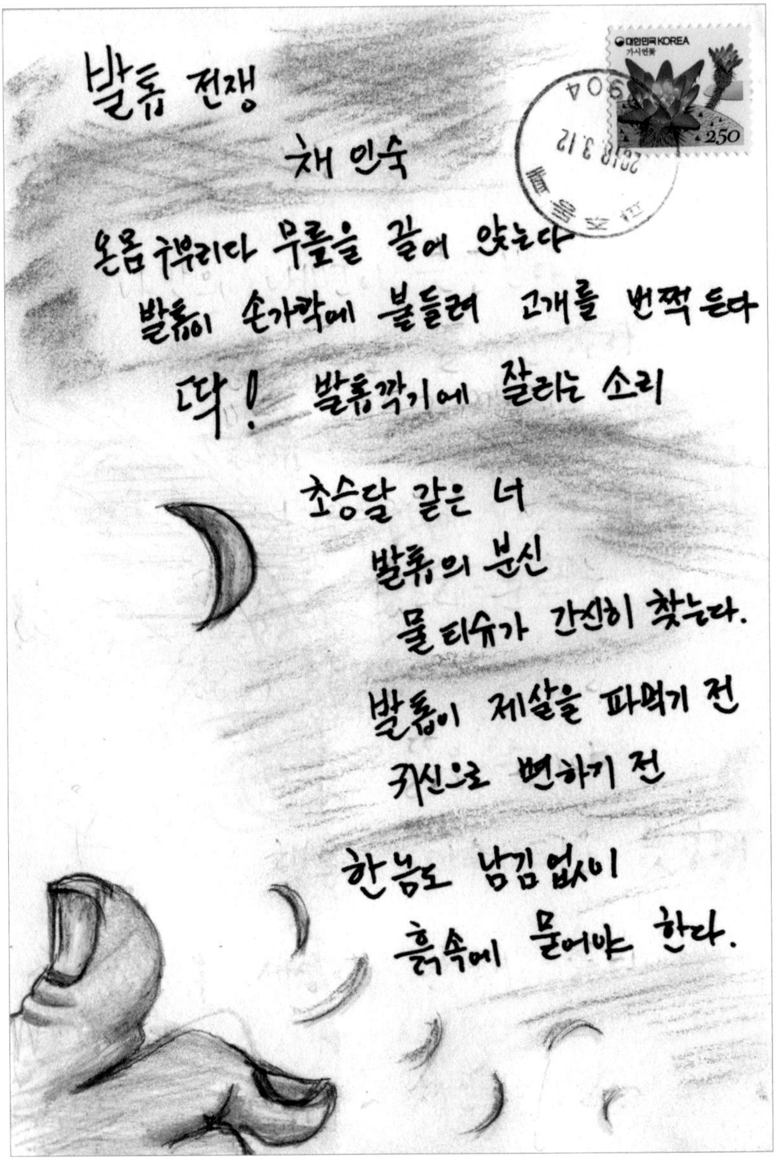
대한민국 KOREA
250
발톱 전쟁
채 인숙
온몸 구부리다 무릎을 끌어 앉는다
발톱이 손가락에 붙들려 고개를 번쩍 든다
딱! 발톱깍기에 잘리는 소리
초승달 같은 너
발톱의 분신
물티슈가 간신히 찾는다.
발톱이 제살을 파먹기 전
귀신으로 변하기 전
한놈도 남김없이
흙속에 묻어야 한다.

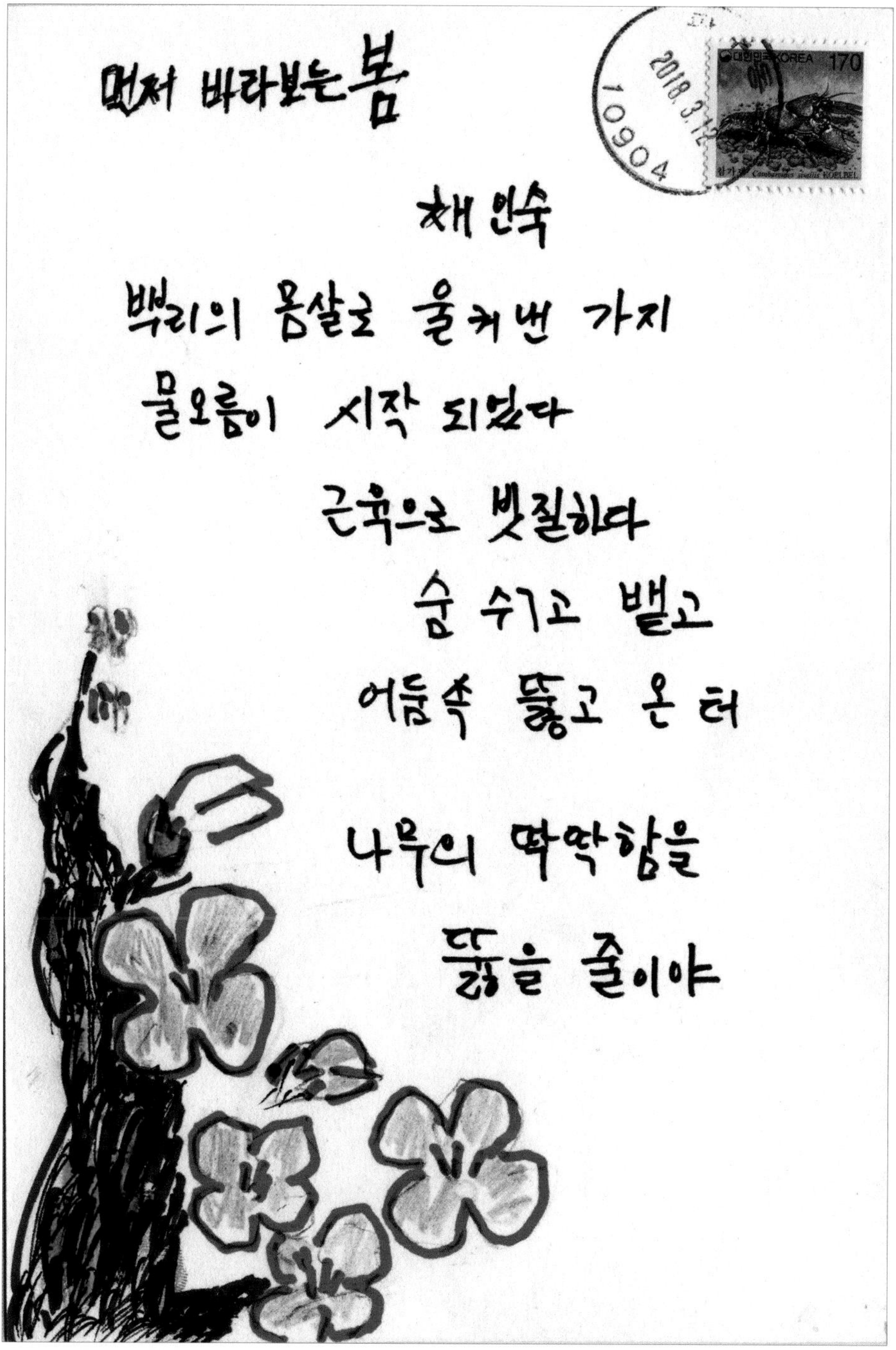

먼저 바라보는 봄

채인숙

뿌리의 몸살로 울커낸 가지
물오름이 시작 되었다
근육으로 빗질하다
숨 쉬고 뱉고
어둠속 뚫고 온 터
나무의 딱딱함을
뚫을 줄이야

ㅊ

# 채희문 시 인

**채희문** 시인 : 한국외국어대학 독어과에 다님, <월간문학> 신인상으로 등단. 저서 및 역서로 <세계명작 영화100> <문 밖에서> <쉬쉬푸쉬> <가로등과 밤과 별> <밤에 쓰는 편지> <추억 만나기> <소슬비> <부부금혼 시화집> <시집 잘못 간 시집>등 60 여권.
한국일보사 주간 월간 일간 스포츠 편집부장.
한국문인협회 회원.

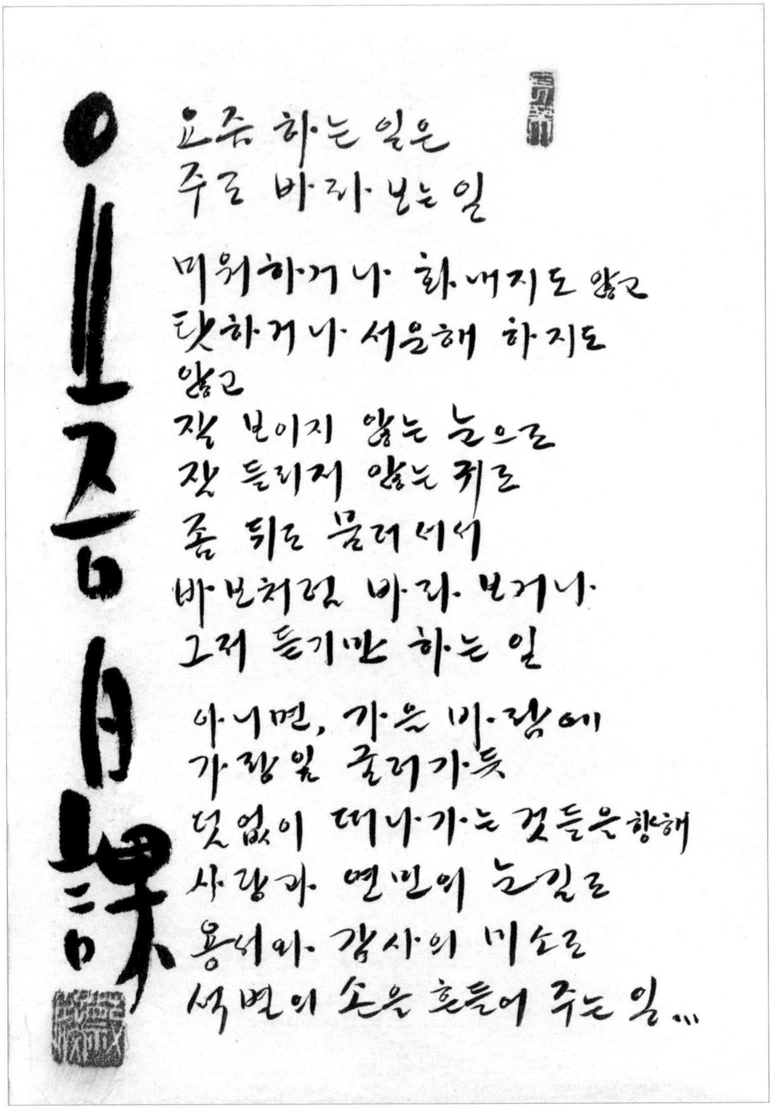

요즘 하는 일은
주로 바라보는 일
미워하거나 화내지도 않고
탓하거나 서운해 하지도
않고
잘 보이지 않는 눈으로
잘 들리지 않는 귀로
좀 뒤로 물러서서
바보처럼 바라 보거나
그저 듣기만 하는 일
아니면, 가을 바람에
가랑잎 굴러가듯
덧없이 떠나가는 것들을 향해
사랑과 연민의 눈길로
용서와 감사의 미소로
석별의 손을 흔들어 주는 일...

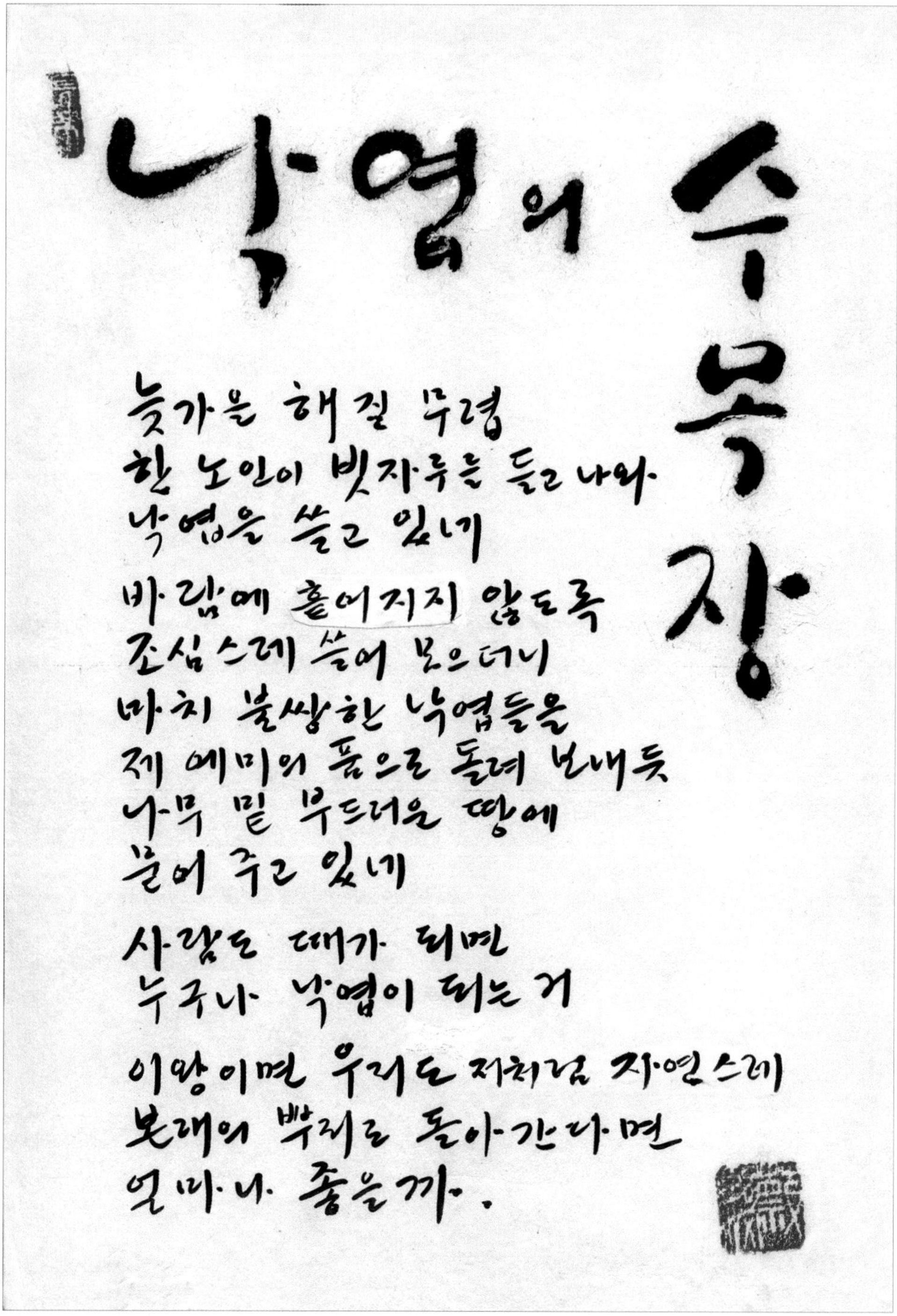
낙엽의 수목장
늦가을 해질 무렵
한 노인이 빗자루를 들고 나와
낙엽을 쓸고 있네
바람에 흩어지지 않도록
조심스레 쓸어 모으더니
마치 불쌍한 낙엽들을
제 에미의 품으로 돌려 보내듯
나무 밑 부드러운 땅에
묻어 주고 있네
사람도 때가 되면
누구나 낙엽이 되는 거
이왕이면 우리도 저처럼 자연스레
본래의 뿌리로 돌아간다면
얼마나 좋을까.

# 천융자 화 가

천융자(千隆子) 화가 : 1968.2. 홍익대학교 미술대학 공예과 졸업. "심미회전" 및 테라코타 "흙손전" 1~6회(경인미술관). "한되크로키" 회원전 및 부스전 1~5회(아람누리 누리갤러리), 고양미협회원전 4회, 일산서구경찰서 개관전, "Mulban in Soul 회원전" 2회(갤러리 '한' 피랑)
현: 일산 노인종합복지관 미술관 강사

ㅊ

# 최금녀 시인

**최금녀**(崔今女) 시인 : 시집으로 <큐피드의 독화살>, <저 분홍빛 손들>, <내 몸에 집을 짓는다>, <들꽃은 홀로피어라>, <가본 적 없는 길에서>, 시선집으로 <최금녀의 시와 시세계>, 일역시집 <그 섬을 가슴에 묻고>, 영역시집 < 분홍빛 손들>
한국현대시인협회 현대시인상, 한국문학비평가협회 작가상, 충청문학상 수상
국제펜클럽 이사. 현대시인협회 이사, 여성문학인회 이사, 서울신문 대한일보 기자. 현재 제25대 한국여성문학인회 이사장.

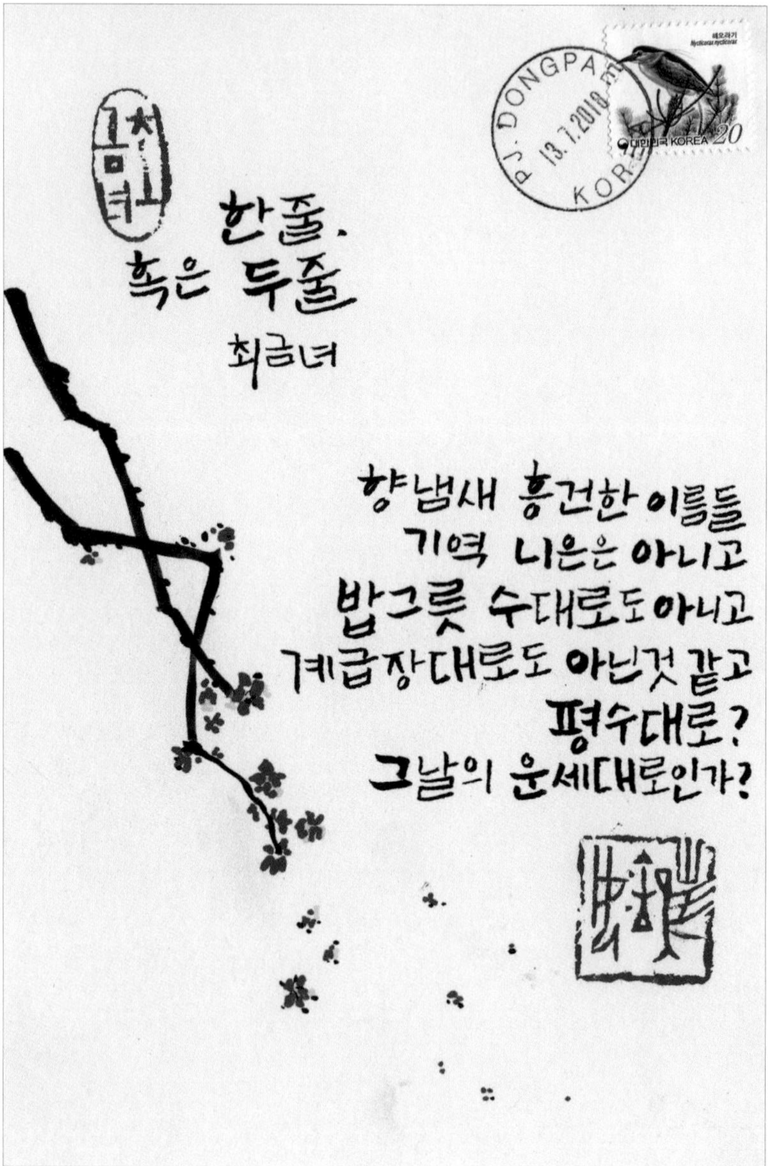

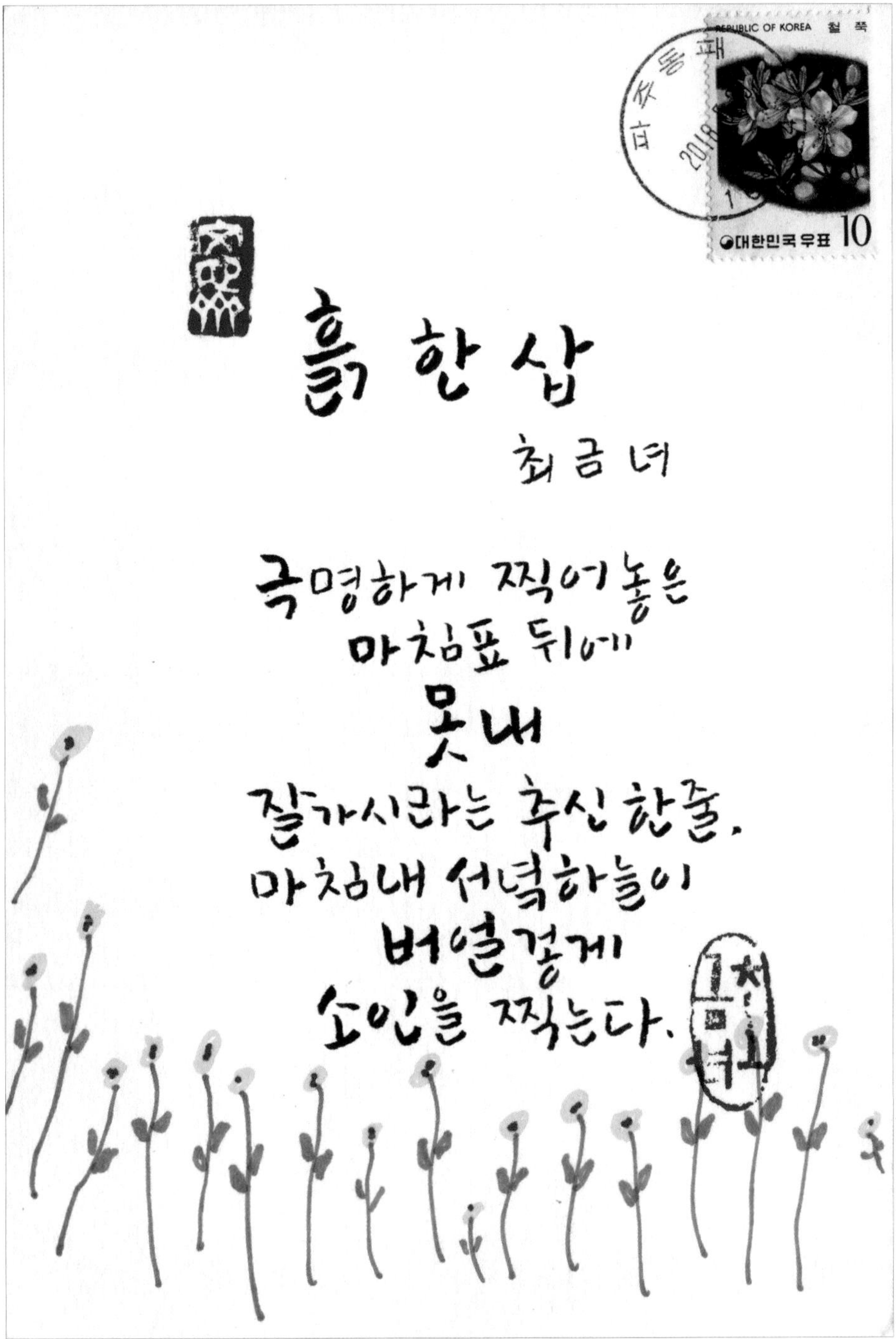

# 흙 한 삽

최금녀

극명하게 찍어놓은
마침표 뒤에
못내
잘가시라는 추신 한줄,
마침내 서녘하늘이
벌겋게
소인을 찍는다.

ㅊ

# 최도선 시인

**최도선** 시인 : 1987년 <동아일보> 신춘문예 시조 당선. 1993년 <현대시학> 소시집 발표 후 자유시 활동. 시집으로 <서른아홉 나연 씨> 외, 비평집 <숨김과 관능의 미학> 등.

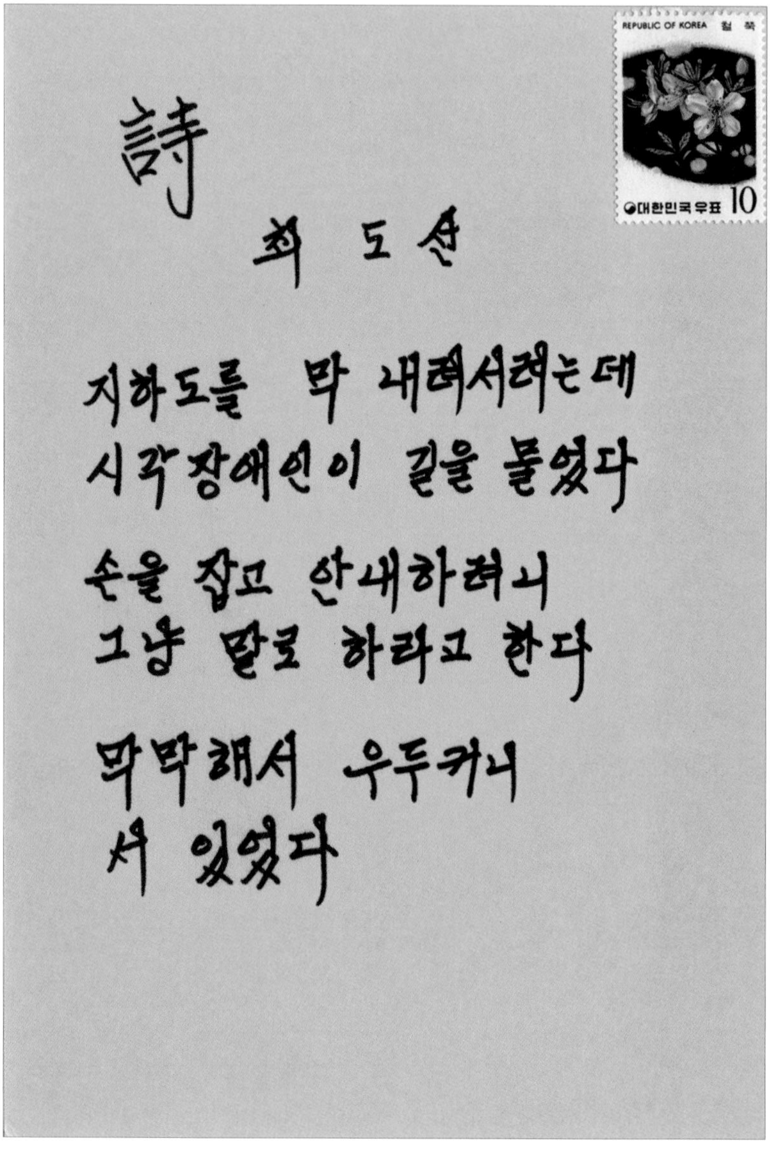


詩

최 도 선

지하도를 막 내려서려는데
시각장애인이 길을 물었다

손을 잡고 안내하려니
그냥 말로 하라고 한다

막막해서 우두커니
서 있었다

# 징검다리

최도선

안개도 딛고 가고
눈비도 딛고 가고

왜가리도 나를 딛고
수달도 딛고 간다

묵묵히 인연의 길 터주는
부동의 등어리를

신발 끄는 저 소리는
꽃들의 시간이다

불어난 물길이야
누군들 막아낼까

묵묵히 누워 있을 때
바람도 스쳐 간다

# 최문자 시인

**최문자** 시인 : 1941년 서울 출생. 1982년 <현대문학>을 통해 등단.
시집으로 <사과 사이사이 새>, <파의 목소리> 등이 있고, 박두진문학상, 한국시인협회상 등 수상. 현재 배재대 석좌 교수로 재직.

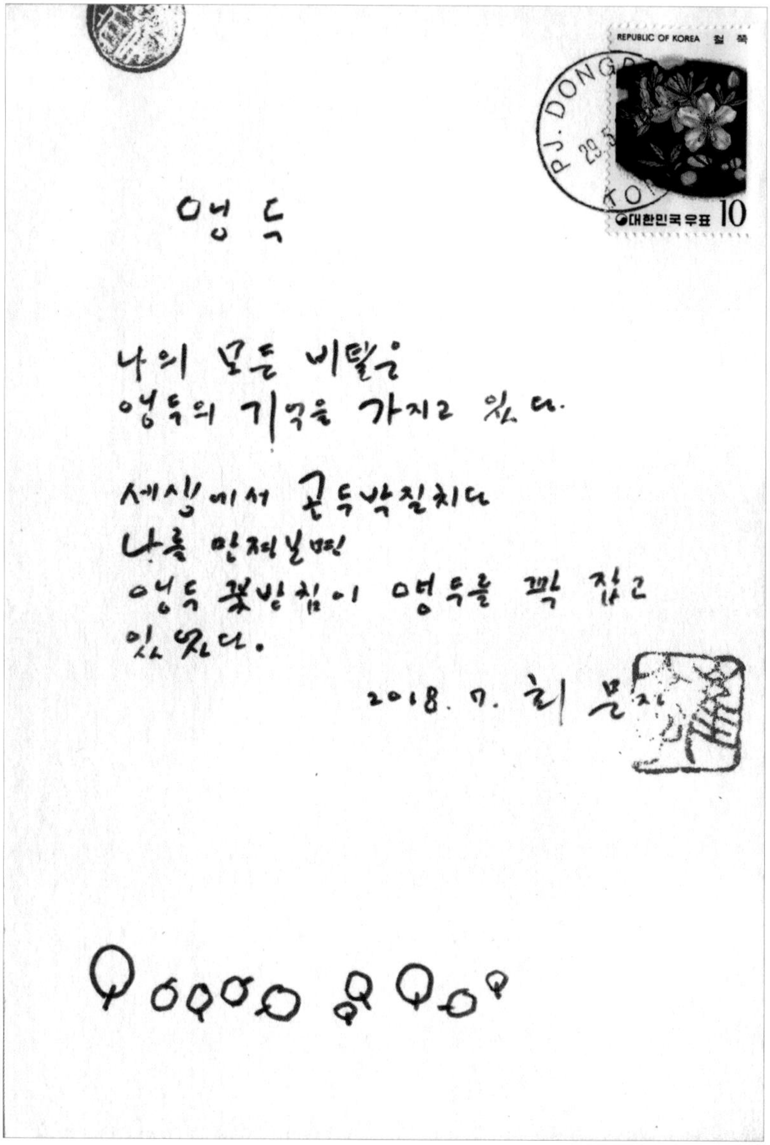


앵두

나의 모든 비밀을
앵두의 기억을 가지고 있다.

세상에서 곤두박질치다
나를 만져보면
앵두 꽃받침이 앵두를 꽉 잡고
있었다.

2018. 7. 최문자

꽃 주검

그동안 산맥과 구름 사이에
너무나 많은 꽃잎을 날렸다. 어떤
슬픔인지도 모르는 그걸 멈추려고
거기다 너무나 많은 못을 박았다.

2018. 7. 최문자

ㅊ

# 최민석 시인

**최민석** 시인 수필가 : <국보문학> 시, 수필 부문 신인상 수상.
한국문인협회 회원.
대한민국 명인대전 시 부문상 수상. 국회 통상위원장 상 수상.

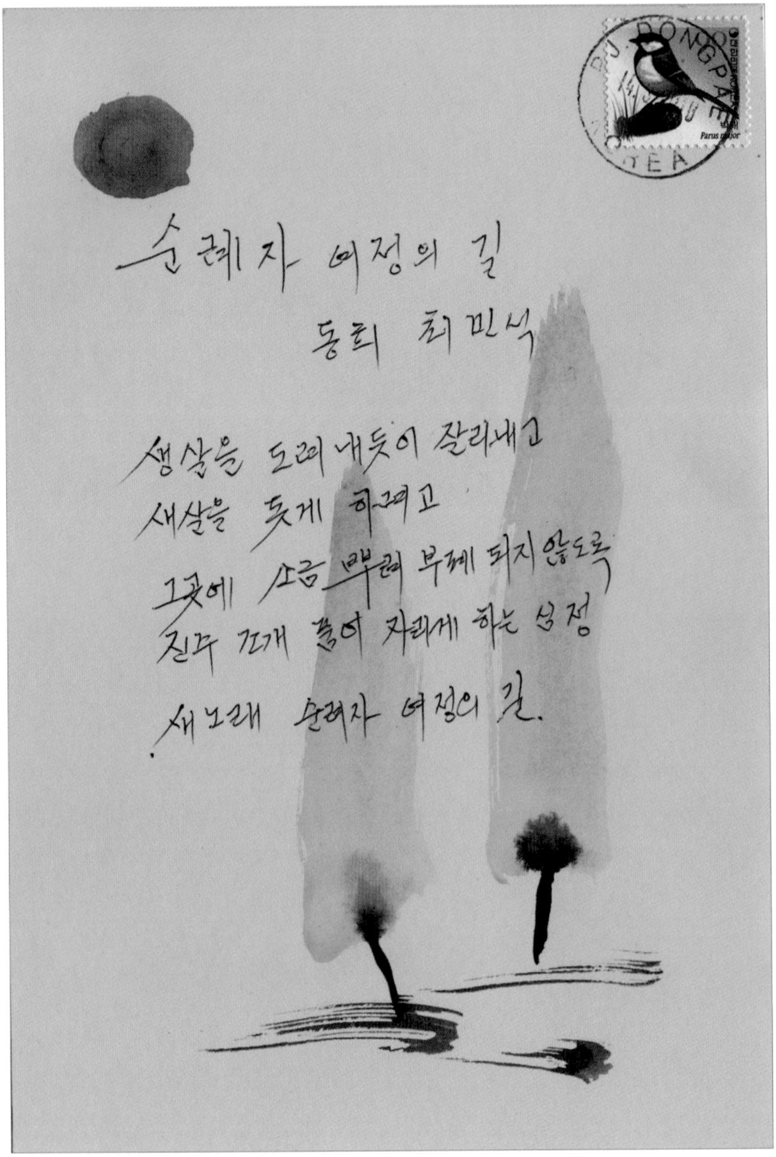
순례자 여정의 길
동희 최민석
생살을 도려 내듯이 잘라내고
새살을 돋게 하려고
그곳에 소금 뿌려 부패 되지 않도록
진주 깨 품어 자라게 하는 심정
새노래 순례자 여정의 길.

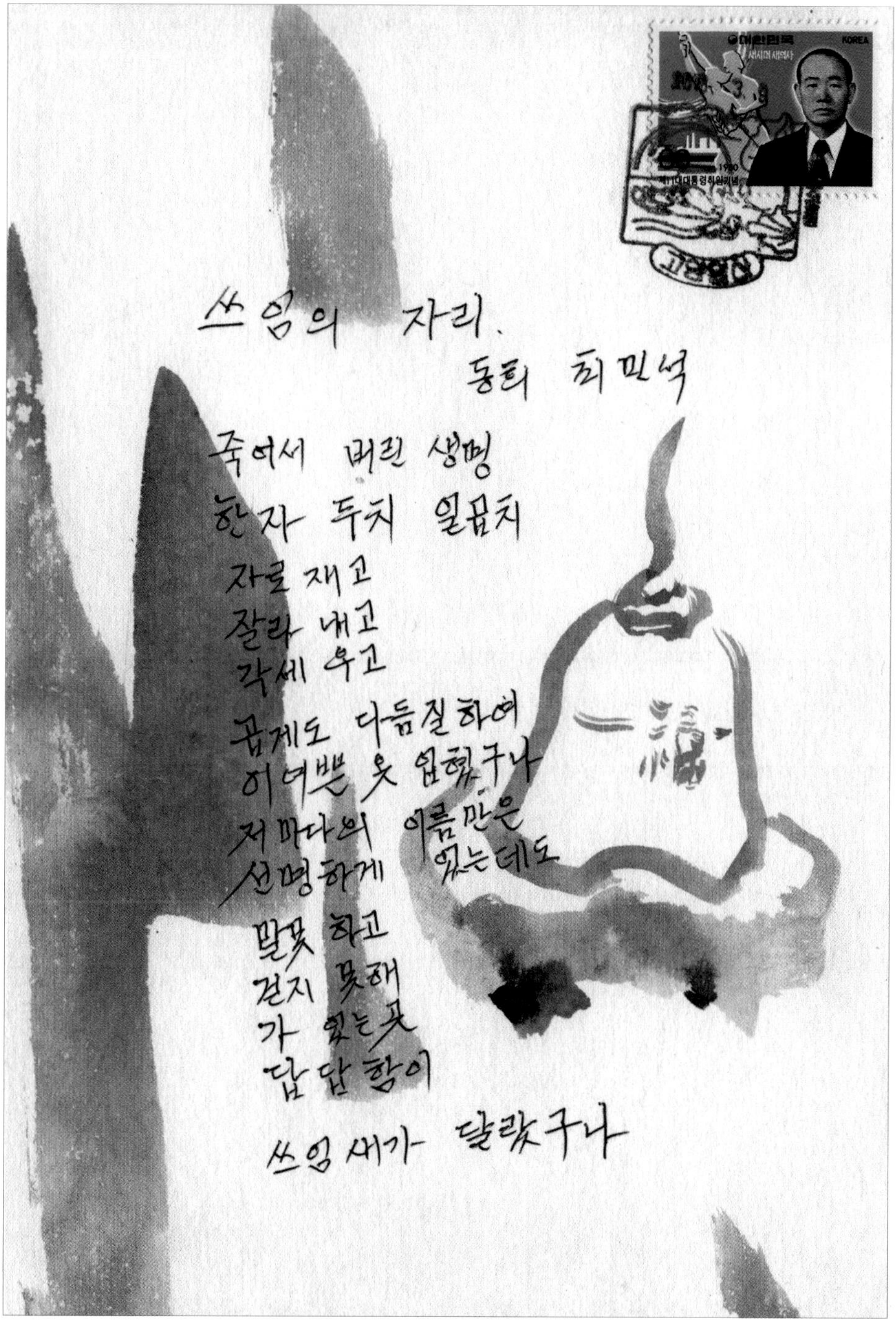
대한민국
KOREA
쓰임의 자리.
동희 최민석
죽어서 버린 생명
한자 두치 일곱치
자로 재고
잘라 내고
각세 우고
곱게도 다듬질하여
이여쁜 옷 입혔구나
저마다의 이름만은
선명하게 있는데도
말못 하고
걷지 못해
가 있는 곳
답답함이
쓰임새가 달랐구나

ㅊ

# 최봉희 시인

최봉희 시인 : 한국시인협회 회원, 한국미술협회 회원,
시화집으로 <나에게>, <긴 기다림이 아니었으면> 등.

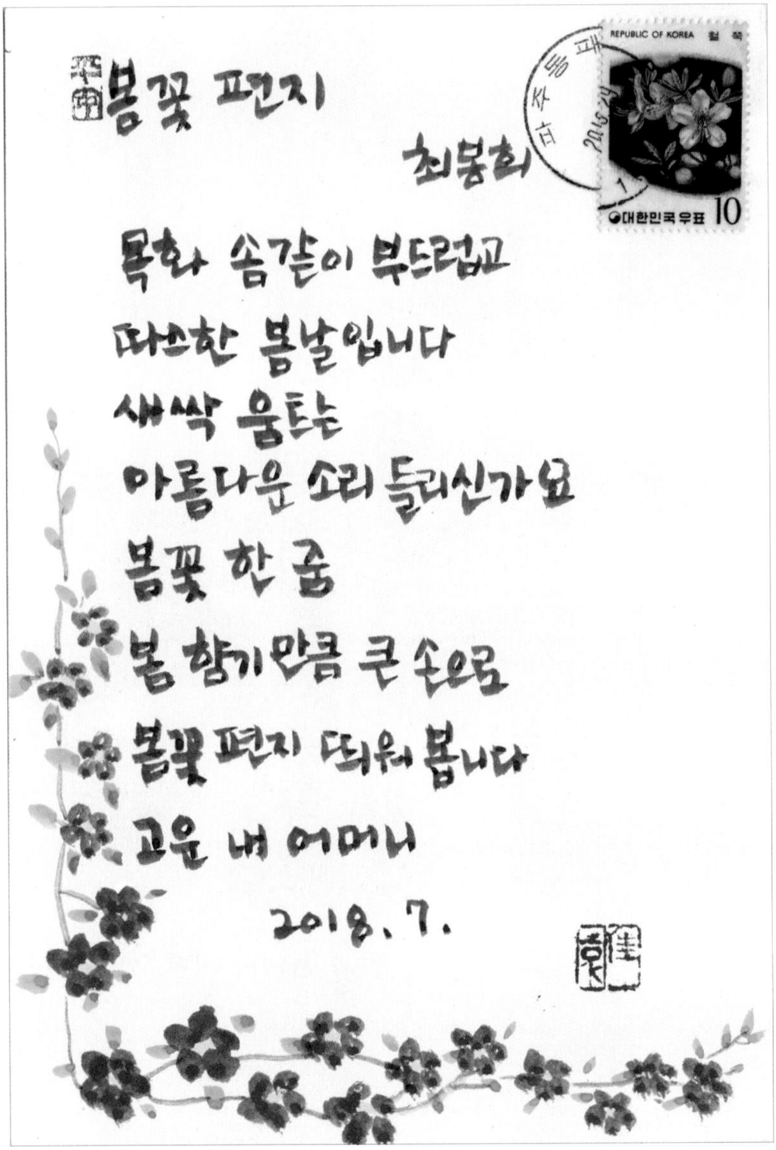

봄꽃 편지

최봉희

목화 솜같이 부드럽고
따스한 봄날입니다
새싹 움트는
아름다운 소리 들리신가요
봄꽃 한 줌
봄 향기만큼 큰 손으로
봄꽃 편지 띄워 봅니다
고운 내 어머니

2018. 7.

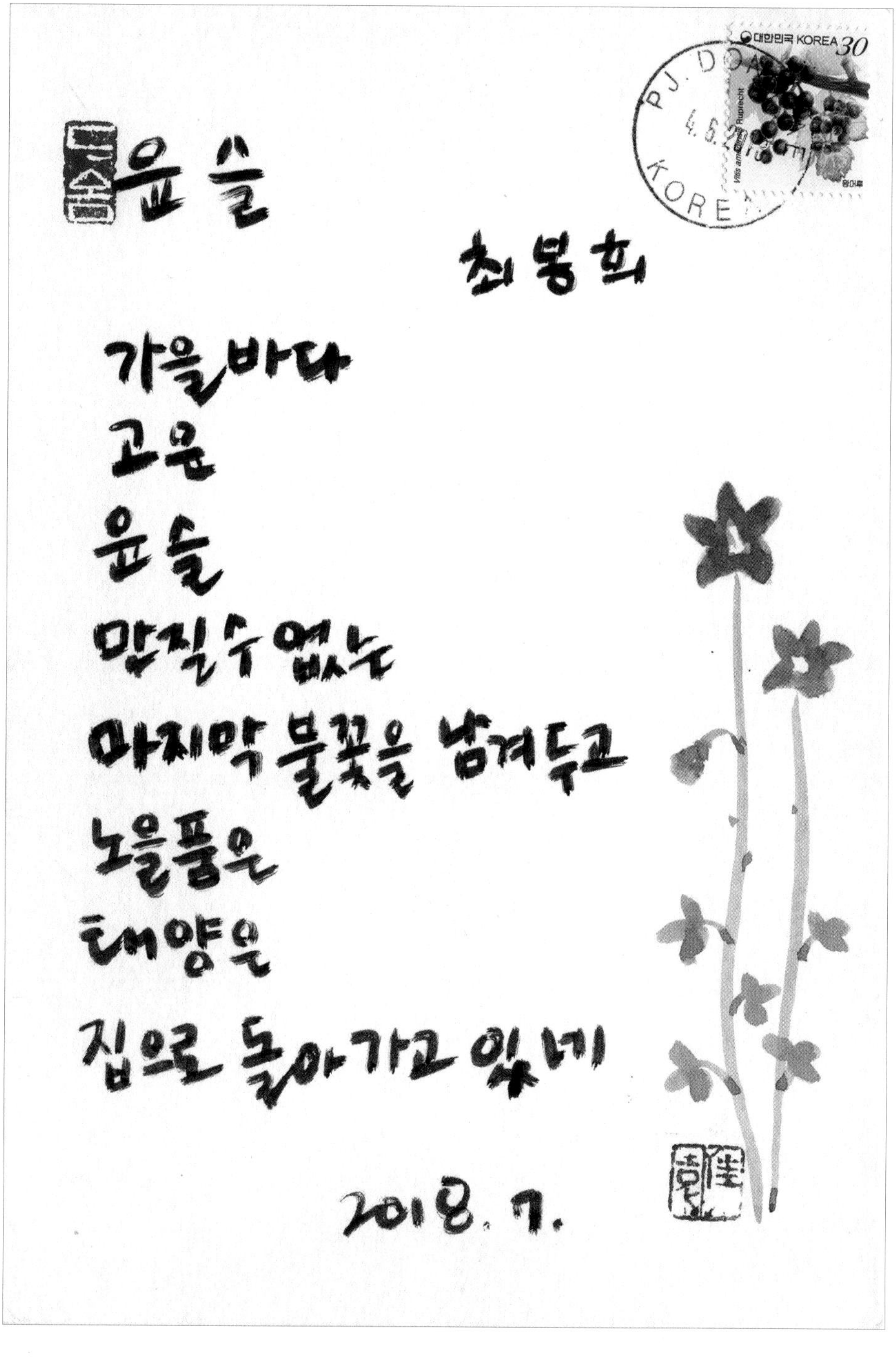
윤슬

최봉희

가을바다
고운
윤슬
만질수 없는
마지막 불꽃을 남겨두고
노을품은
태양은
집으로 돌아가고 있네

2018. 7.

ㅊ

# 최서진 시인

최서진 시인 : 충남 보령 출생. 문학박사.
2004년 <심상> 으로 등단.
시집으로 <아몬드 나무는 아몬드가 되고 >가 있다.

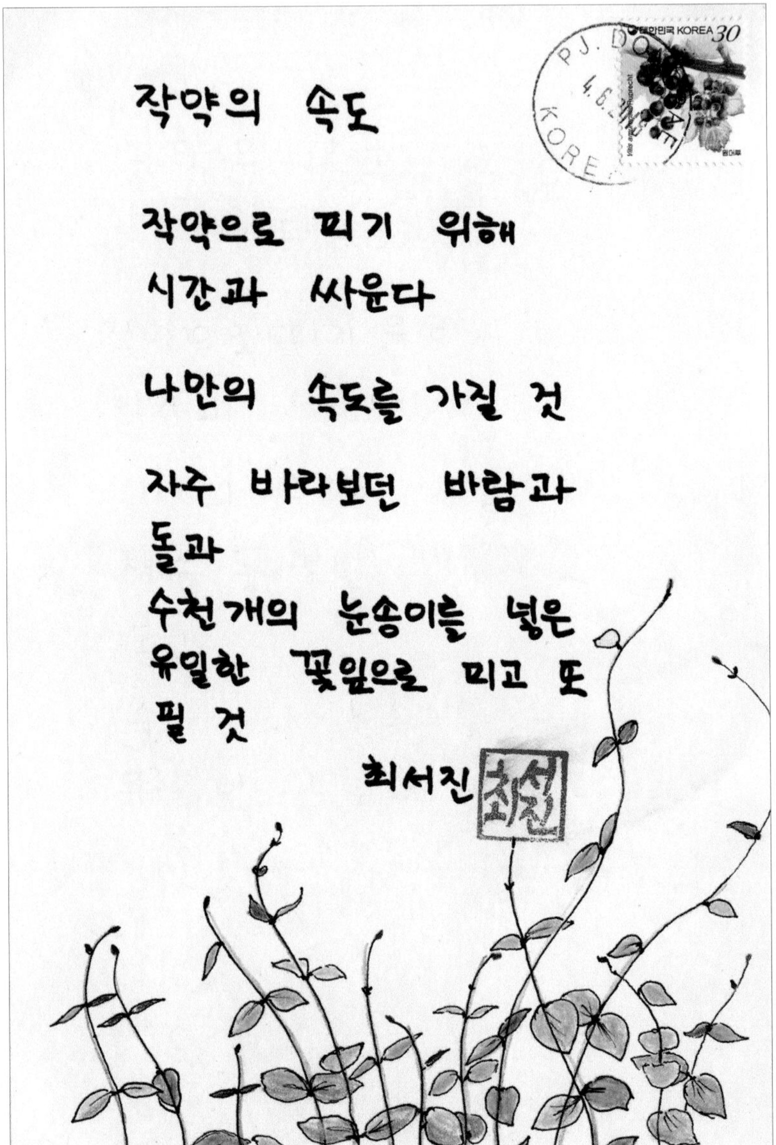

작약의 속도

작약으로 피기 위해
시간과 싸운다

나만의 속도를 가질 것

자주 바라보던 바람과
돌과
수천개의 눈송이를 넣은
유일한 꽃잎으로 피고 또
필 것

최서진

# 바다 옆에 혼자

모래가 될 때까지
나를 밟으며 걸었다

혼자 앞서 가는 해변을 따라가면
사람이 그리워진다

최서진

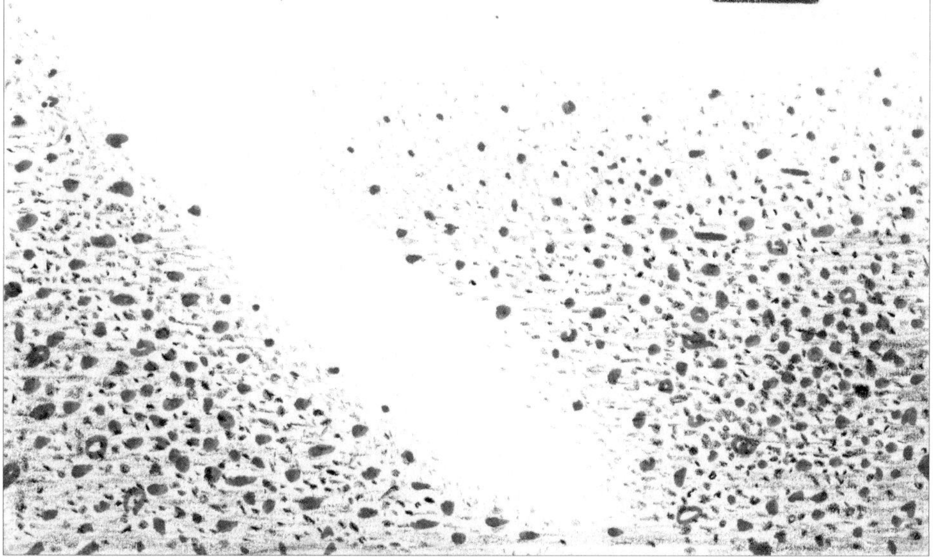

ㅊ

# 최영희 시인

**최영희** 시인 : <한빛문학>을 통해 시인으로 등단, 한빛문학상 수상.
로엘하우스 대표.

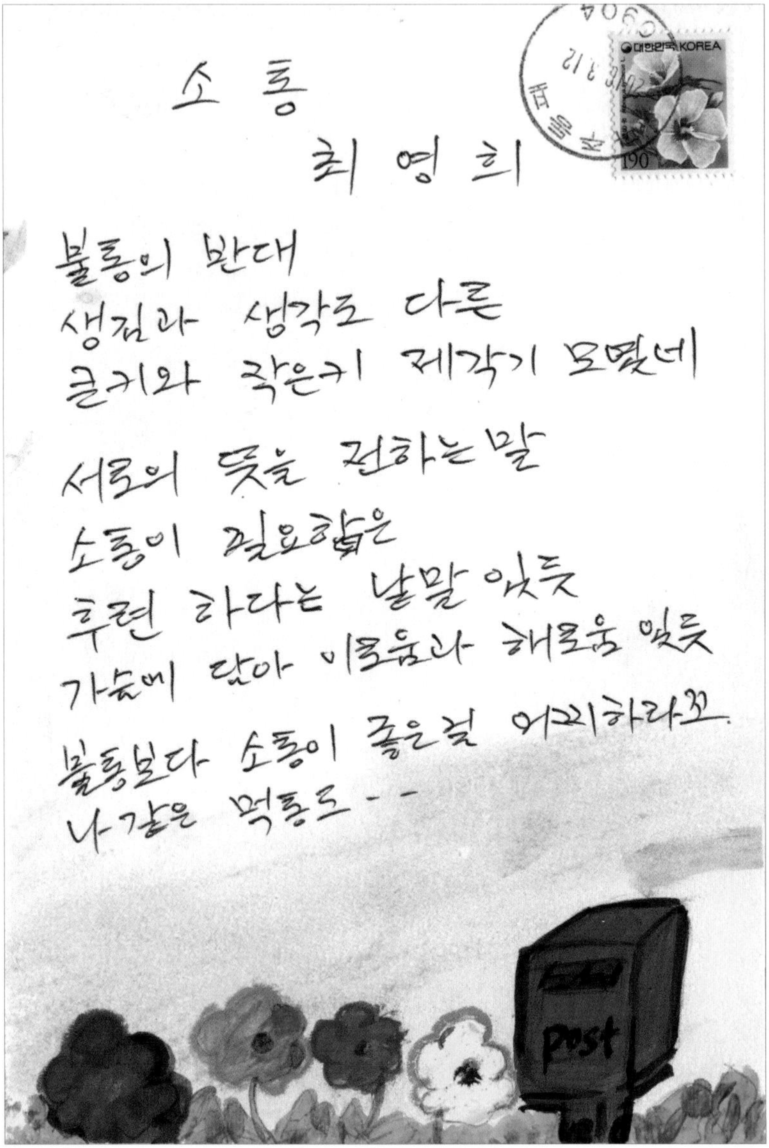

소통

최영희

불통의 반대
생김과 생각도 다른
큰키와 작은키 제각기 모였네

서로의 뜻을 전하는 말
소통이 필요함은
후련 하다는 낱말 있듯
가슴에 담아 이로움과 해로움 있듯
불통보다 소통이 좋은걸 어찌하라고.
나같은 먹통도 - -

# 친구

최영희

세월 거쳐 살아본
친구들 모였네.
병든이들에게 도움을 준 약사
평안의 안식처를 제공한 건축가
타국에서도 인정받는 엔돌핀 강사
동량이 후배된 테니스계의 여걸
각양의 삶으로 어우러짐이
샘물처럼 흐르네 —

ㅊ

# 최원규 시 인

**최원규**(崔元圭) 시인 : 1933년 공주에서 출생. 공주중고와 공주사범대학을 거쳐 충남대 동 대학원 국어국문학과를 마치고 문학박사 학위를 받았다. 1962년 <자유문학>지에 작품 '나목'으로 신인상에 당선되었다. 시집으로 <자음송>, <둔산에 와서> 등 15권을 출간했고, 수필집 <꺼지지 않는 불꽃> 등을 출판했다. 문학상으로 현대문학상, 한국 P.E.N 문학상, 현대시인상, 충남도 문화상, 시예술상, 정훈문학상을 수상하였다.
1975년 세계시인대회(인도 마드라스, 미국 샌프란시스코)에 한국대표로 참가를 비롯하여 국제펜대회(호주시드니) 등에 10여 차례 국제대회에 참석하였다.
1965년부터 34년간 충남대 교수, 한국언어문학회장, 한국시문학회장 등 학회 활동과 국립대만사범대학과 중앙대학교의 교환교수를 역임했다. 저서로는 <한국현대시론고>, <한국현대시의 성찰과 비평>, <우리 시대 문학의 공간적 위상> 등이 있다. 국민훈장 모란장을 수훈하였고, 현재 충남대 명예교수로 재임 중이다.

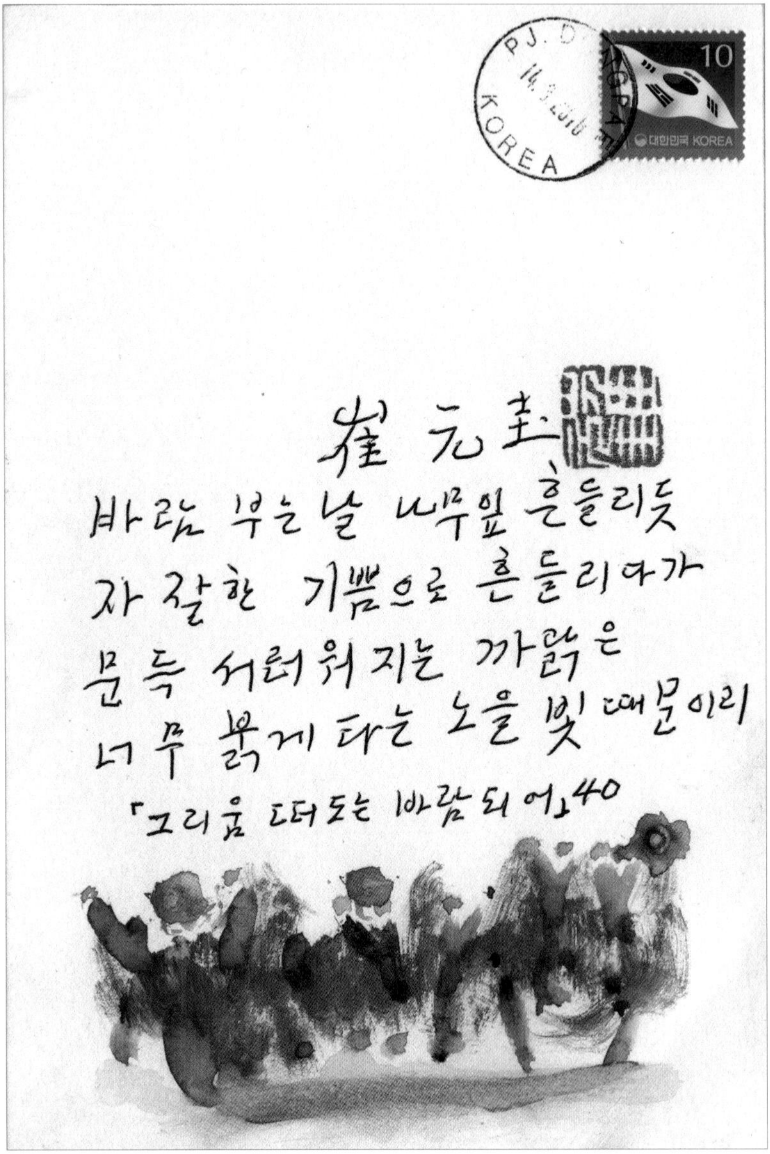
KOREA
10
대한민국 KOREA
崔元圭
바람 부는 날 나무잎 흔들리듯
자잘한 기쁨으로 흔들리다가
문득 서러워지는 까닭은
너무 붉게 타는 노을빛 때문이리
「그리움 떠도는 바람되어」40

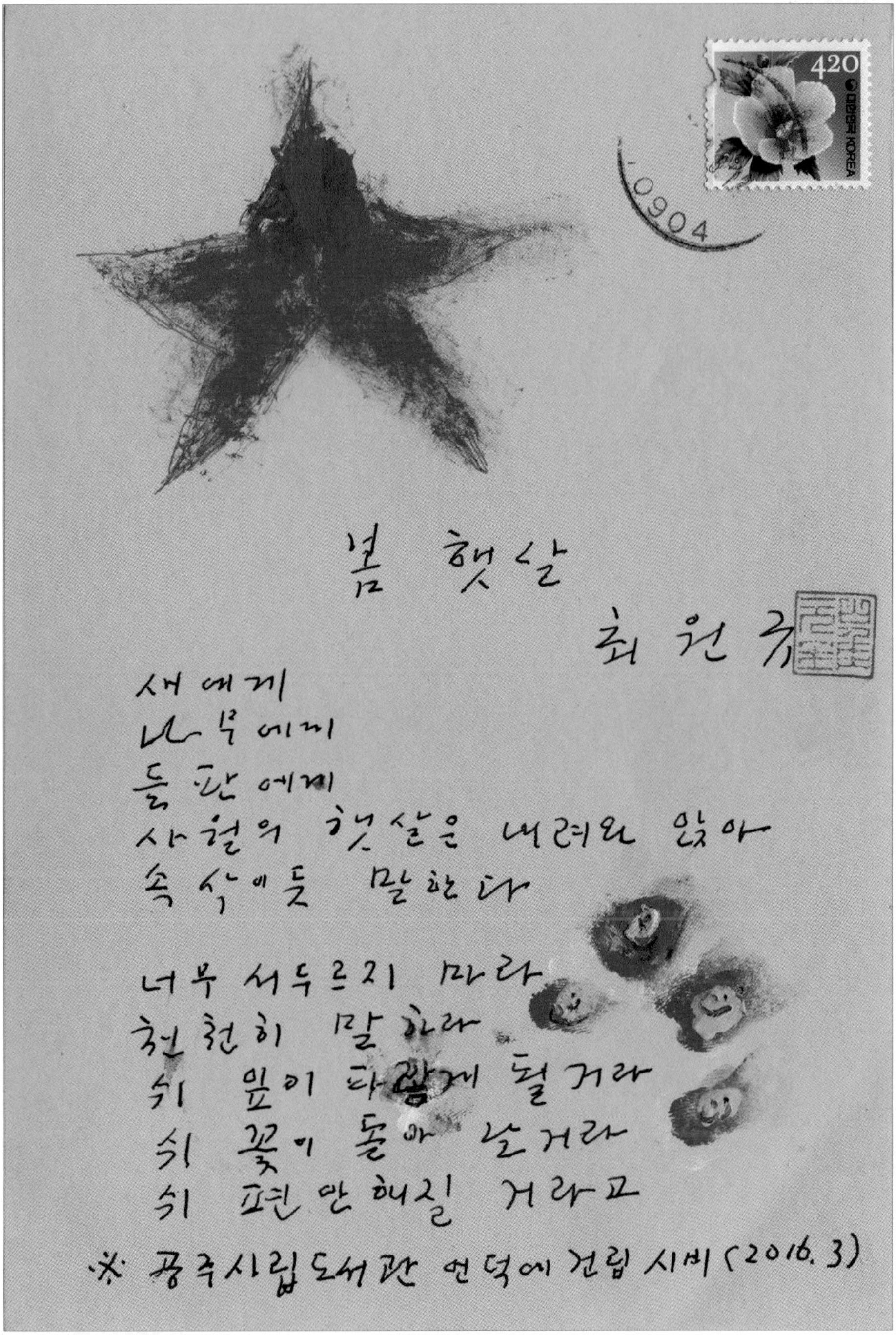


# 봄 햇살

최원규

새에게
나무에게
들판에게
사월의 햇살은 내려와 앉아
속삭이듯 말한다

너무 서두르지 마라
천천히 말하라
쉬 잎이 다 [illegible]게 될거라
쉬 꽃이 돋아 날거라
쉬 편안해질 거라고

※ 공주시립도서관 언덕에 건립 시비 (2016. 3)

ㅊ

# 최윤정 시인

**최윤정**(崔允丁) 시인 : 1949년 서울 출생, <문학과 의식>으로 등단 후, 자유기고가로 활동, 특히 여행을 밥먹는 것보다 좋아 해서 시간과 돈만 생기면 어디든 떠나지 않고는 못배김. 여행지에서 만난 놀랄만한 아름다움은 돌아와 테마기행, 문학기행, 맛기행 등의 테마로 여러 매체에 발표함. 한국문인협회, <여백 시> 동인 <새흐름> 문학동인, 세계여행작가협회 회원으로 활동 중.
저서로 기획시집 <세상 밖으로의 슬픈 여행>(2인 공저) 등이 있다.

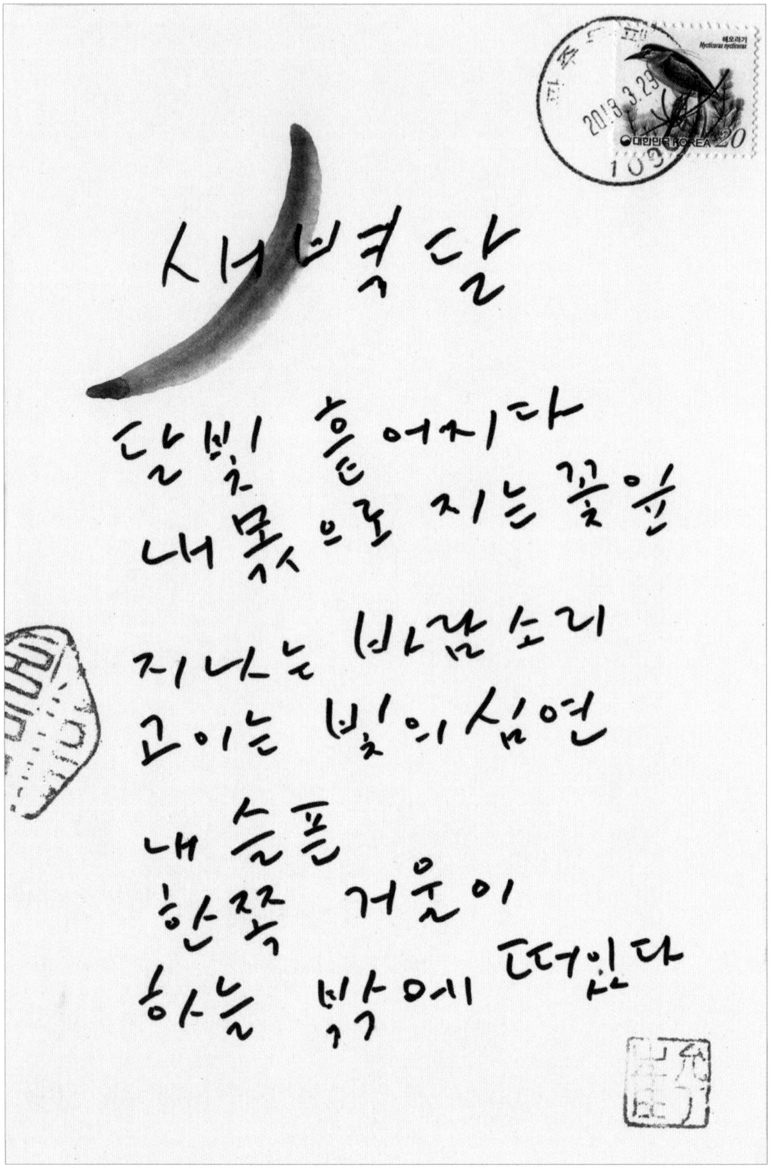
새벽달
달빛 흩어지다
내몸으로 지는 꽃잎
지나는 바람소리
고이는 빛의 심연
내 슬픔
한쪽 거울이
하늘 밖에 떠있다

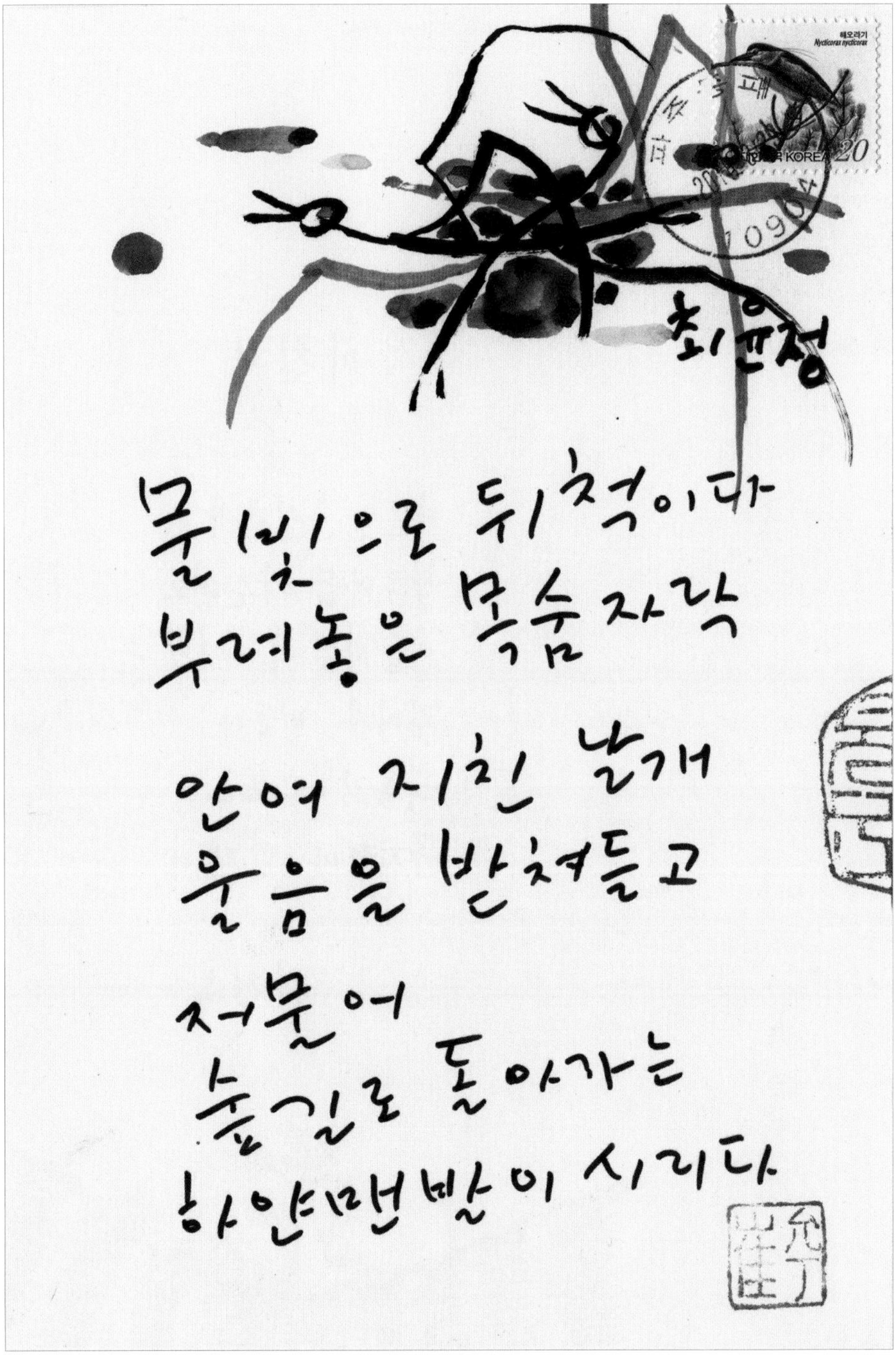
최윤정
물빛으로 뒤척이다
부려놓은 목숨자락
안여 지친 날개
울음을 받쳐들고
저물어
숲길로 돌아가는
하얀맨발이 시리다

ㅊ

# 최정요 시인

**최정요**(崔靜謠) 시인 : 1951년 서울 출생,
문예사조에 시 부문 등단, 한국문인협회 회원,
미네르바문예지 작가회원, 맥동인회 회원

## 아침뜸

나른한 실안개
달무덤을 사분대고
이슬바심에 여민 목
갈어진 먼동이
북홍의 고요로
무지렁이 달랜다

최정요

# 3월이 낯설다

봉해둔 겨울 튿어져
심장소리 둥둥둥
햇덩이는 까마득한
하늘에 달라붙어
입덧난 봄 속바람을
땅에 꽂고 누워 있다

최정요

ㅊ

# 최홍준 시인

최홍준(崔洪俊) 시인 : <한빛문학>지를 통해 등단. 시와 수필로 한빛문학상 수상. 시집으로 <솔향기 되어> <시로써 기쁨> 등

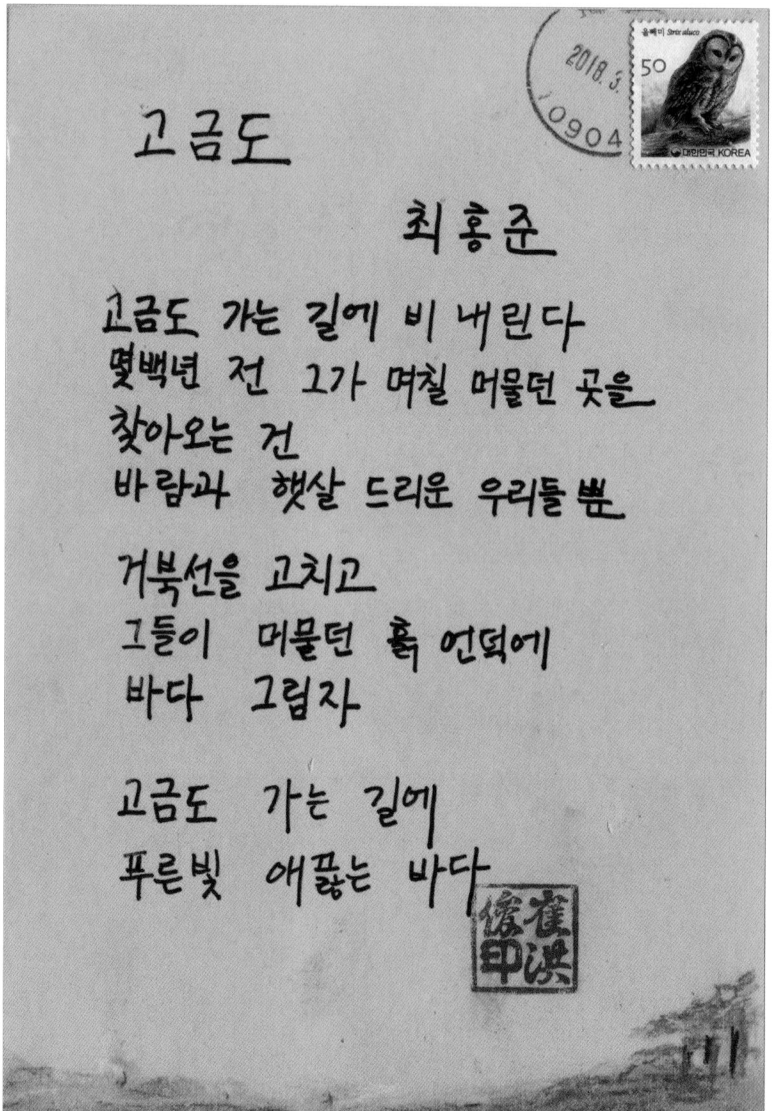

고금도

최홍준

고금도 가는 길에 비 내린다
몇백년 전 그가 며칠 머물던 곳을
찾아오는 건
바람과 햇살 드리운 우리들뿐

거북선을 고치고
그들이 머물던 흙 언덕에
바다 그림자

고금도 가는 길에
푸른빛 애끓는 바다

대한민국 KOREA
250

# 하옥이 시인

하옥이 시인 : 시인·소설가·가곡 작사가.
한국가곡작사가협회 회장, 아태문협 사무총장, 한국현대시협 사무국장, 인사동 시인들 동인 사무총장.
전) 청파초등학교, 사건 25시 신문사
현) 신문예 주간. 책나라 대표

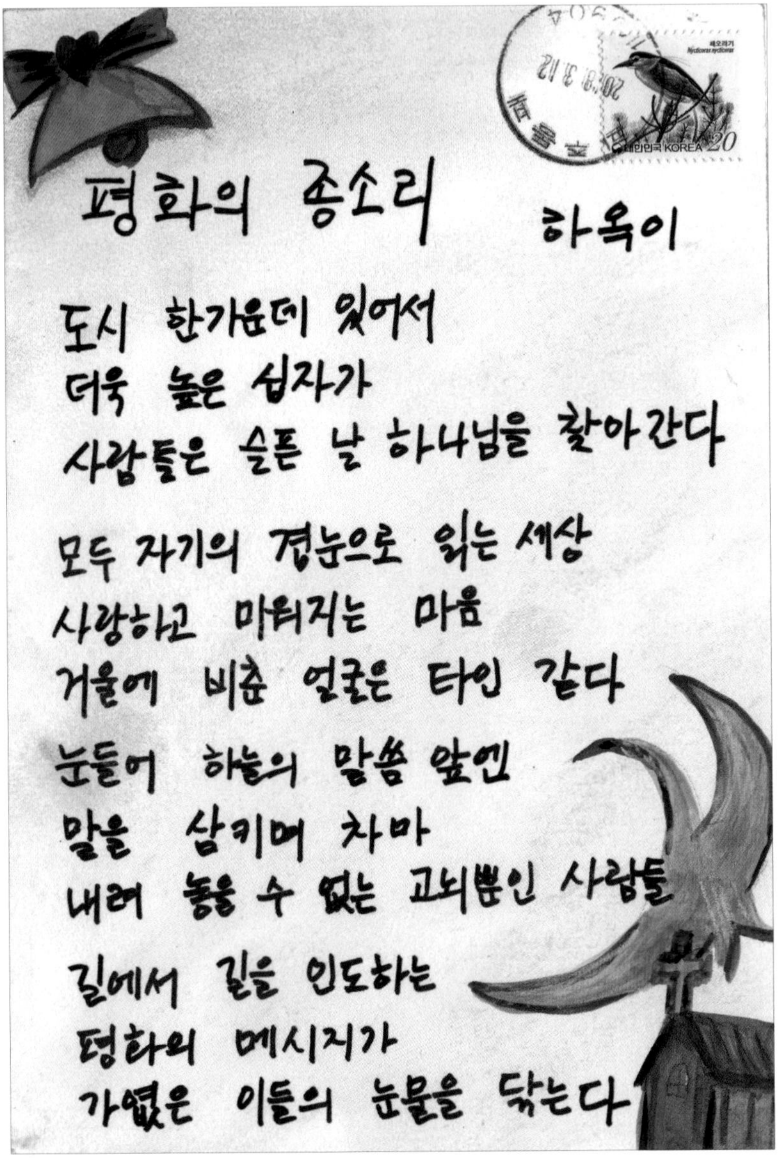

평화의 종소리 하옥이

도시 한가운데 있어서
더욱 높은 십자가
사람들은 슬픈 날 하나님을 찾아간다

모두 자기의 겹눈으로 읽는 세상
사랑하고 미워지는 마음
거울에 비춘 얼굴은 타인 같다

눈들어 하늘의 말씀 앞엔
말을 삼키며 차마
내려 놓을 수 없는 고뇌뿐인 사람들

길에서 길을 인도하는
평화의 메시지가
가엾은 이들의 눈물을 닦는다

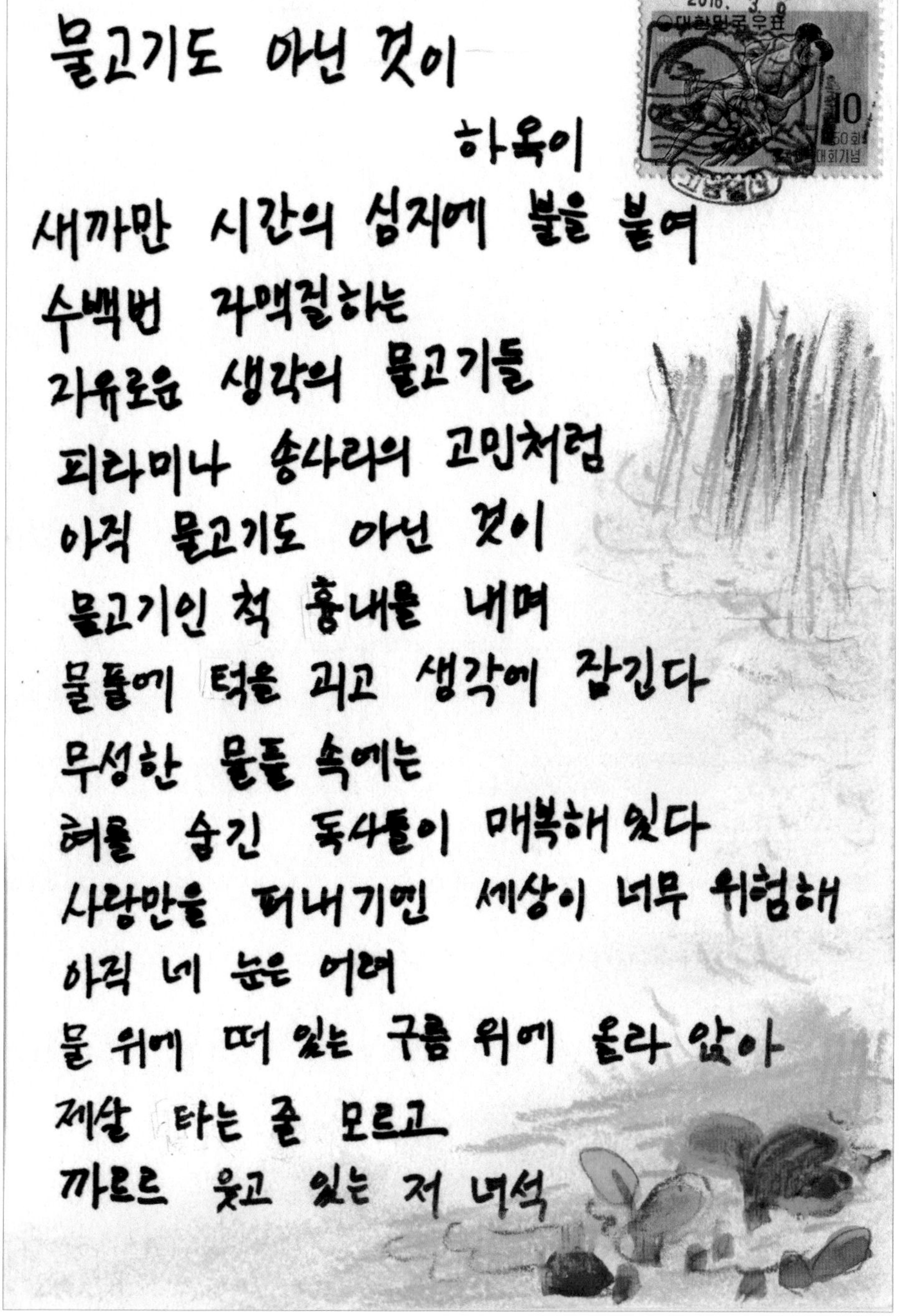


물고기도 아닌 것이

하옥이

새까만 시간의 심지에 불을 붙여
수백번 자맥질하는
자유로운 생각의 물고기들
피라미나 송사리의 고민처럼
아직 물고기도 아닌 것이
물고기인 척 흉내를 내며
물풀에 턱을 괴고 생각에 잠긴다
무성한 물풀 속에는
혀를 숨긴 독사들이 매복해 있다
사랑만을 퍼내기엔 세상이 너무 위험해
아직 네 눈은 어려
물 위에 떠 있는 구름 위에 올라 앉아
제살 타는 줄 모르고
까르르 웃고 있는 저 녀석

ㅎ

# 한광구 시인

**한광구**(韓光九) 시인 : 1944년 경기도 안성에서 태어나 연세대학교 국문과 한양대학교 대학원 국문과를 졸업했다.(문학박사) 1974년 시전문지 <심상>으로 등단하여 첫 시집 <이 땅에 비오는 날은>(79)을 비롯하여 <한광구 시전집>까지 총 10권의 시집을 발간했고, 장편소설 <물의 눈>과 최근에 <한광구 시인의 시세계>를 발간했다. 한국시문학상을 수상했고 추계예술대학교 교수를 역임했다.

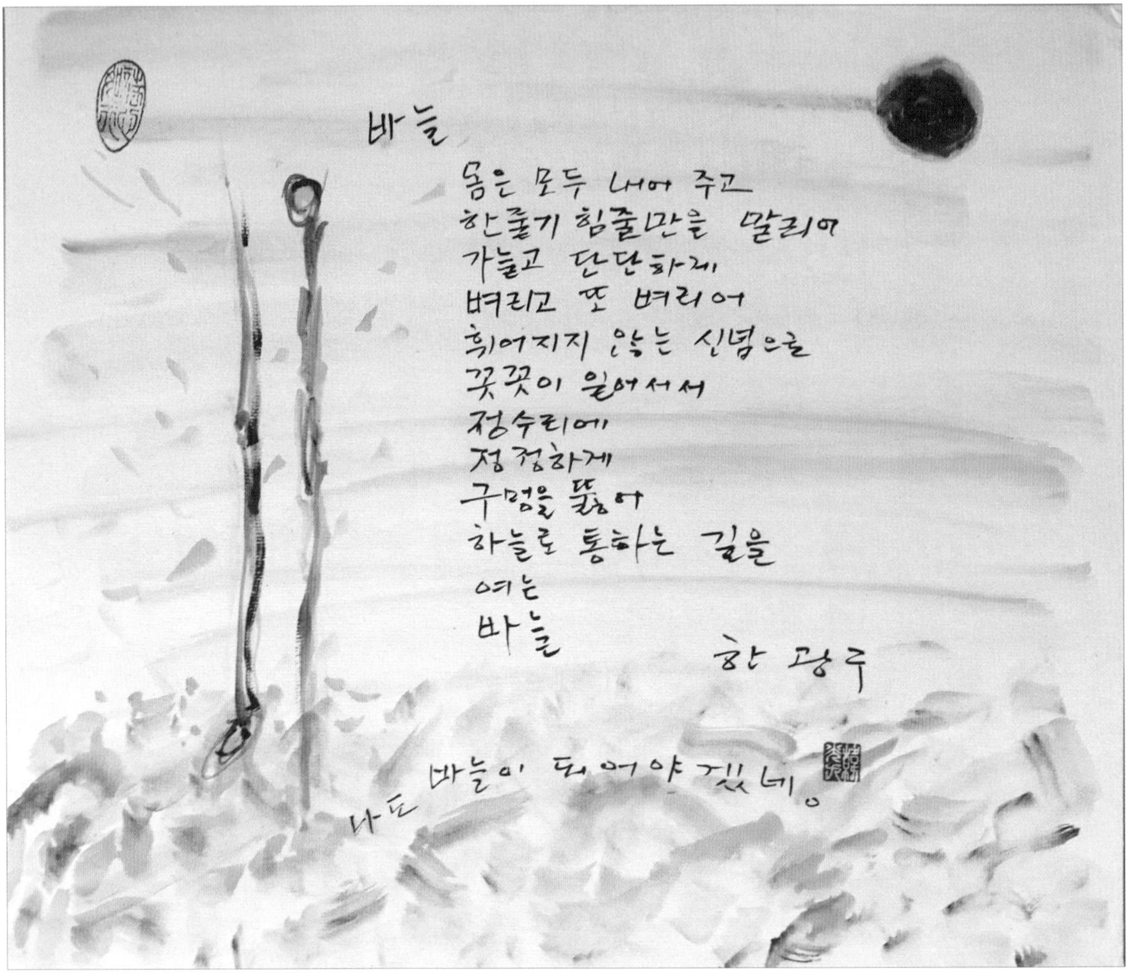
바늘
몸은 모두 내어 주고
한줄기 힘줄만을 말리어
가늘고 단단하게
버리고 또 버리어
휘어지지 않는 신념으로
꼿꼿이 일어서서
정수리에
정정하게
구멍을 뚫어
하늘로 통하는 길을
여는
바늘
한광구
나도 바늘이 되어야 겠네.

# 함동선 시인

**함동선**(咸東鮮) 시인 : 황해도 연백에서 출생하다(1930년). 서라벌예술대학, 중앙대학교, 경희대학교 대학원 국문학과에서 석사, 박사 과정 수료하다. <현대문학>에서 서정주 선생 추천으로 등단하다.(1958년) 시집으로 <꽃이 있던 자리>, <인연설>, <밤섬의 숲> 외 여러 권이 있다. <명시의 고향-한국의 시비를 찾아서>(서문당 1980년) 를 내고 한국현대시인협회 회장을 역임하다. 대한민국문화예술상, 서울시문화상, 청마문학상을 받다. 현재 중앙대학교 명예교수이다.

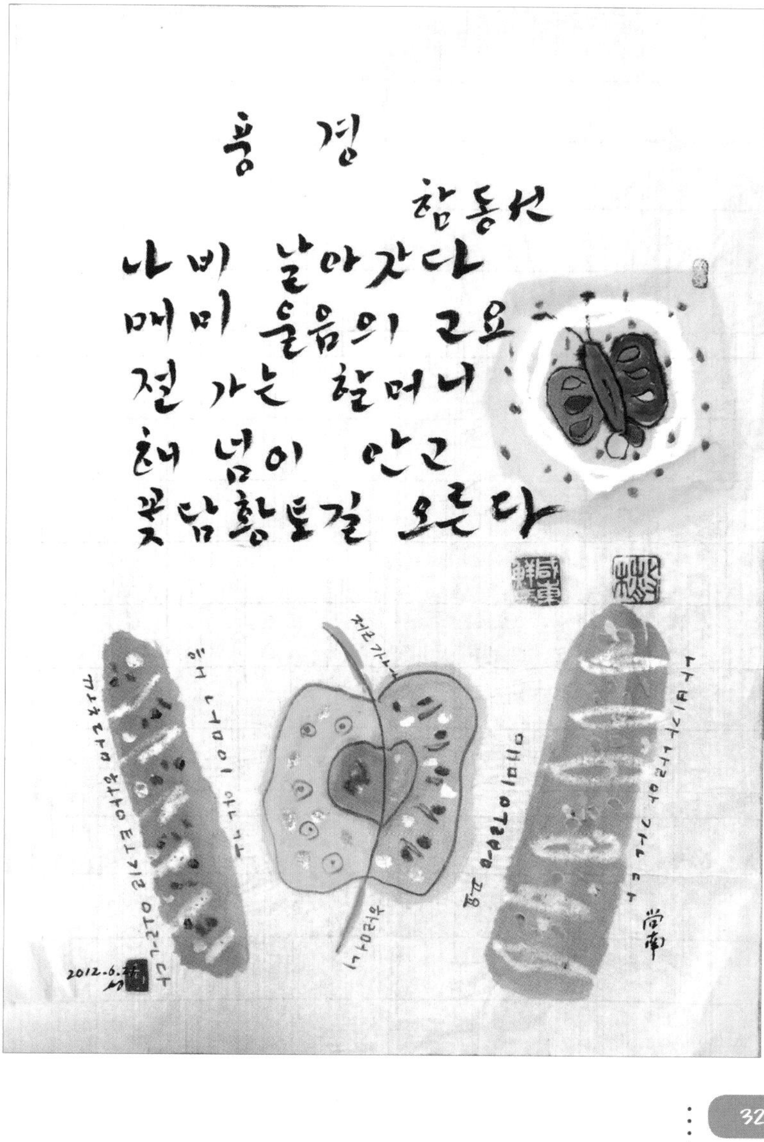


ㅎ

# 한상유 화가

**한상유** 화가 : (호 : 景恩)는 (주)서울메타텍 이사로 재직하면서 화가로 활동하고 있다. 그는 독실한 기독교 신앙인으로서 기독교 정신을 작품화 하는 성화작업에 전념하고 있는 작가이다.

KOFA 글로벌미술대전 장려상을 비롯하여 신사임당 미술대전, 대한민국 미르인 미술대전, 대한민국여성 미술대전, 등에서 입상하였다.

경인미술관에서 제1회 고희기념 부부전을 비롯하여 프랑스 아트페어와 파인아트 창립전을 프랑스 파리에서 가졌고, 한불수교 130주년 기념전 등에 참여하였다.

현재 동양수묵연구원 회원과 Pine Art Club Member로 활동 중이다.

ㅎ

# 한의숙 시인

한의숙 시인 : 경인교대 졸업. <한빛문학>을 통해 시인으로 등단, 한빛문학상 수상.

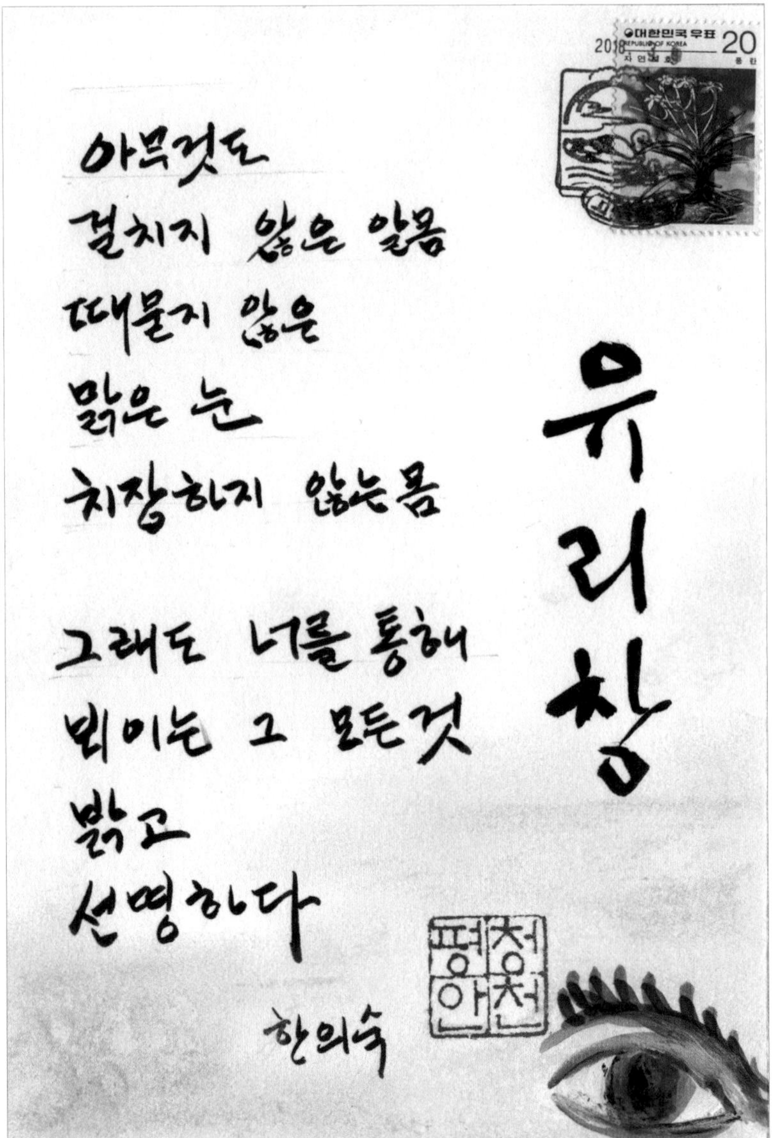
대한민국 우표
20
유리창
아무것도
걸치지 않은 알몸
때묻지 않은
맑은 눈
치장하지 않는몸
그래도 너를 통해
보이는 그 모든것
밝고
선명하다
한의숙

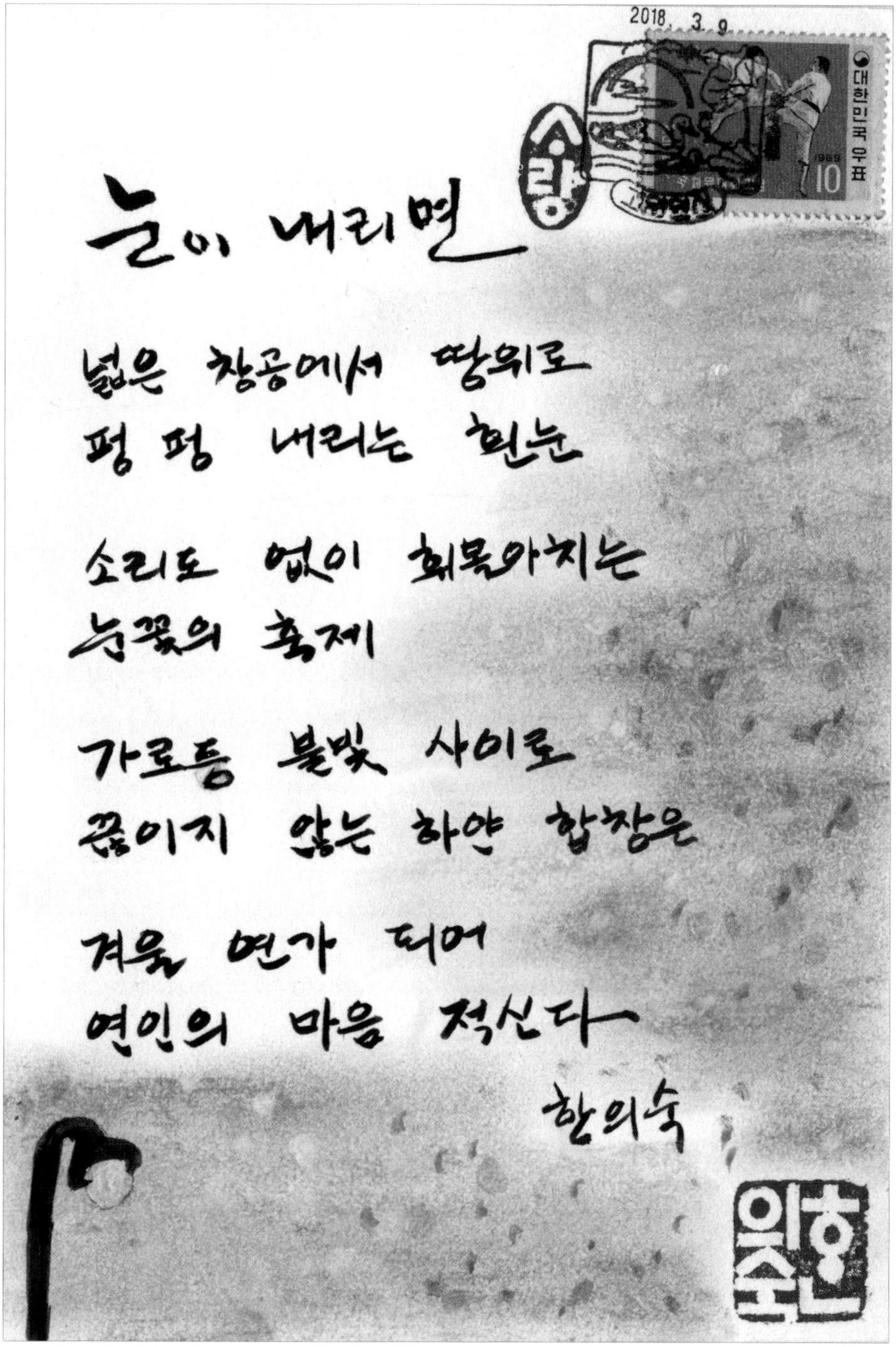
2018. 3. 9
대한민국 우표
1969
10
눈이 내리면
넓은 창공에서 땅위로
펑 펑 내리는 흰눈
소리도 없이 휘몰아치는
눈꽃의 축제
가로등 불빛 사이로
굽이지 않는 하얀 합창은
겨울 연가 되어
연인의 마음 적신다
한의숙

ㅎ

# 한이나 시인

한이나 시인 : 충북 청주 출생. 1994년 현대시학 작품 발표로 등단. 한국시문학상, 서울문예상 대상, 내륙문학상, 꽃문학상 등 수상. 시집으로 <유리자화상>, <첩첩단풍 속>, <능엄경 밖으로 사흘 가출>, <귀여리 시집>, <가끔은 조율이 필요하다> 등.

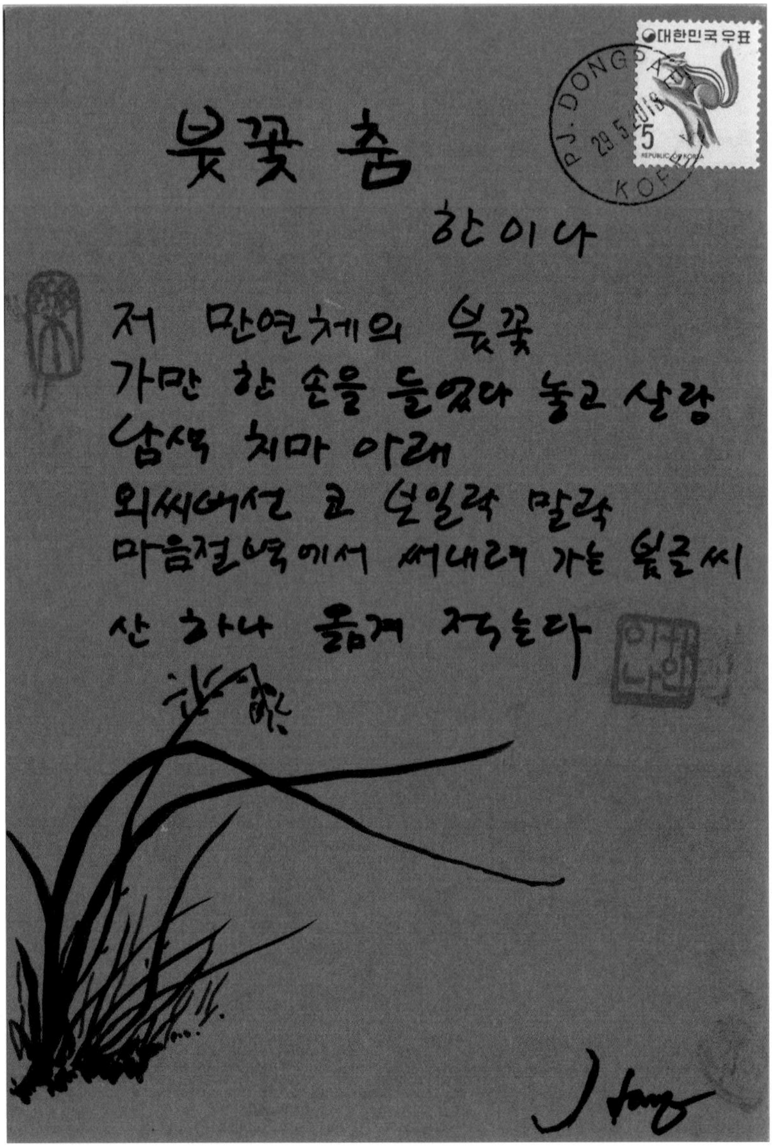
대한민국 우표
붓꽃 춤
한이나
저 만연체의 붓꽃
가만 한 손을 들었다 놓고 살랑
남색 치마 아래
외씨버선 코 보일락 말락
마음절벽에서 써내려 가는 붓글씨
산 하나 옮겨 적는다

# 사 랑

한이나

고욤나무에 감나무 접순을 붙였다
서로를 엉겨 붙이는
진액으로의 단단한 동여매김
접붙이기
이제 묶어둔 끈 슬며시 풀어도
이대로 한 가지에 한 몸 한 생각이 되어
오누이같이 닮은 뾰족감 납작감이 되리

ㅎ

# 허 일 시인

허일(許壹) 시인 : 1934년 오사카 출생. 1978년 <시조문학> 천료, 1979년 조선일보, 한국일보 신춘문예 시조 당선. 중앙일보 시조신인상, 소파, 노산, 월하문학상, 한국 동시조, 한국아동문학 창작상 수상.
문학박사 부산외대(일본문학사), 덕성여대(동양 고전) 강의 PEN, 한국문협, 한국시조시인협, 한국동시문학회원, 한국아동문학세상 상임위원 역임. 현재는 월간 한비문학 고문, 달가람 시조문학회 고문을 맡고 있다. 저서로는 시조집 <살아가는 흐름 위에> 등 5권, 동시조집으로 <메아리가 떠난 마을> 등이 있다.

송뢰(松籟)

許壹

용틀임 조선소나무
그 송린(松鱗)을 쓸어보라

불면, 솔바람 일어
하늘 처라보았소

두견이 피 쏟는 소리
蜀道는 아득한데.

# 은하수

許壹

밤마다 밤마다
온 밤을 뒤척이다

어떤 望九十
허, 하늘 바라보다

은하를 다 기울여도
끌 길 없는 그리움

# 허형만 시인

**허형만**(許炯萬) 시인 : 1945년 전라남도 순천에서 출생. 목포대학교 교수. 목포 현대시연구소 소장. 1973년 <월간문학>을 통해서 데뷔, 2005, 영국 국제인명센터 '2005 세계 100대 교육가' 등재, 2002 중국 옌타이대학교 교환교수.

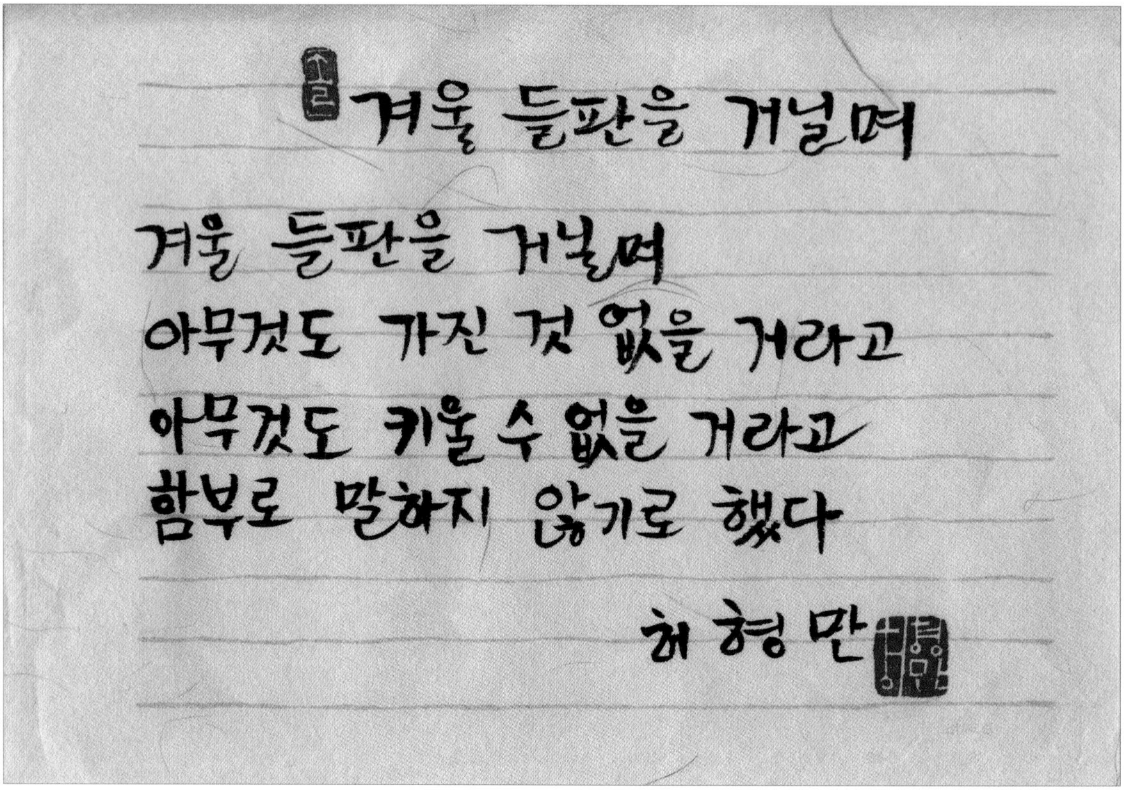

겨울 들판을 거닐며
겨울 들판을 거닐며
아무것도 가진 것 없을 거라고
아무것도 키울 수 없을 거라고
함부로 말하지 않기로 했다
허형만

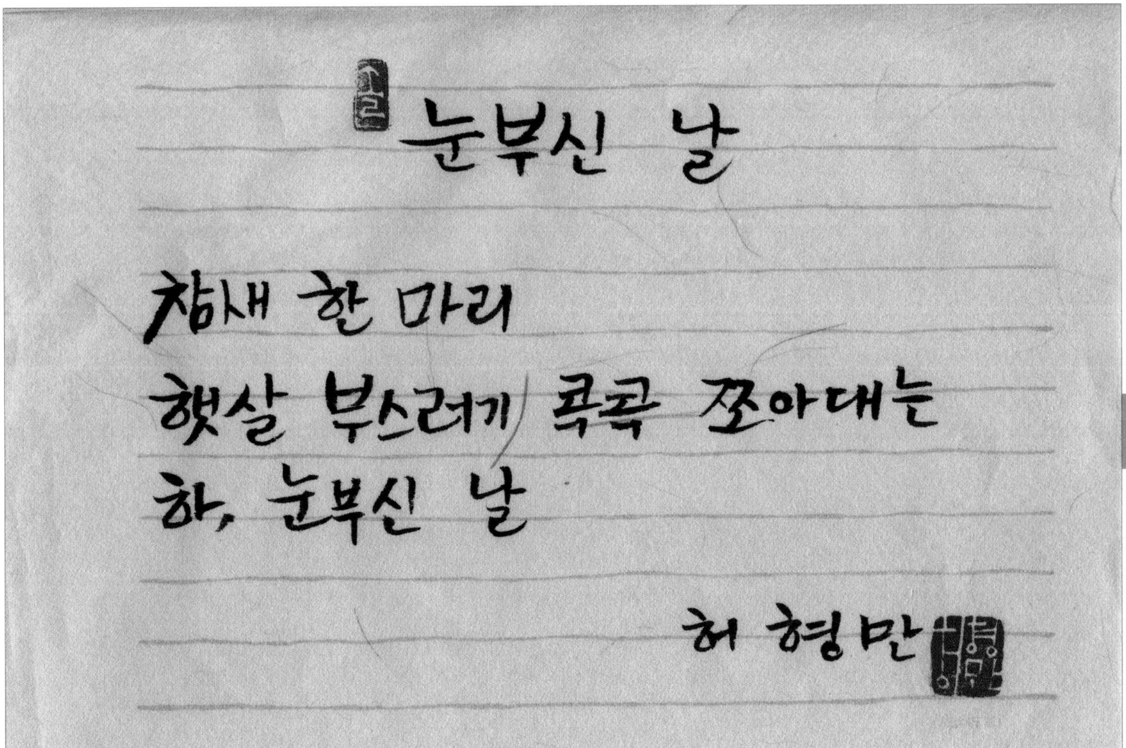
눈부신 날
참새 한 마리
햇살 부스러기 콕콕 쪼아대는
하, 눈부신 날
허형만

# 홍윤숙 시 인

**홍윤숙** 시인 (1925~2015) : 1925년 평북 정주 출생. 1950년 6·25 한국전쟁으로 서울대 사범대 중퇴. 1947년 <문예신보>에 '가을'로 등단, 한국시인협회, 한국여성문학인회 회장 등 역임. 국제펜클럽 한국본부, 한국여성문학인회 고문. 대한민국 예술원 회원,

주요 작품집으로는 <장식론>, <사는법>, <경의선 보통열차>, <하루 한 순간을>, <해질녘 한시간> 등이 있다. 1975년 한국시인협회상 수상, 1986년 한국시인협회장, 1993년 대한민국 문화훈장 수상, 현 예술원 회원, 공초문학상, 예술원상 등을 수상하였다.

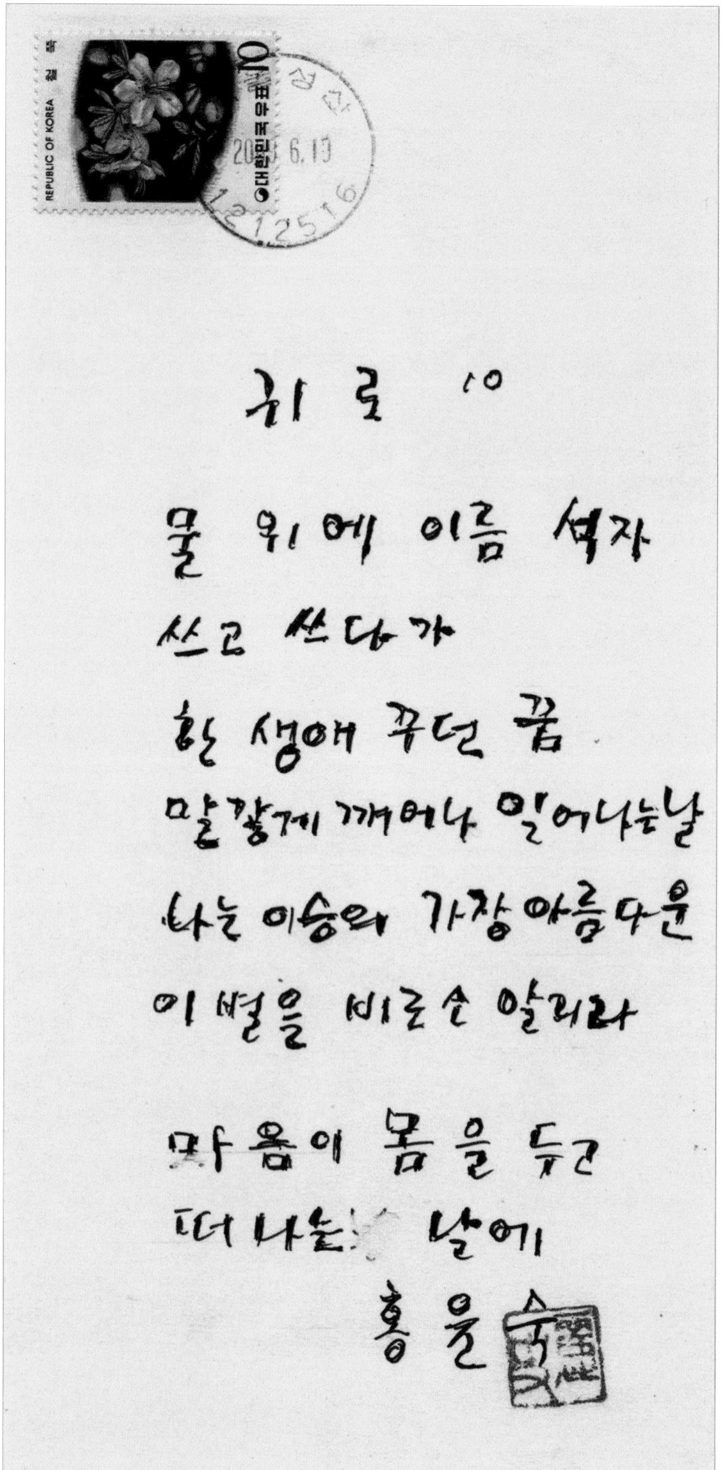

귀로 10

물 위에 이름 석자
쓰고 쓰다가
한 생애 꾸던 꿈
말갛게 깨어나 일어나는날
나는 이승의 가장 아름다운
이별을 비로소 알리라

마음이 몸을 두고
떠나는 날에

홍윤숙

# 황금찬 시 인

**황금찬**(黃錦燦) 시인 : (1918~2017) 강원 속초 출생, 1953년 <문예>지와 <현대문학>을 통해 등단. 월탄문학상, 대한민국 문학부문 문화예술상 수상, 한국기독교문학상, 서울시 문화상 수상, 문화의 달 보관문화훈장 수상. 1951 시동인 청포도 결성, 1946~1978 강릉농업고등학교, 동성고등학교 교사, 해변시인학교 교장.
시집으로는 <현장>, <떨어져 있는 곳에서도 잊지 못하는 것은?>, <물새의 꿈과 젊은 잉크로 쓴 편지>, <구름은 비에 젖지 않는다>, <행복을 파는 가게>, <옛날과 물푸레나무> 등 30여 권이 있고, 산문집으로 <행복과 불행 사이> 등 20여 권이 있다.

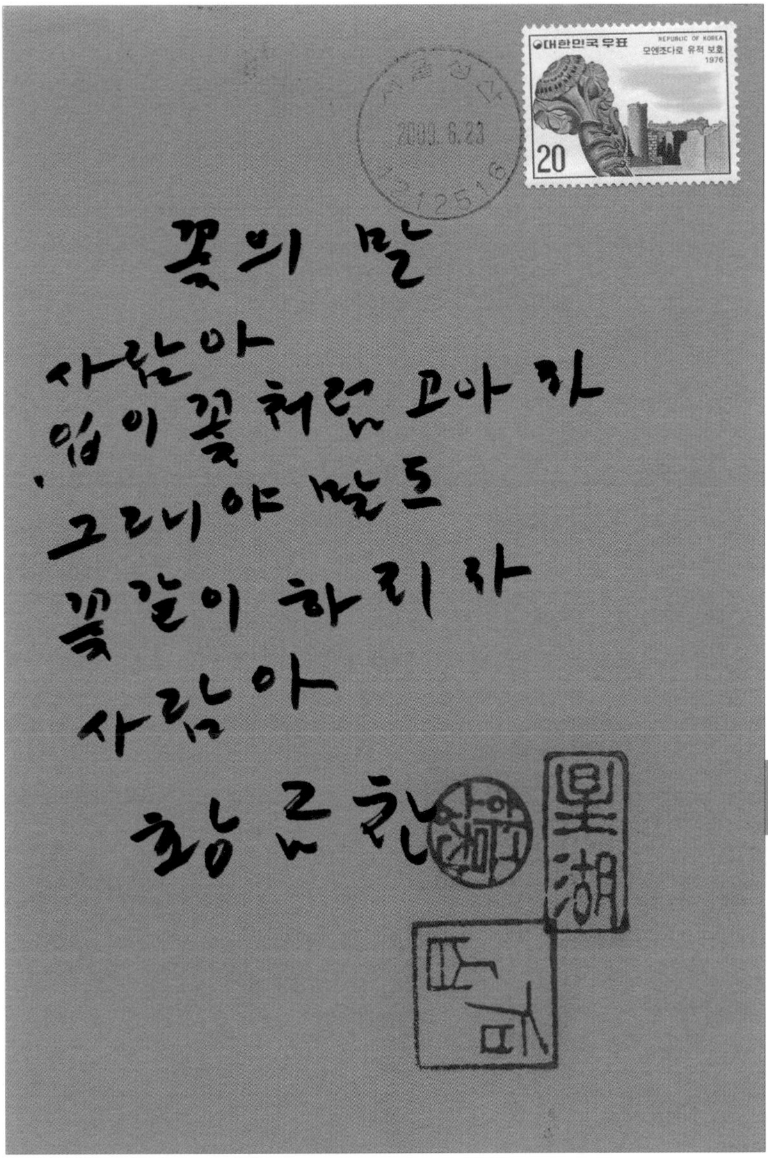


ㅎ

# 황송문 시 인

**황송문**(黃松文) 시인 : 1941년 전북 임실 오수 출생. 시인·소설가·선문대학교 교수, 인문학부장, 문학박사, 동아일보 문화센터 강사(시작법, 문장강화), 한국현대시인협회 부회장, 홍익문학회 회장, 월간 <시문학> 편집위원, <문학사계> 주간, 국제펜클럽 한국본부 이사, 감사. 중국 연변대학 객원교수, 한국문인산악회 회장 역임. 제3회 홍익문학상, 제18회 현대시인상 수상.
저서에 시선집 <바위 속에 피는 꽃>, 논저 <현대시 창작법>, <수필 창작법> 등 60여 권이 있다.

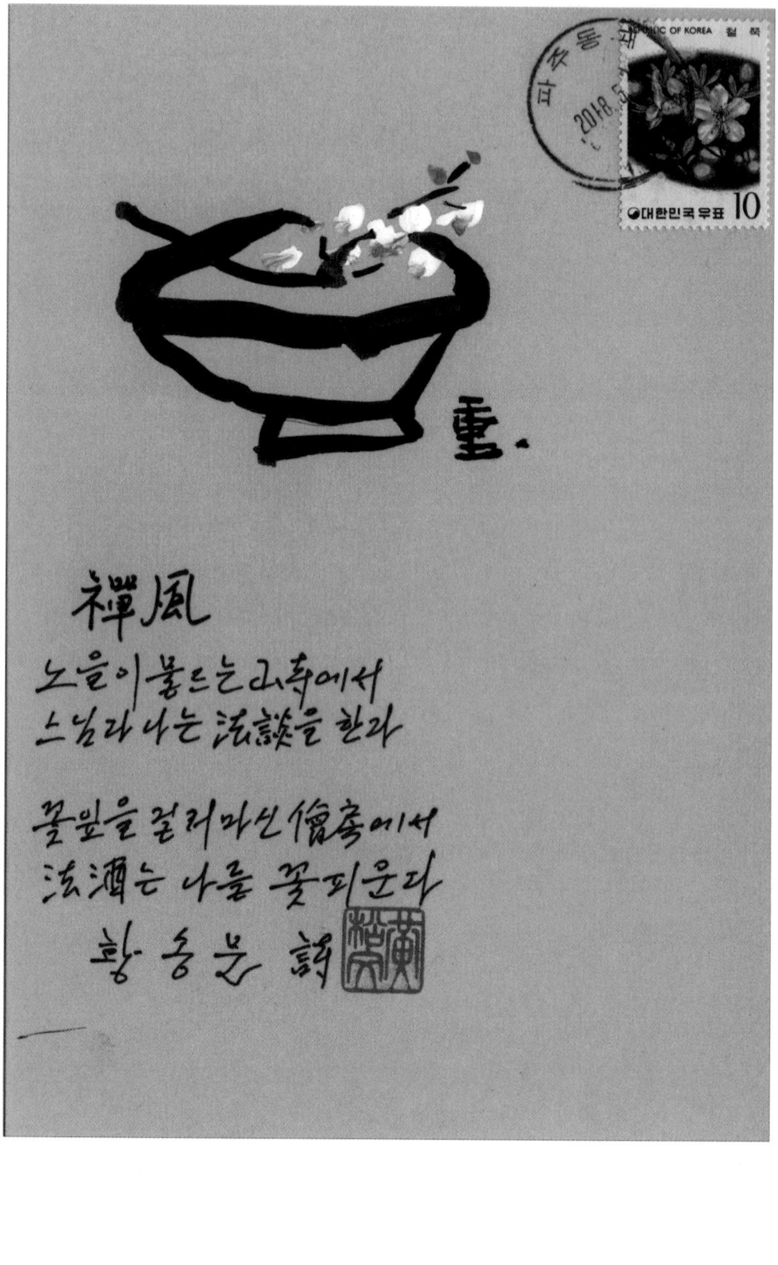
REPUBLIC OF KOREA 철쭉
대한민국 우표 10
2018.5
禪風
노을이 물드는 山寺에서
스님과 나는 法談을 한다
꽃잎을 걸러마신 僧舍에서
法酒는 나를 꽃피운다
황송문 詩

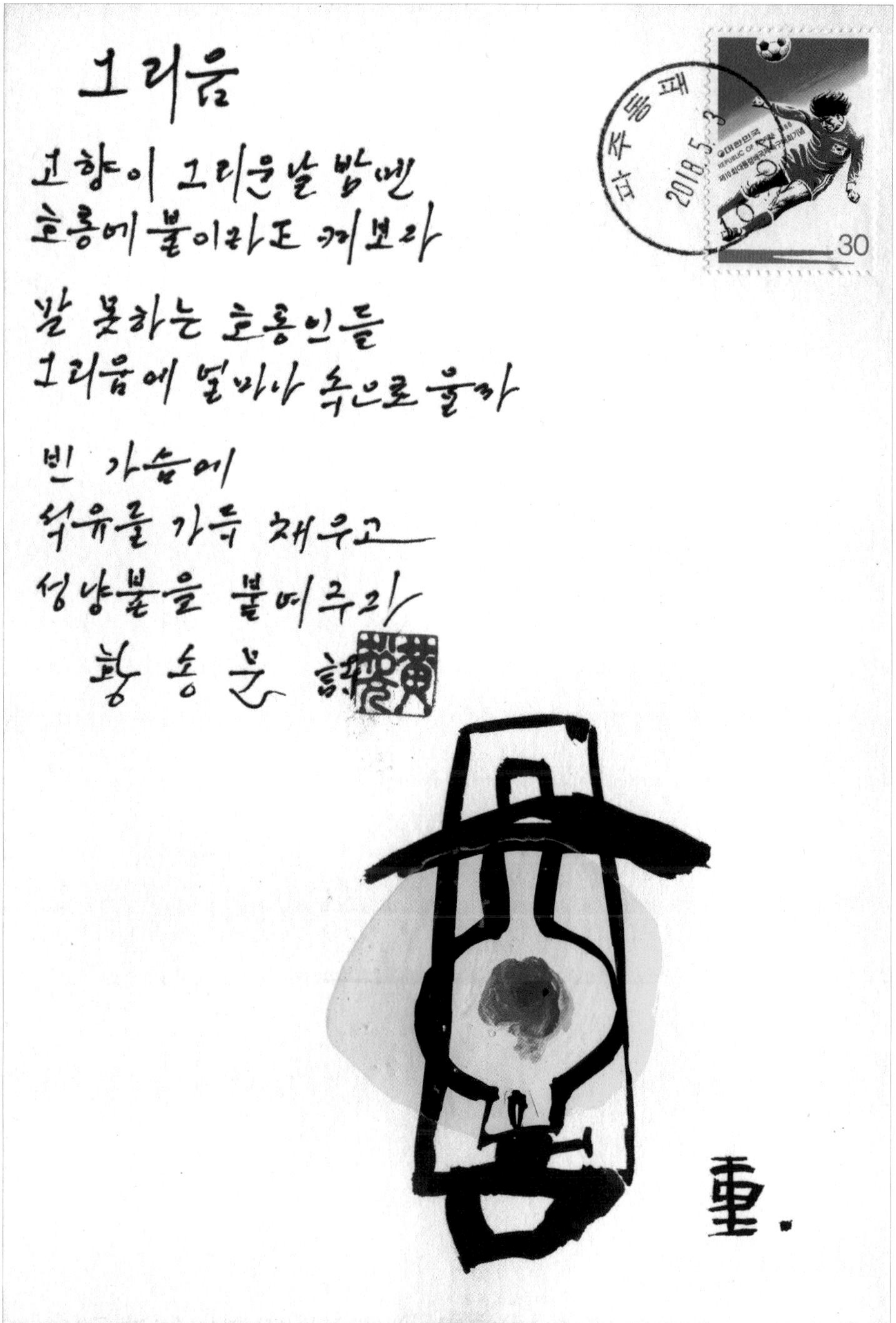
그리움

고향이 그리운날 밤엔
호롱에 불이라도 켜보자

말 못하는 호롱인들
그리움에 얼마나 속으로 울까

빈 가슴에
석유를 가득 채우고
성냥불을 붙여주자

황송문 詩

重.

# 황인희 화가

**황인희**(黃仁嬉) 화가 : 1980년 세종대학교 회화과 졸업.
개인전 3회, 그룹전 다수.

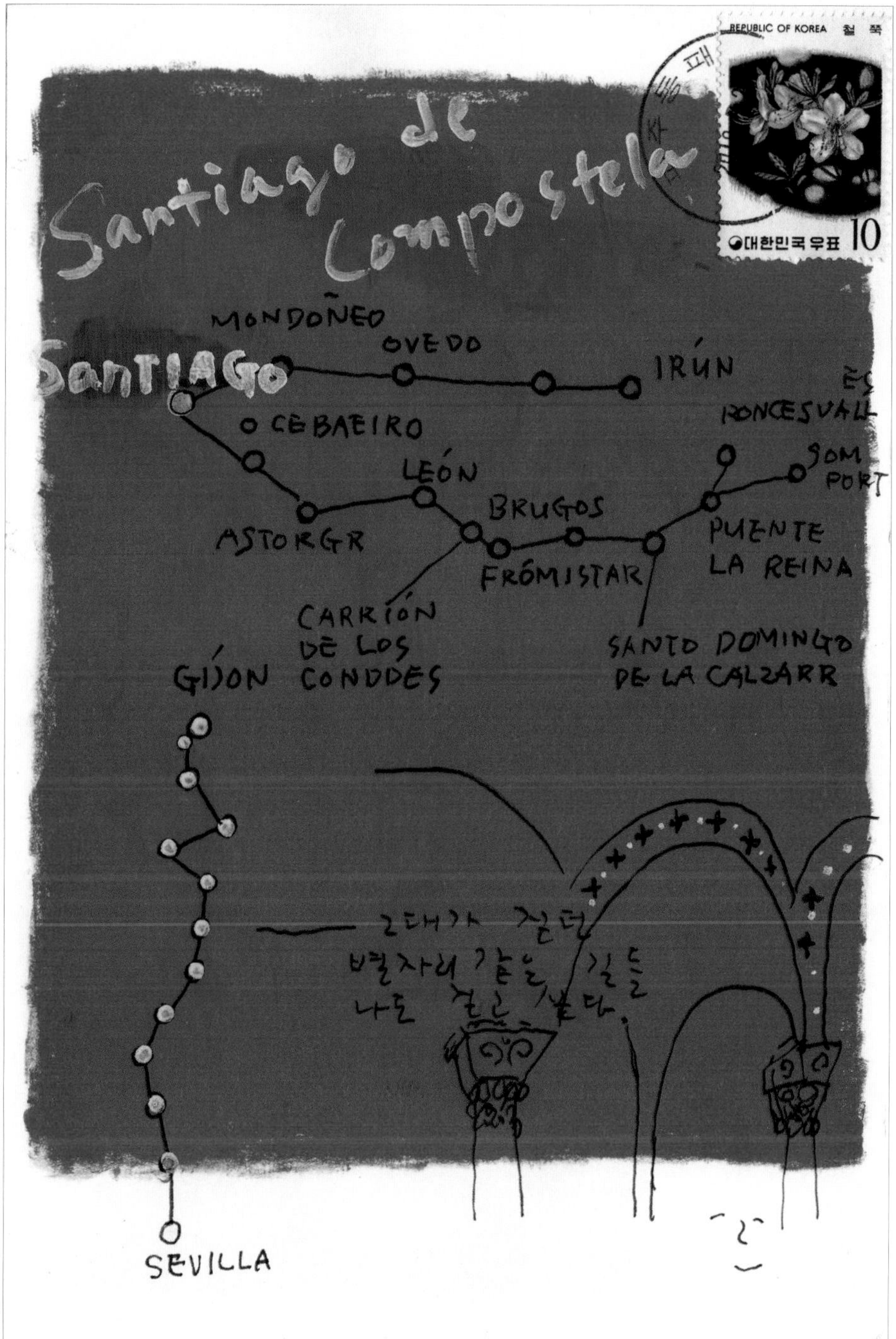

REPUBLIC OF KOREA 철쭉
대한민국 우표 10
Santiago de Compostela
MONDOÑEO
OVEDO
SANTIAGO
IRÚN
RONCESVALL
O CEBAEIRO
LEÓN
SOM PORT
BRUGOS
ASTORGR
PUENTE LA REINA
FRÓMISTAR
CARRIÓN DE LOS CONDDES
SANTO DOMINGO DE LA CALZARR
GIJÓN
SEVILLA
그대가 걸던
별자리 같은 길들
나도 걷고 싶다.

# 황정연 시 인

**황정연** 시인 여행작가 : 아호 선봉(宣峰). 전북 부안 출생. 경의선문학 시인, 여행작가 등단.
경의선문학 부회장, 종로문인협회 이사, 평회미술협회 이사, 세계여행작가협회 부회장, 한국현대시인협회 부회장, 국제PEN클럽 회원.

10
대한민국 KOREA
DONGRAE
KOREA
16.3.2010
진달래 꽃
황 정산
너도 날 알겠지
진달래 꽃
너를 꺾던 날
나는 가슴에
님은 두볼에
진달래꽃 피었지.

하

한국의 유명 시인 화가 182인의
**까세 육필 시화집 Ⅳ**

초판 인쇄 / 2019년 1월 25일
초판 발행 / 2019년 2월 1일

발 행 인 / 최 석 로
발 행 처 / 서 문 당
주 소 / 경기도 고양시 일산서구 덕산로 99번길 85(가좌동)
우편번호 / 10204
전화 / 031-923-8258 팩스 / 031-923-8259
창립일자 / 1968년 12월 24일
창업등록 / 1968.12.26 No.가2367
출판등록 제 406-313-2001-000005호
등록일자 2001. 1.10

ISBN 978-89-7243-690-4
* 값은 뒤면에 표기되어 있습니다.
* 잘못된 책은 구입하신 서점에서 바꾸어 드립니다.

有畫詩聲

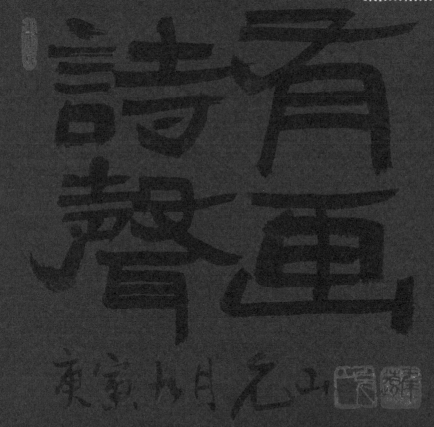

庚寅秋月元山